Writers of the Winter Republic

Literature and Resistance in Park Chung Hee's Korea

# 겨울 공화국의
## 작가들

박정희 시대 한국문학과 저항

Writers of the Winter Republic : Literature and Resistance in Park Chung Hee's Korea
ⓒ 2015 Youngju Ryu, University of Hawaii Press
All rights reserved.
This Korean edition is published by arrangement with University of Hawaii Press, Inc., Hawaii
Korean translation rights ⓒ 2023 Somyong Publishing

# 겨울 공화국의 작가들

박정희 시대 한국문학과 저항

**초판인쇄** 2023년 6월 10일 **초판발행** 2023년 6월 25일

**지은이** 유영주 **옮긴이** 이형진 · 정기인

**펴낸이** 박성모 **펴낸곳** 소명출판 **출판등록** 제1998-000017호

**주소** 서울시 서초구 사임당로14길 15 서광빌딩 2층

**전화** 02-585-7840 **팩스** 02-585-7848

**전자우편** somyungbooks@daum.net **홈페이지** www.somyong.co.kr

값 28,000원 ⓒ 소명출판, 2023

ISBN 979-11-5905-785-4 93810

이 연구는 2018년도 한국학중앙연구원 해외한국학지원사업의 지원에 의하여 수행되었음(AKS-2018-T02)

# 겨울 공화국의 작가들

## 박정희 시대 한국문학과 저항

### Writers of the Winter Republic
#### Literature and Resistance in Park Chung Hee's Korea

유영주 지음
이형진 정기인 옮김

이 모든 것의 시작이 되어주신
전경자 Kyung-ja Chun 님께

# 감사의 말

　이문구는 그가 인생에서 자랑할 수 있는 유일한 것은 인덕을 타고났다는 것이라고 말한 적이 있다. 사랑에서 시작된 이 책의 집필은 어느 순간 인내의 작업이 되었고, 그것이 다시 사랑의 작업이 될 수 있기까지, 이문구의 이 말은 내 자신의 말이 되었다. 미시간대학교에서 나는 정말이지 인덕에 둘러싸여 있었다고 해도 과언이 아니다. 도널드 S 로페즈 주니어Donald S. Lopez Jr.는 이 불성실한 저자에 대한 신뢰를 한 번도 잃지 않은 채, 이 프로젝트가 좌초되지 않도록 여러 차례 도움을 주었다. 그의 이러한 시기적절한 개입들이 없었다면, 이 책은 세상에 나올 수 없었을 것이다. 크리스티 메릴Christi Merrill은 내가 글쓰기의 즐거움을 재발견할 수 있도록 많은 고마운 지도와 우정을 주었다. 조나단 츠비커Jonathan Zwicker, 샤오빙 탕Xiaobing Tang, 켄 이토Ken Ito, 낸시 플로리다Nancy Florida는 이 책의 신중한 독자이자, 내가 본받을 수 있는 문학 연구의 계몽적 모델이 되어 주었다. 마키 후쿠오카Maki Fukuoka, 데이드레 델라 크루즈Deirdre Dela Cruz, 바루니 바티아Varuni Bhatia, 벤 브로스Ben Brose는 나를 언제나 서로를 지지해주는 따뜻한 공동체 안으로 환영해 주었다. 아베 마르쿠스 노른스Abé Markus Nornes는 이 책을 출간하는 데 필요한 전문적인 조언을 해주었다. 에스페란자 라미레즈 크리스텐슨Esperanza Ramirez Christensen, 미란다 브라운Miranda Brown, 아르빈드 맨다이어Arvind Mandair, 윌리엄 백스터William Baxter, 마다브 데스판데Madhav Deshpande, 데이비드 롤스턴David Rolston은 아직 입증해야 할 것이 많이 남아 있을 때부터 이 프로젝트를 지지해 주었다. 마이카 아우어백Micah Auerback은 수많은 연구실에서의 긴 밤들, 그리고 더 긴 주말들 내내 멋진 이웃이었고, 준 안Juhn Ahn은 언제나 활기 가득한 동맹이었다. 마이클 보다 그<sup>Michael Bourdaghs</sup>와 이진경<sup>Jin-kyung Lee</sup>은 이 책의 원고 워크숍에 참석하기 위해 혹독한 눈과 바람을 무릅쓰고 미시간까지 날아와 주었다. 그들의 논평, 특히 정치적인 문제에 대한 그들의 논평은 내가 전체 프로젝트를 재구상하는 데 있어 큰 도움이 되었다.

제2의 보금자리가 되어준 남한국학센터<sup>Nam Center for Korean Studies</sup>에서는 곽노진<sup>Nojin Kwak</sup>과 Y. 데이비드 정<sup>Y. David Chung</sup>으로부터 아낌없는 지원을 받았다. 도희 모르스만<sup>Do-Hee Morsman</sup>, 아드리엔 안니<sup>Adrienne Janney</sup>, 이지영<sup>Jiyoung Lee</sup>은 풍성한 우정과 먹거리를 제공해 주었다. 아시아도서관의 성윤아<sup>Yunah Sung</sup>와 김명희<sup>Myung-hee Kim</sup>는 전문적인 도움을 주었다. 남상용<sup>Sang-yong Nam</sup>은 이 책이 완성되기 전에 세상을 떠났지만, 남문숙<sup>Moon-suk Nam</sup>이 그의 한국학에 대한 남다른 열정을 지켜왔으며, 이들이 함께 기여하여 만든 미시간대학 내 이 놀라운 공동체의 일원이 될 수 있었던 것은 나에게는 크나큰 축복이었다. 이 모임에 처음 초대해 준 것은 메러디스 정은 우<sup>Meredith Jung-en Woo</sup>였는데, 그녀가 가까이에서 보호해준 덕분에 자연의 힘이 실제로 어떤 모습을 하고 있는지 볼 수 있었다.

언제나 화창한 캘리포니아에 계신 UCLA의 선생님들께도 깊은 감사를 드린다. 낡은 지프를 타고 예비 대학원생인 나를 데리러 로스엔젤레스 국제공항에 나타났던 그 순간부터, 존 B. 던컨<sup>John B. Duncan</sup>은 나에게 끊임없는 영감을 주었다. 그는 사심 없는 스승이자, 현장의 지칠 줄 모르는 지도자이며, 무엇보다 인간적으로 멋진 분이다. 피터 H. 리<sup>Peter H. Lee</sup>의 문학에 대한 박식과 열정은 앞으로도 나를 계속 인도할 것이다. 이남희<sup>Namhee Lee</sup>, 헨리 엠<sup>Henry Em</sup>, 세이지 리핏<sup>Seiji Lippit</sup>, 그리고 케네스 레이너드<sup>Kenneth Reinhard</sup>는 내내 훌륭한 스승이었고 관대한 후원자였다. 심오한 정의감에서 탄생한 이남희의 책은 내가 이 책을 쓰는 동안 나에게는 성서와도 같왔다. LA를 떠난 후, 헨리 엠은 신뢰할 수 있는 멘토이자 전우가 되어주었다. 뭐라고 감사의 말씀을 드려야 할지 모르겠다.

UCLA에서 나는 드물게도 사명감과 지적 비전으로 뭉친 학생 커뮤니티의 일원이 되었다. 지나칠 정도로 관대했던 폴 남Paul Nam은 공동체의 주역이었고, 스스로도 억누를 수 없는 이승아Seung-Ah Lee의 열정은 나를 개종자로 만들었다. 터무니없는 것에서 난해한 것에 이르기까지, 다양한 주제에 대해 크리스 한스컴Chris Hanscom과 많은 대화를 나누었으며, 차를 타고 어바인과 LA를 오가며 나누었던 열띤 토론들을 나는 대학원 시절의 가장 빛나는 순간 중 하나로 언제까지나 기억할 것이다. 김형욱Hyung-Wook Kim은 돌이켜볼수록 그 가치가 더해만 가는 너그럽고도 지속적인 우정을 선사해 주었다. 권 에이미Aimee Kwon는 내가 더 나은 사람, 그리고 더 나은 학자가 될 수 있도록 도와주었고, 나는 그녀의 오랜 동료애에 감사하고 있다. 김선자Sonja Kim는 엄격하고 원칙적인 학문이 어떤 것인지에 대한 좋은 예가 되어주었다. 햇빛이 강하게 내리쬐던 샌디에이고에서의 어느 날 오후, 테드 휴즈Ted Hughes는 난쟁이의 형상을 인종화된 범주로 읽어내는 법을 보여주었는데, 이렇듯 새로운 지평을 열어준 것에 대해 나는 그에게 제대로 감사를 표한 적이 없는 것 같다. 비록 여기에서 이름을 간단히 언급하는 것만으로는 우리가 함께 공유하고, 토론하고, 애도하고, 기뻐했던 것에 합당한 정도의 감사 표시는 되지 못하겠지만, 그럼에도 나는 송연지Yeunjee Song, 서석배Serk-bae Suh, 토드 헨리Todd Henry, 엘리 최Ellie Choi, 제니퍼 정김Jennifer Jung-Kim, 제니퍼 리Jennifer Lee, 손민서Min-suh Son, 손희주Hijoo Son, 이정일Jeong-il Lee, 하워드 캄Howard Kahm, 폴 차Paul Cha, 그리고 엘리 킴Elli Kim에게 큰 빚을 졌음을 말해 두고자 한다. 엘리는 내가 힘들었던 시기, 나를 그녀의 집으로 초대해 주었고, 특히 세상에서 최고로 멋진 개 포카Poca와 함께

할 수 있게 해준 것에 대해 감사한다. 제인 최Jane Choi와 질리 최Jilly Choi는 나에게 가족에게나 기대할 수 있을 법한 사랑과 지지를 보여주었고, 켈리 정Kelly Jeong은 내가 나이가 좀 더 많았더라면 그녀의 우정을 그만큼 더 오래 누릴 수 있었을텐데라는 아쉬움을 갖게 만들었다. 안진수Jinsoo An는 내 인생에서 항산화제와 유머가 가장 부족했던 시기에 이 둘 모두를 제공해 주었다. 소피아 킴Sophia Kim은 너무 일찍, 정말 너무도 일찍 세상을 떠난 소중한 친구였다. 이 프로젝트가 진행되는 동안 나를 지탱해준, 헬렌 J. S. 리Helen J. S. Lee가 보여준 친자매와도 같았던 그녀의 모든 행동들은 "우정"이라는 단어만으로는 다 담아낼 수 없을 정도이다.

한국에 계신 선생님들, 특히 유종호, 김우창, 최동호, 김인환, 고옥 스님, 권보드래, 서영채의 학문과 조언에 감사드린다. 이시영, 김사인, 김남일, 김정환, 임경애, 김동춘, 백낙청은 배워야 할 것이 많은 이 연구자를 위해 시간을 내어 겨울 공화국의 기억을 되새겨주셨다. 어느 비 오는 날 수안 보에서 박태순은 나에게 한국 현대사를 바라보는 새로운 시각을 선사해 주었고, 이에 대해 그에게 영원한 감사를 표한다. 이 여행뿐만 아니라, 내 인생의 수많은 여행에 동행해 준 이정훈은 의심에 사로잡힌 나의 끝없는 대화를 견뎌낸 끝에, 언제나 희망적인 마무리를 해주었다. 그는 나의 가장 인내심 많은 경청자이자 가장 날카로운 비평가였으며, 간단히 말해, 학자로서 기대할 수 있는 최고의 파트너였다.

이 프로젝트의 여러 단계에서 성균관대학교 동아시아학술원, 서울대학교 규장각 한국학연구소, 그리고 한국국제교류재단으로부터 지원을 받았다. 성균관의 진재교, 규장각의 박태균과 셈 베르메르슈Sem Vermeersch의 한없는 너그러움에 각별한 감사를 전한다. 윤교임Kyoim Yun은 펠로십 기간 동안 나와 연구실을 함께 쓰면서 수많은 고통의 순간들 또한 함께 했다. 짧은 방문 기간 동안, 남화숙Hwasook Nam은 원고의 초기 버전을 읽고 내게 꼭 필요했던 격려의 말들을 해주었다.

최경희는 오랜 멘토이자 이 프로젝트의 흔들림 없는 옹호자였다. 이 프로젝트에 대한 나의 열정이 떨어져 갈 때 일레인 김Elaine Kim이 보여준 열정은 나를 침체기에서 벗어날 수 있게 해 주었다. 유난히 통찰력 있는 외부 리뷰를 제공해 주신 두 명의 익명의 독자에게 감사드린다. 또한 파멜라 켈리Pamela Kelley를 이 책의 자장 속으로 끌어들여준 행운의 별에 감사한다. 그녀의 편집은 효율성뿐만 아니라 깊은 인내심의 모범을 보여주었다. 나의 요청으로 심현선Hyunsun Shim은 이 책의 표지를 장식하는 네 작가의 초상화를 그리는 데 그녀의 비범한 재능을 쏟아 주었고, 그들의 얼굴에 패인 주름 하나하나는 그들이 살았던 시대에 대한 증언이자 현재를 위한 교훈이다.

마지막으로 이 여정의 시작에서부터 함께 해 주신 분들께 감사의 말씀을 드리고 싶다. 25년 동안 우정을 나누어 온 서지희Jihee Suh, 글로리아 리Gloria Lee, 한재민Jae-Min Han은 그들이 내게 어떤 의미인지, 그리고 감사의 말이 얼마나 불필요할 수도 있는지 정확히 알고 있을 테지만, 이 책을 두고 정말 오랫동안 나에게 위로를 베풀어 왔기 때문에 불필요한 그 말을 일단 여기에 적어 둔다. 홀저 베크만Holger Beckmann은 기댈 수 있는 든든한 기둥이자 진실성의 완벽한 예가 되어 주었다. 그리고 류씨 집안사람들 ― 천생연분인 Y.S.와 Y.S., 그리고 수진Soojin, 숙희Sukhee와 정숙Jungsuk ― 모두는 생존자이자 꿈꾸는 사람들이다. 우리가 빼입었던 가장 좋은 정장이 다 구겨진 채 비행기에서 내려 우리를 마지못해 받아준(그때 이미 우리는 그렇게 생각했던 것이다) JFK 공항 입구로 걸어 들어갔던 그날 이후 우리가 함께 겪어온 모든 일들 속, 그들의 사랑에 어떻게 보답해야 할지 모르겠다. 레이아 베크만<sup>Leia Beckmann</sup>은 몇 년 후, 잿빛 세상에 한 줄기 햇살처럼 다가왔다. 그 세계를 항해해준 숙희<sup>Sukhee</sup>에게 특히 감사하고, 깊은 사랑과 존경을 보낸다. 그녀는 지난 30년간 이민자의 언어로 아름다운 것을 창조해 내기 위한 끊임없는 노력에 나와 함께 해주었다.

차례

# 서론

사회에서 작가가 더는 양심으로 기능할 수 없을 때, 그는 자신을 완전히 부인하거나 기록자와 검시관의 위치로 철수하는 것 외에는 선택의 여지가 없다는 것을 인식해야 합니다. (…중략…) 아프리카 사회에서 예술가는 항상 사회 관습과 경험을 기록하고 시대의 비전으로 기능해 왔습니다. 자신의 본질에 응답해야 할 때입니다.

— 월레 소잉카, 「현대 아프리카 나라의 작가」, 1967[1]

'겨울 공화국'은 박정희 군부 독재에 주어진 인상적인 이름이었고, 이 명명식에 참석한 열광적인 군중들 앞에서 낭송된 미출간 시의 제목이기도 했다. 이는 민주주의를 억압하는 국가 권력에 대한 강렬한 은유가 되었다. 1975년 2월 12일 밤, 전라도 광주에서 젊은 고등학교 교사 양성우는 「겨울 공화국」이라는 시를 낭독하였다. "총과 칼로 사납게 윽박지르고/논과 밭에 자라나는 우리들의 뜻을/군화발로 지근지근 짓밟아대고"와 같은, 이 시의 꾸밈없고 맹렬한 구절은 생생하게 국가의 모습을 묘사하고 있다.[2] "삼천리"는 "화약냄새 풍기는 겨울 벌판"으로 변해 버렸다. 사람들은 이제 모든 곳에서 "뼈 가르는 채찍질을 견뎌내야 하는/노예다 머슴이다 허수아비다". 그러나 여전히 시인은 "겨울 벌판에/잡초라도 한

---

1  Wole Soyinka, "The Writer in a Modern African State", *Transition* 31, 1967, p.356.
2  양성우, 『겨울 공화국—양성우 시집』, 실천문학사, 1977, 106~111면.

줌씩 돌아나야"한다고 말한다. 결국, 시인은 마지막 연에서 자연법칙에 어긋나고 봄의 해동을 막아버린 비뚤어진 정치권력에, 구속된 신체의 일 그러진 고통으로라도 저항하기를 촉구한다. "묶인 팔다리로 봄을 기다리 며 / 한사코 온몸을 버둥거려야 / 하지 않은가."

시는 "민족의 구원"을 위한 공동 기도회인 '구국 기도회'에 참여하기 위 해 지역 YWCA에 모인 군중들 앞에서 낭독되었다.[3] 국가는 무엇으로부 터 구해져야 했을까? 기도회는 시민들의 심각한 위기의식을 보여주었다. 이 기도회에서 「겨울 공화국」은 1975년 한국 사회를 민주주의가 뿌리 깊 이 얼어붙은 곳으로 재현함으로써 당시 14년째 권력을 잡고 있던 박정 희 정권을 공격했다. 당시는 박정희가 헌법의 전면적인 개편을 위해 힘을 쏟았던 시기로부터 3년도 채 지나지 않았던 때였다. '유신'이라는 이름이 붙었지만, 새로운 헌법의 본질은 박정희 정권의 수명을 무기한으로 연장 할 수 있게 한 것이었다.[4] 대통령의 연속 임기 한도를 없애고 박정희의 지

---

3  이 기도회는 전국민주청년학생총연맹사건(국가안보를 위협하는 단체로 지목되어 긴급조치 4호 위반으로 기소됨)으로 체포되었다가 석방된 사람들을 환영하는 행사 도 겸하는 바람에 참여 인원 수가 두 배가 되었다. 이 조직에 대하여, 그리고 이와 관 련, 1975년 4월에 8명이 억울하게 사형된 인민 혁명당 사건에 관해서는 이남희, 이경 희·유리 역, 『민중 만들기―한국의 민주화운동과 재현의 정치학』, 후마니타스, 2015, 158~160·271~284면 참조.

4  박정희는 자신의 저서에서 메이지 유신에 대한 자신의 은밀한 존경심을 표하고 있다. "세 개의 작은 섬으로 된 나라 일본에는, 그 당시 육십팔 개의 지방 제후가 분립하여 동 족상잔의 내란에 어질러져 있었다. (…중략…) 그러나 이러던 일본이 명치유신이란 혁 명과정을 겪고 난지 10년 이내에는 일약 극동의 강국으로 등장하지 않았던가. 실로 아 세아의 경이요, 기적이 아닐 수 없다." 박정희는 메이지 유신의 "사상적 기저"를 "천황 절대제도의 국수주의적인 애국"에 두었다. 박정희, 『국가와 혁명과 나』, 향문사, 1963, 167~172면. 역사학자 한홍구는 박정희 통치의 또 다른 일본적 영감의 원천으로 쇼와 유신 사건을 지적한다. 이는 2.26 쿠데타로도 알려져 있는데, 일본제국군의 젊은 극우 장교집단이 쿠데타를 도모한 사건이다. 한홍구, 『유신―오직 한 사람을 위한 시대』, 한 겨레출판, 2014 참조.

속적인 권력 행사를 인가하기 위한 거수기용 선거인단을 창설한 유신 헌법은 체육관에서 열리는 대선이라는 희극적인 전통을 만들어냈다. 정권이 선별한 선거인단은 단독 후보자를 만장일치로 지지했다.[5] 민주적 과정을 짓밟는 이러한 조치들에 대한 저항을 짓누르기 위해 헌법은 국회를 해산시켰고, 새롭게 구성된 국회의원의 3분의 1과 모든 판사를 임명하는 권한이 포함된 전례 없는 권한을 박정희에게 부여했다. 또한 대통령은 긴급조치를 자유롭게 발동할 수 있었다. 독재자의 무기고에 들어있는 이 둔중하지만 가공할 무기는 학생과 반체제 인사들의 대규모 체포, 무장 군인들의 대학 캠퍼스 점령, 행정 명령 위반자들이 재판받을 군사 법원의 설치를 승인했다. 박정희는 1974년부터 1975년까지 단 일 년 동안 총 9건의 긴급조치를 발동했으며, 긴급조치 9호는 유신 헌법이나 긴급조치에 대한 비판을 포함하는 모든 반정부 활동을 폭넓게 금지함으로써 추가 조치의 필요성을 없앴다. 이러한 대대적인 조치들로 한국 사회의 모든 층위에 공포문화가 뿌리 내리게 되었다. 이남희에 따르면 "친한 친구와 만날 때에도 늘 주변을 살피고 누군가 몰래 대화를 엿듣고 있는지 확인해야만 했다. 정부에 대해 공개적으로 행한 비판은 물론이거니와, 친구나 이웃과의 사적인 대화 속에서 오간 정부에 대한 비판도 자칫 감옥행을 자초할 수 있었"다.[6] 국가를 강화하겠다는 명목의 재건 운동인 유신 3년 동안 국내외의 위협에 대항하여 급속한 근대화 프로젝트가 진행되었고, 한국은 사실상 검열의 칼날, 통행금지의 사이렌, 긴급 군사 법원의 망치로 운

---

5    1972년 새 유신 헌법을 비준한 국민 투표가 실시된 이후 박정희는 새로 창설된 선거인단인 통일주체국민회의에서 2,359표 중 99.9%인 2,357표를 받아 대통령으로 선출되었다. 2표는 기권이었다. 1978년 대통령 선거에서 박정희는 자신의 표 이외에는 기권 1표만을 받아 이 기록을 갱신했다.

6    이남희, 앞의 책, 75~76면.

영되는 경찰국가가 되었다. 양성우는 봄과 정치적 해방을 연관시키는 한국의 오랜 문학적 상상력에 기대어 이곳을 겨울 공화국이라 명명하면서, 38선 이북에 있는 김일성의 '동토의 왕국'을 향한 박정희 정권의 비난과 증오에도 불구하고 이 정권 또한 어느새 비판의 대상인 북한의 거울상이 되어버렸다고 폭로했다.[7]

시적 이미지의 힘을 증언하듯, "겨울 공화국"은 유신 시대가 끝난 후에도 오랫동안 반체제 인사들의 삶에 영향을 미쳤지만, 그중에서도 가장 큰 영향을 미친 것은 시인 자신에게였다. YWCA의 모임 후, 양성우는 중앙정보부<sup>이하 중정</sup>의 '요시찰인물'이 되었다. 그는 자신이 국어와 문학을 가르치던 여학교에서 사임을 강요받았고, 이를 거부하자 강제로 해고당했다. 양성우는 학교에 들어가는 것이 금지당했음에도 불구하고 출근을 계속하면서 일인시위를 벌였다. 해고된 선생이 교문 앞에 나타나는 것이 결과적으로 학생들의 저항을 불러일으키자, 중정은 그를 사찰에 가택 연금시켰다. 고은 시인의 도움으로 한밤중에 서울로 탈출한 양성우는 중앙대학교 근처에 작은 방을 얻을 수 있었고, 그곳은 겨울 공화국을 비판하는 다른 작가들의 아지트가 되었다. 1977년 양성우는 일자리를 잃은 지 2년 후 유신법정에서 '국가 모독죄'와 대통령 긴급조치 9호를 위반했다는 판결로 자유를 잃게 되었다. 기소 내용은 양성우가 '국제 간첩단'에 참여했다는 것이었다. 여기에는 일본에서 활동하는 독일 복음주의 교회의 바울 슈나이스<sup>Paul Schneiss</sup> 목사와 쓰다주쿠 대학<sup>津田塾大学</sup>의 다카사키 소지<sup>高支宗司</sup> 교수가 포함되어 있었는데, 그보다 양성우의 진정한 범죄는 그의 시 「노예 수첩」이 일본 월간지 『세카이<sup>世界</sup>』에 실렸다는 것이었다. 양성우가 「우

---

7    이상화의 식민지 시기 시 「빼앗긴 들에도 봄은 오는가」(1926)는 봄과 정치적 해방을 연관시킨 가장 유명한 한국문학 작품 중 하나이다. 이상화, 『이상화 시선』, 앱북, 2011, 8면.

리는 열 번이고 책을 던졌다」라는 전복적인 시의 필사본 여섯 부를 배포했다는 것도 기소 내용에 포함되었다. 남산에 있는 중정의 악명 높은 취조실에서 한 달간 고문을 당한 후, 극적으로 재판을 받게 된 양성우는 5년 6개월의 징역형을 선고받았다.[8]

시인의 투옥은 그 주위의 많은 인물들을 급진화시키는 결과를 가져왔다. 그중 가장 주목할 만한 것은 당시 시인의 애인이었던 젊은 여성 정정순이다. 정정순은 양성우 시인이 감옥에 있을 때 박 정권을 비판하는 다른 작가들의 격려와 찬사 속에서 그와 결혼했다. 그 덕분에 정정순은 양성우에 대한 가족면회권을 얻을 수 있었지만, 역설적이게도 자신의 가족으로부터는 절연 당하게 된다.[9] 이후 정정순은 양성우의 미출간 시들을 모아 출간하는 작업에 착수한다. 여기에 수록될 시 중 일부는 중정에 몰수당했다가 돌려받은 것이었다. 이 시들은 『겨울 공화국』이라는 제목으로 1977년에 발간되었다. 양성우의 첫 번째 시집 발간과 동시에 시인 2명이 추가로 체포되었다. 시집 간행자인 조태일1944~1999년과 서문을 쓴 고은이었다. 펜을 칼처럼 휘둘렀다 하여 투옥된 시인 양성우는 1970년대 후반, 작가들의 집단적 저항이 심화함에 따라 그들의 집단행동을 결집하는 계기가 되었다. 양성우는 2년 반 동안 수감 생활을 하다가 가석방되었지만, 그의 시는 대부분 1987년까지 정부의 금서 목록에 계속 남아있었다.

이 책은 양성우의 이야기에서부터 시작한다. 책 제목을 그의 시에서 따

---

8    이 사건들을 재구성할 때 나는 시인과의 인터뷰와 1970년대에 중앙일보 문화부 기자를 역임한 김문의 최근 회고록에 주로 의존했다. 김문, 「김문기자가 만난 사람─다시 교단에 서는 양성우 시인 7시간 격정 토론」, 『서울신문』, 2005.2.21, 22면; 정규웅, 『글 속 풍경, 풍경 속 사람들』, 이가서, 2010, 132~135면.

9    정정순과 양성우의 서신과 시인이 수감 기간 중에 정정순이 썼던 일기는 1985년에 출판되었다. 양성우 시인과 결혼하기로 한 그녀의 결심과 이 결심에 대한 다른 작가들의 역할에 대해서는 정정순, 『때가 오면 그대여』, 풀빛, 1985, 4장 참조.

왔다는 이유 때문만이 아니라, 그의 이야기를 통해 드러나는 겨울 공화국과 시 「겨울 공화국」 그리고 시집 『겨울 공화국』 사이의 복잡하게 뒤얽힌 관계에서 우리는 독재 정권과 저항 문학 사이에서 발생하는 역동적인 공동결정codetermination의 순간을 엿볼 수 있게 되기 때문이다. 예를 들어, 양성우 시의 낭송은 사람들을 동원했다. 유신 시대의 주요 반체제 인사였던 리영희 교수는 낭송의 의미를 다음과 같은 감동적인 말로 표현했다. "낭송이 끝났을 때는 너무도 벅찬 감동에 전류에 맞은 양, 한참 동안 박수 칠 생각도 잊은 채 오히려 무거운 침묵이 흘렀다. 그리고는 터지는 박수 소리와 함께 일제히 탄성이 쏟아져 나왔다. 양성우의 시가 이토록 사람의 피를 끓게 하는 줄은 활자로서의 시를 '읽기만' 해온 나에게는 굉장한 경험이었다."[10] 이러한 문학의 힘을 인정한다는 듯이, 정부는 시인을 불순분자로 분류하고 교사직 사퇴를 강요했다. 사임을 거부함으로써, 불순분자는 반체제 인사가 되었다. 그가 교사직에서 해고당했을 때, 그의 투쟁은 생존과 직결된 위급한 것이 되었고, 시인의 여자 친구나 과거 학생들과 같은 새로운 운동가들을 낳았다. 투쟁은 시인의 '밥그릇 싸움'을 자기 일로 받아들인 작가들의 결속을 가져왔다. 정부가 그들의 존엄과 생계 모두를 위협했기 때문에 작가들은 급진화 되었다. 명분이 실리와 결합하여 그들의 위기감을 자극했고 정부에 대한 더 강한 반대 입장을 취하도록 촉구했다. 시인의 이름이 집회에서 구호로 울려 퍼졌을 때, 정부는 시인을 반체제 인사로 재판에 회부했다. 겨울 공화국의 법정에서 시를 썼다는 이유로 간첩으로 고발당하고 사상범으로 갇히게 된 고등학교 교사는 사회를 위협하는 존재로 여겨졌다.

---

10   박태순, 『민족문학작가회의 문예운동30년사』 2, 작가회의 출판부, 2004, 294면.

위의 현상은 문학의 정치화라 할 수 있다. 유신 시대에 문학은 국가 공식 서사와 직접 경쟁하며 사회 정치적 현실을 재현하는 특권적 장소로서 기능했고, 박정희 정권의 정당성에 도전하는 방식으로 과거를 해석하고 미래를 상상했다. 또한 재현을 넘어서 문학은 민주화 운동 내에서 수행적이고 조직적인 역할을 담당했다. 1974년 자유실천문인협의회(이하 자실가 탄생했고, 이는 곧 작가의 저항을 위한 주요 조직기구가 되었다. 작가들은 예술이라는 이름으로 적극적인 정치 개입을 하고 지면을 넘어 정권과 투쟁하면서 거리, 법정 및 심지어 고문실에까지 문학적 실천 영역을 확대했다. 반권위주의 저항 운동과 민주주의 운동의 여러 부문에서 연대의 강력한 수단으로서 시는 공개 모임에서 복음의 고귀한 지위를 얻었으며 박정희 정권에 수감된 작가들의 이름은 보편적 억압에 대항하는 주문이 되었다. 겨울 공화국에서 작가의 임무는 시대의 환부 속에서 자신들의 작품은 물론, 자신의 위치까지도 정립하는 것이었다.

작가가 그렇게 해야 했다는 사실은 환부가 얼마나 깊었는지, 그리고 그것이 얼마나 곪아 있었는지를 보여준다. 브레히트는 "영웅이 필요한 나라는 불행하다"[11]고 썼다. 브레히트라면 고등학교 교사가 시를 써서 순교자가 되고 그의 약혼녀가 감옥에 있는 그와 결혼함으로써 성인聖人이 되는 나라는 매우 불행하다고 했을 것이다. 한국 작가들은 그들 작품의 명백한 정치화야말로 그들이 사는 시대가 얼마나 문제가 많고 잔혹한 시대인지를 드러내는 징후라는 것을 분명하게 알고 있었다. 덜 불행한 나라와 시대였다면, 그들은 사랑 시를 쓰고 자연의 신비에 대해 숙고했을 것이지 비밀리에 선언문을 작성하고 이를 등사하고 있지는 않았을 것이다. 박태

---

11    Bertolt Brecht, *Life of Galileo*, New York : Penguin, 2008, p.95.

순은 1970년대 한국문학은 "문학운동의 형태로 존재하는 문학"이라고 말했다.[12] 실제로, 이 시대가 일반적인 시간이 아니었다는 평가는 박정희 정권에 의해서도 공유되고 있었다. 유신헌법은 '특별 조치'의 완벽한 예였다. 이러한 특별한 시대가 영웅을 요청하고 있었고, 그 요청에 응답하여 영웅이 된 겨울 공화국의 작가들은 집단을 대변하는 발언권을 얻고, 미래에 대한 공통의 비전을 형성했다. 그런 의미에서 그들은 한국의 근대문학이라는 기획을 1920년대 이후로는 볼 수 없었던, 그리고 아마 다시는 도달할 수 없을 하나의 정점으로 끌고 오는 데 성공했다. 문학의 정치화는 유신 정권이 정치적인 힘을 비뚤어지게 행사한 결과였지만, 한국의 작가들이 "양심"으로서의 자신의 기능을 완전히 수용하고 "시대의 비전"(서문에 인용해 놓은 소잉카의 표현을 빌자면)이 되어준 덕분에 훨씬 더 근본적인 의미에서 문학의 정치에 초점을 맞추도록 하는 계기가 되었다.

이 저작의 심부에는 정치의 문제가 놓여있다. 이 저작은 한국 근대사를 형성하는 가장 중요한 시기 중 하나인 이때, 어떻게 작가들이 공적 양심으로서 등장하게 되었는지 밝히고자 한다. 한국 사회가 오늘날 우리가 아는 모습을 갖추게 된 계기는 바로 혹독했던 박정희 독재 정권 시기였다는 것은, 그 지지자들에게 있어서나 비판자들에게 있어서나, 부정할 수 없는 사실이다. 급속한 산업화와 대중적 민주화라는, 한국의 근대화 과정에서 두 가지 본질적인 측면이 박정희 시대에 서로 반대 방향을 향하여 펼쳐지기 시작했다. 특히 많은 주목을 받은 것은 그 첫 번째 측면으로, 수출주도형 산업화라는 박정희식 국가통제주의적 기획에 따라 시동을 걸게 된, 흔히 말하는 한강의 기적이 바로 그것이다. 한편 박정희의 지지자

---

12   박태순, 앞의 책, 314면.

들이 회피하고 싶어 하는 측면인, 이 정권이 민주화에 미친 완전히 부정적인 의미에서의 영향 또한 지대하다. 겨울 공화국의 혹독한 정치적 억압은 전방위적으로 이루어졌다. 그리고 학생들의 '동향'을 예의 주시하기 위해 사복 경찰이 잠복하고 있는 대학 캠퍼스에서, 보수 역사학자인 이영조까지도 "[박정희의] 수출 주도형 산업화에 동력을 제공하기 위한 농산업 압박 정책"이라고 표현한 상황에 부닥치게 된 농가들에서, "선성장 후분배" 정책을 내세운 성장주의 국가의 착취가 인간의 얼굴을 하고 나타난 공장바닥에서, 유신의 연금술사들이 일반 시민을 국가에 대한 죄인으로 탈바꿈시키는 취조실에서, 지속적인 저항을 불러일으켰다.[13] 반독재 움직임이 전면적인 민주화 운동으로 만개하게 된 것은 바로 이 겨울 공화국과 전쟁을 치르는 과정에서 이루어진 것이었다.

왜 이 전쟁의 가장 격심한 전투는 문학 속에서, 그리고 문학을 위해, 진행된 것일까? 어떻게 그리고 왜, 이 비할 수 없이 극심했던 정치적 억압과 검열의 시기는 또한 동시에 문학의 실천력과 일상과의 관련이 극적으로 확장된 시기이기도 했던 것일까? 문학이 철저히 동시대적으로 된다는 것은 어떤 의미이며, 왜 그것은 작가들이 시대의 "양심"이 되도록 이끌었고, 또 이들은 이 사회 참여적 지식인이라는 정체성을 끌어안기 위해 어떠한 지적 전통과 자원에 기대게 되었던 것일까? 이러한 질문들은 우리를 필연적으로 역사의 영역으로 끌어들임으로써 어떻게 문학이 유예되어 버린 탈식민화나 한국 전쟁 시기 국가에 의해 자행된 폭력 등에 대한 억압된 서사, 또는 냉전 시대 질서의 내재적인 논리에 대한 대안적인 이

---

13　Young Jo Lee, "The Countryside", in *The Park Chung Hee Era : The Transformation of South Korea*, ed. Byung Kook Kim and Ezra F. Vogel, Cambridge, MA : Harvard University Press, 2011, p. 372.

해를 가능하게 했는가를 파악할 수 있도록 도와줄 것이다. 이러한 질문들은 또한 우리를 한국 근대문학이라는 제도, 그리고 문학이 국가와 맺는 복잡하고도 중첩적인 관계에 대한 논의로 이끌 것이다. 유신 국가는 유신의 이름으로 손쉽게 주체를 집단행동 양식 속으로 호명해내곤 했는데, 우리는 마지막으로 문학이 어떻게 이 유신 국가에 의해 동원된 정체성과 배제의 논리에 대항하는 정치적 주체성과 공동체를 상상해냈는지 보게 될 것이다.

때로 유신 정권과 반체제적인 작가들 사이의 과열된 대립은 이상한 교차점을 만들어내기도 했다. 여기에서 다시 한번, 우리는 양성우의 삶을 통해 공동의 진실collective truth을 조형할 권한을 차지하기 위한 국가와 저항문학 사이의 경쟁에서 일어난 일종의 언어적 이종 교배를 엿보게 된다. 양성우의 재판은 고등학교 교사인 그가 겨울 공화국이라는 명명을 처음 사용한 지 이 년이 넘게 지난 시점인 1979년에 이루어졌다. "대통령이나 정부에 대해 거짓된 발언을 하는 것"과 관련된 긴급조치 9호의 핵심 조항을 위반한 혐의로 기소된 이 시인의 재판에서 검사 측은 다음과 같이, 양성우의 앞서 언급한 시 「우리는 열 번이고 책을 던졌다」에 대한 정밀한 독해를 포함한 공소장을 제출한다.[14]

1연에 "우리는 열 번이고 책을 던졌다／군대 때문에, 비밀경찰 때문에／오오, 요즈음은 더구나 굶주림 때문에／우리는 열 번이고 책을 던졌다"라고 하여 5·16혁명의 주체세력으로 구성된 정부와 중앙정보부의 지나친 억압정치와 빈곤으로 인해 국민의 학문의 자유가 완전히 말살된 양

---

14    Martin Hart-Landsberg, *The Rush to Development : Economic Change and Political Struggle in South Korea*, New York : Monthly Review Press, 1993, p.198.

묘사하고,

2연에 "살아남아서, 이 땅 위에 / 흰 눈 뜨고 살아남아서 / 우리는 이유 없이 두들겨 맞고 / 혹은 묶여가서 매달리고 / 죽어가면서"라고 하여 정부에서는 민주인사들을 아무 이유 없이 체포, 구금하고 악랄한 방법으로 그들을 고문하고 있는 양 묘사하고[15]

자실의 창립 멤버였으며, 지금까지도 이 운동에 대한 가장 통찰력 있는 이론가이기도 한 소설가 박태순에 의하면, 유신 법정에서 법률 언어가 문학 언어와 충돌하면서 이중의 반전이 일어난다. 즉, 시를 각 연으로 나누어 분석하는 과정에서 검사는, 비록 시가 의미하는 바가 무엇인지를 명시적인 층위에서 확립하는 데 집중하는 가장 초보적인 수준에 지나지 않았을지라도, 한 명의 문학 비평가가 된다. "우리는 열 번이고 책을 던졌다"는 양성우의 가장 세련된 작시 능력을 보여주는 예는 물론 아니다. 이 시에서 시인은 정치적 억압의 다양한 측면들과, 이러한 시기에 작가들이 순수하게 학문적인 또는 미학적인 자세를 유지한다는 것의 불가능성에 대해 거의 직설적으로 이야기한다. 다시 말해 이 시의 지시적 의미는 투명할 정도이다. 그런데도 이 시가 실제로 법을 어겼으며, "대통령과 정부에 대해 거짓된 발언"을 했다고 하기 위해서 검사 측은 시와 당시 한국의 정치적 상황 사이에 더욱 명백한 대응 관계를 성립시킬 수 있어야만 했다. 따라서 검사 측은 시 속에 언급된 "군대"를 박정희 정권과 동일시하고, "비밀경찰"을 중앙정보부로 명명하며, 더 나아가 일말의 의심의 여지조차 없도록, 정부와 중앙정보부를 박정희 정권의 군사 쿠데타[5·16혁명]의

---

15  박태순, 앞의 책, 269면.

쌍생아로 묘사한다. 비슷한 방식으로, 둘째 연에 대한 검사 측의 정밀한 독해는 시적 "우리"를 민주인사와 동일시하며, 이러한 인사들이 정부의 관리하에 놓일 경우, "악랄한 방법"으로 고문당할 것을 예상할 수 있다는 너무나도 친절한 설명을 덧붙이고 있다.

법적 언어의 압력 아래에서 문학의 언어는 문학적이기를 멈추었다. 야콥슨의 유명한 분류를 빌려 말하자면, 검사 측은 유죄 판결을 받아내기 위해 언어의 시적 기능을 일축해버리고, 전적으로 그 지시적 기능에만 기댄다.[16] 양성우의 변론은 바로 이러한 모순점을 포착하면서 이루어졌다. 양성우의 변호사들은 시인의 표현의 자유를 주장하며, 시 속에서 '거짓된 발언'을 검출해내는 검사 측의 법리적 해석을 비판하고, 시의 영역에서의 진실과 사실을 혼동하는 거대한 부조리에 대해 반복적으로 지적하였다.[17] 그러나 박태순이 언급한 이중의 반전은 상황을 다시 한번 역전시키게 된다. 시인이 구체적으로 무엇을 "의미하는지" 정확히 밝히기 위해 검사 측이 법률 언어를 문학 언어에 적용하는 과정에서 공소장은 재판석에 서게 된 시인보다도 그를 판결하는 위치에 있는 정부를 향한 것이 되어버린다. 검사의 글에서 "인양 묘사하고"라고 한 부분만 빼면 공소장은 곧바로 "대단히 반정부적인 '한국 현대시 감상문'"이 되는 것이다.[18] 「우리는 열 번이고 책을 던졌다」가 거짓투성이이며, 젊은 시인이 오 년간 옥살이를 해야 할 정도로 그 거짓이 위협적이라는 검사 측의 주장은 오히려 박정희 정권의 일그러진 진실을 드러내는 유사 고백과도 같았다.

실제로 작가들에 대한 유신 정부의 끈질긴 박해는 오히려 이 정부가

---

16    로만 야콥슨, 「언어학과 시학」, 『문학 속의 언어학』, 문학과지성사, 1989 참조.
17    박태순, 앞의 책, 271면.
18    위의 책, 270면.

문학의 힘 즉, 사람들의 선봉에서 그들을 움직이고, 운동을 이끌어낼 수 있는 문학의 힘에 대해 깊이 이해하고 있었음을 보여준다. 이 정권은 운동을 위해서가 아니라 동원을 위해, 이러한 문학의 힘에 대한 통제권을 갖고자 했다. 겨울 공화국의 문화 정책을 관장하는 가장 핵심적인 기관은 문화공보부였다.[19] "문화"와 "공보"가 하나의 이름으로 묶일 수 있었다는 사실 자체가 많은 것을 말해준다. 1973년 문화공보부는 문예진흥위원회를 만들어 예술과 문화를 증진하기 위한 5개년 계획을 수립한다. 그 바로 일 년 전, 대대적인 선전 속에서 또 다른 5개년 계획이 개시된 바 있다. 이것이 바로 그 유명한 제3차 경제개발 5개년 계획1972~1977년으로, 우정은 Meredith Jung-En Woo이 "위대한 도약"이라고 부르기도 했던 이 국가적 기획을 통해 간단한 제조업경공업에서 중화학 공업으로의 전환이 가능해졌다. 이 기획의 성공을 보여주듯, 한국 경제는 1973년부터 1978년까지 연간 11%의 성장률을 보였으며, 이는 "20세기 최고의 경제적 위업으로 기록된 것 중에서도 두드러지는 성과"라는 평가를 받았다.[20]

경제 개발과 비슷한 방식으로 예술과 문화 역시 "문화 민족으로서의 한국의 위상을 드높이기 위해" "활성화되고 대중화되어야 한다"는 국가적 목표하에, 국가에 의해 주도되었다.[21] 이러한 문화 동원의 예로 최근 권보드래와 천정환이 분석한 바 있는, 박정희 정권하 자유교양운동의 핵심에 자리한 "고전Great Books" 독서운동을 들 수 있다. 1940년대 시카고 대

---

19    1968년 공보부와 문교부 문화국이 합쳐져서 문화공보부가 되었다. 1989년에 공보처가 설립되면서, 문화부와 공보처가 다시 분리되었다. 오늘날은 문화체육관광부이다.

20    Meredith Jung-En Woo, *Race to the Swift : State and Finance in Korean Industrialization*, New York : Columbia University Press, 1991, p.149.

21    문화예술진흥회의 창설에 관해서는 이서정, 「우리나라 문화정책과정에 대한 평가」, 이화여대 석사논문, 1998 참조.

학에서 로버트 메이나드 허친스Robert Maynard Hutchins가 실험한 교육과정을 모델로 하여 박정희 정권은 한국 모든 국민이 읽어야 할 고전 100선을 지정하였다. 1968년에 시작된 이 국가적 독서 장려 운동'국민개독운동'은『신약성서』,『그리스 로마 신화』,『소크라테스의 변명』,『동양병서』, 그리고『당송팔가문선』을 포함한 동서양의 고전에 대한 지식을 평가받는 "대통령기쟁탈 전국자유교양대회"가 매년 열리면서 절정을 이루었다.[22] 일본과 같이 산업이 더 발달한 국가로부터 기술을 이전받는 것이 한국의 급속한 경제발전에 도움을 주었듯이, "문화가 더 발달한" 국가로부터 "국제교환"을 통해 교양 교육liberal arts을 수입하는 것은 한국의 급속한 문화적 발전을 가져올 것이었다. 물론 소크라테스식 문답법에 대한 국민의 무지보다 오히려 문화를 공보와 동일시하고자 하는 이 정부의 열의야말로 허친스와 같은 인문주의 교육자의 눈에 한국의 문화적 후진성을 드러내는 징후로 비칠 것이라는 점을 국가는 인식하지 못했거나, 혹은 그러기를 거부했다. 대통령기를 건 국가 대회에 필요한 정보를 추려내기 위해 세계의 고전 백 권을 빠르게 읽거나 그 줄거리를 외우도록 국민에게 장려한다는 발상 자체가 교양 교육의 비판적 정신과, 고전을 고전이게끔 하는 평가 기준인 "[해석의] 무궁무진함"과는 완전히 어긋나는 것이었다. 결국 자유교양운동은 중앙'정보'부에서 잘 드러나듯이, '정보'라는 말을 요원들에 의해 수집된 '첩보'의 완곡어법으로 사용한 박정희 정권이 문화를 공보에 종속시킨 또 하나의 예가 되었다. 권보드래와 천정환은 한 서울대학교 역사학과 교수가 1975년, 국가 방위력에 대한 직접적인 표징으로서의 문학의 힘이라는 주제로 발표한 내용을 인용하면서, 유신 시대에는 문화 또한

---

22    권보드래·천정환,『1960년을 묻다—박정희 시대의 문화 정치와 지성』, 천년의상상, 2012, 432~447면.

국가의 안보와 반공을 위해 동원되었음을 지적한다.

겨울 공화국에 있어 문화란 애초부터 국가가 저술하거나 후원하는 반공선전의 영역이었다. 훗날 한국 정부 산하 문화예술위원회의 기관장을 맡고 국제펜클럽한국본부의 회장을 지내게 될 시인 문덕수는 1976년 작가와 정부의 관계를 다음과 같이 표현했다.

> 50년대까지는 문인들에 의한 문단의 자주관리체제였으나, 60년대부터 근대화와 급속한 경제발전에 따라 국가의 문예중흥정책이 요구되고, 이에 따라 문단도 크게 그 영향을 받기 시작한 것이다. 즉 문단 관리에 국가의 정책이 작용하기 시작한 것이다. 이러한 추세는 북괴의 끊임없는 무력 도발, 남북대화 중단, 국가안보라는 민족적 차원에서 가속화되고 있다. 특히 1970년대에 들어와서는 문예진흥법에 의한 문예진흥원이 설립되어 창작기금, 원고료 지원 등의 사업을 통하여 국가가 목표로 하는 문예중흥 정책을 전담하게 된 것이다. 이와 같이 국가의 문예정책 제시는 뚜렷한 환경적 특징이라 할 수 있다.[23]

문덕수의 발언에서 분명히 드러난 대로 겨울 공화국은 당근과 채찍으로 문학 분야를 "관리"하였는데, 국가 안전 보장을 위해 고안된 조치를 위반했다는 혐의를 내세워 저작물을 검열하거나 작가를 수감시키는 한편, 정부의 목적에 부합하는 작품에 대해서는 재정적인 보장을 해 주는 식이었다. 실제로 위에서 두 번 등장하는 "중흥"이라는 단어는 그 시절 여러 정부 캠페인에서 줄곧 등장하였으며, 무엇보다 국민교육헌장에서 반복되었다. 대통령의 명령으로 1968년에 공포된 이 헌장은 모든 학생들에게

---

23 한국문화예술진흥원, 『문예총람』, 1976, 39면. 주강현, 「반유신과 문화예술운동」, 안병욱 외, 『유신과 반유신』, 민주화운동기념사업회, 2005, 632면에서 재인용.

체벌의 위협과 함께 암기하도록 강요되었다.[24]

국가가 공인한 문화, 공보 더 나아가 선전 사이의 등가성은, 특이하게도 순수예술의 이름으로 구축되었다. 우리는 특히 문학과 관련하여 정부가 기용한 '문예'라는 단어에서 이러한 역설을 엿볼 수 있다. 글을 뜻하는 '문文'과 기예를 뜻하는 '예藝'를 결합한 단어 '문예'는 예술의 여러 장르를 지칭하는 의미에서 '예술과 문화'의 의미로 쓰일 수도 있고, 아예 '문학'만을 의미할 수도 있다. 후자의 의미에서, 문예는 보다 널리 쓰이는 '문학'이라는 말에 비해 글이 '문학적 기예'임을 강조하게 된다. 즉 문체의 문제, 또는 정치적 변화를 초월한 영원하고 보편적인 주제에 집중하는 심미적인 노력으로서의 문학을 의미하는 것이다. 그러나 문예라는 말에 함축된 이러한 '예술을 위한 예술'의 개념은 정치의 얼룩(여기서 얼룩은 적어도 국가의 입장에서 보면 불가피하게 퍼져나갈 뿐만 아니라 종국에는 프롤레타리아 이데올로기인 것으로 판명될 성격의 것이었다)에 의해 손상되지 않은 글쓰기를 옹호하는 것처럼 보이지만, 실제로는 유신 정권의 지배적인 반공이데올로기를 미학적 순수성으로 포장하는 데 사용되었다. 이러한 역설을 가능케 한 메커니즘은 전쟁과 분단으로 인한 외상이었다. 분단된 한반도의 남쪽 절반이라는 구조적 맹점이 반공을 많은 정치적 선택지 중 하나일 뿐인 정치 이데올로기로 이해되는 것을 어렵게 만들었다.[25] 이데올로기라기보다는 구원론으로 인식된 반공주의는 인간과 짐승, 질서와 혼돈, 순수와 위험을 나누는 마지노선을 지켜내는 것으로 여겨졌다.

---

24  국민교육헌장은 "우리는 민족중흥의 역사적 사명을 띠고 이 땅에 태어났다"로 시작한다. 헌장의 공포일인 12월 5일을 국가기념일로 축하하는 관행은 2003년에 중단되었다.

25  전후 시대 작가들의 반공산주의적 자기 검열에 대해서는, 이봉범, 「반공주의와 검열 그리고 문학」, 『상허학보』 15, 2005.8, 49~98면 참조.

이것이 바로 겨울 공화국이 자체적인 모순으로 인해 붕괴되지 않으면서, 순수예술의 이름으로 예술가의 표현의 자유를 빼앗고, 예술의 비공리주의적 자율성의 이름으로 예술을 반공선전의 도구로 만들어 버린 메커니즘이었다.

따라서 문학의 이름으로 겨울 공화국과 싸우는 것은 정치와 예술을 서로에게서 구해낸다기보다는 반공주의가 팽배한 한국에서 정치와 예술이 빠진 거짓된 이율배반으로부터 동시에 구해내는 것을 의미했다. '순수문학' 진영의 두려움을 가장 분명하게 보여주는 비평가 김붕구는 1969년에 모든 작가는 "창조적 자아"와 "사회적 자아"를 타고났는데, 사르트르처럼 후자가 전자를 지배하게 한다면 작가는 마비를 겪게 될 것이라고 주장했다.[26] 물론 김붕구와 같은 입장에서 구조적으로 인정할 수 없는 것은 사회적 자아에 대립하는 것으로서의 창조적 자아의 범위를 정하는 데 있어 이미 정치가 관여하고 있다는 사실이었을 것이다. 이러한 맥락에서 작가의 투쟁은 자신의 글을 통해 무엇을 재현할 수 있고 없느냐의 문제뿐만 아니라, 작가라는 존재는 무엇을 의미하는가에 대한 것이기도 했다. 주강현에 따르면 "이번에는 발언 자체가 운동이 되었다."[27] 이러한 통찰은 「노예수첩」의 첫 줄 "시인들아/이 땅에 읊을 것이 무엇 있느냐"와, 앞서 언급한 「우리는 열 번이고 책을 던졌다」의 학계에 대한 비판, 그리고 제목이자 반복구인 「지금은 결코 꽃이 아니라도 좋아라」1977년 등에 이르기까지, 양성우의 시 전체에 퍼져있다. 만약 꽃이 예술을 무시간적이며 비애가 가득한 미의 독점적인 기원이라고 생각하게 한다면, 지금은 꽃이

---

26   김붕구, 「작가와 사회 재론」, 『아세아』, 1969.2, 238~251면.
27   주강현, 「반유신과 문화예술운동」, 안병욱 외, 『유신과 반유신』, 민주화운동기념사업회, 2005, 614면.

아니라도 좋다. 왜냐하면 예술은 삶처럼 덧없기 때문이다. "시인"이 오직 그러한 종류의 미에 대한 증인이나 창조자만을 의미한다면, 지금은 시인이 아니어도 좋다. 문화기관과 활동, 그리고 개개인이 정부의 지원에 의존하도록 만드는 정교한 구조를 통해 예술가의 자유를 저당 잡는 한편, 예술가의 자유란 어디까지나 참여의 반대가 되어야 한다고 주장하는 유신 정권에 대항하여 양성우와 같은 작가들은 표현의 자유뿐만 아니라 문학적 참여의 자유 역시 주장함으로써 각각의 자유가 서로의 완전한 실현을 위한 전제 조건임을 명백히 하였다. 따라서 그들의 실천은 여러 층위에서 정치와 예술의 관계를 비판적으로 재검토하게 했고, 유신 정권이 열렬히 수호하던 전문 작가 겸 예술가와 공적 지식인 사이의 구별에 이의를 제기했다.

이 책에서 논의된 작가들은 이러한 입장을 취하는 데 있어 동아시아에서 역사적으로 통용되어온 세 가지 문학 개념을 참조하였다. 그 중 첫 번째는 내가 '리테로크라시literocracy'라고 명명한 것으로, 동아시아 고전으로 존숭을 받는 문文의 전통에서 문학과 정치는 불가분의 관계에 있다는 것과 관련된다. 여기에서 문학은 종종 덕 있는 사람에 의한, 덕의 통치를 보장하는 수단으로서 경세의 최고 형태로 간주되었다. 확고한 엘리트주의였지만, 그럼에도 이 전통은 문학, 특히 사람들의 노래風가 문맹자 대중의 의지와 욕망을 포착하고 이에 길을 내어주는 것에 대해 높이 평가했다. 반체제 작가들이 깊이 공유하고 있던 이러한 전통에 대한 감각은 이들이 적극 수용한 혼돈의 시대를 울리는 양심의 목소리라는 자신들의 정체성에 근거를 제공하였다. (나는 1970년대의 반체제시에서 바람의 비유가 특히 두드러지게 나타나는 것은 우연이 아니라고 생각한다.) 우리는 이러한 문치주의에 대한 이해야말로 작가들의 정치 참여의 조건을 마련하고, 박정희 정권의 정당성의 구조를 무너뜨리는 데 특히 효과적이었음을 확인하게 될 것이다.

두 번째 문학 개념은 이와는 대조적으로 19세기 유럽의 문학 개념에 기반을 둔 것으로, 문학을 국가로부터 자율적인 예술 영역으로 간주했다. 고국을 서구를 모델로 한 근대 민족 국가로 재발명하는 긴급한 과제에 직면하게 된 19세기 후반에서 20세기 초, 동아시아의 민족주의적 지식인들은 정치 공간의 철저한 재개념화를 시도하여 글쓰기를 문치주의의 실천으로 여기는 동아시아의 전통적 문 개념으로부터 문학을 분리해내고자 했다. 그럼에도 불구하고 새로이 자율성을 확보하게 된 이 문학이라는 제도는 근대적 국민을 조형해내는 데 있어 명백히 계몽적인 기능을 수행해야 할 것이었다. 문학은 감성, 언어, 심지어 신체에 대한 교육까지 제공함으로써 과거 왕의 신민이었던 사람들을 근대국가의 호명에 응답할 수 있는, 완전한 내면성을 갖춘 개인들로 탈바꿈시켜야 했던 것이다. 사카이 나오키<sup>Naoki Sakai</sup>를 따라, 나는 문학의 이러한 기능을 "국민주의의 포이에시스"에 참여하는 것으로 특징짓고자 한다.[28]

문학의 세 번째 개념은 명백히 유미주의적이다. 예술의 자율성에 대한 비공리주의적인 견해에 따라 내용보다 형식을 강조하고, 계몽의 수사학을 거부하는 이러한 유미주의는 문학을 탈정치화 시킬 수 있는 이론적 기반을 제공했다. 문학이 두 번째 개념의 시각에서 근대 국민주의 포이에시스의 특권적인 장소로 간주되었다면, 유미주의적 관점에서는 문학이 국가 건설의 수단일 수 있다는 그러한 견해야말로 한국문학이 완전한 근대성을 획득하는 데 실패했음을 드러내는 징표라고 할 수 있었다. 그러나

---

28  19세기 중반 유럽의 '국가의 승인된 학자들'과는 별도로 자율적 장으로서의 문학장의 출현에 관해서는 피에르 부르디외, 하태환 역, 『예술의 규칙』, 동문선, 1999.

'지나치게' 정치적 내용을 모든 문학적 실천으로부터 퇴거시킨 결과, 오히려 '불순하고 이데올로기로 가득하다'는 좌파에 대한 국가의 박해를 지지하고, 우파의 '순수문학'에 대한 독점을 가능하게 하는 정치적 효과를 가져왔다.

현대 동아시아에서 문학과 국가 사이의 관계는 이와 같은 힘들의 접합 속에서 주조되었으며, 겨울 공화국의 작가들은 유신 정권과 싸우기 위해 이러한 문학의 세 가지 개념 모두와 창의적인 방법으로 관계를 맺었다. 자실의 창립이 그 놀라운 예이다. 이 협회는 1974년, 겨울 공화국치고도 매우 가혹했던 해에 창립되었다. 1974년은 김지하를 비롯한 정부의 감시 명단에 올려져 있던 수백 명의 사람들이 중정에 의해 조작된 혐의로 체포되면서 시작되었다.[29] 여름에 엉터리 재판이 열렸고, 김지하를 비롯한 몇몇 피의자들에게 사형이 선고되었다. 당시 학생 활동가였던 김병곤은 유신 정권이 자신에게 내린 사형 선고에 대해, "사형이라는 영광스런 구형을 주시니 정말 감사합니다"라고 답하여 역사에 길이 남게 되었다.[30] 그해 봄 내내, 그리고 다시 가을에, 대학 캠퍼스 전역에서 시위가 벌어졌다. 이들과 연대하여 언론인들은 박정희 정권이 시작된 이래로 자신들의 직업윤리를 침해해온 정부의 가혹한 검열 제도에 조직적으로 반대하기 시작했다.[31] 자실은 이러한 격앙된 환경 속에서 태어났다. 고은, 염무웅, 박

---

29　이는 앞서 언급한 전국민주청년총연맹 사건(이하 민청학련 사건)을 의미한다. 이에 대해서는 제1장에서 더 상세히 다룰 것이다.

30　현무환 편, 『김병곤 약전』, 푸른나무, 2010, 47면.

31　한국사에서 유신 정권은 언론 관련 법률을 가장 많이 통과한 시대이다. 유재천, 「한국 언론의 생성과 발전과정」, 유재천 외, 『한국의 언론』 1, 한국언론연구원, 1991, 61면. 9 개의 대통령령 비상조치 중에 3개 (1, 2, 9번)도 언론의 자유에 영향을 미쳤다. 언론인들의 반유신 투쟁은 1975년 두 개의 주요 일간지 (『동아일보』 163명, 『조선일보』 33 명)의 대량 해고에 대한 대응으로 본격적으로 시작됐다. 이는 "프레스카드제" 채택 이

태순, 황석영, 이문구 등 작가 집단이 서울 청진동 지역의 초라한 찻집에 모였다. 이들은 독재자가 유일하게 완전히 제거하지 못한 저항하는 입인 작가들이 이제 입장을 표명할 때가 되었다고 굳게 결의했다. 그렇게 한다 는 것은 특권이자 책무였다. 특권이라 함은 그들의 작품활동이 지시적 기 능에 묶이지 않는 특별한 발언으로서, 독재자가 자신의 도덕적 권위를 스 스로 무력화시키지 않는 한 결코 포기시킬 수 없는 미적 자율성을 확보 하고 있었기 때문이다. 그러나 또한 책무이기도 했다. 왜냐하면 그러한 자율성은 문학으로 하여금 자신의 행위주체성을 적극적으로 수용하고 더 많은 제약을 받는 매체가 수행할 수 없는 진실을 폭로하는 장소가 되 도록 요구했기 때문이다. 작가가 시대의 양심으로 떠오를 수 있었던 것은 바로 이 책무를 기꺼이 수용하고 작품을 본질적으로 윤리적인 것으로 받 아들였기 때문이다.

1974년 11월 18일 자실의 탄생을 세계에 알리기 위한 거리 시위가 경 찰들의 돌격으로 해산당하고, 고은, 박태순, 윤형길, 조해일, 송기원, 이시 영, 이문구가 피검되었다. 그럼에도, 백한 명의 작가가 서명한 자실의 선 언문은 문학의 '성스러운' 이름이 이제부터는 작가들의 적극적인 정치 적 참여를 금하는 것이 아니라, 오히려 이에 권한을 부여할 것임을 분명 히 했다.[32] 구체적으로, 이 선언문이 요구한 것은 다음과 같았다. 대통령 의 긴급조치로 구금된 김지하를 비롯한 다른 수감자들의 즉각적인 석방, 언론, 집회, 결사, 종교 및 사상의 자유 보장, 일반 대중의 적절한 생활 수

---

후 이미 기자 감소에 의해 격감한 기자 수에 큰 타격을 주었다. 1971년 5,057명에서 1972년에 3,137명으로 그리고 1973년에 1,920명으로 줄었다. 김서중, 「유신체제 권력 과 언론」, 안병욱 외, 『유신과 반유신』, 민주화운동기념사업회, 2005, 191~203면.

32  이 시위에 대해서는 고은에 대한 이문구의 회고담에 자세히 서술되어 있다. 이문구, 『이문구의 문인기행―글로써 벗을 모으다』, 에르디아, 2011, 44~77면.

준을 보장하기 위한 조치의 이행, 기존 노동법의 개혁, 그리고 자유민주주의의 정신과 절차에 부합하는 새로운 헌법 채택. 박정희 정권이 주장한 미적 자율성의 의미에 대한 뚜렷한 반박으로서 이 선언문은 이러한 사회정치적 결의안이 작가의 "순수문학적 양심"의 자연스러운 표현이라고 선언했다.[33]

작가를 공적 지식인public intellectual으로 인식하는 문치주의적 전통의 흔적은 자실이 작가를 '문인文人', 즉 '문文'의 실천자들로 호명하고 있는 데에서도 드러난다. 사카이 나오키에 따르면, 전근대 동아시아에서 문文은 텍스트에 기반한 것으로서의 근대적인 문학 개념이 허용하는 것보다 훨씬 광범위한 의미를 가졌다. "'문'은 '직접적인 구두명령이나 법령 이외의 방법으로 나라를 다스리는 것'을 포함한다. 이와 같이 '문'이란 사람들에 의해 '체험되고lived' 사람들을 다스리는 어떤 사회적 현실의 짜임새texture를 뜻했다."[34] 이러한 측면에서, 문인은 본질적으로 정치 사상가이자 도덕 철학자로서, 그의 미에 대한 헌신은 늘 진선미의 불가분성을 전제로 했다. 박태순이 언급한 감동적인 사건은 문인, 즉 문치주의의 실천자로서의 작가를 재발견하는 데에 예술적 자율성의 개념이 근거가 되었던 구체적인 사례를 제공한다. 자실이 공식 출범하기 전, 박태순과 고은은 원로 시인이자 문학 비평가인 이헌구(문학계의 주요한 우파인물 중 한 명)의 이화여대 교수 연구실을 방문했다. 자실은 이 새로운 조직에 가능한 한 비이데올로기적인 기반을 제공하기 위해 한국문학 분야의 광범위한 영역에 지

---

33  자실은 이 책의 결론에서 논의된 것처럼 독재시대가 끝난 후 몇 차례 명칭이 변경되었다. 현재 명칭은 한국작가회의이다.
34  사카이 나오키, 후지이 다케시 역, 『번역과 주체 - '일본'과 문화적 국민주의』, 이산, 2005, 76면.

지를 요청했다. 두 사람은 자신의 사무실로 돌아가던 중인 이헌구를 건물 밖에서 마주쳤다. 두 사람을 본 원로 시인은 입을 열기도 전에 말을 막으며 말했다. "내가 다 알아요, 그러니 말하지 않아도 돼요. 난 '무조건 좋아요'이니까 필요치 않은 말은 아낍시다." 그만 헤어지자며 손을 내밀어 악수를 청한 이헌구는 이어 말했다. "말이 안 되는 세상에는 '특별한 말'이 필요한 거지. 문학인이 해야지. 아암 고마운 일이야. 자 어서들 가요."

"참여"의 대의를 위해 자신의 이름을 조건 없이 쓰도록 허락한 "순수" 시인을 만나고 돌아오는 길에 고은은 『논어』의 유명한 구절을 되뇌이며 철학적 사색에 빠져들었다. "공자는 '덕은 외롭지 않다. 이웃이 있다'라고 "덕불고 필유린"을 말했지만 실은 "미불고 필유린"인 거요, 문학인에게는." 오늘날의 문맥에는 "아름다움"이 "덕"의 자리를 대신하고 있다는 것이다. 반독재 저항은 더 이상 윤리나 정치의 문제가 아니라, 미학의 문제였다. 보다 정확하게 말하자면 저항은 먼저 미학의 문제였기 때문에 곧 윤리와 정치의 문제였다. 무엇보다 아름다움의 추종자인 작가들은 너무나도 추악하여 바라볼 수조차 없는 끔찍한 유신정권을 자신들이 더 이상 견뎌낼 수 없다는 것을 깨달아 가고 있었다. 고은은 이헌구 선생의 말이 그런 것이라고 이해했다. "너희들 왜 왔는지 다 안다, '서명 부탁'이라는 소리 꺼내고 듣는 것마저도 추악한 짓거리이니, 그런 소리 거두절미 생략하고 늙어버린 내 몫까지 합쳐다오." "아름다움은 외롭지 않다. 반드시 이웃이 있다……."[35]

자실의 이름에는 자유와 실천이라는 단어가 결합되어 있다. 이 중 '자유', 즉 서구 자유민주주의의 위대한 약속은 한국인들에게 몇 번이고 부

---

35 박태순, 앞의 책, 52~53면.

인되었다. 식민 통치로부터의 해방 후, 미군정의 종료 후, 국가의 분단이
라는 대가를 치름으로써 최소한 남한에서만이라도 민주주의를 확보할
것으로 생각된 골육상쟁의 전쟁이 끝난 후에도 그랬다. 이토록 오랫동안
배반당한 약속이 1960년 4월 19일의 혁명에 불을 붙였고, 이승만 정권을
종식시켰다. 그러나 봄이 길고 긴 겨울로 바뀌자, 자유의 범주는 실천의
차원에서뿐만 아니라 자유민주주의의 이상으로서도 공격을 받게 되었
다. 박정희는 한국적 상황의 특이성에 서양식 자유민주주의는 적합하지
않다며 특유의 소박한 방식으로 '한국식 민주주의'를 선언했다. 박정희
는 "몸에 알맞게 옷을 맞추어서 입는 것과 마찬가지로 우리의 역사와 문
화적 전통, 그리고 우리의 현실에 가장 알맞은 국적 있는 민주주의적 정
치 제도를 창조적으로 발전시켜서 이것을 신념을 갖고 운영해 나가야 할
것"[36]이라고 주장했다. 이러한 비민주적인 민주주의인 "국적 있는 민주주
의"에 반대하여 겨울 공화국의 반체제 작가들은 서구의 자유민주주의와
등가인 자유의 범주를 끝내 포기하지 않았다. 그러나 겨울의 혹독함은 작
가들에게 자유를 실천과 연계시켜야만 할 근본적인 필요성을 계시했다.
박정희 정권 또한 빠르게 주목하였듯이, 한국 역사의 많은 중요한 분기점
들에서 이상이나 구호로서의 자유는 그 실천에 있어 정반대의 것을 인가
하는 역할을 했다.[37] 이러한 이유로, 이 책에서 다루게 될 겨울 공화국의
작가들은 세기말 계몽주의 시기 유학자들이 처음 상투를 자르고 조선어
로 독자 대중을 향하여 근대문학을 창작하기 시작한 이래, 한 번도 자유
가 무엇을 의미하는지 이론화하고 상상하기를 멈춘 적은 없었으나, 이를

---

36    박정희, 『박정희대통령 연설문집』 4, 대통령비서실, 1973, 307면.
37    자명한 사례는 이승만 독재 체제의 헌법 틀을 확립하는 데 도움을 준 자유당으로, 이들
      은 자유의 이름으로 자유를 탄압했다.

의미 있는 방식으로 실천하는 데 있어서는 자신들이 실패하고 말았다는 것에 대한 고통스러운 깨달음에서 출발해야 했다. 자실의 이름에서 강조된 '자유'와 '실천'은 봄을 기다리는 한국문학의 긴급한 과제를 나타내고 있었다. 즉, 이는 미와 정치 사이의 관계를 재정립하고 그 재정립된 관계를 실천하는 것이었다.

1970년대 들어 활발하게 전개된 한국의 민주화 운동에서 문학이 차지하는 중심적 지위는 박정희 정권의 엄격한 검열과 이에 따른 언론의 부역과 가장 직접적인 차원에서 깊은 관련이 있었다. 최장집에 따르면 언론은 1950년대 내내 그리고 심지어는 박정희의 통치 기간 중 전반부에 이르는 기간까지, 정부가 정책에 실패할 경우 가장 날카로운 비판자로서 기능하며, 국가의 주요 안건을 설정하는 데 있어 핵심적인 역할을 수행했다.[38] 그러나 1970년대 초에 이르면 박정희 정권은 언론을 '준국가기구'로 전환시키는 데 성공한다. 뉴스에서는 어떠한 이야기를 다루어야 하며 누가 이를 다룰 수 있는지, 뉴스가 지면에는 어떻게 나타나야 하며, 신문은 또 어떻게 유통되어야 하는지 등 뉴스 산업의 모든 측면을 국가의 통제하에 두기 위해 필요한 조치들을 실행해 나가는 것을 통해 정부는 신문의 비판적 기능을 억제했을 뿐만 아니라 정부의 계획과 의제를 대변해 줄 믿을만한 창구를 확보하는 데에도 상당한 성공을 거두었다.[39] 언론이 무능력해짐에 따라 문학은 점차 반체제적인 목소리가 되었다. 예를 들어, 사회학자 김동춘은 유신 시대 전반에 걸쳐 문예계간지 『창작과 비평』의 발간은 전공분야와 상관없이 모든 지식인이 고대해 마지않는 하나의 사건이었음을 언급한 바 있다. 왜냐하면 "무슨 일이 일어나고 있는지에 대

---

38    최장집, 『민주화 이후의 민주주의』, 후마니타스, 2002, 93면.
39    특히, 언론 카드법은 언론의 강력한 통제 수단이었다.

해 비판적 관점에서 접근할 수 있는 다른 방법이 없었기 때문"[40]이다.

검열의 문제를 넘어 복잡한 정치적 현실과 역사적 유산이 펜과 칼 사이에 벌어진 수많은 전투의 토대가 되는 지형을 형성했다. 여기에서 가장 중요한 것은 유신정권이 분단을 통해 탄생한 파시즘적 국가이자 냉전 시대의 뜨거운 무대로서 유지되었다는 것을 기억하는 것이다. 테드 휴즈가 분석 한 바 있듯이, 박정희 정권과 북쪽의 공산주의 정권을 나누는 38선은 단순한 국경선이 아니라 자유세계의 한계와 동아시아에서의 팍스 아메리카나의 자장의 범위를 표시하는 최전선이었다.[41] 미국의 헤게모니는 이 경계선 안쪽의 모든 아시아 동맹들에게 서구의 자유주의와 함께 민주주의, 자유, 인권, 주권, 자율에 대한 보장을 가져올 것이었다. 그러나 박정희 정권은 이 경계선을 반공주의적 민족주의, 가부장적 국가주의, 생존지향적 발전주의라는 신성한 이념의 삼위일체로서 수호하고 있었다. 이러한 이념들은 가혹한 식민지 지배와 이에 잇따른 파괴적인 전쟁의 불길속에서 단련되어, 강하게 대중을 지배하고 있었다. 다르게 말하면, 박정희 정권은 어떤 중핵적인 역설을 통해 스스로를 유지했다. 그 역설은 자유세계의 안전이 그 세계의 최전방에서는 극도의 부자유를 실천하는 것을 통해 보장될 수 있으리라는 것이다. 그러한 역설 속에서 서구 자유주의의 가장 기본적인 교리들은 반복해서 위기에 빠지게 될 것이었다. 이 시대의 작가들은 이러한 위기를 서사화함으로써 유신 국가에 의해 자행된 자유주의의 이상에 대한 침해와 더불어 냉전적 독재정권의 유지에 있어서의 미국의 공모, 이 모두에 대항할 수 있는 자원으로 전환시켰다.

1970년대 한국에서 어떻게 그리고 왜 문학이 반독재 저항의 가장 특

---

40    김동춘, 2013년 6월 29일 저자와의 대화에서
41    테드 휴즈, 나병철 역, 『냉전시대 한국의 문학과 영화』, 소명출판, 2013.

권적 장소가 되었는지에 대한 역사적이고 텍스트적으로 풍부한 설명을 제공하기 위해 이 책은 겨울 공화국의 네 명의 주요 작가들에 주목한다. 이 책의 각 장은 각각 한 명의 작가를 대상으로, 그의 작품에서 핵심적으로 다루어진 비유$^{trope}$를 중심으로 구성된다. 제1장에서 다루어진 비유는 '도둑'이다. 시인이자 극작가인 김지하가 박정희의 통치 기간 내내 이어나간 지속적이고 널리 알려진 대결 중에서도, 1970년 「오적」의 출간은 겨울 공화국에 대한 작가들의 저항의 본질 자체를 변화시킨 분수령의 순간이었다. 판소리를 창조적으로 재구성하여 박정희의 독재를 풍자한 긴 산문시인 「오적」은 박정희 정권의 다섯 도적(재벌, 국회의원, 고급공무원, 장성, 장차관)을 한국인에 대한 강도죄로 여론의 법정에 세워 재판을 받게 한다. 김지하의 강력한 풍자에 대한 정부의 대응은 양성우 때와 마찬가지로, 반공주의와 국가보안법에 따라 시인과 시를 게재한 잡지 출판인들을 재판에 회부시키는 것이었다. 이 법정 드라마를 통해 김지하는 국내외에서 하나의 기표로서의 지위에 오르게 되었고, 그의 이름을 통해 반독재 저항은 더욱 강화되고 조직화될 수 있었다. 「오적」은 한국에서 필화 사건의 시대를 열었으며, 정부가 당근보다는 채찍에 더 많이 의존하도록 만들었다. 그러나 작가들을 법정과 감옥으로 끌어들이는 정부의 행위는 또한 작가들을 거리로 내모는 것이기도 했다. 문학이야말로 지적 자유의 최후 방어선인 것으로 인식되면서 문학은 겨울 공화국에 대한 저항의 최전선이 되었다. 따라서 군사 독재에 맞선 작가의 투쟁은 자유, 더 나아가 민주주의의 정의를 둘러싼 한판 승부를 촉구했다. 제1장은 김지하의 재판에 대해 탐구한다. 이 일련의 재판들은 테드 휴즈가 "자유의 최전방"이라고 부르기도 한 한국의 지정학적 위치에 내재된 핵심적 모순을 드러내는 사건으로서의 의미를 갖는다. '자유 아시아'는 제2차 세계대전 이후 미국이 전 세계적 패권국으로 대두한 상황이 바람직하다는 것을 증명해 주어야 할 것이었지만, 이 자유세계의 최전방은 자유와 민주주의의 이름으로 바로 그 자유와 민주주의 이상이 일상적으로 희생되는 예외적인 공간인 것으로 판명되었다. 이 세계의 논리를 제공한 냉전 발전주의는 한국이 미국뿐만 아니라 일본에도 또한 종속될 것을 요구했다. 따라서 이 장은 냉전 시대 제1세계와 제3세계 사이에는 특정한 종류의 관계가 있었으며, 김지하의 사례는 이러한 관계가 개별 작가의 수준에서도 관철되고 있었다는 것을 보여준다는 논의로 결론을 맺고 있다.

김지하가 겨울 공화국에 반대하는 반독재 저항의 얼굴이었다면, 그 운동의 심장에는 이문구와 같은 작가가 있었다. 이문구는 개인사적인 이유로 어떠한 종류의 전위 사상도 혐오했지만, 그럼에도 불구하고 자실의 창립 멤버가 되어 조직을 유지하기 위해 필요한 일상적인 작업을 특별한 직함을 지니지 않은 채 조용히 수행했다. 이 과정에서 이문구의 행동주의를 지탱했던 것은 혁명가로서의 정체성도 예술가로서의 정체성도 아닌, 이웃으로서의 정체성이었다. 제2장은 이문구를 겨울 공화국의 작가로 자리매김하면서, 그가 자신의 작품들을 통해 국가의 호명 전략을 이웃이라는 핵심적 비유를 통해 비판하고 있음을 보여준다. 전례 없는 규모의 농촌 공동체의 붕괴와 아파트 및 공장 단지와 같은 새로운 형태의 '공동체' 생활의 출현을 목격한 급속한 산업화의 시대이기도 했던 박정희 시대에 이웃이라는 형상은 그 모습 속에 오래된 향수와 새로운 불안을 모두 응축하고 있었다. 이러한 양면성을 이용하여 박정희 정권은 이웃 감시 시스템을 구축하고 국가 아래 각 지역의 집단 정체화의 형태를 포괄하도록 설계된 일련의 지역 사회 재생 캠페인 전개에 착수했다. 또한 '국민'의 이름으로 사람들을 동원하여 '개인'을 개발단계의 국가에 직접 결합하려고 했다. 이러한 역사적 맥락에서 볼 때, 이 문구의 이웃에 대한 강조는 전체주의에 대한 매우 예리한 비판을 가능하게 했다.

케네스 레이너드Kenneth Reinhard는 이웃이란, 전체주의 사회의 특징인 원자화와 집단화의 동시적 진행에 맞설 수 있도록 해주는, 고유한 거리 두기 방식을 지칭한다고 주장한다.[42] 낯선 사람도 아니고 그렇다고 혈연관계도 아닌, 친구도 아니고 그렇다고 적도 아닌 이웃은, 한편으로는 변경할 수 없는 관계인 혈연의 논리와 다른 한편으로는 선택이나 친연성의 관계인 친구 또는 동지의 논리를 넘어 소속감이란 무엇인가에 대해 근본적인 질문을 강제하는 사회성의 근본 단위이다. 더욱이 한국의 역사적 맥락에서 이웃은 실제로 전후 한국의 국가 통합과 국가 건설 전략에서 핵심적인 역할을 담당했다는 점에서 반공의 역사에 대한 비판적 개입을 가능하게 해준다. 한국 전쟁과 남북한의 분단이 남긴 특수하고도 지속적인 외상을 야기한 것은 바로 위에서 언급한 두 가지 논리, 즉 친족/낯선 사람이라는 가족의 논리와 친구/적이라는 정치적 논리의 교차적 결합인 '형제이지만 적'이라는 기괴한 범주였다. 이를 상기해본다면, 이문구의 이웃 이야기는 정체성 정치를 넘어서 '가까움'의 윤리에 대한 지속적인 사유를 제공한다. 따라서 이문구의 소설에서 이웃하기란 유신 정권의 동원과 집단화의 수직성을 교란시키고 수평적인 사회적 관계망을 회복, 증식시키기 위한 전략적 작업의 다른 이름이다. 이러한 작업은 문학적 형식의 차원에서도 수행되었다. 이문구는 현대 소설이 근본적으로 단성적이라고 보았는데, 이는 소설의 지면을 채우는 인물들에 대한 전지적 시선과 내면적 시선 모두를 저자에게 양도하였기 때문이다. 현대 소설에 자리를

---

42  케네스 레이너드, 정혁현 역, 「이웃의 정치신학을 위하여」, 『이웃』, 도서출판b, 2010.

내어주었던 문학 장르들을 이문구가 다시 소생시킬 수 있었던 것은, 작가와 등장인물의 관계를 저자와 인물 사이의 수직적인 관계가 아니라 이웃 간의 수평적인 관계로 재개념화한 데 그 토대를 두고 있다. 최종적으로 이문구의 소설은 내면화와 서사의 완결 모두에 저항하며, 대신 그의 수많은 이웃이 거주하는 삶의 세계의 다성적 풍부함을 극대화하기 위해 노력하고 있음을 분석해 보일 것이다.

3장은 겨울 공화국 시기에 출간된 가장 중요한 소설 중 하나인 『난장이가 쏘아올린 작은 공』<sup>이하</sup> 『난쏘공』에 대해 위상학적인 접근 방식을 취하고 있으며, 이를 통해 현재 윤리적이자 미학적인 원리로 받아들여지는 '이웃하기'가 어떻게 계급적 적대야말로 유신 정권의 국가 건설 프로젝트의 심장부에 있는, 미처 인식되지 못한 중핵임을 드러내게 되는지에 대해 탐구한다. 조세희의 이 작품은 난쟁이, 난쟁이의 아내, 난쟁이의 세 아이를 통해 반<sup>半</sup>우화적으로 표현된 도시 빈민의 곤경을 중심으로 전개되는 열두 편의 단편들로 이루어진 연작소설집이다. 이들은 서울의 급속한 도시화 과정 속에서 살던 집에서 강제 퇴거당하게 된다. 계급 관계의 여러 겹 속에 이 서사를 끼워 넣는 것을 통해 이 소설은 노동자 대중의 지속적인 불구화와 성장의 저해를 통해서만 비로소 가능했던 한국의 발전을 묘사한다. 이 장에서는 난쟁이의 형상을 통해 육체적으로 표현된 저해된 성장이 어떻게 역으로 겨울 공화국의 발전주의적 담론을 저지하게 되는지 살펴볼 것이다.

『난쏘공』의 원래 기획은 한국의 도시 재개발에 관한 보도 기사로서, 여성 잡지 기자인 작가가 '문자 그대로 증언'할 예정이었다. 그러나 퇴거가 예고된 집에서 가족들이 마지막 식사를 하고 있는 중에, 철거인들이 모든 벽을 대형해머로 무너트리는 것을 보면서, 기자는 논픽션의 언어로는 눈

앞의 초현실적인 상황을 서술하기에는 부족하다는 듯이 소설을 쓰기 시작했다. 그 결과 한국의 주요 문학 계보에서 환상소설과 리얼리즘 소설의 경계 자체에 분란을 일으키는 소설이 탄생하게 되었다. 조세희의 작품은 보도 기사가 그 기술적인 정점에서, 마치 뒤틀림의 순간에 있는 뫼비우스의 띠처럼, 어떻게 그 반대편에 있는 종이 위에 펼쳐진 환상적인 몽상의 행위로 변하게 되는가 하는 질문을 제기한다. 이 문제를 다루기 위해 이 장은 『난쏘공』의 형식에 관한 문제를 다루며 본 텍스트를 한국문학계에서 지속되어온 모더니즘과 리얼리즘 논쟁의 맥락 속에 위치시키고자 한다. 우리는 서로 이웃하는 열두 편의 이야기 속 조세희의 증언하기가 어떻게 유신 한국의 미메시스 규칙을 재작성하는지 보게 될 것이다.

겨울 공화국은 1979년 가을, 갑자기 끝이 났지만, 완전한 민간 정부로의 전환은 1993년까지 기다려야 했다. 이러한 지연은 한국 사회에 여러 차원에서 중대한 영향을 미쳤다. 특히 반독재 저항과 관련하여서는 세대별 반체제 인사들을 거치며 연속성 못지않게 단절 또한 발생했다. 전두환이 권력을 탈취한 첫해의 참상, 특히 광주의 충격, 그리고 시민 사회의 탈정치화를 목표로 한 대규모 '사회 정화 운동'의 성공은 젊은 세대의 급진화를 야기했다.[43] 1980년대 중반에 민주화 운동이 맹렬히 재부상했을 때, 세 가지 새로운 뚜렷한 경향이 굳어져 있었다: 대학 캠퍼스 전역에 걸친 마르크스-레닌주의 이데올로기의 확산, 민주화 운동 내 두드러진 반미친북 분파의 부상, 특권을 포기하고 "혁명적인 노동자로 거듭난"[44] 엘

---

43 전두환은 통치 첫해에 6만 명 이상의 인원을 사회풍토문란 혐의로 군사 재판에 회부했고, 약 4만여 명은 삼청교육대라는 군대식 강제 수용소에 한 달에서 몇 년까지의 기간 동안 수감시켰다. 이남희, 앞의 책, 92~93면 참조.
44 위의 책, 339~423면.

리트 대학생들을 매개로한 직접적인 노학연대가 바로 그것이다. 이 젊고 더 전투적인 세대는 1980년 서울의 실패한 봄으로부터 민주주의의 민토은 민족의 민토과 억압된 대중, 즉 민중의 민토과 연결되지 않으면 결코 실현될 수 없다는 것을 배웠다. 민주화 운동은 남북한의 분단 체제와 한국의 연이은 발전주의적 독재 정권의 유지에 제국주의 권력으로서의 미국의 안보적 경제적 이해관계가 얽혀있다고 인식하게 되면서, 명렬하게 반미주의적인 성향을 띠게 되었다. 한국의 겨울 공화국 시기의 민주화 운동과 이어지는 전두환 시기의 민주화 운동 사이에 발생하게 된 간극을 특징 짓는 것은 이렇듯 강조점이 '자유'에서 '해방'으로 옮겨가게 되었다는 점이었다.

지식인 정체성에 대한 부채감, 서구 자유민주주의에 대한 고집, 미적 자율성에 대한 근본적인 믿음을 지닌 겨울 공화국의 작가들은 대부분 앞서 서술한 1980년대 중반의 변화된 환경에 잘 적응하지 못했다. 그러나 황석영은 예외였다. 자실의 '공모자들' 중 많은 사람은 젊은 세대 반체제론자들에게 전투성이 결여되어 있다는 비판을 받았다. 일례로 반토유신 저항 세력을 대표하는 이론가이자 좌파적 경향의 문예지 『창작과 비평』의 창립자 백낙청은 "소시민 의식"을 드러내는 것으로 비난받았다. 반면, 황석영은 민중적 세계관의 모범적 작가로 환영받았다.[45] 한국 전후 노동소설은 1980년대에 프롤레타리아 혁명을 일으키는 데 도움이 될 문학형식으로 여겨지면서 새롭게 부상하게 되는데, 이 계보의 첫머리에 놓이게 되는 것 또한, 다름 아닌 재발견된 황석영의 1971년작 중편소설 『객지』였다. 원통한 농부들에 대한 이문구의 다성적인 이야기나, 심지어 착

---

45    김명인, 「지식인 문학의 위기와 새로운 민족문학의 구상」, 황석영 외, 『전환기의 민족문학』 1, 풀빛, 1987, 86면.

취당하는 난쟁이들에 대한 조세희의 극단적인 르포조차, 고리키의 문장들을 술술 읊을 수 있는 레닌주의적 전위사상으로 무장한 세대에게는 결국 승인을 얻지 못했다. 그렇다면 어떠한 점이 황석영의 겨울 공화국 시기의 작품들만은 이 세대의 승인을 얻게 만들었을까? 이 질문에 접근하면서, 제4장에서는 황석영의 소설에서 '정치적'이라는 개념이 무엇이었는지를 탐구하고, 그것을 방랑자의 모습을 통해 이동성mobility의 문제와 연결시키고자 한다. 황석영의 소설은 유신의 전체주의적 국가 논리, 특히 한국인을 국민 동원에 준비가 된, 대중화되고, 유순하고, 근면한 신체로 호명하는 것을 해체하고자 하며, 그것은 유신 정권의 집단화 방식에서 벗어날 수 있는 적절한 정치적 주체에 대한 탐색을 통해 구체화된다. 산업화로 인해 전통적인 농촌 공동체를 지탱해온 유대와 정체성으로부터 풀려난 황석영의 방랑자들은 유신 시대의 질서 속에서 자신들의 자리를 찾으려고 노력했으나, 자신이 어떤 결정적인 점에서 부족하다는 것을 발견한 사람들이다. 그들은 뿌리내리지 못한 채 자유로운 급진주의자로 민족 영토의 숨은 갈피들을 방랑하면서, 민중이라는 집합적 주체의 이름으로 행동을 위한 준비 태세를 갖추고, 젠더화된 재통합을 이루는 순간을 기대한다. 이러한 작품들을 혁명 전야의 문학으로 접근하면서, 이 장은 다른 모든 형태의 사회적 중재를 제거해 나가는 연속적인 삭감subtraction의 과정을 기록하고, 방랑자를 계급 적대의 불가피한 폭발에 대비하도록 한다.

　이 책에서 내가 하고 싶었던 이야기는 삼중의 초점 렌즈를 필요로 한다. 이 책에 담긴 신문 기사, 선언문, 연설문, 회고록, 법원 기록, 문학 논쟁, 그리고 출판되었거나 또는 출판되지 않은 문학적 상상력 등 다양한 자료들을 분석하기 위해 나는 세 가지 해석 방식을 엮은 접근법을 택했다. 작품이 생산된 시대에 초점이 맞춰진 문학사로서의 시대론, 작가에 초점이 맞춰진 평전으로서의 작가론, 그리고 초점이 문학 작품에 맞춰진 텍스트 분석으로서의 작품론이 그것으로, 이러한 구별은 더 이상 엄격하지 않은 것이 되기는 했지만, 한국적인 맥락에서는 여전히 개별 범주의 자격을 갖는다. 나의 방법은 앞서 말한 다양하고 이질적인 자료들 사이를 유동적으로 이동하면서 시대, 작가, 작품 사이의 삼각관계를 단순히 맥락화하는 것뿐만 아니라 이들을 상호 조명하는 것이었다. 따라서 이 책은 상대적으로 짧은 기간 내 한국에서 출간된 문학 작품들에 초점을 맞추고 있긴 하지만, 이 작품들을 더 긴 문학사 속에 위치시키고자 한다. 특히 나는 겨울 공화국의 문학을 20세기 중반부터 현재까지의 한국문학 논쟁사 속에 삽입시키는 것이 중요하다는 것을 발견했다. 그러면서 이 문학을 더 잘 맥락화 할 수 있도록 특정 작가조직의 설립이나 문예지의 등장과 같은 제도사의 측면에도 주목했다. 어쩌면 더 중요한 것은 내가 이 시대를 풍족하게 만든 작가들의 삶의 이야기에 특별한 관심을 기울이려고 노력했다는 것이다. 문학 분석에 있어 내가 받아온 훈련과는 배치되지만, 나는 작품들에 생명을 준 작가들의 삶 속에 또한 깊이 파고들어 이들이 어떻게 자신들의 시대를 통과해 나가려 했는지 관심을 기울이지 않는 작품 해석에는 더 이상 보람을 찾을 수 없게 되었다.

이 책의 결론 부분에서는 겨울 공화국이 남긴 여파와 그것의 예상치 못한 귀환에 대해 간략히 다루고 있다. 1979년 박정희의 죽음은 겨울 공화국을 유예시켰을 뿐 끝장내지는 못했다. 그리고 2010년대에 박정희의 딸이 대통령이 되면서 겨울 공화국이 한국 정치의 중심 무대로 복귀한 것은 박정희 하의 국가 통제주의, 발전주의, 반공주의 국가 건설의 패러다임에 대한 대안이 아직 한국에서 대두하지 못한 상황에서, 이를 어떻게 평가해야 할지에 대한 전반적인 혼란 상태를 시사한다. 더욱이 이러한 혼란은 한국 민주화의 유산을 어떻게 평가할 것인가에 대한 문제로까지 번지고 있다. 이 책의 결론은 독재 시대의 혼란스러운 유산을 이해하기 위해 작가들이 겨울 공화국을 상대로 펼쳤던 투쟁의 조건들과 지면 안팎에서의 작가들의 참여와 관련된 자료들을 재검토한다. 이러한 자료들은 전투적인 1980년대에 받아들여지기도 했지만, 그만큼 거부되기도 했던 것들이다.

전세계적으로, 전통적인 질서에 대해 근대 국민 국가가 거둔 승리는 거의 예외 없이 폭력적인 것이었다. 한국의 경우, 그 폭력은 다음과 같은 두 가지 요인으로 인해 더욱 증폭되었는데, 그 첫번째는 전통적 정치 질서의 오랜 지속성과 놀랄만한 안정성이고, 그 두번째는 뒤늦은 식민 통치, 냉전으로 인한 탈식민화 노력의 중단, 천년이 넘는 역사를 공유한 영토를 그 허리에서 두 동강이 냄과 동시에 인구의 5분의 1을 희생시킨 내전이자 국제전쟁으로서의 한국전쟁 등의 20세기의 재앙들이었다. 이러한 역사적 힘들의 결합은 박정희 정권이 집권한 십팔 년 동안 이어진 근대 국민국가 형태의 놀라울 정도로 빈틈없는 통합을 위한 맥락을 제공했다. 박정희 정권이 시동을 건 '조국 근대화'라는 거대한 바퀴는 완전한 황폐화에서 살아남은 사람만이 알 수 있는 안도가 가미된 거대한 공포를 활용하면서 거침없는 힘을 얻게 되었다. 필요하다면 폭력을 사용해서라도 오늘보다 나은 내일을 만들어야만 한다고 생각하는 이러한 사람들의 필사적인 희망은, 이 바퀴에 막을 수 없는 동력을 부여했다. 20세기의 한국은 너무나도 처참했기 때문에 '정상적인' 방식은 통용될 수 없다는 널리 공유된 이 정서는 박정희 정권에 의해 유신 국가를 뒷받침하는 비상상황의 논리를 설계하는 데 동원되었다. 이 멈출 수 없는 바퀴 앞에, 문학은 당랑거철螳螂拒轍이라는 사자성어 속 사마귀와 같았다. 핍박받고 검열당하며,

침묵 당하거나 부역을 강요받은 문학은 언제까지나 문학의 가장 근본적인 전제조건이어야 할 기본적인 자유자체를 잃었다. 한국의 역사를 통틀어 문학이 이렇게까지 그 표현을 제한당한 경우는 거의 없었다. 그러나 이 무력함이 역설적으로 문학을 시대의 중심에 세우고 사람들의 집단적 삶의 핵심에 자리할 수 있도록 하는 강력한 힘과 타당성을 부여했다. 양성우 시인이 그의 시를 통해서뿐만 아니라, 기소되어 유신 법정에 서고, 유신 교도소에서 형을 치름으로써 유신 국가가 결국 겨울 공화국이라는 사실을 알릴 수 있었던 것처럼, 문학은 스스로가 자율적인 예술로서 존립할 수 있도록 해 주는 조건들을 수호하는 데 실패함으로써 오히려 독재 정치에 맞서는 가장 강력한 대항자가 될 수 있었다. 이 책에서 논의된 겨울 공화국의 작가들은 이러한 역설을 매우 탁월하게 무대화하고 있다.

이 서론의 앞머리를 장식한 월레 소잉카의 감동적인 인용문에서 그는 아프리카 작가들을 향해 "연대기 기록자"나 "부검의剖檢醫" 이상이 될 것을 촉구한다. 그러나 재현"연대기 기록자"의 작업과 분석 및 이론화"부검의"의 작업를 넘어서 작가는 과연 무엇을 할 수 있을까? 나는 이 지면 위에 되살려낸 작가들의 삶과 작품들이 우리를 그 질문에 더 깊이 있게 다가갈 수 있도록 하기를 바란다.

# 제1장

# 법정에 서다

## 김지하의 오적

바람 스산타

스산함 타고 앉으면

바람.속이 내 집

— 김지하, 「진리」[1]

알렉산드르 솔제니친Alexandr Solzhenitsyn은 다음과 같이 말했다. "위대한 작가는 또 하나의 정부나 마찬가지이다. 그래서 별 볼 일 없는 작가라면 몰라도 위대한 작가라면 어떠한 정권도 좋아하지 않는 것이다."[2] 솔제니친이라면 겨울 공화국 시기 한국의 위대한 작가로 김지하를 꼽았을 것이다. 1960년 4월 혁명과 함께 성년이 된 4·19세대의 상징적 작가인 김승옥은, 수십년 후, 김지하가 곧 반독재 저항이었고, 반독재 저항이 곧 김지하였다고 회상했다. "70년대란 나에게는 박정희 대 김지하의 전쟁기간으로 정리되는 것이었다."[3] 박태순은 김지하가 유신 시대의 대부분을 보낸 감방을 "사령

---

1    김지하, 『김지하 시전집』 2, 솔, 1993, 233면.

2    Alexandr Solzhenitsyn, *In the First Circle,* trans. Harry Willets, New York : Harper Perennial, 2009, p.465.

3    김승옥, 「작가의 말」, 『김승옥 소설전집』 1, 문학동네, 1995, 13면.

실"과 "병참기지"로 묘사하며, 여기서 김지하가 "민주주의의 모스 부호"를 끊임없이 발신했고, 감옥 밖의 작가들이 이를 수신하여 전송했다고 설명했다.[4] 1964년부터 1980년까지 수감을 반복한 김지하는 1974년 사형을 선고받았고, 1975년 무기징역을 선고받았다. 겨울 공화국의 전 기간에 걸쳐 김지하는 자신의 펜을 통해 자신과 자신의 글을 출간한 출판사에 거듭 재앙을 불러들였다. 김지하의 이름이 전체주의적 박해에 시달리는 한국의 모든 남녀를 지시하게 되면서, 그의 이름은 또한 반체제 조직과 행동을 위한 집회의 구호가 되었다. 우리가 서론에서 살핀 자실의 설립 또한 상당 부분은 1974년 김지하의 사형선고에 의해 촉발되었다.

요세프 브로드스키Joseph Brodsky, 안드레이 시냐프스키Andrei Sinyavsky, 유리 다니엘Yuli Daniel, 블라디미르 부콥스키Vladimir Bukovsky와 같은 1960년대의 소련 작가들의 시련이 후르시초프 해빙기라 불리는 탈스탈린화 시기의 종말을 상징했듯이, 김지하의 국가에 대한 저항은 법정에서 가장 극적으로 연출되었다. 러시아 문학계의 작가와 국가의 관계를 조사한 캐슬린 파테레Kathleen Parthé는 애초에 재판이 열리게 만든 원텍스트를 결과적으로 국가에게 보다 더 위협적인 텍스트로 탈바꿈시키는 재판의 힘에 주목한 바 있다. 시냐프스키와 다니엘은 각기 테르츠와 아르자크라는 필명으로 해외에서 소설을 출간하였는데, 이 소설들이 반소련적 선전선동을 담고 있다는 이유로 이 둘은 1965년 기소된다. 이때 "진정으로 위험한 텍스트"는 이들 소설 작품들보다 오히려 이들에 대한 재판기록이었음을 다음 사실에서 확인할 수 있다. "시냐프스키와 다니엘이 재판에서 '마지막으로' 한 말들은 수만 장의 권련지처럼 얇은 종이에, 겨우 알아볼 수 있을

---

4    박태순, 『민족문학작가회의 문예운동30년사』 3, 작가회의 출판부, 2004, 314면.

정도의 활자로 인쇄되어 손에서 손으로 유통되기 시작했다."[5] 이 재판을 그토록 위협적이 되게 만든 것은 공개성이라는, 재판 자체가 지닌 본질적인 속성이었다. 이 재판의 공개성으로 인해 국가는 특정 유형의 보도(예를 들어, 외국언론과 같은)를 막거나, 또는 자체적으로 능동적인 선전 활동을 펼치는 등의 방식을 통해 해당 사건에 대한 언론의 관심을 완벽히 통제하는 데 있어 크나큰 제약을 받게 되었다. 종종 결정적인 변화를 만들어낸 것은 이러한 재판에 쏟아지는 국제적인 관심이었다. 파테레에 따르면, "요세프 브로드스키가 소련 당국에 있어 더 큰 골칫거리가 된 것은 그가 그를 좋아하는 소수의 독자들을 위해 시를 쓰던 때보다 오히려 그가 재판에 회부되었다는 소식으로 인해 국내외에서 많은 지지자들을 얻게 되면서부터였으며, 블라디미르 부콥스키 또한 지하출판물의 세계에 이끌린 많은 젊은이들 중 한 명일 뿐이었으나, 국가가 나서서 그에게 진정으로 전복적인 힘이란 무엇인지 가르쳐준 꼴이 되었다."[6] 국가가 실은 보복에 지나지 않는 공개 재판을 마치 교정적인 정의인 것처럼 포장하여 보여주려고 한 결과, 그것은 실제로 하나의 공개 행사가 되었다. 그리고 국가는 그 행사가 더 넓은 세상을 무대로 했을 때 어떻게 받아들여질 지에 대해 결코 완벽히 통제할 수 없게 되었다.

김지하의 경우 또한 이와 상당히 유사하게 전개되었다. 김지하에게도 재판 과정 전반은 반체제적 발언과 실행의 장소가 되었고, 이는 재판기록 그 자체를 일종의 위험한 텍스트로 만들었다. 김지하는 물론 [부콥스키와 같은] 국가의 집중적인 관심이 아니었다면 의미 있는 독자층을 확보

---

5    Kathleen Parthé, *Russia's Dangerous Texts : Politics Between the Lines*, New Haven, CT : Yale University Press, 2004, p.xiii.

6    Ibid.

하지 못했을지도 모를, 지하출판물에 잠깐 손을 대본 애송이 작가는 아니었지만, 시인으로서의 그의 국제적 명성은 분명 그가 겨울 공화국의 순교자가 됨으로써 크게 높아지게 되었다. 예를 들어, 1975년 모스크바에서 열린 6월 아프리카 아시아 작가회의에서 김지하가 치누아 아체베Chinua Achebe와 함께 '제3세계를 위한 노벨상'으로 유명한 로터스 상의 공동수상자로 선정되었다는 소식이 전해졌다. 같은 해, 한국 정부의 방해 공작에도 불구하고 김지하는 노벨문학상과 평화상 두 부문의 후보로도 지명되었다.[7] 일본에서는 1971년을 시작으로 70년대 내내 김지하가 쓴 글이 번역본으로 쏟아져 나와, 거의 매년 새로운 책이 출간될 정도였다.[8] 1974년에는 김지하 시집의 첫 영역본이 『민중의 외침과 기타 시들The Cry of the People and Other Poems』이라는 제목으로 출간되었다. 박정희 정권이 김지하에 가한 박해에 대해서는 당시 『뉴욕 타임즈』, 『가디언』, 『요미우리 신문』, 『타임』지, 심지어 하버드대학교의 『데일리 크림슨』 등에서도 보도한 바 있다. 시인의 천이백 자 길이의 「양심 선언」1974년은 "첫 번째 글자 한 자는 우리 방에 단골로 드나들던 쥐가 (…중략…), 그 다음번 글자 한 자는 우리 방 바깥에서 늘 돌아다니는 도둑고양이가 (…중략…), 세 번째 글자 한 자는 우리 방 철창 근처로 왕래하는 개미가 (…중략…), 나머지 글자들은 사방을 드나들거나 출옥하는 도둑님들이 하나씩 숨겨가지고 나가"는 방식으로 한 자씩 밀반출되었으며,[9] 이에 대해 브루스 커밍스Bruce Cum-

---

7   1974년부터 1975년까지 주스웨덴 한국대사관의 해외정보담당관이었던 최규장은 나중에 그의 비밀 임무 중 하나가 김지하의 노벨상 후보 지명을 막는 것이었다고 밝혔다. 최규장, 『언론인의 사계』, 을유문화사, 1999, 136면 참조.

8   김석범, 이회성, 김시종, 김달수와 같은 재일 작가들은 김지하 사건을 일본에 알리는 데 중요한 역할을 했다. 1975년부터 1987년까지 대표적인 재일 잡지인 『季刊 三千里』는 창간호를 김지하 특집으로 꾸몄다.

9   김지하, 『흰 그늘의 길』 2, 학고재, 2003, 398면. 인권변호사 조영래는 시인의 말을 재

ings는 『뉴욕 서평New York Review of Books』지에 자세하고도 애정 깊은 글을 싣기도 했다.[10] 드니즈 레버토브Denise Levertov는 "국내에서 키워진 분노가 행동에 이르는 데 실패할 때, 먼 이국에서는 분노의 골상학적 요철에 의거, 행동할 수도 있으리라"[11]는 희망을 품고, 『미국시비평American Poetry Review』에 영어로 번역된 김지하의 작품들에 대한 길고도 감동적인 감상평을 남긴 바 있다. 김지하의 석방을 촉구하는 국제 청원서에는 장 폴 사르트르, 시몬 드 보부아르, 위르겐 하버마스, 알렉스 라 구마, 빌리 브란트, 노암 촘스키, 이마무라 쇼헤이, 노드럽 프라이, 오에 겐자부로 등을 포함한 저명인사들이 서명했다.[12] 심지어 런던 주재 한국 대사는 김지하가 사형될 경우 대사관을 폭파하겠다는 테러 위협도 받았다.[13]

선전선동에 관한 소련 형법 70조 1항의 사용과 박정희의 긴급조치 9호의 사용 사이의 상동성과 같은, 소련과 한국 재판 사이의 구조적 유사성에도 불구하고, 여기에는 중요한 맥락적인 차이가 있다. 이 작가들을 재판에 회부한 전체주의 국가가 한 경우에는 공산주의였고, 다른 한 경우에는 파시스트였다는 단순한 차이만이 아닌 것이다. 이 재판을 혐오감을 갖고 바라보던 서구 세계가 종종 놓쳤던 것은, 김지하의 재판이 공산주의 북한이 아니라, 반공주의인 남한에서 벌어지고 있다는 점이었다. 김지하 사건이

구성해 가톨릭 단체를 통해 일본, 유럽, 미국에 선언문을 전파했다. 이 문서는 김지하 사건을 세계에 알리는 데 중요한 역할을 했다.

10  Bruce Cumings, "The Kim Chi Ha Case", *New York Review of Books*, 22(16), October 16, 1975.

11  Denise Levertov, "On Kim Chi Ha I", *Light Up the Cave*, New York : New Directions Publishing, 1981, p.137.

12  이 청원운동은 일본에 본부를 둔 국제위원회가 김지하와 그의 친구들을 후원하기 위해 조직했다. 1974년, '박 대통령에게 보내는 공개서한'을 가진 위원회의 위원 5명이 한국 대통령과의 공청회를 열고자 했지만, 실패했다.

13  허문명, 『김지하와 그의 시대』, 블루엘리펀트, 2013, 184면.

시인 자신과 국가, 그리고 이 재판을 지켜보고 있는 한국인 및 전 세계인들에게, 정도의 차이는 있지만, 거듭 되풀이하여 제시하는 핵심적인 딜레마는 이 재판이 무대화시키고 있는 자유민주주의적 이상의 노골적인 위반이 브로드스키 등의 사례에서와 같이 철의 장막 뒤에서가 아니라, 바로 자유세계의 내부에서 일어나고 있다는 점이었다. 분명 겨울 공화국은 검열과 선전선동, 보여주기식 재판들, 비대해진 중앙정보부와 사법 살인 등으로 인해 자유세계내에 존재해도 될 어떠한 정권보다 오히려 브레즈네프 침체기의 소련과 더 닮아있었다. 이 책의 서론에서도 언급했듯이, 박정희 정권 스스로 해외에서 수입된 민주주의보다는 '한국적 민주주의'의 필요성을 강조함으로써 자신의 예외성을 강조했다. 그러나 억압되어야만 했던 정말 위험한 질문은 다른 것이었다. 제2차 세계대전 이후의 동아시아에서 '자유세계'란 어느 정도까지 '팍스 아메리카나'를 완곡하게 표현한 말이었으며, 외견상 민주주의에 대한 모독으로까지 보이는 유신 정권이 어떻게 이 질서를 유지하기 위해 구성적으로 필수 불가결한 요소일 수 있었는가? 김지하 사건이 반복적으로 제기한 위협은 바로 이러한 질문들이었다.

이 장은 의심할 여지 없이, 겨울 공화국 시기의 가장 반체제적인 작가인 김지하에 초점을 맞추고, 그가 결행한 유신 국가와의 전쟁을 추적한다. 이 전쟁은 식민지 시대의 유산, 전 지구적 냉전의 맥락에서의 민족 분단, 그리고 2차 세계대전 이후의 세계 질서에서 미국의 헤게모니와 한미일 안보 동맹으로 형성된 정치적, 이데올로기적 지형 안에서 일어났다. 따라서 우리는 정치학자 최장집이 한국 안의 "미국의 한계선"[14]이라고 명명한 역사적 그물망 속에 겨울 공화국을 위치 짓는 것에서부터 시작할 것이다. 그런 다

---

14   최장집, 『한국민주주의의 조건과 전망』, 나남, 1996, 22면.

음, 우리는 김지하가 박정희 정권과의 오랜 전쟁 기간 동안 생산한 세 가지 유형의 텍스트를 살펴 볼 것이다. 이 세 유형은 그의 저항에 있어 중요한 세 시기에 각각 대응된다. 첫 번째는 1964년, 김지하가 일본과의 관계 정상화에 반대하는 학생 저항 운동의 문장가로서 쓴「민족 민주주의 장례식 조사」이다. 두 번째는 박정희 정권의 하수인들에 대한 요란한 풍자인 김지하의 유명한 담시譚詩「오적」1970년으로, 이 작품과 함께 작가들에 대한 겨울 공화국의 십 여 년에 걸친 극심한 박해가 시작되었다. 마지막으로 이 장은 캐슬린 파르테의 표현대로, "위험한 텍스트"로서의 김지하의 1976년 재판기록에 주목한다. 이 과정에서 우리는 박정희 정권의 문학 검열의 오랜 역사와, 김지하가 부활시킨 조선시대의 대중적인 구전 문학 속 풍자 장르, 그리고 김지하의 혁명적 예술에 대한 견해를 살펴 볼 것이다.


## 자유세계 안에 겨울 공화국 위치시키기—역사적 맥락들

브루스 커밍스는 안타까움 반, 분노 반의 마음으로 만약 식민지 시대의 끝이 냉전의 시작과 일치하지 않았다면 한국은 과연 어떻게 되었을지 묻는다. "지난 50년 — 아니면 심지어 1950년의 시점에서 이전의 5년 —을 돌이켜볼 때, 우리는 식민지 지배와 즉각적인 '해방'이라는 압력솥이 야기한 한국의 많은 사회, 정치적 문제들을 해결했을 정화의 불을 상상할 수 있다. 그 정화의 격변은 아주 끔찍하긴 했겠지만 1950~53년 사이에 일어난 수백만의 인명손실, 1960년 4월 혁명이나 1980년의 광주항쟁에서의 수천 명의 인명손실과는 전혀 달랐을 것이다."[15] 커밍스는 탈식민화 과정은 어느 곳에서든 폭력적인 과정이 될 수밖에 없고, 한국 역시 마찬가지였을 테지만, 탈식민화를 하지 않은 것이 무한히 더 나쁜 결과를 초래했다고 주장한다. 냉전은 한국에 도착했고, 일본제국의 종말과 함께 시작된 탈식민화 과정은 근본적으로 중단되었다. 과거의 황색 적군일본과 붉은 옷을 입은 채 등장한 새로운 황색 적군중국 사이에 위치한 우울한 작은 반도에서 맹렬한 기세로 전개되던 '남북' 문제와 마주하게 된 미국인들은, 여기에서 단지 '동서' 문제만을 보았을 뿐이다.[16] 이러한 착시 현상은 냉전이 매우 빠르게 가열됨에 따라 단기적으로는 수백만 명의 목숨을 앗아가는 결과를 가져왔고, 장기적으로는 연이은 독재자의 탄생을 가져왔다. 이들의 손에서 반공주의는 치명적인 무기가 되어, 북한 정권에 적용되기에 앞서 먼저 남한 사람들에게 휘둘려졌다. 식민지 통치가 끝난 지 70년이 지난 지금도 한국에는 아직 완수되지 못한 탈식민화의 잔재가 남아 있다. 해방 직후에도 상당히 까다로운 과정이었을 탈식민화는 이제는 시간의 두께로 인해 거의 불가능해졌다.

테드 휴즈에 따르면, 미국이 '냉전의 중심지'로 부상한 것은 이 동서 체제의 틀 안에서였다.[17] "전후 일본이 자유세계의 '개발도상국'들이 따라야 할 성공사례이자 모델로서 끊임없이 거론되며 비서구 지역의 준準-파트너로 자리매김 되었다면, 남한은 준準-준準-파트너로서 그 뒤를 따라야

---

15  Bruce Cumings, *Korea's Place in the Sun : A Modern History*, New York : W. W. Norton, 2005, p.199; 김동노·이교선·이진준·한기욱 역, 『브루스 커밍스의 한국현대사』, 창비, 2001, 281면.

16  나는 '남북'과 '동서'라는 틀을 브루스 커밍스로부터 빌려왔다. "한국 문제는 우리가 오늘날 제3세계 문제나 남북문제라고 부르는 것, 즉 식민지배가 초래한 무기력과 상대적 후진성을 어떻게 하면 가장 잘 극복할 것인가를 둘러싼 투쟁이었다. 하지만 당시의 냉전적 환경에서 그것은 미국인들에게 항상 동서문제로만 보였다." 위의 책, 원서 p.209; 번역본 294~5면.

17  테드 휴즈, 나병철 역, 『냉전시대 한국의 문학과 영화—자유의 경계선』, 소명출판, 2013, 25면. 번역본을 참조하여 역자가 재번역함.

할 것이었다."[18] 일본의 미국의 준<sup>準</sup>-파트너로서의 위상은 샌프란시스코 조약에 따라 1952년, 공식적인 것이 되었다. 존 다우어<sup>John Dower</sup>가 "샌프란시스코 체제"라고 명명한 체제내에서, 일본은 미국 권력의 정치적 우위 (일본 내 미군 기지 건설, 반공주의의 채택, 미국의 지령하에 대만과의 외교 관계 수립 등)를 인정하는 대신 전후 국가 건설을 위한 초석으로써 미국의 패권이 수반하는 경제적 효과의 혜택(예를 들어, "미국의 100억 달러 규모의 선진 기술")을 누릴 수 있게 되었다.[19] 10년 후, 한국의 박정희 군사정권 또한 동일한 노선, 즉 탈식민화 대신 근대화, 그리고 자율 대신 발전을 모색하게 될 것이었다. 그러나 미국의 냉전 질서 내에서 준<sup>準</sup>-준<sup>準</sup>-파트너로서의 한국의 위치는, 미국의 요구에 따라 "한국의 경제 개발 프로그램에 대한 재정적 부담"[20]을 분담하고 있는 일본과 함께일 때 보증될 수 있었다. 바꿔 말하면, '자본주의적 자유세계'라는 식탁의 끝자리나마 확보하여 기록적인 시간 안에 더 존경받을만한 위치로 올라가겠다는 꿈을 실현시키기 위해서는 미국의 정치적 우위에 대한 인정뿐만 아니라 일본의 경제적 후견의 수용이라는 이중의 승인 또한 필수적으로 요구되었

---

18    위의 책, 223면.

19    John Dower, "Peace and Democracy in Two Systems : External Policy and Internal Conflict", *Postwar Japan as History*, ed. Andrew Gordon, Berkeley : University of California Press, 1993, pp.3~33.

20    1961년 11월 당시 미국 국무장관이었던 딘 러스크(Dean Rusk)가 일본을 방문했을 때 한 말이다. Jung-Hoon Lee, "Normalization of Relations with Japan : Toward a New Partnership", *The Park Chung Hee Era*, ed. Byung Kook Kim and Ezra F. Vogel, p.440. 이승만은 그의 반공을 유지하기에 친일파에 의존했음에도 불구하고, 일본 아래의 이 준(準)-준(準)-이라는 위치를 받아들이지 않았다. 이승만을 일본과의 국교 정상화에 대한 논의를 시작하기 위해서는, 식민지배에 대한 일본의 분명한 사과, 독도에 대한 한국 입장을 반영한 영토 분쟁의 해결, 배상금 2억 달러를 요구했고, 일본은 이를 "터무니없는" 요구라고 주장했었다.

던 것이다.

  중단된 탈식민화와 이에 대한 보상으로서의 가속화된 근대화의 역사를 박정희보다 더 완벽하게 체현하는 존재는 찾기 어려울 것이다. 박정희는 일본의 괴뢰 정부인 만주국의 관동군에서 출세를 꿈꾸던 야심찬 젊은 장교 타카키 마사오로서, 계획적 근대화에 대한 제국주의 일본의 최대 실험을 직접 목격했다.[21] 한국의 대통령이 되자 그는 이 과거 경험을 되살려 만주국에서 가장 완전한 형태로 실행된 바 있는 총동원 체제에 기반한 국가 건설 모델을 채택했다. 그 과정에서 박정희는 다름 아닌 기시 노부스케岸信介를 지도자로 하는 일본의 보수 정치인들의 지원에 크게 의존하고 있었다. 만주국 내 산업 발전의 주요 설계자 중 한 명이었던 기시 노부스케는 제2차 세계대전이 끝나고 전범으로 지목되었지만, 결국 복권되었으며 후에 일본의 총리가 되었다. 총리로서, 기시 노부스케는 많은 논란을 불러온 미일 상호협력안보조약을 추진함으로써 일본을 미국에 보다 더 긴밀하게 연계시켰다. 이 조약에 대한 광범위한 반대로 인해 기시 노부스케는 1960년에 사퇴하게 되지만, 1년 후 박정희가 군사 쿠데타를 일으키자 당시 일본에 잘 알려져 있지 않던 박정희에 대한 두려움을 누그러뜨림으로써 박정희를 도운 것도 다름 아닌 기시 노부스케였다. 그는 한국의 강력한 대중적 정서를 넘어서 정상화 의제를 추진할 수 있는, 그들이 필요로 하는 독재자가 바로 박정희라며 일본 보수주의자들의 지지를 박정희 쪽으로 결집시켰다. 기시 노부스케는 민주주의적 소요에 신경 쓰지 않는 박정희의 능력에 대해 "다행스럽게도 한국은 박정희와 소수의 지도자가 자신들의 뜻대로 결정을 내릴 수 있는 군사정권하에 있다…….

---

21    만주국에 대한 역사적 개관은 프라센지트 두아라, 한석정 역, 『주권과 순수성 - 만주국과 동아시아적 근대』, 나남, 2008의 제2장 「만주국」 참조.

그에게는 제동을 걸 국회도 없기 때문에 (우리는) 그가 결과를 낼 것으로 기대할 수 있다. 신문들이 반대한다고 해도 박정희는 이들을 봉쇄해버릴 것이다".[22]

사람들의 기억 속에 아직 한국 전쟁이 생생한 상황에서 분단된 한반도 이남의 상당수의 사람들은, 이진경이 "아시아에서의 미국의 지구적 팽창"이라 부른 것을 피할 수 없는 기정의 사실로, 심지어 좋은 것으로까지 받아들이고 있었다.[23] 그러나 그러한 팽창 속에서 한국보다 우월한 일본의 입지를 수용하는 것은 전혀 다른 문제였다. 일본과의 관계 정상화가 공공의 문제가 됨에 따라, '포스트' 식민주의 자주성이 무엇을 의미하는지에 대한 논의는 더 이상 억제될 수 없었다. 전前식민통치자인 일본과의 관계를 '정상화'해야 한다는 것은 그렇다면 왜 그 관계가 현재 정상적이지 않은지에 대한 질문으로 연결되었고, 이는 다시 탈식민화의 문제를 전면에 제기하도록 했기 때문이다. 1964~1965년 일본과의 국교 정상화 회담은 한국에서 격렬한 대중적 저항을 불러일으켰다. 왜냐하면 근대화의 약속을 위해서는 한국 정부가 완전한 탈식민화를 포기하고 전식민통치자인 일본에 대한 시민들의 개인 청구권을 영원히 포기해야 한다는 간명한 사실을 알게 되었기 때문이다.

한국의 경제발전을 이끄는 일본의 역할이 더욱 두드러지게 될수록 박정희 정권은 공식적으로 허용된 문화 영역에서는 일본을 체계적으로 지워 버렸다. '국민의 정서'에 민감하게 대응하며 정부는 일본 드라마, 영화,

---

22  Jung-Hoon Lee, "Normalization", 앞의 글, p.438에서 재인용.

23  이진경, 나병철 역, 『서비스 이코노미-한국의 군사주의, 성 노동, 이주 노동』, 소명출판, 2015, 34면. 미국의 개입이 한국의 국가 정체성이 어떻게 형성되었는지에 미치는 영향에 대한 최근의 훌륭한 연구로는 허은, 『미국의 헤게모니와 한국 민족주의』, 고려대민족문화연구원, 2008을 들 수 있다.

노래, 애니메이션 등을 텔레비전과 라디오에서 금지했고, 일본의 책과 만화는 출판하지 못하도록 했다. 그러나 그 이면에서 이루어지는 이러한 텍스트들의 비공식적인 확산에 대해서는 별달리 통제하지 않았다. 박정희 정권하에서 일본 문화 텍스트들은 비공식적으로 유통되었다. 일본 애니메이션이 일상적으로 리메이크되어 출처 표시 없이 한국 텔레비전에서 방영되었고, 만화, 잡지, 기술 매뉴얼이나 심지어 백과사전이나 사전과 같은 참고 자료 등 다양한 일본 출판물이 정식 허가 없이 번역 또는 번안되어 유통되었다. 가장 유명한 모방 사례는 일본의 대표적인 인공 조미료 브랜드 아지모토味の素를 이름에서부터 상품 로고 및 빨간색과 흰색으로 이루어진 포장까지 모방하여 '미원味元'이란 이름으로 한국에서 재탄생한 것이다.[24]

박정희 대통령이 직접 등장하는 다음과 같은 일화는 일본의 대중문화에 대한 한국 정부의 정책이 낳은 양극성 장애를 잘 보여준다. 당대의 톱스타 이미자의 1964년 히트곡 〈동백 아가씨〉는 1965년 정부의 금지곡 목록에 올랐다. 검열관은 이 곡이 금지곡이 된 이유가 "왜색" 때문이라고 했고, 이때 '일본'이라는 공식적이고 근대적인 명칭 대신 조선시대의 용어인 '왜'라는 표현을 사용함으로써, 한국보다 유교화가 덜 된 이웃 국가들에 대한 자신들의 문화적 우월성을 당연시하던 때의 기억을 의도적으로 환기시켰다. 이 곡이 금지곡이 된 것은 시기적으로 결코 우연이 아니었다.[25] '굴욕적 외교'의 사례로 널리 여겨지던 일본과의 국교 정상화를 위한 한일기본조약 비준에 대한 대중의 시위는 1965년에 절정을 이루었

---

24 이에 관해서는 Keun-Sik Jung, "Colonial Modernity and the Social History of Chemical Seasoning in Korea", *Korea Journal*, Summer 2005, pp.9~36 참조.
25 문옥배, 『한국 금지곡의 사회사』, 예솔, 2004, 123면.

다. 그러나 박정희는 개인적으로는 이미자의 열렬한 팬이었다. 이미자는 2009년 인터뷰에서, 청와대의 초대로 열린 대통령을 위한 개인 콘서트에서 대통령이 좋아하는 〈동백꽃〉을 불러달라는 요청을 받았다고 회상했다.[26] 청와대의 담 안에서 대통령은 "왜색"노래라 하여 대중 소비를 금지한 바로 그 노래에서 사적인 즐거움을 누리고 있었던 것이다.

일본과의 조약에 대한 광범위한 불만의 뿌리에는 자율성에 대한 대중의 탈식민화 요구가 있었다. 이에 대해 박정희 정권은 자율성에 발전이라는 단서를 붙이고자 했다. 테드 휴즈가 지적한 바와 같이 "박정희가 볼 때, 남한은 경제성장을 민족국가의 자율성을 이루는 유일한 수단으로 여기는 노선에 놓여야 했으며, 일인당 GNP의 증가는 그 같은 민족국가의 자율성에 공헌할 것이었다."[27] 이 재구성에서, 자율성은 더 이상 발전이라는 실용적 목표를 달성하기 위해 희생된 국가적 이상으로 제시되지 않았다. 오히려 발전은 궁극적으로 민족국가로서의 자율성을 획득하기 위한 필수 조건이 되었다. 이렇듯 반공적 민족주의<sup>이론적 근거</sup>, 발전주의적 근대화<sup>목표</sup>, 가부장적 독재<sup>방법</sup>와 같은 지배 이데올로기로 무장한 박정희 정권은 총동원 사회를 만들어 나가기 시작했다.[28] 박정희는 1968년 7월 국방 대학

---

26  〈일요인터뷰 20〉, MBC, 2009.2.1.

27  테드 휴즈, 나병철 역, 『냉전시대 한국의 문학과 영화—자유의 경계선』, 소명출판, 2013, 235면.

28  야마노우치 야스시는 총력전을 위한 총동원이 '계급에서 시스템 사회로의 전환'으로의 핵심적인 순간을 제공함으로써 전반적으로 현대 사회의 출현에 기여했다고 도발적으로 주장해 왔다. 동원이 현대사회가 탈피해야 했던 비합리적 폭력의 '어두운 골짜기'가 아니라, 총동원이라는 명분으로 시행되는 국가 규모의 합리화, 균질화, 평준화를 현대 사회의 특성인 "기능적 통합"의 확립을 가능하게 하는 것으로 보는 것이다. 그의 논의 중 더 논란이 되는 점 중 하나는 이 분석이 독일과 일본과 같은 파시스트 사회뿐만 아니라 세계대전 승자들의 뉴딜-형 민주주의에도 적용될 수 있다는 점이다. 즉, 냉전에 따른 세계의 분리, 그 양쪽에 있는 각국 모두에 있어 총력전은 국가 건설을 위한 대표적인 모델

원 졸업식에서 "현대는 군사, 정치, 경제, 과학, 문화 등의 총체적인 국력이 승패를 좌우하는 총력전의 시대다. 따라서 우리는 군사전과 경제전과 사상전과 심리전, 그리고 과학전이 하나로 융합된 새로운 형태의 투쟁에서 승리하기 위해 새로운 국방 체제를 확립해야 한다"고 강조했다.[29] 대규모 향토예비군 창설과 수출 산업에 투입된 노동력의 준군사화에서부터 교육, 산아 제한, 패션, 심지어 밥 안의 보리의 비중 등 크고 작은 모든 일상 생활에 대한 통제에 이르기까지, 국가는 진정으로 어디에나 관여했으며, 국민들에 대한 생명 정치적 권력을 요람에서 무덤까지로 확장시켰다.

이 과정에서 박정희 정권은 "미국의 한계선"의 경계를 반복적으로 시험했다. 정치학자 최장집이 고안한 개념인 "미국의 한계선"은 제2차 세계 대전 종식 후, 반공주의와 민주주의라는 미국의 두 본질적 사명에 의해 한국의 정치적 공간이 한계지어진 것을 가리킨다. 최장집이 지적했듯이, 이 두 사명은 항상 매끄럽게 합치되는 것은 아니었다. 실제로, 이들은 종종 서로 충돌하기까지 했다. 미국 한계선에 둘러싸인 정치 공간은 "분단 국가로서의 안정을 위한 최소한의 조건이라는 하한선과 민주주의의 최소한의 유지라는 상한선"[30]을 경계로 삼았다. 이 상한선에 대한 겨울 공화국의 점점 더 빈번하고 맹렬한 위반은 1970년대 후반 카터 행정부와의 심각한 갈등으로까지 이어졌다. 김용직에 따르면 1976년 대통령에 당선된 지미 카터는 한국에 대해 두 가지 정책을 염두에 두고 있었는데, 하나는 미국의 지상군을 철수시키는 것이고, 또 하나는 가혹한 인권 상황을

이었다. Yamanouchi Yasushi, "Total War and Social Integration : A Methodological Introduction", *Total War and Modernization,* ed. Yamanouchi Yasushi, Victor Koschmann, and Ryuichi Narita, Ithaca, NY : Cornell University Press, 1998, pp.1~42 참조.

29    심융택 편저, 『자립에의 의지-박정희 대통령 어록』, 한림출판사, 1972, 379면.

30    최장집, 앞의 책, 22면.

개선하도록 박정희 정권을 압박하는 것이었다. 이는 해리 트루먼 대통령 이래 미국 역대 대통령의 대한對韓 정책에서 크게 벗어난 것으로서, 이러한 자기 부정은 한국에 대한 미국의 앞선 입장이 어떠한 성격의 것이었는지를 본질적으로 드러내는 것이었다. 안보적 이해관계가 얽힌 반공주의라는 하한선에 대한 투철한 옹호에 비하면, 상한선이라 할 민주주의에 대한 요구는 상대적으로 약했다고 할 수 있다. 따라서 카터 대통령의 집권과 함께 이 상한선에 대해 미국의 국익과 관련된 문제일 뿐만 아니라 개인적인 도덕적 신념의 문제로 진지하게 받아들이기 시작하자, 이러한 행동은 한국 내에서 곧바로 김용직이 "인권 난제"[31]라고 부른 위기를 촉발시켰다. 박정희에게 카터의 이러한 진지함은, 의도는 좋으나 지나치게 순진한 것으로 여겨졌고, 이에 대항하기 위해 박정희 정권은 소위 '코리안게이트' 스캔들, 즉 115여 명으로 추정되는 미 의회의 의원들에게 현찰을 뿌리는 것으로 나름의 보장책을 마련하고자 했다.

왜 한국에서 인권이 '난제'가 되었는가? 1979년 카터 대통령과 박정희 대통령이 서울에서 만났을 때는 어쩌면 한미 관계 역사상 가장 긴장감이 높았던 시기였을지도 모른다. 이때 박정희는 '조지아에서 온 푸른 눈의 시골 소년'에게 "북한의 군사적 위협에 관한 장황한 강의"를 하며 정상회담을 시작했다.[32] 박정희는 미국이 준準-준準파트너로서의 한국과 맺은 암묵적 계약의 내용과, 이 계약 조건상, 한국에서 "인권"이 어떠한 의미가 아닌지를 상기시키고자 한 것이다. 여기에서 인권은 표현의 자유를 누릴 개인의 권리를 의미하지 않았다. 이는 또한 동독을 방문한 친구가 있다는

---

31    Yong-Jick Kim, "The Security, Political, and Human Rights Conundrum", *The Park Chung Hee Era,* ed. Byung Kook Kim and Ezra F. Vogel, pp. 457~482.
32    위의 책, 480면.

이유로 중정의 고문실에서 시인 천상병이 당했던 것과 같은, "아이론 및 와이사쓰같이/당한" 고문으로부터 보호받을 수 있는 권리를 의미하지도 않았다.[33] 더욱이 이는 1975년 인혁당 사건의 주동자로 지목된 8명이 당했던 것처럼, 공산주의 선동가로 몰려 재판받은 지 18시간 만에 처형 당하지 않을 권리를 의미하는 것도 물론 아니었다.[34] 박정희가 카터에게 한 강의의 무언의 맥락은 "'사회적 기생주의'와 같은 개념의 존재 자체를 혐오하는 나라라면, 그러한 인권 이야기는 놔뒀다가 당신들의 적인 전체주의 공산주의 국가의 브레즈네프Brezhnev와 같은 이들에게나 패권적 우월성을 주장하며 들이대라. 여기, 당신들의 자유세계의 최전방에서는, 자신이 저지르지 않은 범죄로 인해 한두 명 또는 여덟 명쯤 죽이는 것은 흰색과 붉은색을 구분하는 마지막 벽이 무너지지 않도록 하기 위해서는 필요할 수도 있다". 박정희에 따르면, 인간의 생존이 먼저 보장되지 않는 한, 인권이란 것은 확립될 수 없으며, 남한에서는 여전히 생존 자체가 매일 위협당하고 있었다. 즉, "3천 6백만 한국인의 보호와 생존이야말로 자유, 인권 그리고 민주주의를 보호하는 가능한 최상의 형식"이라는 것이었다.[35]

한국을 방문했을 당시, 이 준準-준準-파트너의 뻔뻔스러움에 화가 났던 카터이지만, 그는 얼마 지나지 않아 어떤 의미에서는 박정희가 옳았음을 인정해야만 했다. 1979년 소련은 아프가니스탄을 침공했고, 대통령 임기 마지막 해에 카터는 미국의 외교 정책에서 인권 문제의 우선성에 대

33 천상병, 『새』, 답게, 1992. 22면. 시인이 죽은 후 출판된 글에서, 천상병 시인의 아내는 시인이 구금 기간 동안 여러 차례 전기고문을 당했다고 진술했다. 목순옥, 「세상 소풍을 끝낸 당신께」, 『경향잡지』, 1996.5, 118~119면.

34 세계의 법학자들은 이 사건을 20세기에 저질러진 '사법 살인'의 가장 극악무도한 사례 중 하나로 비판했다. 천주교인권위원회 편, 『사법살인─1975년 4월의 학살』, 학민사, 2001, 194~195면 참조.

35 Yong-Jick Kim, 앞의 책, pp.472~473.

한 이전의 주장을 포기하는, 자신의 이름을 딴 카터 독트린을 발표했다. 손을 조금만 더 뻗으면 잡힐 듯해 보였던 긴장완화와 협조체제가 다시금 멀어지자, 카터는 자유세계의 미국적 경계 안에서 민주주의라는 상한선 보다는 안보라는 하한선에 다시 우선권을 부여할 수밖에 없었다. 한국에 서 카터 독트린의 가장 즉각적인 결과는 민주화의 연기였다. 1980년 5월 광주 시민들의 운명이 걸려 있는 상황에서 카터의 한국 팀은 백악관에서 만나 전두환의 광주 학살에 대해 무엇은 하고, 무엇은 하지 않을 것인지 에 대해 논의했다. 카터의 국가안보보좌관인 즈비그뉴 브레진스키<sup>Zbigniew</sup> <sup>Brzezinski</sup>는 치열한 논의 끝에 도달한 팀의 합의사항을 다음과 같이 정리하 여 말했다. "단기적으로는 (전두환 정권을) 지지하되, 장기적으로는 정치 적 발전을 위해 압박한다."[36] 이에 따라 카터 행정부는 현재의 피와 최루 탄 냄새에 코를 막고, 머나먼 이국의 땅들에서 벌어지는 야만적 행위에 미국이 한패가 되거나, 더 나쁘게는 적극적인 보증인이 되지 않더라도, 미국의 '안보 이익'이 침해받지 않을 수 있는 미래의 불특정한 어느 날로 눈을 돌려버리고 만 것이다.

---

36  팀 셔록은 1980년 5월 22일 열린 백악관 회의의 기밀 해제된 회의록을 상세히 분석한
    바 있다. Tim Shorrock, "Reading the Egyptian Revolution Through the Lens of US Policy
    in South Korea Circa 1980 : Revelations in US Declassified Documents", *The Asia-Pacific
    Journal* 9, issue 28, no. 3, July 11, 2011 참조.

## 「곡哭 민족적 민주주의」–한일 관계 정상화, 법정에 서다

위에서 논의된 역사적 맥락은 김지하의 문학적 실천에 깊은 영향을 미쳤다. 예를 들어, 김지하는 일본과의 관계 정상화에 대한 1964~1965 반대 시위과정에서 「곡哭 민족적 민주주의」라는 조사를 씀으로써 처음으로 박정희 정권을 겨냥한 대표적인 풍자 작가로 부상하게 되었다. 이 작품이 인정을 받은 것은 대체로 문학성보다는 그 역사적 중요성 때문이었다. 김지하의 문학작품에 대한 연구는 김지하가 잡지 『시인』에 「황토길」을 포함한 일련의 신랄한 시들을 발표한 1969년에서부터 시작하는 것이 일반적이다. 유력한 평론가인 김현의 추천으로 문학계에 공식적으로 등단하기 5년 전에 쓰여진 이 「곡哭 민족적 민주주의」는, 오늘날 한국민주화재단의 중요한 역사적 기록물로 보존되어 있기는 하지만, 이에 대한 텍스트 분석은 이루어진 바가 없다. 그러나 나는 「곡哭 민족적 민주주의」가 겨울 공화국의 주요 반체제 시인으로서의 김지하의 출현을 이해하는 데 있어 필수적인 텍스트라고 본다. 이 글은 김지하를 박정희 정권의 감시망에 들게 했고, 통렬한 정치 풍자라는 측면에서 이후 「오적」을 예비하고 있으며, 그 정치 비판 속 일본이 놓인 자리를 이해하는 데 있어 특히 중요하다. 또한, 겨울 공화국의 종식 이후 시인이 전념하게 될 생명사상의 맹아로 볼 수 있는 철학적 경향의 초기 징후를 발견할 수 있다.

한국 현대사의 많은 다른 중요한 사건들과 마찬가지로, 한일국교정상화로 더 널리 알려져 있는 한일기본관계조약의 체결은 좌익과 우익에게 각기 정반대의 의미로 해석되게 될 것이다. 그러나 적어도 당시 대중의 반응은 조약에 반대하는 쪽으로 월등히 기울어 있었다. 반대 시위의 중심에는 대학생들, 특히 서울대학교 학생들이 있었다. 1960년 4월 19일 학생들의 탄원에 담긴 반체제적 언어를 고려할 때, 이는 그다지 놀라운 일도 아니었다. 찰스 김에 따르면 4·19는 "독재국가에 대항하는 윤리적 청년 행동의 언어"와 "학교생활에서 전유한 조직적이고 이념적인 자원"을 바탕으로 한 운동 양식을 만들어냈다.[37] 4·19혁명 당시, 서울대학교 인문대학 학생들은 역사가 된 그 유명한 「4·19 선언문」을 다음과 같은 거창한 말로 시작한다. "상아의 진리탑을 박차고 거리에 나선 우리는 질풍과 같은 력사의 조류에 자신을 참여시킴으로써 이성과 진리, 그리고 자유의 대학정신을 현실의 참담한 박토에 뿌리려 하는 바이다."[38] 4년 후 서울대학교는 다시금 시위의 중심이 되었다. 1964년 3월 24일, 국교 정상화에 관한 김종필과 오히라 마사요시大平 正芳 사이의 비밀협정이 누설된 후, 서울대학교의 학생들은 이완용과 이케다 하야토池田勇人의 모형을 불태우기 위해 모였다. 한일합방조약에 서명했던 조선왕조의 마지막 총리대신으로서 이완용은 김종필에 해당했고, 이케다 하야토는 1964년 당시 일본 총리였다. 이 공개 화형식은 이후 이어질 532일간의 학내 시위의 시작을 알렸고, 이는 박정희 정권을 거의 무릎 꿇릴 뻔했다.[39] 이 운동의 마지막 시위는 1965년 9월 6일 서울대 캠퍼스에서 또 다른 공개 화형식의 형태로 일어났다. 이번에는 사람 모형 대신에 한 쌍의 군화, 경찰 곤봉, 최루탄 통 등의 물건들이 불태워졌다. 이 운동의 시작과 끝을 장식한 두 화형식의 차이가 시사하는 것처럼, 정부의 어떤 특정한 조치와, 이를 실행에 옮긴 구체적

---

37    Charles R. Kim, "Moral Imperatives : South Korean Studenthood and April 19th", *Journal of Asian Studies* 71, no. 2, May 2012, pp. 415~420.

38    선언문 전문의 영역본은 Yŏng-ho Ch'oe, Peter H. Lee, and Wm. de Bary, eds., *Sources of Korean Tradition*, New York : Columbia University Press, 2000, vol. 2., p. 393.

39    이들 시위는 '6·3 한일국교정상화회담 반대 시위'로 통칭된다. 6·3은 1964년 6월 3일 박정희의 계엄령 선포를 의미한다.

행위자에 대한 항의에서 시작된 이 움직임은, 1년 반 동안의 시간을 거치면서 독재 권력 자체, 즉 스스로를 유지하고 재생산하기 위해 군화, 경찰 곤봉, 최루탄 통 등을 필요로 하는 권력의 독점 자체에 대한 본격적인 저항운동으로 진화한 것이다. 국교 정상화에 반대하는 학생들의 시위를 막기 위해, 박정희는 계엄령과 위수령에 의지했다. 앞서 기시 노부스케가 일본의 회의적인 동료들 앞에서 예견했듯이, 박정희는 '결과를 냈다.' 대신 학생 시위를 하나의 운동으로 통합시키는 대가를 치러야 했다.

김지하는 1964년 5월 20일 서울대 미학과의 한 학생으로 이 이야기에 등장한다. 3월 초의 화형식에 김지하는 적극적으로 참여하지는 않았다. 김지하는 한 매춘부와의 관계 때문에 생식기에 고름이 차 있었고, 자유를 위한 행진에 참여할 수 없는 나환자처럼, 민주주의라는 신성한 대의 앞에 임질에 걸린 자신의 육체는 모욕이 될 것으로 여기고 있었다.[40] 그러나 학생 운동이 거리 공연의 창조적 특성을 갖추어 가기 시작한 5월에 이르자, 시인 김지하는 어느새 모든 행동의 중심에 위치하게 되었다. 5월 20일의 시위는 모의 장례식으로 치러졌고 여러 대학의 학생들이 참여했다. 장례 행렬의 선두에는 커다란 검은 관을 메고 있는 상여꾼들이 섰고, 행렬이 대학 정문을 출발하여 인근의 주요 도로로 향하자, 폭동 진압 경찰이 학생들을 향해 돌진, 최루탄과 곤봉으로 그들을 몰아갔다. 학생들이 경찰에게 돌을 던지기 시작하자 난투가 벌어졌다. 결국, 경찰은 장례식을 중단시키고 시위자들을 해산하는 데 성공했지만, 학생들은 3명, 4명, 5명, 6명

---

40    김지하, 『흰 그늘의 길』 2, 학고재, 2003, 29~30면. 회고록의 이 에피소드에서 김지하
      는 한하운 시인의 시 '데모'를 인용한다. 이 시는 나환자 화자가 데모하는 군중들이 지
      나가는 것을 애타게 지켜보며 늘어나는 숫자에 동참해 대중과 하나가 되기를 기원하는
      내용이다.

씩 은밀히 모여 다음 시위를 위한 계획을 세웠고, 그것은 단식 투쟁이 될 것이었다. 하나의 운동이 탄생하게 된 것이다.

모의 장례식은 김지하의 「곡哭 민족적 민주주의」의 낭송과 함께 시작되었다. 김지하는 나중에 "그리 잘 쓴 명문은 못 되었다"고 회고한 바 있지만, 이 글은 박정희의 '민족적 민주주의' 개념을 조롱했고, 풍자가 지닌 정치적 힘에 대한 김지하의 본능적 인식을 드러냈다.[41] 이 조사로 김지하는 박정희 정권의 주목을 받게 되기도 하였다. 1964년 6월 계엄령하에서 김지하는 처음으로 수감되었다. 이후로도 김지하는 박정희의 통치 기간 중 여러 번 더 수감될 것이었다.

김지하와 그의 동료 학생들은 '민족적 민주주의'를 위한 장례식을 연출하는 과정에서, 전년도 대통령 선거 때 박정희가 사용한 캐치프레이즈를 이용했다. 이 선거에서 박정희는 한국 대통령 선거 역사상 가장 적은 표차로 승리했는데, 상대는 이승만 퇴진 후 2공화국1960~1961년의 명목상의 대통령이었던 원로 국회의원 윤보선이었다. 박정희의 민족적 민주주의 개념은 유신체제의 '한국적 민주주의'의 초창기 표현이었으며, 수카르노가 1957년 인도네시아에 도입한 '교도 민주주의'라는 개념에 영감을 받은 것이었다.[42] 개념은 간단했다. 서구 민주주의는 한국의 현실에 맞지 않는다는 것으로, 테드 휴즈가 분석한 바 있듯이, 박정희는 이를 외국에서 들여와 '거칠은 한국 땅'에 이식하였으나 뿌리내리지 못하는 나무에 비유했다.[43] 엄밀한 의미의 서구식 민주주의는 가난이나 부패와 같은 시급한

---

41    위의 책, 35~36면.
42    Hyung-A Kim, *Korea's Development Under Park Chung Hee*, New York : Routledge, 2003, p.74.
43    테드 휴즈, 앞의 책, 236~237면.

문제들로 인해 위기 상황 속에 있는 한국 사회가 당장 직면한 긴급한 문제들을 해결하기에는 너무 유약한 것으로 이미 판명되었다는 것이다. 또한 분단된 나라의 남쪽 절반인 한국의 독특한 안보 상황을 감안할 때, 서구식 민주주의는 미래를 위한 실용적인 로드맵이 되기에는 지나치게 이상적이었다. 박정희는 민주주의에 대한 논의에서 나무 은유 외에, 빌려 온 양복이라는 비유도 사용하였는데, 이는 '영국 신사'라는 별명이 있던 윤보선에 대한 날카로운 공격이 된다는 추가적인 이점까지 지니고 있었다. 박정희는 '서구의 민주주의'라는 양복이 한국인의 몸에 맞지 않는데도 그것을 수선하지 않은 채 그대로 입는다면, 이는 그 옷을 입은 사람을 광대이자 위선자, 그리고 하수인으로 보이게 할 것이라고 말한다.[44] 수목의 이미지가 유기체론적이라면, 의상에의 비유는 식민지 시기 모보모던보이와 마보맑스보이나 서구식 패션을 흉내 내는 도시의 멋쟁이들에서부터, 더 최근에는 1960년 4·19혁명을 지지하여 행진했던 검은 양복을 입은 대학교수들의 긴 행렬까지, 다양한 연상들을 불러일으킨다는 점에서 역사주의적이었다. 서구 양복의 이미지는 또한 포퓰리즘이기도 했다. 즉 서구 자유민주주의를 혁명가, 부역자, 퇴폐적인 예술가, 지식인, 그리고 사회의 특권 계층들과 연결시킴으로써 부정적인 의미들을 덧씌운 것이다. 박정희에게 있어 민주주의라는 수사를 완전히 포기하는 것은 선택지가 될 수 없었다. 그렇게 하는 것은 "미국의 한계선"으로 경계 지어진 공간에서 설 자리를 잃게 된다는 것을 의미했다. 그러나 피와 흙의 이름으로, 그리고 재단사의 실과 바늘로 수선한 민주주의는, 결과적으로 그것과는 정반대의 것이 되고 말았다. 민족적 민주주의의 이와 같은 모순을 포착한 김

---

44  강정인, 「박정희 대통령의 민주주의 담론 분석」, 『철학논집』 27, 서강대 철학연구소, 2011, 303~310면.

지하는 특유의 직설화법으로 그것이 '파시즘'의 또 다른 이름일 뿐이라고 말했다.[45]

「곡哭 민족적 민주주의」의 목적은 박정희의 파시스트 정권을 "폭로", "비판", 그리고 궁극적으로는 "매장"하는 것이었다.[46] 그리고 이를 위해 풍자를 사용했다.

시체여! 너는 오래전에 이미 죽었다. 죽어서 썩어가고 있었다. 넋 없는 시체여! 반민족적, 비민주적, 민족적 민주주의여! 썩고 있던 네 주검의 악취는 사쿠라의 향기가 되어, 마침내는 우리들 학원의 잔잔한 후각이 가꾸고 사랑하는 늘 푸른 수풀 속에 너와 일본의 이대잡종, 이른바 사꾸라를 심어 놓았다. (…중략…)

너 시체여! 너는 그리하여 일대의 천재요, 희대의 졸작이었다. 구악을 신악으로 개악하여 세대를 교체하고 골백번의 번의의 번의를 번의하여 권태감의 흥분으로 국민 정서를 배신하고 부정 불하, 부정 축재, 매판 자본 육성으로 '빠젱꼬'에 '새나라'에 최루탄 등등 주로 생활필수품만 수입하며 노동자의 언덕으로 알았던 '워커힐'에 퇴폐를 증산하여 민족정기를 바로잡아 국민 도의를 고취하고 경제를 재건한 철두철미 위대한 시체여! (…중략…) 너의 정체는 무엇이냐? 절망과 기아로부터의 해방자로 자처하는 소위혁명정부가 전면적인 절망과 영원한 기아 속으로 민족을 함몰시키기에 이르도록 한 너의 본질은 과연 무엇이었드냐? 무엇이드란 말이냐? (…중략…) 오개년계획에 심지어 사상논쟁까지 벌리던 그 어마어마한 뱃장은 도시 어디서 빌려온 것일까? 그것은 〈댄노헤이까〉에게 빌린 것이 분명하다. 일본군의 그 지긋지긋한 전통의 카리스마적 성격은 한국군 구조의 바닥에 아직도 남아, 허황한 권력에의 야망과 함께 문제

---

45    김지하, 『흰 그늘의 길』 2, 학고재, 2003, 35면.
46    위의 책.

의 그 뱃장을 길러낸 것이다. (…중략…) 너의 고향 그곳으로 돌아가거라, 안개 속으로! 가거라 시체여! (…중략…) 바로 지금 거기서 네 옆 사람과 후딱 주고 받은 그 입가의 웃음은 무엇을 뜻하고 있는가? 대량 검거의 군호인가? 최루탄 발사의 신호인가? (…중략…) 우리는 안다. 그것은 죽은 이의 입술 가에 변함 없이 서리는 행복의 미소인 것을.

시체여![47]

「곡哭 민족적 민주주의」가 폭로하는 긴 악의 목록에서, 파친코, 새나라 자동차, 워커힐 등 당대의 스캔들에 대한 몇몇 언급은 특히 두드러진다. 이 세 사건은 주가조작 사건과 함께 1962~1963년 한국 사회를 뒤흔든 4대 스캔들이었다. 그중에서도 주가조작 사건으로 인한 피해가 특히 끔찍했는데, 5천 명이 넘는 소액 투자자들이 파산하게 되었고, 그 결과 많은 이들이 자살을 기도했다. 이 네 가지 사건의 배후에는 김종필 중앙정보부 부장이, 그리고 그의 배후에는 박정희가 있었다. 군사정권이 민선정권에 권력을 이양하기로 한 1963년 대통령선거를 앞두고, 중앙정보부는 '민간인' 박정희의 대통령 출마를 돕는 발판이 되어 줄 정당 창당에 필요한 막대한 재원을 확보하기 위해 박정희의 개인적인 심복이자 사기꾼이 되기를 자처하였다. 김종필은 한국 대중으로부터 돈을 짜낼 몇 가지 계획을 고안했다. 첫 번째는 워커힐 사건이었다. 한국전쟁 당시 미8군 사령관을 지낸 월턴 워커Walton H. Walker, 1889~1950년를 기려 '워커'라고 명명된 한강을 내려다보는 경치 좋은 언덕에, 박 전 대통령의 군부는 표면적으로 한국에 주둔하고 있는 미군의 '위락'과 관광을 통한 외화 수입을 위해 리조

---

47  이 글은 출판되지 않았다. 원문은 민주화기념사업회 아카이브에서 볼 수 있다. http://archives.kdemo.or.kr/isad/view/00578390(2018.10.21 12:31 검색)

트와 카지노 단지를 조성하고자 했다. 건설 과정 전반은 김종필이 공적 자금에서 횡령할 수 있는 기회를 충분히 제공하였고, 이를 통해 박정희의 대선 출마를 위한 비자금이 조성되었다. 파친코와 새나라 자동차의 경우, 중정은 재일교포 사업가들을 매개로 한 일본 기업들과의 협업을 통해 일본 기업이 한국에 회사를 세워 정상적인 규제나 단속을 거치지 않고 일본에서 파친코 기계와 자동차를 수입할 수 있도록 했다. 이 회사들은 그 결과 엄청난 이익을 냈고, 그 자금은 김종필과 새로 창당한 민주공화당으로 흘러 들어갔다. 이러한 스캔들에 따른 비용을 부담한 것은 결국 한국의 납세자들과 민간 소비자들이었다. 예를 들어, 새나라 자동차 사건은 경쟁사인 한국의 자동차 제조업체를 파산시켰다. 파친코 사건은 일반 시민들을 도박에 빠지게 만들었는데, 이러한 중독은 박정희 군사정권이 역사의 뒷무대로 사라지는 것을 방지하는 데 필요한 자금을 수혈해 주었다. 당시 박정희 정권은 중정을 통해 유신 선포 전부터 그늘진 뒷골목에서 국민과 전쟁을 벌이고 있었던 것이다. 이 사건들이 남긴 여파는 너무도 심각한 것이어서 은폐하기 어려운 수준이었으나 중정은 불필요한 사람 열두엇을 희생시키는 것으로 특별 조사를 종결시켰다. 김종필은 이 스캔들에서 그가 맡은 역할로 인해 중정의 부장 자리에서 물러나야 했는데, 때마침 해외로 보내져 위기를 넘겼다.[48]

박정희의 구호를 패러디하는 것을 통해 「곡哭 민족적 민주주의」는 4대 스캔들의 주범으로서의 박정희의 실상을 폭로했다. 실제로, "구악을 신악으로 개악"했다는 비판은 이러한 스캔들을 통해 군사정권하에서 이전의 장면 정부와는 차원이 다른 규모의 부패를 경험하게 되면서 혐오감을 느

---

48  김종필은 1967년에 국회의원이 되어 공인으로 돌아왔다. 그는 이후 8번 더 국회의원에 선출되고 유신 정권 동안 박정희의 총리를 역임하게 된다.

낀 한국 국민들 사이에서 널리 퍼진 문구이기도 했다. 「곡哭 민족적 민주주의」는 "절망과 기아로부터의 해방"과 같이 군사 쿠데타를 역사적 불가피함으로 정당화했던 모든 '주의'와 혁명적인 구호들이 "번의의 번의를 번의"한 것임을 폭로한다. 김지하는 인용이라는 익숙한 풍자적 기법을 통해 "민족정기를 바로잡아 국민 도의를 고취하고 경제를 재건한"이라는 박정희 자신의 말을 그의 추도문 속으로 끌어들임으로써 이 말이 원래 의도했던 메시지를 방해하도록 한다. 그리하여 이 구호들은 원래와 정반대의 의미를 지니게 된다. 즉, 권태, 부정부패, 퇴폐 등을 통해 오히려 민족정기와 국민 도의를 해치고, 경제를 파탄 냈다는 것이다. 풍부한 한자 동음이의어로 매개된 이러한 이중적 의미작용은 박 정권의 주장을 원뜻에 어긋나게 읽도록 허용함으로써 박 정권의 진실을 폭로하는 추도문의 전략에 더욱 기여한다. '시체'는 '천재'이지만, 이는 천재天才가 아니라 천재痚ォ로, "최루탄 발사"와 "대량검거"등의 얄팍한 술수를 행할 수 있을 뿐이다.

위 추도문에서 비판의 칼날이 더욱 두드러지는 지점은 박정희와 일본 사이의 친밀한 관계를 집요하게 강조하고 있는 부분이다. 그의 "뱃장"은 "댄노헤이카 반자이天皇陛下 만세"의 "댄노헤이카"에서 빌려온 것이다. 박정희가 그토록 열심히 키워온 "카리스마"와 "허황한 야망"은 유감스럽지만 한국군에 남겨진 일본 제국군의 유산으로 지적된다. 게다가 박정희는 일본과의 간통으로 추악한 진실을 덮는 향기로운 잡종 꽃을 낳았다. 이 추도문의 사쿠라라는 표현에는 두 겹을 넘어 세 겹의 의미가 있다. 벗꽃을 의미하는 사쿠라는, 일본적인 것으로 가장 널리 알려진 꽃이다. 그것은 일본의 상징인 동시에 박정희가 일본과 간통한 결과물이기도 하다. 사쿠라의 질릴 정도로 진한 향기는 썩어가는 시체의 냄새를 감추고 "잔잔한 후각이 가꾸고 사랑하는" 토종 수풀의 자연스런 향기를 대신한다. 우리가 앞서 살펴본, "뿌리내리지 못하는 나무" 비유와 같이 박정희가 좋아하는 수목 이미지는 오히려 반대로, 즉 외래종 나무가 토종 나무들 사이에 심기고 번성할 뿐만 아니라 감각적 풍경을 지배하는 것으로 나타난다.[49]

또한 관용적으로 한국어에서 사쿠라는 가짜인 물건이나 사람을 지칭하는 표현이기도 하다.[50] 특히 정치적 관용어로서 사쿠라는 낮에는 야당 정치인이지만 밤에는, 즉 실제로는 여당 정치인인 종족을 일컫는 표현으로, 김지하는 후에 「앵적가」1971년라는 시를 통해 이들을 풍자하게 된다. 수목 이미지가 수립한 자연/인공의 이분법을 기반으로 한 이러한 정치적 함의는 박정희 정권이 일본과 맺은 연합을 거짓을 낳는 조합으로 고발한다. 그러나 "푸른 수풀 속"에 심어 놓은 사쿠라라는 표현은 훨씬 더 구체적인 역사적 의미를 지니고 있기도 하다. 즉 이는 학생으로 위장하여 대학 캠퍼스에 심어 놓은 박정희의 사복 경찰과 첩보원, 그리고 경찰 정보원들을 의미하는 것이다. 그중에서도 경찰 정보원들은 '당파'를 뜻하는 러시아어 프라크치야에서 유래한 것으로 보이는 '쁘락치'라는 이름으로 불렸다. 1960년대에 중정이 박정희 정권을 지지하기 위해 공공연히 또는 비밀리에 조직한 여러 청년단체 중 가장 유명한 것은 청년사상연구회청사회로, 이들은 정부의 캠퍼스 감시에 참여하기도 했다. 1964년 초 김지하의 서울대 동창인 송철원은 순수한 학생 단체가 아닌 '쁘락치'로서의 청사회의 정체를 폭로했다. 송 씨는 체포된 후 '담배꽁초 고문'을 당했다.[51]

---

49  아이러니하게도 벚꽃은 한국 고유의 식물이기도 하다. 그러나, 벚꽃과 일본 황실과의 강한 연관으로 인해, 일본에서 이식된 것으로 상징적으로 여겨지게 되었다.

50  이 용어의 어원에 대해서는 몇 가지 설명이 있다. 나에게 가장 설득력 있는 것은 말고기로 만든 스테이크 타르타르인 일본어 "사쿠라 니쿠"에서 그 어원을 찾는 것이다. 벚꽃을 연상시키는 분홍색 때문에 '사쿠라 고기'라 불린 말고기는 소고기와 구별하기 어려운 품종이었다.

51  송철원, 「YTP(청사회)」, 『기억과 전망』 26, 2012.6, 310~330면을 보라. 담배꽁초 고문

박정희 정권의 일본과의 긴밀한 경제적, 정치적, 문화적, 역사적, 군사적, 심지어 성적 관계에 대한 이 추도문의 거듭된 폭로와 비판은 일본의 한국에 대한 재식민화의 가능성을 경고한다. "민족적 민주주의"가 훌륭히 예시하고 있듯, 박정희의 무수한 약속들과 추상적인 구호들은 능동적인 허위의식"번의의 번의를 번의하여", 또는 적어도 당대 현실을 뒤덮는 "안개"를 만들어내는 주문으로 기능한다. 「곡哭 민족적 민주주의」는 두 가지 방식으로 이 주문을 깨뜨린다. 첫 번째 방식은 앞서 우리가 분석했듯이 그 내용을 새로운 배치 속에서 드러나도록 강제하는 인용의 전복적인 힘을 이용하여 박정희의 구호가 스스로와 싸우도록 만드는 것이다. 두 번째는 수사적인 신호를 활성화시키는 것이다. "시체여!"라는 발화가 바로 그러한 기능을 하고 있는데, 이 짧은 글에 15번이나 등장하는 이 호명은 매번 이념적 최면 상태를 깨고 무감각해진 감각을 일깨워 사쿠라 향기로 가린 부패한 살의 악취를 맡게 한다. 게다가 이 추도사에서는 '시체여'라는 표현이 열 다섯 번이나 반복, 사용되는 것에 더해, '주검'에 대한 언급이 두 번, "죽다"의 다양한 활용형이 일곱 번이나 나오는데, 이러한 과도한 섬뜩함은 박정희 정권을 시체친화적인 것으로 성격화하는 것을 뒷받침해 준다. 이렇듯 박정희 정권을 거듭 사체라 고발하는 것은 1963년 대통령 선거운동에서 박정희 캠프가 성공적으로 사용했던 자연과 문화 간의 대립을 역전시키는 효과를 낳는다. (선거운동 내내 박정희는 자신을 맨발로 땅을 굳게 딛고 서서 황소에 매인 쟁기를 거친 손으로 이끄는 민중들 속의 한 사람으로 제시했다.[52] 반면 윤보선은 안경을 쓴 '문화인'으로 제시

---

은 손가락 사이를 담뱃불로 지지는 고문을 말한다.

52  1963년 박정희 대선 캠페인으로 만들어진 정치 포스터는 소가 끄는 쟁기를 잡고 있는 농부의 사진과 나란히 박정희의 사진이 붙어 있었다. 이미지 위에는 "황소처럼 열심히

되었으며, 이때 문화는 보통 사람들과 엘리트 사이의 거리를 나타내는 척도를 의미했다.) 구더기가 득실거리는 시체로서의 박정희는 자연스러운 것이 아니라 초자연적이며, 그러한 그에게 ('배짱'으로 상징되는) 끊임없는 활동과 삶에 대한 엄청난 욕구는 너무나도 어울리지 않기에 외설적인 것이 되고 만다. 박정희가 대선운동에서 사용한 유기적 이미지는 「곡哭 민족적 민주주의」에서 좀 더 협소한 신체 이미지로 바뀌고 있는데, 이러한 신체들은 건전하고 건강한 느낌을 주기 보다는 무덤의 느낌을 발산한다. 박정희 정권은 김지하의 추도사에서 아직 살아 있는 시체, 그리하여 다시 죽여 적절히 매장해야 할 송장, 즉 좀비가 된다.[53]

어떻게 좀비를 다시 죽일 수 있을까? 죽지 않은 자의 심장에 박아넣는 말뚝의 날카로움과 같은 풍자의 힘으로. 이때 사용되는 말뚝은 또한 한국의 전통 탈춤 공연에서 양반님네들의 부패와 악행을 드러내고 조롱하는 역할을 맡은 천출 하인의 이름이기도 하다. 이는 순전한 우연일지도 모른다. 어원적으로, 말뚝이라는 이름은 그가 양반들의 말을 돌보는 말지기라는 사실에서 유래한 것으로 보인다. 말뚝은 말을 묶어두기 위해 땅에 박는 지주대이기 때문이다. 그러나 또 어쩌면, 이는 단순한 우연이 아닐지도 모른다. 말뚝은 정력의 상징이며, 이는 말뚝이의 얼굴에 그대로 재현되어 있다. 탈춤의 지역적 변이에도 불구하고 변하지 않는 말뚝이의 가장 특징적인 요소는 언제나 길게 매달려있는 그의 코인 것이다. 「오적」에서부터 김지하는 그 이름이 곧 무기이자 남근상징인 말뚝이를 부활시켜 이 전통극 속 말뚝이의 페르소나를 활용, 당대의 정치사회적 현실을 그의 목소리를 통해 들려준다. 김지하가 「곡哭 민족적 민주주의」에서 처음 종합

---

일하겠읍니다!"라는 슬로건이 쓰여 있었다. 황소는 박정희의 민주공화당의 로고였다.
53   김지하, 『흰 그늘의 길』 2, 학고재, 2003, 36면.

해낸 수행성과 풍자, 그리고 활력은 정부가 주시하지 않을 수 없을 만큼의 정치적인 힘을 가지고 있었다. 그리고 탈춤, 판소리, 민요, 굿 등의 오래된 구술적 연행의 전통을 재창조한 이러한 방식은, 저항의 새로운 시적 전통의 중심에 서게 되었다. 김지하는 이 극적인 시 장르에 담시譚詩라는 이름을 붙였는데, 여기서 '담譚'이라는 한자는 '이야기'와 '크다'라는 두 가지 뜻을 담고 있다. 1970년대와 80년대에 걸쳐, 김지하의 많은 담시 작품들은 마당극으로 재탄생되었는데, 이남희는 이를 넓게 "전통 민속극과 서양 연극의 요소를 합성, 종합해 만든 극 형식"이라 정의했다.[54] 이를 공연한 탈춤 극단의 구성원들은 대학교 연극 동아리 학생인 경우가 많았는데, 이들은 당대의 가장 급진적인 활동가가 되기도 했다. 그들의 저항적 연극은 동학과 마르크스주의, 샤머니즘적 장례의식과 해방 신학, 카니발과 거리 시위 등 국가가 허가하지 않은 교배를 실험하는 장이 될 것이었다. 이러한 교배는 준準-준準-파트너 한국과 준準-파트너 일본의 간통을 좌장국인 미국이 뒤로 물러나 이를 즐기며 지켜보는 일종의 삼자 동거에 대한 투쟁으로 기획되었다. 박정희 정권이 '민족국가'라는 용어를 도용했음을 고발한 김지하의 「곡哭 민족적 민주주의」는 오늘에 와서는 대체로 잊혀지고 말았지만, 이 작품은 김지하가 개척한 '민족적 형식'의 문학, 그 기원에 자리할 자격이 있다. 이 작품이야말로 한국의 젊은 세대 전체를 저항의 세대로 조형해내는 역할을 하게 될 것이기 때문이다.

---

54  이남희, 앞의 책, 299면.

## 「오적」−판소리와 풍자

김지하를 유명인으로 만든 삼백 행에 대해 그는 회고록에서 '영적 흥분' 상태에서 사흘 만에 쓴 시라고 밝힌 바 있다. "내가 잘 모르거나 확인해보지도 않은 부패 사안들, 도둑질 방법, 호화판 저택의 시설이 단박에 그대로 떠올라 펜을 통해 곧바로 옮겨지면서 조금도 의심하거나 걱정함이 없었다."[55] 시가 출간되고 김지하가 체포되어 심문을 당하는 과정에서 중앙정보부 요원들에 의해 이러한 세부사항들이 전적으로 사실인 것으로 밝혀져서 시인 자신도 놀랐다고 한다. "그 정도 길이의 글을 쓰는 데에 소요되는 긴장과 피로감, 때론 권태감이나 착상의 변경이 아예 단 한 번도 없었다는 사실은 도무지 무엇을 의미할까."[56] 시인은 이에 대해 곰곰이 생각한 끝에, 그가 시를 쓰던 당시 자기 외부의 창조적 힘, 즉 '신명이 내게 지폈다'고 결론짓는다. 이 창조적 힘에 사로잡힌 시인이 쓴 한줄 한줄이 모두 독재자의 그늘 아래 살찌워지고 있는 중, 하급 동업자들에 대한 찬란한 풍자였고, 시인은 이 판소리 형식의 서술시에 「오적」이라는 제목을 붙였다. 그리고 이는 역사가 되었다.

당대 가장 중요한 종합교양지 『사상계』의 1970년 5월호에 게재된 「오적」은 하룻밤 사이에 돌풍을 일으켰다. 초판 5천 부는 거의 즉시 매진되었다. 그 후 이 시는 당시 야당이던 신민당의 기관지 『민주전선』에 다시 전재되며 4만 부가 추가로 배포되었다. 정부는 이 시점에서 「오적」의 시인과, 『사상계』의 출판인 겸 편집장, 그리고 『민주전선』의 출판국장을 반공법 위반으로 체포했다. 『사상계』는 등록 절차상의 문제를 이유로 면허

---

55   김지하, 『흰 그늘의 길』 2, 학고재, 2003, 166면.
56   위의 책, 166면.

가 취소되었는데, 그 타격으로부터 회복하지 못한 채 『사상계』는 결국 폐간되기에 이른다. 김지하는 체포된 후 백일 간의 재판 끝에야 보석으로 풀려날 수 있었다. 이 사건으로 인해 김지하의 후속 글과 활동은 정권의 감시와 독서대중의 열렬한 관심을 동시에 받게 된다.

중요한 정치 사건들로 점철되었던 시기라 할 1970년대를 통틀어 보아도, 「오적」의 출간은 그중에서도 가장 역사적인 순간으로 많은 이들의 기억 속에 각인되어 있으며, 의류 노동자 전태일의 분신사건과만 비견될 수 있을 정도라 할 것이다. 한 나이 든 기자는 "이리 가라면 이리 가고 저리 가라면 저리 가던 사람들의 마음이 이리 가라면 저리 가고 저리 가라면 이리 가기 시작한 것이 바로 「오적」 이후부터"라는 의미심장한 말을 한 바 있다.[57] 즉, 「오적」은 김지하를 솔제니친적 의미에서 위대한 작가, 다시 말해 독재 정권의 권위에 대항하는 대체 권위의 원천이라는 의미에서 위대한 작가로 만들었다. 이 시는 시인과 독재자 사이의 전쟁의 서막이었다. 그렇다면 저항 문학으로서의 「오적」의 이러한 전례 없는 성공의 이유는 무엇이었을까?

「오적」은 독자들을 1961년 박정희의 군사 쿠데타 이후 거의 10년 동안의 급속한 산업화가 창출한 부가 집중된 한국 수도의 심장으로 데려간다. 서울은 여전히 인간 분뇨의 악취가 진동하고 "털 빠진 닭똥구멍"처럼 생긴 민둥산으로 둘러싸인 도시지만, "오종종종 판잣집 다닥다닥 개딱지 다닥 코딱지 다닥" 위로 솟구쳐 오른 "삐까번쩍 으리으리 꽃궁궐" 다섯 소굴 속은 잔치로 번쩍이고 흥성스럽다. 이들 궁궐 안에는 "재벌, 국회의원, 고급공무원, 장성, 장차관"의 오적들이 살고 있다. 이들의 뱃속에는 "큰 황

57  위의 책, 171면.

소불알만한 도둑보가 곁붙어" 오장육부가 아니라 "오장칠부"가 있다. 이들은 "켄트"를 피고, "나폴레옹 꼬냑"을 마시며, "자네 핸디 몇이더라?" 묻는 것에도 싫증이 나서, 서로 누가 도적 기술이 더 뛰어난지 "황금 만 근을 걸어 넣고" 겨루는 대회를 개최한다. 이 대회를 통해 지난 십 년간 오적이 축적한 재산 목록이 드러난다. "코린트식" 기둥의 "대리석 양옥", "임학 박사 원정"이 가꾸는 정원, "꺼꾸로 걸린 삐까소, 옆으로 붙인 샤갈", "호피담요 씨운 테레비", "밀화 귓구멍마게", "산호 똥구멍마게", "촛불 컨샨들리에, 피마주 기름 스탠드라이트, 간접직접 직사곡사 천장바닥 벽조명이 휘황캄캄 호화율율"하다. 도적들이 불법 소유와 부도덕한 축적의 기술을 과시함에 따라, 이러한 "신기"를 정확히 어떻게 부렸는지 상세히 기술한 범죄 증거문서가 만들어진다.

첫번째 도적인 재벌은 첩들을 데리고 딸 만들기에 여념이 없다. 이 딸들은 모두 "칼 쥔 놈"[58]의 "밤참"으로 진상되어, "귀띔에 정보 얻고 수의계약 낙찰시켜 헐값에 땅 샀다가 길 뚫리면 한몫" 잡게 된다. 계약은 이미 따놓은 당상이니 입찰을 할 필요도 없다. "천원 공사 오 원에 쓱싹"하고 나머지는 재벌의 주머니 속으로 들어가며, "노동자 임금은 언제나 외상"이다. 이 시는 후에 경제학자들이 한국의 "정실情實 자본주의"라고 부르게 될 폐해에 대해 이미 고발하고 있었던 것이다. ("한강의 기적"에 대한 수년간의 칭송 후 수십 년이 지나서야 전문가들은 이러한 "칼 쥔 놈"과 지갑 쥔 '놈' 사이의 베개밑 공사가 한국의 정치 경제를 오랫동안 괴롭혀 왔으며 결국 1997~98년의 아시아 금융 위기로 이어졌다고 진단하게 될 것이다.)

두번째 도적인 국회의원은 구호 외치기를 좋아하는 곱추이다.

---

58   이는 박정희 정권이 군사 쿠데타로 권력을 잡게 되었다는 것을 암시한다.

혁명이닷, 舊惡은 新惡으로! 改造닷, 부정축재는 축재부정으로!

근대화닷, 부정선거는 선거부정으로! 重農이닷, 貧農은 離農으로!

건설이닷, 모든집은 臥牛式으로! 社會淨化닷, 鄭仁淑을 鄭仁淑을 철두철미

본받아랏![59]

박정희 정권의 구호를 풍자적으로 반복하는 것은 우리가 이미 「곡哭 민족적 민주주의」에서 보았던 전략이다. 이 작품에서 1963~1964년의 4대 스캔들을 다루었듯이, 「오적」에서 김지하는 1970년 전국을 충격에 빠뜨린 고급 요정 종업원 피살과 신축 아파트 붕괴라는 두 정치비리 사건을 암시하는 언급을 하고 있다. 살해된 여종업원 정인숙은 그녀의 방탕한 행동으로 가족을 수치스럽게 만들었다는 이유로 친오빠에게 살해된 것으로 알려졌는데, 이 시 속에서도 그 이름 그대로 등장한다. 그러나 그녀의 '수첩'에 국내 최고 재벌, 국회의원, 고급공무원, 군 장성, 장관, 즉 '오적'의 이름들과 개인 연락처가 적혀 있다는 사실이 알려지면서 무성한 소문이 떠돌기 시작했다. 정인숙은 심지어 대통령과도 친밀한 관계였다고들 했다. 생전에 그녀는 자신의 사생아가 "청와대의 누군가"의 아이라고 자주 말하곤 했다. 그녀가 죽은 후, 한국 사회 전체는 그 아이가 대통령, 중정 부장, 총리 중 누구의 자식인지 궁금해하게 되었다.

두 번째 스캔들은, 정인숙 사건만큼이나 부도덕할 뿐만 아니라 인명 피해는 훨씬 더 컸던, 와우아파트 붕괴와 관련되어 있다. 신축한지 불과 4개월밖에 되지 않았던 와우아파트의 붕괴로 33명이 사망하고, 40명이 부상을 입었다. 사고 이후의 조사 결과, 와우아파트 건설은 용인된 기준을 전

---

59  이하 「오적」 시의 내용은, 김지하, 『김지하 시전집』 3, 솔, 1993에서 인용.

혀 지키지 않았다는 것이 밝혀졌다. 와우아파트 건설회사는 상상조차 하기 어려울 정도의 검약을 실행에 옮겼는데, 예를 들어 철근 70개가 필요한 공사에 4개만을 사용하는 식이었다. 이 건설회사는 철근과 같이 '필수적이지 않은' 비용을 아껴 관료들에게 기름칠을 하는 것과 같은 '더 필수적'인 비용을 충당했다.[60] 이때 기름칠, 즉 뇌물을 기다리고 앉은 사람들이 바로 김지하가 '오적' 중 세번째 도적으로 꼽은 고급공무원들이다. "바다같이 깊은 의자 우뚝나직 걸터앉아/공은 쥐뿔 없는 놈이 하늘같이 높이 앉아/한 손으로 노땡큐요 다른 손은 땡큐땡큐/되는 것도 절대 안 돼, 안될 것도 문제없어, 책상 위엔 서류뭉치, 책상 밑엔 지폐 뭉치."

네 번째 도적인 '장성長猩'은 청동과 황동훈장으로 잔뜩 장식한 채 개인적 영달을 위해 무공의 영예를 과시한다. 그는 자신의 지휘하에 있는 사병들을 자기 시종처럼 부리고, 군수물자를 곧바로 자신이나 상사의 곳간으로 실어 나른다. 이러한 강도질 중에서도 특히 기발한 것은 군 복무를 위해 징집된 대학생들을 그의 "마누라 화냥끼 노리개"로 제공하는 것이다. 마지막 도적인 교활한 눈의 장관은 '사쿠라'이다. 외래품의 소비를 금지하면서 자신은 벤츠를 타고 다니고, 노동자를 쥐어짤 구호("굶더라도 수출이닷, 안 팔려도 증산이닷")를 외치며 자신은 첩의 가슴이나 짓주무르고 있다. 한편, 그는 일본에 대해서는 매우 비굴한 태도를 보인다. "아사한 놈 뼉다귀로 현해탄에 다리 놓아 가미사마 배알하잣!" 김지하의 「곡哭민족적 민주주의」와 「오적」, 그리고 나중의 「앵적가」에 이르기까지, 모든 일본적인 것에 대한 숭배는 도덕적 결함의 표지가 된다. 심지어 이들 도적의 소굴에 대한 건축학적 분석조차 일본을 도덕적 지형학 속에 배치시

---

60    와우아파트 붕괴에 관해서는 박태균, 「와우아파트, 경부고속도로, 그리고 주한미군 감축」, 『역사비평』 93, 역사비평사, 2010 겨울, 172~177면 참조.

키는 계기가 된다. "안팎 중문 솟을대문 페르샤풍風, 본 따놓고 목욕탕은 토이기풍風 돼지우리 왜풍倭風당당."

시는 이 다섯 명의 도적들을 체포하려는 시도의 좌절에서 절정에 이른다. 이들의 탐욕에 대한 소문이 확산되자 "포도대장"은 이들을 체포하기 위해 나서지만, 오적의 소굴을 찾기 위해서는 젊은 "갯땅쇠"의 도움이 필요하다. 그는 본래 전라도 출신 농민으로, "농사로는 밥 못 먹어 돈 벌라고" 서울에 온 희생양의 표본으로 그려진다. 그의 삶은 개발주의 국가의 '농업 압박' 정책에 따른 농촌 사회에 대한 억압과, 박정희의 고향인 경상도와 대비되는, 전라도에 대한 정권의 조직적 차별을 시사한다. 그러나, 일단 오적의 소굴에 들어가자 포도대장은 그의 눈앞에 펼쳐지는 물질적 부의 순수한 힘에 굴복하게 된다. "저게 모두 두둑질로 모아들인 재산인가/이럴 줄을 알았더면 나도 일찍암치 도둑이나 되었을 걸/원수로다 원수다 양심이란 두 글자가 철천지원수로다." 이후 포도대장은 도적들을 체포하는 대신, 불운한 "갯땅쇠"를 "이 사회에 충실한 일꾼"에 대한 "무고죄"라는 얼토당토않은 죄목으로 입건한다. 마지막에 가서 이 시는 오적을 처벌하기는 하지만, 이는 인간의 손으로 실현한 정의는 아니다. 갯땅쇠가 감옥에서 썩어가던 중, 일종의 데우스 엑스 마키나, 즉 신적 개입으로 인해 김지하의 시는 갑작스럽게 끝을 맺는다. 오적과 포도대장이 모두 번개에 맞아 죽는 것이다.

「오적」에 대한 이러한 간략한 요약만으로도 이 시가 왜 박정희 정권 내 핵심 인사들을 자극했는지 알 수 있을 것이다. 당시 박정희 대통령 비서실장이었던 이후락은 이 시를 읽고 광분하여, 중앙정보부 부장에게 김지하 사건을 "엄하게 수사할 것"을 직접 지시했다고 한다.[61] (2년 후 그 자신이 중앙정보부 부장이 된 이후락은 김지하를 "반병신"으로 만들겠다고 협박하기도 했다.)[62] 이 시를 이처럼 폭발력 있게 만든 것은, 판소리체를 되살린 형식과 그 내용이 잘 맞아떨어졌기 때문이다. 판소리는 조선 후기로 갈수록 양반들 사이에서도 인기가 많은 오락 장르로 향유되었는데, 박학다식함과 고전적 비유들이 음담패설과 뒤섞여 나타나는 혼합 장르였다. 관객의 즐거움은 대체로 이러한 혼합에서 비롯된 것으로, 이는 이야기의 언어적 윤택함을 증폭시키는 데 일조했다. 「오적」에서는 동탁의 배꼽, 장비의 수염, 조조의 실눈 등 고전적인 비유들이 오적들의 본질적 야수성을 부각시키는 신체적 묘사에 사용된다. 그 효과는 오적을 지칭할 때 기존의 한자를 짐승과 관련된 한자로 대체하는 것을 통해 강화된다. 이 교체로 인해 생긴 특이한 한자는 식자공에게 많은 어려움을 안겨 주었는데, 그는 결국 시인이 만들어낸 이상한 조합의 한자를 조판하기 위해 기존의 활자 조판을 깨뜨린 후 재조합해야만 했다.

「오적」은 판소리의 특징적 요소라 할 반복과 열거의 기법을 광범위하게 활용하고 있는데, 도적들의 축적된 부의 목록을 읊을 때에 이러한 기법이 잘 드러난다. 경찰이 사용하는 고문방법을 제시할 때조차 반복과 열거의 방법을 사용하고 있으며, 특히 시의 결말부에 포도대장이 도적들의 소굴을 둘러볼 때 이 기법의 활용이 그 절정에 이르게 된다. 그는 여러 가지 보물로 가득 찬 방들을 들여다보며 보석, 예술품, 외국 전자제품, 술병, 그리고 다양한 방식으로 헐벗은 아름다운 여성들을 힐끗힐끗 훔쳐본다. 한 방에서는 산해진미가 가득 차려진 식탁을 발견하게 되기도 한다.

---

61  허문명, 『김지하와 그의 시대 – 4·19부터 10.26까지 '삶의 관점'에서 기록한 통합의 한국 현대사』, 동아일보사, 2013, 178면.

62  위의 책, 177면.

소털구이, 돼지콧구멍볶음, 염소수염튀김, 노루뿔삶음, 닭네발산적, 꿩지느라 미말림, 도미날개지짐, 조기발톱젓, 민어 농어 방어 광어 은어 귀만 짤라 회무 침, 낙지해삼비늘조림, 쇠고기 돈까스, 돼지고기 비후까스, 피안뺀 복지리 (…중 략…) 롱가리트 유과, 메사돈 약과, 사카린 잡과

이것을 만약 연회라 할 수 있다면, 적어도 매우 기괴한 종류의 연회임에 틀림이 없다. 상다리가 휘어지게 차려진 음식들의 향연을 처음 목도했을 때는 포도대장의 입에 곧바로 침이 고이기는 했지만, 이 진미들의 내용을 자세히 살펴보면, 실제로는 도저히 먹을 수 없는 것들이라는 사실이 드러 난다. 꿩의 지느러미나 생선의 날개, 발톱, 귀, 그리고 닭의 네발 등은 "두 자연종의 융합"이라는 좁은 의미에서의 "그로테스크"라는 단어에 가장 잘 부합하는, 진정으로 그로테스크한 음식들이라고 할 수 있다.[63] 또 다 른 음식들인 "소고기 돈까스, 돼지고기 비후까스" 등은 아예 의미론적으 로 성립되지 않는 것들이다. 그리고 나머지는 먹는 데 들이는 노력이 아 까울 만한 음식들이다. 돼지의 코도 아닌, 돼지 콧구멍은 과연 무슨 맛일 까? "소털구이"와 "염소수염튀김"은 어떠한가? 물론 이 이상한 음식 목록 의 최고봉은 먹으면 죽는 '피 안 뺀 복지리', 즉 독성을 제거하지 않은 복 어로 만든 탕일 것이다.

연회 장면을 우리에게 친숙한 판소리식으로 재구성하여 사용한 것은 「오적」에 매우 날카로운 풍자성을 부여한다. 판소리에서 연회 장면은 거 의 필수적으로 등장한다. 이때, 육해공의 온갖 진미에 대한 세밀하고도 구체적인 묘사는 이 화려하고 풍부한 만찬을 미각이 아닌 청각을 통해서

---

63    미하일 바흐찐, 이덕형·최건영 역, 『프랑수아 라블레의 작품과 중세 및 르네상스의 민 중문화』, 아카넷, 2001, 84면.

나마 함께 나누고 있는 독자들에게 극도의 즐거움을 선사한다. 열거법은 풍성한 물질세계를 풍부하게 표현하며, 사물의 이름이 그 본질과 일치하는 그러한 세계, 그리하여 그 모양과 냄새, 심지어 맛까지 의성적 의태적 마법에 의해 나타나게 만드는 그러한 공감각적인 세계 속으로 청중들을 초대한다. 「오적」은 이 형식 자체가 불러일으키는 기대로부터 출발하며, 육해공의 진미의 향연을 선사할 것처럼 보인다. 그러나 연회에 참가하고자 하는 독자의 욕망은 먹지 못할 음식 앞에서 좌절되며, 이로써 즐거움은 곧 혐오감으로 바뀐다. 처음에는 영리한 속임수이자 유머러스한 말장난으로 보였던 것(조기 "발톱을 뽑아" 젓갈을 담근다는 발상에는 분명 무언가 우스꽝스러운 면이 있다)은 음식이 독성이 있는 것으로 바뀌면서 불길한 것이 된다. 자연 식품의 부자연스러운 조합으로 시작되었던 목록은 "롱가리트 유과, 메사돈약과, 사카린잡과"와 같은 화학적 불량식품들로 넘어간다. 여기에서 특히 "사카린"에 대한 언급은 1970년 당시의 독자들에게는 1966년의 사카린 밀수 사건에 대한 암시임이 명백했을 것이다. 이 사건은 당시 삼성그룹 창업주였던 이병철 회장이 정부의 승인하에 기획한 것이었다. 즉, 원래는 청중을 품 안으로 끌어들이기 위해 베풀어지는 특권적인 행사로서의 공동 축하연은, 생명을 지속시키는 것이 아니라 오히려 궁극적으로는 해를 끼치는, 거짓된 풍요를 전달하는 것이다.

「오적」을 시작으로 김지하식 풍자의 트레이드마크가 된 현대적 내용과 전통적 형식의 결합은 기존 질서를 전복시키는 민중적 문화 형식의 힘을 김지하가 예리하게 인식한 데 따른 것이다. 김지하는 「오적」이 발표된 직후 출간한 매우 중요한 문학비평에서 시인은 이러한 민중 문화의 힘에 기대야 하며, 당대 현실에 대한 깊은 절망의 감각으로 민중 문화의 폭력성까지도 포용해야 한다고 주장한다. 김지하는 시인들에게 묻는다—"선택하라, 풍자냐 자살이냐."[64] "서정시를 쓰기 힘든 시대"에 살고 있다고 생각한 브레히트, 그리하여 "시에 운을 맞춘다면 그것은 내게 거의 오만처럼 생각된다"고 한 이 시인처럼, 김지하는 "시는 삶으로부터 떨어져 나간 한 조각의 휴지거나 일상적인 삶 자체보다, 하나의 유행가 구절보다 더 나일 것 없는 도로徒勞로 전락한다. 시는 일단 물신의 폭력 아래 여지없이 패배한 것처럼 보인다"라고 주장했다.[65] 비애와 폭력을 표현하기 위해 시인은 비극적 양식의 무섭고 기괴한 감정에 완전히 몸을 맡기거나, 아니면 희극 양식으로 눈을 돌려 풍자를 생산해내야 했다. 두 양식 모두 저항의 시로 여겨질 수도 있지만, 비극은 궁극적으로는 초현실적인 쪽으로 향하게 되는 반면, 희극은 시대의 현실에 좀 더 단단히 뿌리내린다. 게다가 풍자는 반복되는 불의에 의해 "돌처럼 단단하고, 칼날처럼 날카로운" 것으로 변해버린 피압박 민중의 깊이 뿌리박힌 불만에 접속하여, 그 집단적 에너지로부터 길어 올리는 것이다. "민중의 편에 분명히 서서" 당대 현실의 모순에 의해 활력을 얻는 풍자를 통해 "자기와 민중을 억압하는 어떤 특수집단에 대한 부정과 폭로와 고발에 폭력을 동원하는 곳으로 나아간다."[66]

따라서 「오적」이 전시하고 있는 것은 미하일 바흐찐이 "민중적인 웃음 문화"라 지칭한 바로 그것이다. 이 문화의 근본 원리는 "고상하고 정신적이며 이상적이고 추상적인 모든 것을 물질, 육체적 차원으로, 불가분의 통일체인 대지와 육체의 차원으로 이행시키는 것", 즉 비하이다.[67] 도시를 조망하는 서두의 첫 장면에서 묘사되고 있는 "털 빠진 닭똥구멍"처럼 솟아오른

---

64  김지하, 「풍자냐 자살이냐」, 『작가세계』 1(3), 1989, 60~71면 참조. 이 질문은 김수영의 1961년 시 「신귀거래 7」에서 "누이야 풍자가 아니면 자살이다"에서 비롯했다.

65  위의 글, 60~61면.

66  위의 글, 62면.

67  미하일 바흐찐, 앞의 책, 47~48면.

민둥산에서부터 산호 뚱구멍마게에 대한 언급에 이르기까지, 시는 꾸준히 "물질, 육체적인 하부의 차원"[68]에 머문다. 머리부터 발끝까지 금으로 치장한 재벌은 "금시계줄/디룩디룩 방댕이"로 자신의 패션을 완성시키고 있다. 포도대장이 체포 명령을 내리는 호령 소리는 "호랑이 방귓소리"로 비유된다. 서사는 모든 종류의 구멍에 대해 세세하고 친절하게 기술하고 있는데, 결국 오적들은 바로 이 "육공으로" 피를 토하며 죽게 되면서 인간의 법에 의해서는 실현되지 못한 정의가 신에 의해 실현되게 된다.

우뚝 솟은 웅장한 궁전들과 "골프채 번쩍, 깃발같이 높이 들고 대갈일성"하는 허세 가득한 구호를 통해 이 오적들이 성취하고자 하는 수직적 높이에도 불구하고, 그들은 끊임없이 먹고, 마시고, 소화하고, 분비하며, 무엇보다 성교하는 것을 통해, 본래 그들이 있어야 할 자리인 사회적 계층의 가장 밑바닥으로 확실하게 돌려보내진다. 이 바닥의 자리는 주변의 환경과 수평적으로 교류하는 과정에서 인체의 여러 구멍들이 계속해서 노출될 수밖에 없는 그런 곳이다. 바흐찐이 지적했듯이, 이 계층에 속하는 몸은 성장이나 비하, 또는 변화의 과정에 있는 본질적으로 "미완성이며 열려 있는 육체"로, 결코 닫혀있거나 완성된, 또는 자급자족적인 개체가 아니다.[69] 김지하의 시에서 이들 오적의 물질적이고 그로테스크한 육체는, 활성화, 근대화, 정화, 재건과 같이 추상적으로 이상화된 범주 내로 한정된, 파시스트 국가의 명확하며 공식적인 생명정치 속으로 이 개별 주체들이 수직적 통합을 이루는 것을 방해한다. 구체적인 예로, 두 번째 도적은 거창한 의식을 통해 물질적이고 그로테스크한 자신의 신체를 이 추상적인 국가적 신체 속으로 통합시키려 하지만, 그의 육체는 이를 맹렬히

---

68 위의 책, 572면.
69 위의 책, 58면.

거부한다. 그의 "혁명 공약"은 엄청난 양의 가래를 수반한 기침 발작 때문에 중단되고 마는 것이다.

이는 바흐찐이 중세 광대의 주요한 특성으로 "모든 고등 의식용 제스처나 제의를 물질적 차원으로 이동시킨다"고 한 유명한 지적과 정확하게 일치한다. 실제로, 조선시대의 판소리 이야기꾼도 광대라 불렸다. 「오적」의 시적 화자는 시의 시작과 끝에서 "볼기가 확확 불이 나게 맞을 때는 맞더라도" "조동아리 손목댕이" "뭐든 자꾸 쓰고 싶어 견딜 수가 없으니"라고 하며 자신이 이 광대의 혈통과 연결되어 있음을 분명히 했다. 이렇듯 광대짓을 저항과 연계시킴으로써, 김지하는 풍자를 "익살"이나 "암흑시"와 구분했다. 비애와 절망에 의해 추동되는 풍자는 익살과 달리 근본적으로 폭력적이었다. 그러나 풍자가 단순한 파괴 행위가 되는 것으로부터 구제될 수 있었던 것은, 이가 민중의 삶의 두 측면 즉, 고통과 억압이라는 역사적 측면과 재생과 변화에의 개방성이라는 우주적 측면 모두에 대한 근본적인 긍정을 보여주었기 때문이다. 이런 점에서 볼 때 민중문화에 대한 김지하의 이해는 바흐찐과 많은 부분을 공유한다. 바흐찐은 "비하하는 것은 매장하고, 씨를 뿌리는 동시에, 보다 훌륭하게 다시 돌아오게 하기 위하여 죽이는 것이다"라고 썼다.[70] 김지하가 박정희의 하수인이자 민중들의 주인노릇을 했던 '오적'을 비하한 것은 박정희 정권을 구성하는 개인들에 대한 가장 일차적인 차원에서의 직접적인 도덕적 비판이다. 그들의 품위를 떨어뜨리는 것에서 얻어지는 기쁨은 대체로 풍자가 지니는 부인의 기능에 내재된 만족감에서 비롯된다. 그러나 「오적」을 「곡哭민족적 민주주의」와 함께 읽으면, 이 시가 또한 일종의 매장 행위를 무대

---

70  위의 책, 50면. Mikhail Bakhtin, *Rabelais and His World*, trans. Helene Iswolsky, Bloomington : Indiana University Press, 1984, p. 21을 바탕으로 번역을 수정하였다.

화하고 있는 것으로 볼 수 있다. 바흐찐이 지적한 대로 웃음은 "비하시키고 물질화하는 것이다."[71] 아직 살아있는 시체로서의 박정희 정권은 (민주주의의) 연기가 (산업화의) 가속의 조건이 되는 시간이 왜곡된 비정상적인 시기에 나타난 이상한 존재이다. 사회학자 장경섭은 이러한 시간 왜곡을 "한국의 압축된 근대성"이라는 말로 개념화했다.[72] 이 좀비를 비하시키는 방법은 우선 그것을 물질화시켜 그것을 분만한 안개로부터 꺼내고, 사쿠라의 향기를 흩어버림으로써 실제 썩어가는 똥 냄새가 드러나도록 하는 것이다. 「오적」을 쓰고 4년 후, 김지하는 극도로 패러디적인 그의 시 「분씨물어」에서 이 주제를 훨씬 더 명쾌하게 파고들었는데, 이 작품은 후에 임진택이 「똥바다」라는 판소리 작품으로 리메이크하기도 했다. 좀비를 비하시킨다는 것은 그것을 매장한다는 것이고, 이는 애초에 김지하가 「곡哭 민족적 민주주의」를 쓴 이유 중의 하나라고 선언했던 것이기도 하다. 그리고 좀비를 매장한다는 것은, 좀비가 죽음과 갱신의 순환 속으로 다시 들어갈 수 있기를 바라는 마음에서, 땅으로 돌려보내는 것이다.


## '필화'-법정에 선 시인

박정희 정권에 의해 간첩으로 기소된 문예평론가 임헌영에 따르면, 1969년의 김지하는 첫 시를 출간한 지 얼마 되지 않은 젊은 청년으로, 서울대 써클 안의 소수에게만 알려져 있었다. 「오적」으로 혜성과 같이 등장

---

71   미하일 바흐찐, 앞의 책, 49면.
72   Kyung-Sup Chang, "Compressed Modernity and Its Discontents : South Korean Society in Transition", *Economy and Society 28*, no.1, 1999, p.30~55.

한 김지하는 "분단 이후 최대 저항시인으로 급부상했다".[73] 「오적」에 관한 재판 이후, 김지하가 담시 「비어」를 가톨릭 월간지 『창조』에 게재한 1972년, 정부당국은 다시 바빠지기 시작했다. 해당 잡지는 해당 호의 모든 사본을 압수당했다. 이미 팔렸거나 배포된 사본도 추적, 몰수되었다. 김지하는 도주하지만, 중앙정보부가 시인의 행방을 찾기 위해 200명이 넘는 지인들을 괴롭힌 끝에 수개월 동안의 도피생활을 끝내고 결국 자수하게 된다. 김지하는 폐병환자로, '병원 연금형'에 처해졌다가 1974년 민청학련 사건에 연루되어 다시금 구속된다. 1975년에 잠시 석방된 김지하는 옥중수기를 출간한 혐의로 다시 체포되어 겨울 공화국이 끝날 때까지 감옥에 있게 된다.[74]

이 모든 것이 한국문학사에서 김지하의 이름을 필화라는 단어와 뗄 수 없게 만든다. 필화는 붓을 뜻하는 '筆'과 재앙을 뜻하는 '禍'가 합쳐진 단어로, 작가(및 출판사)가 글의 내용과 관련하여 재판에 회부된 사례들을 지칭한다. 이 단어는 약간 고전적인 울림을 지니고 있으며, 예전 시대의 '사화士禍'를 떠올리게 한다. 김지하는 박정희 정권의 필화 피해자들 중 가장 유명했던 것은 분명하지만 그가 처음이었던 것은 아니다. 박해당한 피해자들의 긴 목록은 1961년 박정희의 군사 쿠데타 직후 며칠 사이에 교수형에 처해진 출판인 조용수에서부터 시작해야 할 것이고, 작가들 중에서는 소설가 남정현이 단편 「분지」[1965년]에서의 이중 강간에 대한 묘사

---

73  허문명, 앞의 책, 126면.

74  최근에 김지하가 유신시대의 유죄 판결에 대해 손해배상을 청구하는 돌발 사건이 있었다. 40년 가까운 세월이 흐른 2013년, 김지하는 민청학련 사건에 대해서는 무죄선고를 받았다. 그러나 법원은 시인이 '반공법 위반'이라는 선고를 뒤집을 만한 충분한 증거를 제시하지 못했다는 이유로 오적 사건에 대해서는 선고유예 판결을 내렸다.

로 인해 국가보안법 위반 혐의를 받은 바 있다.[75] 그 자체로 필화 사건이라 할 수는 없지만, 1967년 소위 동백림 간첩단 사건의 일환으로 남산의 악명 높은 중앙정보부 본부에 억류되어 6개월간 고문을 당한 시인 천상병 또한 박정희 정권에 의해 박해를 받은 작가 명단에서 빼놓을 수 없다. 한국 정부는 유럽에서 유학하고 있던 194명의 한국인 학생, 지식인, 예술가들로 구성된 이 간첩단이 동베를린에서 북한 스파이와 접선하여 북한을 직접 방문했으며, 북한의 '대남적화' 지시를 받았다고 주장했다. 유럽에 발을 들여놓은 적이 없었던 천상병의 유일한 죄는, 중앙정보부 요원들에게 말 그대로 구워졌던 사람 중에 술친구가 있었다는 것이다. 그 후 1993년 생을 마감할 때까지 천상병은 정신적, 육체적, 성적 붕괴를 겪었다.[76] 이어지는 목록에는 1974년의 소위 문인 간첩단 사건에 연루된 작가와 비평가들이 포함될 것이다. 이호철, 임헌영, 김우종, 장병희1933~2010년, 정을병1934~2009년 등 5명은 북한과 공모한 혐의가 인정되었는데, 이는 이들 작가의 작품이 게재된 재일 잡지 『한양』이 정부로부터 재일 북한 공작원에 의해 운영되는 잡지라는 혐의를 받고 있었기 때문이다. 소설가 현기영, 한수산, 박양호, 송기석과 시인 양성우, 김춘태, 정공채, 이산하 외에도 시인이자 목사 문익환, 수필가이자 인권변호사 한승헌, 기자이자 철학자 리영희, 라디오 극작가 김정욱 등도 다른 많은 이들과 함께 이 목록에 포함되어야 할 것이다.[77]

---

75   1961년 5월 박정희의 군사 쿠데타 성공 이후 불과 며칠 만에 조용수(1930~1961)가 재판에 회부돼 신문 사설을 통해 북한을 찬양하고 북한 공작원의 작전자금을 수수한 혐의로 약식 교수형에 처해졌다. 남정현의 재판에 대한 뛰어난 분석으로는 Theodore Hughes, "Development as Devolution : Nam Chŏng-hyŏn and the 'Land of Excrement' Incident", *Journal of Korean Studies* 10, no. 1, 2005, pp. 29~57 참조.

76   문순옥, 앞의 글, 118~119면.

77   김지하 외, 『한국문화필화작품집』, 황토, 1989.

「오적」이 없었더라면, 독재자와 작가들 사이에서 이어진 그 모든 대결들이 그러한 방식으로는 일어나지 않았을 것이라고 해도 과언이 아닐 것이다. 박정희 정권이 문학에 대해 갖게 된 편집증은 당시 많은 작가가 맞닥뜨리게 되는 법적 곤란에서 잘 드러나는데, 이는 상당 부분 박정희가 수차례 죽이고자 했지만 실패했던 김지하와의 만남에서 비롯되었다. 전두환은 박정희의 실패, 즉 그가 책과의 싸움에서 패하는 것을 목격하였으며, 자신은 이러한 전임자의 실수를 되풀이하지 않을 것이었다. 김지하의 작품은 애초부터 공동체적이고 공연적인 경향을 보였으며, 그가 재해석한 전통적인 구술 장르는 마당극이라는 저항적 연극에 영감을 주었다. 그리고 이러한 시인 김지하의 최종 무대는 법정이었다.[78]

1970년 김지하의 체포에 이은 100일 간의 재판은, 법정을 판소리나 탈춤이 주로 공연되는 야외의 마당으로 탈바꿈시켰다. 이 무대에서 검찰이 양반의 담화를 담당했다면, 시인은 말뚝이의 목소리를 맡았다. 임헌영의 회상에 따르면, 법원의 방청석은 항상 만원이었다고 한다. 문인, 지식인, 그리고 반체제 재야 인사들(박정희 정권의 반대편에 서 있는 밀려난 정치인, 지식인 그리고 종교 지도자들로 구성된)은 김지하를 지지하기 위해서뿐만 아니라 그의 구술 공연을 관람하기 위해 날마다 모습을 드러냈다. 김지하는 "탁월한 이론가에다 말솜씨까지 갖춰 변호인이 질문만 해주면 되었다. (···중략···) 대법정에서 열렸던 '오적' 공판은 김지하의 익살과

---

78  김지하의 시 「오적」과 「비어」에서 서울대생 임진택은 판소리를 현대적으로 재현할 소재를 찾았다. 「비어」는 30분 길이의 판소리인 「소리내력」으로 재탄생해 폭발적인 인기를 누렸다. 유영대에 따르면, 임진택은 이 작품으로 수백번의 비공식적인 공연을 했다. 유영대, 「20세기 창작판소리의 존재양상과 의미」, 『한국민속학』 39, 한국민속학회, 2004, 191면 참조. 김지하와 임진택의 만남은 1980년대 특히 반독재적 문화운동의 가장 중요한 장르라고 할 수 있는 마당극의 역사의 토대가 되는 순간이었다.

달변으로 마치 만담장이라도 된 듯한 분위기 때문에 언제나 초만원이었다".[79] 질문을 던진 변호인 중 한 명은 일찍이 남정현의 「분지」 사건을 맡았던 존경받는 변호사 한승헌으로, 그는 후에 그 자신도 필화 사건으로 체포되게 된다. 한승헌은 2009년 자신의 회고록에서 「오적」 재판에서 오고 간 두 토막의 인상적인 법정 대화를 재구성한 바 있다.

> 변호인: 피고인은 공산주의자입니까.
> 피고인: 아닙니다.
> 변호인: 그럼 왜 이런 재판을 받게 됐습니까.
> 피고인: 나도 모르겠습니다.

> 검찰: '오적'은 남한 사회의 빈부격차를 부각시킴으로써 계급의식을 고취한 용공작품이지 않습니까.
> 피고인: 우리 사회에 오적이 있으니까 '오적'을 썼을 뿐입니다. 내 시를 자꾸 용공이라고 하는데, 부정부패 자체가 이적이 될지는 몰라도, 그것을 비판하는 소리가 이적이 될 수는 없습니다.[80]

김지하의 법정 풍자의 주요 전략은 독재 담론이 유도한 대중의 집단 최면과 싸우기 위해 언어의 문자적 차원과 비유적 차원 사이의 예상 가능한 매개를 중단시키는 것이었다. 예를 들어, 피고측 변호인과 피고 사이의 간단명료한 문답은 이 사건의 본질이 시인을 공산주의자로 고발하는 정권과 그 혐의를 부인하는 시인 사이의 충돌에 있음을 드러냈다. 애

---

79  허문명, 앞의 책, 126면.
80  한승헌, 『한 변호사의 고백과 증언』, 한겨레출판, 2009, 98~99면.

당초 왜 법정에 끌려오게 되었는지 모르는 체하면서, 시인은 정권의 논리를 이해하기를 거부하고, 그에 대해 '천진난만한' 태도로 대항함으로써 정권이 정권 스스로의 표현과 맞서 싸우도록 만들었다. 물론 이때 검찰 담론의 핵심은 '용공'이라는 표현이었다. 반공, 승공, 멸공, 방공 등, 박정희 시대에 한국 대중의 의식 속으로 서서히 파고든 공산주의와 관련된 수많은 다른 용어들과 마찬가지로, 용공이란 말은 사람들을 두려움에 빠뜨려 생각이 마비되도록 하기 위해 고안된 용어로, 이 두려움은 과열된 행동을 통해서만 진정될 수 있었다. 한나 아렌트가 관찰한 바 있듯이, "폭정 아래에서는, 행동하는 것이 생각하는 것보다 훨씬 쉽[기]"때문이다.[81] 생각을 억압하는 이러한 장벽을 제거하면서, 시인은 자신이 한 것은 정부가 스스로 요구했던 것을 진지하게 받아들인 것뿐이라고 주장했다. 「곡哭민족적 민주주의」와 「오적」에 대한 앞선 논의에서 살펴보았듯이, 부패하고 비효율적인 장면 정권을 정화시키는 것이야말로 박정희 군사정권이 권력승계를 합리화하기 위해 제시한 명분이었기 때문이다. 김지하는 그의 시가 그려낸 부패의 초상이 박정희 정권의 중앙정보부 요원들이 파헤친 진실을 있는 그대로 재현한 것일 뿐이라고 주장했다. 검찰이 그의 시가 터무니없다고 주장하는 것은 논리적 오류였는데, 왜냐하면 이는 부패가 터무니없다고 주장하는 것과 같았기 때문이다.

박정희 시대가 끝날 때까지 김지하는 몇 차례 더 겨울 공화국의 법정 앞에 서야 했다. 길었던 그 시간 동안, 김지하의 국제적 인지도는 반복된 투옥, 사형선고, 옥중에서 밀반출한 '양심선언' 등으로 인해 더욱 높아져 갔고, 그에 따라 김지하 재판의 위험부담 또한 커져만 갔다. 이 법정이라

---

81    Hannah Arendt, *The Human Condition*, Chicago : University of Chicago Press, 1998, p.324.

는 마당은 점점 김지하가 문학, 폭력, 혁명, 구원에 대한 자신의 이론을 펼칠 수 있는 대중 강연을 위한 연단이 되어갔다. 1976년의 재판이 특히 그러했다. 최종 변론에서 스스로를 대변한 김지하는 자신이 마르크스주의자는 아니지만, 정부가 제기한 혐의대로 혁명가라는 점은 인정했다. 김지하는 검찰의 유치하고 과도하게 이념 편향적인 질문들에 대해 범죄성의 문제를 넘어서는 정치적, 신학적, 미학적 문제들을 공들여 설명하는 것으로 답변을 대신했다. 그는 답변을 제시할 수 있는 모든 기회가 자신의 중요한 생각을 내놓을 수 있는 마지막 기회인 것처럼 말했다. 일견 즉흥적인 것처럼 보였던 3시간에 걸친 그의 최후변론은 유신 질서를 타파하기 위해 대중문화 전선을 어떻게 건설할 것이며, 한국전쟁 이후 남한 사람들이 살아온 신식민주의를 어떻게 종식시키고, 한반도의 평화 통일을 가져올 것인가에 대한 청사진을 제시했다. 김지하 시인 석방 촉구 지지모임의 일원으로 재판을 참관하기 위해 서울에 파견된 더글러스 루미스는 재판정에서 느낀 아이러니에 대해 다음과 같이 말한 바 있다: "나는 이 재판의 묘한 특성에 다시 한번 충격을 받았는데, 피고는 자신이 반공법 위반에 대해 무죄라는 사실을, 자신의 혁명 철학을 기술하고, 정부의 전복을 요구하는 것을 통해 주장하고 있었기 때문이다."[82]

정말 이상한 재판이었다. 검찰의 증거는 시인의 수첩에 적힌, 아직 쓰여지지 않은 시와 희곡에 대한 메모들이었다. 시인의 변론은 정당한 법적 절차를 호소하거나 폭동을 선동했다는 검찰의 혐의를 부인하는 것이 아니었다. 오히려 폭동 선동이 아니라 혁명을 추구한다며, 시인은 자기 사상의 혁명적 잠재력에 주목하도록 만들었고, 그의 말에 빠져든 청중 앞에

---

82    Charles Douglas Lummis, "Korea : The Trial of a Revolutionary Prophet", *New York Review of Books* 24, no. 7, April 28, 1977.

서 그 말의 아우라를 극대화시켰다.

이제 나는 내가 공산주의 프롤레타리아 계급 혁명을 옹호한다는 검찰의 터무니없는 주장에 맞서 스스로를 방어해야 한다. 내 생각이 어느 정도 사회학적 관련성을 가지고 있다는 것을 보여주기 위해 나는 집단 무산 계급이라는 용어를 사용해 왔다. 그러나 내가 하층민이라고 부르는 사람들은 성경이 "이들 중 가장 적은 사람, 나의 형제들"이라고 부르는 사람들이고, 프란츠 파농은 "지구의 구질구질한 사람"이라고 부른다. 그들의 누적된 원한은 정부의 어떤 책략으로도 풀릴 수 없다. 정부가 힘을 써서 그들을 억압할수록 그들의 분노는 더 커질 것이고 그들의 분노는 더 빨리 폭발할 것이다. 나는 이것이 엄청난 힘이 폭발할 것이라는 것을 안다.[83]

루미스에 따르면, 언론 보도가 허용되지 않았기 때문에 "공책에 쓰고 있는 학생 2명, 낡은 카드 조각에 적고 있는 노인 1명, 오래된 책 표지 안쪽에 필기하고 있는 또 다른 노인" 등, 방청석을 메운 방청객들은 떨리는 손으로 쓸 수 있는 지면이면 어디에든 바쁘게 그의 말을 받아 적었다. 재판이 끝난 후, 그들은 메모한 내용을 주머니에 감춘 채 급히 사라졌다. 이 메모들은 "연구회처럼, 그가 무엇을 말했는지, 또는 그가 무엇을 말하고자 했는지를 알아내기 위해" 모인 토론회에서야 다시 꺼내 들게 될 것이었다. 김지하의 말이 수용되는 이러한 방식은, 국가보안법 위반이나 대

---

83    김지하, 「나는 무죄이다」, 『김지하 전집』 2, 실천문학사, 2002. 김지하의 영향력에 대한 증거로, 파농의 『대지의 저주받은 사람들』은 뒤이어 한국에서 금서가 되었다. 이 책의 금지는 6월 민주화 운동의 성공 이후 수백 권의 금서가 해금되었던 1987년에도 해제되지 않았다.

통령이 공표한 수많은 긴급조치들을 근거로 김지하의 모든 발언들을 무차별적인 수사의 대상으로 삼고 있으면서도, 겉으로는 시와 정치는 구별되어야 한다는 유신 정권의 허울 좋은 요구를 이미 좌절시켜버리고 있었다. 김지하의 법정소송을 지켜본 탁월하고 섬세한 식견의 더글라스 루미스는 자신의 눈앞에서 펼쳐지는 거의 메시아적인 장면의 중심에 서 있는 인물에게 '시인'이라는 호칭만으로는 부족하다는 듯 김지하에게 "예언자"라는 칭호를 부여하였다.

나는 예언자는 아니지만, 국민을 억압하고 착취하는 독재정권이 곧 무로 해체될 날이 올 것이며, 언론, 집회, 결사의 자유가 부활할 것이며, 반공법이 폐지될 것이며, 모든 젊은이들, 감옥에 갇힌 꽃다운 청춘들은 풀려날 것이라고 자신 있게 말할 수 있다. 밝은 아테네의 봄이 대한민국을 향해 오고 있다. 그리고 아테네의 봄이 남쪽에 오게 되면, 그것은 북쪽에도 변화를 불러일으킬 것이다. 그것이 당내 민주주의의 형태든, 아니면 다른 형태의 대중적 각성을 통해서든, 어쨌든, 프라하의 봄은 북쪽에도 올 것이다. 이런 식으로 아테네의 봄과 프라하의 봄은 한반도 전체를 점차 감싸게 될 것이며, 우리 땅을 뒤덮는 하나의 거대한 봄을 이루어낼 것이다. 이 밝고 빛나는 봄의 다가옴과 환대: 이것이 내가 꿈꾸는 통일이다.[84]

---

84  Kim Chi-ha, "Final Statement in Court", *The Gold-Crowned Jesus and Other Writings*, Maryknoll, NY : Orbis Books, 1978, p.64. [역자주] 위 글에는 김지하의 최후 변론의 내용을 그 재판을 참관했던 사람들의 기억과 메모를 바탕으로 재구성한 것을 축약하여 제시한다고 명시되어 있다. 앞서 인용한 김지하, 「나는 무죄이다」, 『김지하 전집』 2, 실천문학사, 2002에 실려있는 내용과 약간 차이가 있어, 여기에는 위 책에서 인용한 내용을 번역하여 싣는다. 실천문학사판에 실린 내용 중 가장 비슷한 부분은 다음과 같다. "일견 독재권력은 강력한 집단으로 보입니다만, 그들은 내부적으로 부패하고 모순되고, 자기분열적이고, 반사회적이고, 반역사적입니다. 일견 민중적 안티테제는 조잡

이 재판에서 유신 법원의 사법 정의 왜곡은 거의 신앙 고백을 연상케 하는 장면으로 뒤바뀌게 되었다. 질문과 답변, 증인들의 증언, 반대 심문 등은 모두 중요하지 않았으며, 이미 결정되어 있는 판결과 아무런 관련이 없는 공허한 형식일 뿐이었다. 시인이 세 시간에 걸친 최후변론을 시작하자, 판사들은 시인의 말들이 겨냥하고 있는 청중이 자신들이 아니라는 것을 깨닫고, 잠에 빠져들어 버리거나 점점 종이 가면과 같은 얼굴로 바뀌었다. 김지하는 독방에 감금되어 있었고 면회도 거절했기 때문에 법정만이 자신의 목소리를 낼 수 있는 유일한 공간이었다. 낡아빠진 공책과 책 표지 안쪽에 조각조각 기록되어 전해진 시인의 말들은, 바깥세상으로 나오자 불타는 함성, 우렁찬 풍자, 가슴 아픈 발라드, 그리고 영적인 축도祝禱가 되었다. 이 말들을 듣기 위해 사람들이 모여들었고, 시인의 말은 더 이상 그만의 것이 아니었다. 사람들을 통한 시인의 말의 전파는 무수한 공동 창작자를 낳았고, 그 과정은 집단적 주체화라고 불릴 만한 것이었다.

1978년부터 시작된 이러한 모임들은 '문학의 밤'이라는 이름으로 불리기 시작했다. 얼핏 무해한 듯해 보이는 이름과 달리, 이 모임들은 다양

하고 연약해 보입니다만, 그 내부에 끓는 불은 진리 그 자체요, 통일이요, 사랑이요, 정의 그 자체입니다. 따라서 합법칙적인 역사 발전에 따라 안티테제는 기성 권력의 압제를 물리치고 자기의 본질을 이 땅에 행사하기 시작할 것이 명백합니다. 기성 권력이 살아나갈 길은 오직 하나, 즉 굴복입니다. 나는 북쪽에서보다는 남쪽에서 먼저 민중적 안티테제의 승리가 오리라고 확신하고 있습니다. 이것은 길고 긴 반독재투쟁 과정에서 탄생된 새로운 청춘의 민주, 민족, 민생의 전위 정치부대를 중심으로 조직화된 전 국민의 새롭고 자발적인 집단적인 열정의 폭발로서 이루어질 것입니다. 이것이 이 나라에 찾아오는 또 하나의 아테네의 봄입니다. 이 아테네의 봄날의 압력에 따라 분단된 북쪽에서도 서서히 자기 나름의 변화를 시작할 것이라는 것을 나는 감히 말할 수 있습니다. 바로 이것이 반도의 북쪽에 찾아오는 프라하의 봄입니다. 바로 이와 같은 두 개의 봄, 아테네의 봄과 프라하의 봄은 반드시 반도를 찾을 것입니다. 이것이 법칙입니다." 위의 책, 548~549면.

한 반유신 저항 세력들을 집결시켰고, 독재에 대항하는 집단적 열정의 실행과 통합의 장이 되었다. 이러한 모임 중 첫머리에 있는 것이 4월 24일 자실이 개최한 행사인 '민족문학의 밤'이었다. 이 모임이 열린 서울 성공회 교회에는 1,000여 명 이상이 몰려들었고, 안에 들어가지 못한 1,000여 명이 밖에 모여 있었다. 유신헌법의 폐지를 촉구한 자실의 멤버 이문구의 첫 번째 강연에서부터, 한국 민주주의의 현 실정에 대한 문익환 목사의 마지막 강연에 이르기까지, 박태순은 네 시간에 걸쳐 진행된 이 행사 내내 청중 모두가 얼마나 열광했었는지에 대해 생생한 기록을 남긴 바 있다.[85] 관중석에서는 즉흥적인 응원과 노래, 북소리가 매 순간 터져 나왔다. 그날 밤, 기성 시인들, 단체로 시를 쓴 동일방직 여공들, 민청학련 사건으로 수감된 인사의 부인 등이 나와 시를 낭송했다. 음악을 공연한 이들은 남사당패부터 한국 노래운동의 아버지인 김민기까지, 실로 다양했다. 이날 임진택은 김지하의 「비어」를 판소리로 각색하여 공연했는데, 관객들은 이에 호응하여 "김지하를 석방하라", "양성우를 석방하라" 등의 구호를 외쳤다. 공연이 끝나고 네 시간이 지나도록 흩어지려 하지 않던 관객들은 항의성 가두행진까지 시도하였다. 군중의 순수한 활력과 통일된 목적의식은 노련한 민주화 및 통일 운동가인 백기완마저 눈물짓게 했고, 시인들은 자신들의 언어가 지닌 폭발력에 스스로 놀랄 정도였다. 자실은 이 행사 전체를 녹음한 90분짜리 오디오 카세트테이프 3개를 200세트 만들어 배포하였다. 이 테이프에 대한 수요가 높아 해적판 복사본이 널리 유통될 정도였다. 문학은 강력한 사회적인 세력을 형성하게 되었다. 이후 "감옥에 있는 작가들의 밤", "박해받은 작가들을 위한 민족문학의

---

85  박태순, 『민족문학작가회의 문예운동30년사』 3, 작가회의 출판부, 2004, 57~66면.

밤", "양심수들을 위한 문학의 밤" 등 다양한 문학의 밤 행사들이 전국의 도시와 심지어 해외 이주 한인들 사이에서도 개최되었다. 그리고 물론 김지하를 위한 문학의 밤 행사들이 있었는데, 1979년 상반기에만 정확히 열두 차례 개최되었다. 그중 한 행사에서 고은 시인은 겨울 공화국 말년에 김지하가 어떠한 존재가 되었는지를 드러내는 장문의 시를 낭송하였다. 김지하는 더 이상 한 명의 개인이 아니라 공동 의지의 구현이자 정의와 민주주의를 추구하는 사회적 세력의 체현 그 자체이며, 그럼으로써 그를 감옥에 가둔, 칼을 든 자들보다 훨씬 더 강력해졌음을 말이다.

> 너는 누구의 자식도 누구의 애도 아니다
> 우리 민족의 시인 지하
> 우리 민족의 혁명청년 지하
> 세계의 여섯땅 모든 양심의 동지 지하
> 세계사의 모든 정의의 형제 지하
> (…중략…)
> 너의 고독이 민족이다
> 너의 절망이 민중이다
> 너의 의지가 곧 우리다 우리가 너다[86]

1979년 겨울 공화국은 임계점을 향해 달려가고 있었고, 사회세력으로서의 김지하는 더욱 힘을 얻고 있었다. 시인과 독재자 사이의 전쟁이 계속되었다면 어떻게 되었을지 상상해 보는 것은 참기 힘든 유혹이다. 그러

---

86    고은, 「지하를 부른다」, 김지하구출위원회 주최, 『김지하 문학의 밤』 팸플릿, 1978.12.21.

나 역사의 잔인한 아이러니로 독재자는 암살되었고, 전쟁은 결국 승자 없이 끝나버리고 말았다. 그리고 그 이후, 눈 밝은 대학생 시절 김지하가 쓴 섬뜩한 추도사는 기괴할 정도로 예언적인 글로 남게 되었다. 풍자의 힘에 의한 비하가 아닌 심장을 관통한 번쩍이는 총탄에 의한 죽음은 역설적으로 독재자가 겨울 공화국의 종말 이후에도 시체로서나마 살아남도록 보장하게 될 것이었다. 그리고 시인은 어떻게 되었는가? 이에 답하기 위해서는 아마도 또 한 권의 책이 필요할 것이다.

# 제2장

## 정체성보다 인접성

### 이문구의 이웃들

> 눈이여, 죽음을 덮고 또 무엇을 덮겠는가.
>
> — 고은, 「문의文義 마을에 가서」, 1974

이문구가 위암으로 세상을 떠난 2003년, 한국의 문학계에서는 엄청난 일이 일어났다. 하루에 오백 명이 넘는 조문객이 문상을 하였고, 사람들은 마치 문학계 전체가 병원의 장례식장으로 옮겨온 듯한 모습에 놀라움을 금치 못했다. 이문구의 사회장은 며칠 후인 2003년 2월 28일, 김지하가 「곡哭 민족적 민주주의」에서 "우리들 학원의" "늘 푸른 수풀"이라고 노래한 곳과 가까운, 마로니에 공원에서 치러졌다. 문인장 형식으로 치러진 이 장례식은 고인의 가족들이 아니라 다른 작가들에 의해 훌륭한 문인을 기리기 위해 기획된 것이었다. 장례식 이틀 전, 한국의 가장 큰 문인회 세 곳, 즉 민족문학작가회의이하 민작, 한국문인협회이하 문협, 그리고 국제펜클럽 한국본부이하 한국펜클럽가 모여 세 기관이 합동으로 문인장을 치를 것에 합의했다. 세 대표가 이러한 결정에 이르는 것을 보고, 민작의 당시 사무국장이었던 시인 강홍철은 이문구의 죽음이 살아있는 어떤 문인도 몇십 년간 이루어낼 수 없었던 일을 해냈다고 눈물지으며 말했는데, 그것은 다름

아닌 "화합"이었다.[1]

강홍철의 언급이 암시하는 한국문학계상의 분열은 겨울 공화국 시기에 처음 시작된 후, 몇십 년에 걸쳐 심화되었다. 자실이 1987년, 이름을 바꾸어 민작이 되었다는 것을 상기해 보면, 우리는 주요한 분열상의 대략적인 모습을 짐작해 볼 수 있을 것이다. 서론과 제1장에서 우리는 자실이 작가들의 반독재 저항을 조직하는 기관으로써 처음 성립되었으며, 자유, 민주주의, 경제적 정의, 그리고 김지하와 같은 구속된 작가들의 석방 등을 스스로의 명백한 존재 이유로 삼고 있음을 살펴보았다. 반면 문협은 박정희 정권 첫해의 마지막 날, 정부 지원을 통해 설립되었다. 문협의 첫 번째 회장은 식민지 초기, 『창조』의 동인으로서 이 문예지의 유미주의적인 성향을 견지한 소설가이자, 그의 오랜 경력 내내 '순수문학'적인 입장을 유지한 전영택1894~1968년이었다. 그는 본래 이북 출신의 기독교 목사로, 캘리포니아의 신학대학에서 신학을 공부했으며, 또한 열렬한 반공주의자로서 1963년, 박정희가 수여하는 문화 포상 대통령상을 받기도 했다. 문협의 후임자들 또한 전영택과 마찬가지로 정권이 정한 가이드라인을 충실히 따랐다. 겨울 공화국 시기 내내 문협은 김동리, 조연현, 서정주 등 '순수문학' 진영의 반공주의 작가 세 명이 이끌었으며, 이들이 정권에 대해 취한 입장은 전폭적인 지지와 마지못한 수용, 그 사이의 어딘가에서 벗어나지 않았다.

한국펜클럽 역시 창설 이후 대부분의 기간, 우익 편향적이었다. 한국펜클럽으로서는 국제펜클럽의 인준을 받는 것이 무엇보다 중요했는데, 이를 1955년 이루는 데 있어 가장 중추적인 역할을 한 작가가 바로 모윤숙

---

1    김태훈, 「이문구씨 빈소에 각계인사 조문 줄이어」, 『조선일보』, 2003.2.27, A19면.

이었다. 모윤숙은 권력을 잡고 있는 이들이 누구든, 즉 그것이 식민지 시대의 총독이든, 미군 점령기의 군사정부든, 또는 제1공화국의 이승만 정권이든, 그들과 친밀한 관계를 맺는 탁월한 능력으로 유명했으며, 한국펜클럽이 친정부적인 조직으로 성장하도록 이끌었다. 이에 따라 한국펜클럽은 겨울 공화국 전 기간에 걸쳐 작가들의 표현의 자유나 인권 문제에 대해 침묵을 지켰다. 예를 들어, 1970년 국제펜클럽 회의가 서울에서 열렸을 때, 한국펜클럽의 지도자들은 김지하 투옥에 대해 목소리를 내려는 조직 내의 '선동가들'을 침묵시키기 위해 온 힘을 다했다.

1980년대 들어 반체제운동이 급진화되면서 자실/민작, 문협, 한국펜클럽 사이의 괴리는 더욱 두드러지게 되었다. 그러므로 이들 세 단체가 한 작가의 죽음을 애도하기 위해 함께 모인다는 것은, 애도 받는 작가가 한국 문단의 정체성 정치에 얽매이지 않는 유산을 가진 사람이라는 것을 의미했다. 실제로 이문구는 여러 면에서 정치적 이념이 낳은 폭력을 극복하기 위해 고군분투했던 작가였으며, 이에 대해서는 이문구의 가정사를 보면 쉽게 그 이유를 알 수 있다. 정치적 이념은 그의 유년기에 끔찍한 흔적을 남겼다. 해방기에 남조선노동당 지방 지부장을 역임했다는 이유로, 이문구의 아버지는 한국전쟁 당시 우익에 예비검속되어 처형당했다. 이문구의 두 형도 목숨을 잃었다. 당시 열여덟 살밖에 되지 않았던 작은 형은, 이문구가 여름이면 친구들과 함께 놀던 바닷가에서 산 채로 겨울 바다 속으로 던져졌다. 이러한 잔혹함의 시절, 당시 열 살 소년이었던 이문구는 죽음만은 면할 수 있었다. 그러나 그는 여생 동안 좌익으로 죽거나 월북한 사람의 가족들에게 연대 책임을 지우는, 제도화된 차별인 연좌제의 그늘에서 살았다. 이문구는 2000년, 작가가 된 과정에 대해 말하면서 반공주의를 표방하는 한국에서 '빨갱이의 아들'로 자라며 반복적으로 경험했던 자아 분열에 대해 이야기한 바 있다. 학생들은 정기적으로 대규모 집회에 동원되어 반공주의 구호를 외쳐야 했는데, 이문구에게 특히 끔찍했던 구호는 "빨갱이의 씨를 말리자!"였다. 이 구호는 어린 소년에게 몸서리쳐지는 딜레마를 안겨주었다. 만약 그가 다른 모든 아이들보다 더 열심히 구호를 외치지 않으면, 반 친구들과 선생님들은 그를 그의 아버지의 아들, 즉 빨갱이의 자식으로 여길 것이었다. 그러나 그는 실제로 빨갱이의 아들이었기 때문에, 그 구호를 외치는 것은 자기 자신의 죽음을 요구하는 것과 마찬가지였다. 그런 집회에 참석하여, 자신과 같은 사람들은 모두 다 쓸어버려야 한다고 목청껏 외친 후, 이문구는 자신이 대중 앞에서 스스로에게 그토록 열정적으로 불러온 파멸의 운명으로부터 자신을 보호하려면 어떻게 해야 하는지 고민하지 않을 수 없었다.[2]

이문구가 작가가 되기로 한 것은 전적으로 그의 이러한 인생 역정과 관련이 있다. 그는 일찍이 작가로서의 삶이, 연좌제에 의해 실존적으로 유죄 판결을 받은 사람에게 열려있는 유일한, 존경받을 만한 직업일지도 모른다는 것을 깨달았다. 이 같은 인상은 이승만 시절, 간첩이라는 누명을 썼으나 그를 구하기 위해 나선 이승만 정권 내의 영향력 있는 동료 작가들 덕분에 목숨을 건진 이호우 시인의 이야기를 우연히 읽은 후, 더욱 강화되었다.[3] 이 에피소드는 이 어린 소년으로 하여금 그가 만약 작가가 되는 데 성공한다면, 이후에는 문학계에서 가장 우익적인 인물을 찾아 그와 연대하리라는 결심을 하게 만들었다. 그리고 그 작가가 바로 김동리

---

2    이문구, 「'관촌수필'과 나의 문학 역정」, 박경리 외, 『나의 문학 이야기』, 문학동네, 2001, 139~157면.
3    이 동료 작가들 중 한 명은 제1장에서 논했던 이헌구로, 박태순와 고은이 자실 지지를 받기 위해 찾아간 원로 문인이었다.

였다. 이문구는 "낭만적으로 문학공부를 한 사람들 (…중략…) 에 비하면 고상하지 못하고 동기 자체가 불순하고 살벌(?)해요"라는 자조적인 말로 과거를 회상하며, "솔직히 말해 나는 생존 전략의 하나로 문학을 택했습니다. 기왕이면 김동리 선생님의 제자가 되어야 한다고 생각한 것은 불순한 거지요."라고 고백한 바 있다.[4]

이문구가 서울에서 십 년간 막노동하며 고생한 끝에 김동리를 학과장으로 하는 서라벌 예술대학의 문예창작과에 들어가자, 이문구의 재능을 곧바로 알아본 김동리는 서라벌예대 그의 동기들 앞에서 "한국 문단은 가장 독특한 스타일의 작가를 가지게 되었다"고 상찬하며 그를 문하생으로 받아들였다. 졸업 후, 이문구는 당시 문협의 이사장으로 있던 김동리가 발행하는 『월간문학』의 편집장으로 재직하였다. 김동리가 문협 내 권력투쟁에서 패배하여 이 조직의 중심부에서 밀려나자, 이문구는 김동리와 그의 아내(소설가이자 시인 손소희)를 따라 이들이 새롭게 창간한 월간 잡지 『한국문학』으로 자리를 옮겼다. 이문구는 김동리가 문단에서 영향력을 상실하고, 심지어 격렬했던 1980년대에 들어서는 독재정권에 부역한 대표적인 인물로 매도당하게 된 이후에도, 스승에 대한 충심을 거두지 않았다. 그 후 오랫동안, 김동리를 향한 이문구의 헌신은 동료 작가들에게 계속해서 회자되는, 전설적인 이야기가 되었다. 삼십사 년간 매년 설마다 김동리 집에 인사 드리러 갔던 것, 자신이 목숨을 걸고 만들고 키워왔던 조직인 자실과 민작이 젊은 작가들을 중심으로 각기 1979년과 1988년에 김동리를 공개적으로 비난하고 나서자 이 두 조직을 미련 없이 떠났던 것, 김동리가 죽기 전 오 년간 뇌졸중으로 인한 마비로 고생할

---

4    이문구, 앞의 글, 143~144면.

때 아들이 아버지에게 하는 것보다도 더 큰 헌신으로 그의 스승을 돌보았던 것 등이 이문구에 대해 주로 이야기되는 것들이었다. 김동리는 그의 권위와 영향력, 그리고 흠잡을 데 없는 우파로서의 경력을 바탕으로 이문구가 어린 시절 외쳤던 반공 구호들의 실현으로부터 이문구를 보호하는 크나큰 우산이 되어주었다. 그리고 이문구는 그런 김동리에게 흔들리지 않는 의리와 영원한 감사로 보답했던 것이다.

이러한 맥락에서 볼 때, 이문구가 자실의 영원한 심장의 역할을 했다는 것은 차치하고라도, 그가 애초에 이 조직의 창립 멤버가 될 수 있었다는 것 자체가 매우 놀라운 일이자, 지극한 아이러니가 아닐 수 없다. 겨울 공화국에 맞선 작가들이 품은 저항의 계획들은 청진동에 있는 『한국문학』의 작은 사무실에서 처음 논의되었고, 이 잡지는 다름 아닌 "빨갱이의 아들"이 정치적으로 "풍진 세상"의 세찬 바람을 피하기 위해 의지했던, 그가 생각할 수 있던 "최고의 우익 문인"인 김동리가 창간한 것이었다.[5] 이 사무실은 겨울 공화국 시기, 자실의 아지트가 되었다. 청진동은 돈 없는 작가들이 주로 이문구의 이름으로 외상을 달아두고 먹고, 마셨던 값싼 식당, 싸구려 찻집, 선술집 등과 함께 진보적인 작가들의 소굴이 되었고, 이문구는 그곳의 터줏대감이었다. 황석영이 2003년에 쓴 이문구에 대한 감동적인 추도사에서 "우리는 지금 탯줄 묻은 고향을 지키고 있던 우리네 촌장을 잃어버린 것이올시다"라며 '촌장'의 죽음을 애도했을 때, 황석영이 말한 고향은 겨울 공화국의 수많은 작가들이 한국의 근대화와 함께 떠나온 시골집만을 가리키는 것이 아니라, 그들이 현재 속한 문학동네 또한 의미하는 것이었다.[6]

---

5   "이 풍진 세상을"은 이문구의 첫 단편집(1972)의 제목이다.
6   황석영의 이문구에 대한 애도사는 「우리 동네 촌장 이문구」, 『창작과비평』 31(2),

이 장은 이문구의 생애와 작품을 20세기 한국의 폭력적 국가 건설에 대한 의미심장한 고발이라는 측면에서 독해함으로써 겨울 공화국 시기 이문구의 작가로서의 헌신을 재구성해보고자 한다. 한국의 국가 건설 프로젝트는, 서로 극렬할 정도로 상이한 정치적 견해를 지지하는 사람들 모두의 공통분모 역할을 했던 '근대화'의 이름으로 시행되었는데, 이문구는 이 '근대화'라는 거대 서사가 포착하지 못했거나 지워버리고자 했던 바로 그러한 사람들, 세계관, 그리고 삶의 방식에 대해 크나큰 사랑과 존중을 지니고 있었다. 그리고 바로 그러한 사랑이 강력한 원동력이 되어 이문구로 하여금 자신도 모르게 겨울 공화국을 상대로 정치적 행동을 하도록 만들었다. 이는 그가 작품을 통해 생생하게 포착해내고자 했던 남녀의 목소리뿐만 아니라 문학 형식 그 자체를 통해서도 드러난다. 국가 건설의 토대가 되는 정체성 형성의 논리에 맞서기 위해, 이문구는 자신의 작품 속에서뿐만 아니라 자신의 삶 속에서도 이웃의 형상을 전경화시켰다.

어쩌면 바로 이러한 점이 우리가 이문구에 대한 연구사로 눈을 돌렸을 때 관찰하게 되는 기이한 현상을 설명해 줄지 모른다. 이문구의 작품에 대한 분석에는 이문구라는 작가의 인물됨, 그의 바람에 날리는 머리, 검게 탄 얼굴, 한 번도 답답한 넥타이 따위 메어본 적이 없는 듯한 그의 목에 대한 묘사가 자주 등장한다. 김병익은 이문구에 대해, "눈, 눈썹, 뼈대가 굵고 그래서 결코 지칠 것 같지 않은 굵직한 남성적 인상"을 준다고 했으며,[7] 김주연 또한 그와 마찬가지로 "이문구 씨의 인상은 영락없는 농촌 머슴을 연상시킨다"고 말했다.[8] 이문구의 인상에 대한 이러한 설명과 더

---

2003, 200~213면으로 출간되었다.
7    김병익, 「한에서 비극으로―이문구의『장한몽』」, 이문구, 『장한몽』, 책세상, 1987, 437면.
8    김주연, 「폐쇄 사회, 인정주의, 이데올로기」, 이문구, 『관촌수필』, 문학과지성사, 2008,

붙어 그의 품성에 대한 관찰 또한 그의 작품 독해에 개입된다. 그의 문체
상의 특징을 설명하기 위해 이문구가 삶 속에서 겪어냈던 사건들이 직접
적인 근거로서 언급되는가 하면,[9] 그의 작품들이 지닌, 독자를 감동시키
는 힘은 이문구라는 개인이 지닌 진솔함과 결부되곤 하는 것이다.[10] 산업
화 이전, 한국의 촌마을에서의 삶에 대한 혼이 담긴 회상담『관촌수필』과,
산업발전이 농촌 경제와 풍습 등에 미치는 영향을 상세히 묘사한 연작소
설『우리 동네』로 가장 잘 알려진 이문구는 그의 작가 경력 전반에 걸쳐
거의 전적으로 시골 사람들의 삶을 다루어왔다. 그의 이름에 자주 따라다
니는 마당쇠나 촌머슴과 같은 별칭들은 그의 삶과 작품 사이의 연속성을
강조한다. 그의 인물됨에 대한 이러한 묘사 속에서 작가와 소재 사이의
거리는 완벽히 지워지게 되는 것이다. 그 자신 한 명의 '머슴'인 작가 이
문구는 더 이상 시골 풍경을 둘러보며 경탄하는 여행자나, 농민들의 고충
을 기록하는 동정적인 지식인이 아니라, 그가 묘사하고 있는 북적이는 농
촌 마을의 중요한 일원이다.

이문구의 작품들이 소설로 분류된다는 것을 알고 있는 전형적인 현대
의 독자들은 애초에 비평가들이 작가의 검게 탄 피부색에 관심을 갖고
이에 대해 논한다는 것에 당황할지도 모른다. 그러나 이문구의 작품들에
작가의 존재가 깊이 새겨져 있다는 것에 대한 이러한 인정은, 지나친 관
심이나 개인적 일화에 불과한 것이라기보다는, 이문구의 텍스트가 유도
하는 독해 방식, 즉 저자를 루카치의 소설가보다는 벤야민의 이야기꾼에

381면.

9    최용석, 「이문구 소설 문체의 형성 요인 및 그 특징 고찰」,『현대소설연구』21, 2004. 3,
     299~321면.
10   김종철, 「작가의 진실성과 문학적 감동」, 신경림 외,『농민문학론』, 온누리, 1983,
     273~293면.

더 가깝게 위치시키도록 하는 독해 방식의 징후라고 할 수 있다.[11] '초월적 하늘'이 더이상 머리 위에 펼쳐있지 않은 세상 속에서, 이문구의 글들은 더이상 자기 인식과 의미를 향해 나아가는 문제적 개인의 여정을 쫓아가고자 하지 않는다. 대신, 이야기꾼의 인생 경험 속에 이야기를 녹여내고, 또는 이를 듣는 이의 경험의 일부로까지 동화시킨다. 이문구의 작품들에서 작가 자신과 그의 품성에 대한 관찰들이 그토록 유기적으로 떠오른다는 것은, 벤야민이 이야기꾼에 대한 비유로 즐겨 사용한 '도공'의 은유에 비추어 생각해 보았을 때, 이 작품들에 벤야민이 "도공의 손자국"이라 부른 것이 새겨져 있다는 증언이라고 할 수 있다. "이야기에는 옹기그릇에 도공의 손자국이 남아 있듯이 이야기하는 사람의 흔적이 남아 있[기]" 때문이다.[12]

학자들은 오랫동안 이문구를 토박이 이야기꾼이라고 불러왔다. 장황하게 이야기를 늘어놓는 느긋한 리듬과 삽화적인 형식, 그리고 언어적 활기의 순간들을 만들어내는 구전적 요소로 가득한 이문구의 소설은 현대 소설의 전형에서 벗어나 있으며, 그럼으로써 인쇄물이라는, 소설이 몸담고 있는 매체를 매번 좌절시킨다. 토박이 말로 이야기하는 여러 등장인물들의 다양한 목소리는 삭제되지 않은채 그대로 담긴다. 그러나 현상 인

---

11  루카치에게 소설은 무엇보다도 "내면성의 모험"으로, 내면성은 "영혼과 세계의 적대적 이중성"의 산물로, 현대에 있어서의 개인의 운명이다. 신이 이미 죽어서 존재의 궁극적인 의미에 대한 흔들리지 않는 확실성도 같이 없어져 버린 세계에서 개인은 스스로 자신의 존재 의미를 찾아야 한다. 이는 "자체 내 이질적이고 그 개인에게는 아무런 의미도 없는, 단순히 현존해 있는 현실 속에 흐릿하게 사로잡혀 있는 상태에서 명확한 자기 인식으로 가는 길"이다. "이러한 자기 인식에 도달한 이후, 삶의 의미로서 발견된 이상이 삶의 내재성 속에 빛을 비추"게 된다. 게오르크 루카치, 김경식 역, 『소설의 이론』, 문예출판사, 27~29·89~93면 참조.
12  발터 벤야민, 최성만 역, 『서사, 기억, 비평의 자리 - 발터 벤야민 선집』9, 길, 2012, 430면.

식의 불균질성에 질서를 부여해 줄 중심 의식을 담고 있는 짜임새 있는 플롯은, 주요 '줄거리'와는 크게 관련이 없는 듯한 것들을 백과사전적으로 다루기 위해 희생되어 버리고 만다. 서사 행위는 작가가 객담이라 부르는, 주제와 무관한 에피소드들에 의해 일상적으로 중단된다. 등장인물들은 심리적인 분석에 저항하는, 완벽히 외화된 개방적인 특성을 지닌다. 이러한 이유로, 이문구에 대한 글을 남긴 대다수의 비평가들은 현대소설 이야말로 이문구 소설의 완벽한 '타자other'이자, 이문구의 글이 무엇이 아닌지를 보여주는 것을 통해 역으로 그들의 연구 대상에 접근할 수 있게 해주는 문학적 실체라 여겼다. 예를 들어, 김윤식은 이문구의 소설이 소설에 미달하거나 아니면 아예 이를 초월한 것으로 보았다.[13] 황종연은 이문구가 20세기 한국의 모든 소설가들 중에서 소설 장르와 가장 관련이 적은 작가라고 주장한 바 있으며,[14] 진정석은 벤야민의 「이야기꾼」에 대한 분석을 적용하여 "이문구의 소설은 더 이상 이야기가 불가능한 소설의 시대에 이야기의 모험을 추구하는 형식"이라고 주장하기도 했다.[15]

그렇다면 소설의 시대에 이야기를 쓴다는 것은 무슨 의미일까. 이 질문의 핵심에는, 근대와 그 사유 방식, 윤리적 삶의 기준, 예술과 문화의 표현 방식, 그리고 정치 경제적 영역 내의 특정한 발전 등과 작가가 맺고 있는 관계가 가로놓여있다. 근대에 와서 그 중요성이 상실되었거나 아예 사라졌던 서사 장르 ─ 즉, 구술문화에 뿌리를 둔 이야기뿐만 아니라, 오랜 기간 숭앙받아오면서 개인과 사회 사이의 적대적 이중성 속에 '모범'이라는

13    김윤식, 「모란꽃 무늬와 물빛 무늬─전(傳) 형식으로서의 소설 미달 또는 소설 초월의 이문구 문학」, 『우리 소설과의 대화』, 문학동네, 2001, 223~270면.
14    황종연, 「문제적 개인의 행방」, 『창작과비평』 101, 1998 가을, 310면.
15    진정석, 「이야기체 소설의 가능성─이문구론」, 문학사와 비평 연구회 편, 『1970년대 문학연구』, 예하, 1994, 191면.

개념을 살려낸 전傳과 같은 사대부의 전기적 글쓰기 양식 등 — 를 이 문구가 다시 부활시킨 것은 확실히 그로 하여금 향수에 젖은 전통주의자라는 평판을 얻게 했다. 그러나 국가 건설에서부터 의식의 개선에 이르기까지, 다양한 문제들에 있어 근대성이 가장 권위 있는 주인 담론으로 빠르게 자리잡아가고 있던 때에, 의도적으로 소설이라는 문학 양식으로부터 등을 돌리는 것은, 작가가 근대와 맺고 있는 불편한 관계를 매우 당대적인 것으로 만드는 효과가 있다. 이문구의 문학적 기획을 전근대적인 것으로 보든, 비근대적인 것으로 보든, 또는 반근대적인 것으로 보든, 그의 글은 근대성의 '타자'를 위한 공간을 열어젖힌다. 20세기 한국문학 담론이라는 제도 안에서의 근대의 독점적 지배, 그 속에 숨겨진 작은 틈새들을 찾아내고, 그로부터 배제된 경험들을 되살려냄으로써 말이다.

그러한 의미에서 1970년대 이문구의 주요 작품 세 편이 특정한 공간들에 대한 탐구를 통해 구체화되고 있다는 것은 결코 우연이 아닐 것이다. 1970년부터 1971년까지 문학 계간지 『창작과비평』에 연재된 『장한몽』에서는 이장공사를 진행 중인 임시 공동묘지를 그 공간적 배경으로 하고 있다. 이장을 위해 파내어진, 부패 정도가 다양한 시체들이 한국의 근대국가건설 프로젝트의 핵심에 있는 무의미한 공허를 증언한다. 이렇듯 시체들을 노출시키는 행위는 텍스트의 형식에서도 그대로 반복된다. 『장한몽』은 소설의 범주에 해당되기는 하지만, 그 형식 자체가 눈앞에 전시된 시체들처럼 텍스트 내에서 해체되기 시작한다. 그리고 그러한 과정을 통해 현대 소설의 문법과 구조에 내재된 이념적 조작을 폭로한다. 『관촌수필』은 이와 반대로, 우리를 근대화가 시작되기 이전의 시골 마을 속으로 데려가, 그 사회적 공간을 구성하는 인접성의 윤리를 면밀히 탐구할 수 있도록 한다. 이문구의 다채로운 이웃들에 대한 이야기라고 할 수 있을 이 텍스트는, 소설에서 벗어나 '수필'이라는 형식을 취함으로써『장한몽』에는 부족했던 조화와 풍요로움을 성취해낸다. 이문구는 소설과는 다른 이 수필이라는 장르 속에, 구전설화의 우리말 전통과 전기류의 고전 한문학 전통을 다시 부활시켜, 지극히 비근대적인 관촌이라는 공간을 소환해내기에 가장 적합한 문학적 형식을 새롭게 창안해내었던 것이다. 마지막으로,『우리 동네』는 매혹적인 과거가 아니라, 문제적인 현재의 향토적 공간에 초점을 맞춘다.『관촌수필』에는 보통 말하는 정치화 과정에 내재되기 마련인 폭력에 대한 거부가 인접성의 윤리로 구체화되어 나타나는데, 이는『우리 동네』에 오면 특히 정치적 의미를 지니는 것으로 발전하게 된다. 유신 정부의 국가적 주체, 즉 근대화와 민족주의라는 두 주인 기표의 결합에서 탄생한 주체로의 포획을 넘어서는 사회성에 대한 강력한 요청인 이웃은『우리 동네』의 이야기들에서 거침없는 정치적 비판의 장이자, 윤리적 재검토의 장으로 등장한다.


## 근대의 묘지 -『장한몽』

폐기물 관리가 엉망이 되어버렸을 때에 대한 섬뜩한 이야기인『장한몽』은 임시 공동묘지에서 시체 한 구를 파낼 때마다 음료수 한 잔 값을 받는 열두 명의 남자들에 대해 이야기한다.[16] 이 남성들은 각자 처해있는 비참한 가난의 조건 외에는 이들을 하나로 묶어낼 수 있는 것이 아무것도 없는 하층민들로, 시신을 파내는 과정에서 일어나는 다양한 사건 사고

---

16    이 글은 1987년 책세상 판을 기준으로 한다.

들을 통해 각각의 인물들의 삶의 이야기가 드러나게된다. 이 이야기들이 펼쳐지는 가운데, 조각조각 난도질 당했거나 겹쳐서 쌓아 올려진 반쯤 부패된, 또는 여전히 숨 쉬는 것처럼 보일 정도의 갓 죽은 시체들이 시야에서 사라지지 않은 채 끈질기게 남아 있다.

『장한몽』에서 죽은 자를 두드러지게 물질로서 취급하는 태도에는 죽은 자에 대한 상징적인 사유의 뚜렷한 부재가 수반되고 있다. 살아있는 사람들의 눈에는 뼈에서 떨어져 나가야 할 죽은 살덩이, 또는 사과 상자 크기의 관 속에 쑤셔 넣어져야 할 뼈로밖에 비치지 않는 이 시신들은 '더 높은' 차원의 존재로 끌어올려져 재의미화되지 않으며, 청결하고 온전한, 살아있는 육체의 영역으로부터의 추방을 위해 애도하는 마음을 담아 역사화 되지도 않는다. 대신, 이 시신들은 아직 죽지 않은 이들과 섬찟한 접촉을 이어 나가면서, 역설적으로 텍스트 속의 살아있는 육신들이 살아있음을 증명하는, 먹고, 마시고, 섹스하는 것과 같은 행위들을 가능하게 한다. 그렇다면 『장한몽』의 독해에서 중요한 것은 산 자와 죽은 자의 관계, 그리고 이 관계가 살아있는 자들 사이의 관계를 형성하는 데 도움을 주는 방법이다. 죽음에 대한 관리는 배제의 논리에 기반한 역사적이고 젠더화된 활동으로 나타난다. 이러한 배제는 또한 역으로, 겨울 공화국이 공격적으로 추구해 온 근대화와 국가 건설 프로젝트의 핵심에 있는 것이기도 했다.

이문구의 작품들 중 분량이 가장 긴 『장한몽』은 한 인부의 인생사에서 또 다른 인부의 인생사로 넘어가는 삽화적인 구성에서 연재소설로서의 특성을 드러낸다. 이들 인생사 모두 똑같이 매력적이지만, 그중 특히 한 이야기가 가장 핵심적인 것으로 여겨진다. 김상배의 이야기가 바로 그것인데, 그의 삶 속 사건들이 다른 인생 이야기들의 틀거리를 구성하게 되는 방식 때문에, 그는 이 텍스트의 중심인물로 받아들여져 왔다. 『장한몽』은 흙과 인간의 본성에 대한 상배의 철학적 숙고에서 시작해서, 그의 아들의 출산 소식으로 끝이 난다. 공간적으로도 이 텍스트는 상배의 움직임을 좇아, 서두에서는 상배가 집을 떠나는 모습을, 마지막 페이지에서는 그의 아내의 성공적인 출산 소식과 더불어 그가 집으로 돌아올 것이라는 암시를 담아낸다.

이렇듯 상배를 가정이라는 공간으로부터 처음 떠나가게 만드는 것은 시체들과의 접촉이다. 서른 살이 넘어서까지 무직인 채로 여전히 장모 집에 얹혀살고 있는 공처가 상배는, 개인 소유의 언덕 한 켠에 제대로 된 인허가도 받지 않은 채 암매장된 이천 여구의 유골들을 파내서 이장시키는 계약을 따내게 된다. 이 언덕은 그 자체로 20세기 후반 한미 관계의 복잡한 역사에 대한 생생한 증언이기도 하다. 한때 미국인 선교사의 소유였던 이곳에는 이제 한국 전역의 미군 기지촌에서 태어난 혼혈 아이들을 위한 보호소가 자리하고 있는데, 여기에는 아이러니하게도 "누구나의 집"이라는 이름이 붙여져 있다. 이 프로젝트의 배후에는 열성적인 사회 운동가이자 과거 미국 평화 봉사단의 자원봉사자였던 브라운이 있다. "누구나의 집"의 자매학교로서, 이곳의 아이들이 미국으로 보내지기 전, 기술 교육을 받을 수 있는 직업학교를 짓기 위해 브라운은 그 언덕을 학교 운동장으로 탈바꿈시키고자 한다. 미군이 무상으로 빌려준 불도저들의 도움을 받아 공사를 진행하려면 먼저 언덕을 무단 점거하고 있는 이천 여구의 주인 없는 유골들을 처리해야 한다. 상배는 이 골치 아픈 일을 순조롭게 마무리하는 일을 맡아 미리 목돈을 받는다. 이 언덕은 정치적으로 풍부한 상징성을 지니며, 그 의미 또한 비교적 명백하다.

『장한몽』의 시작 부분은 상배가 가정이라는 공간으로부터 추방되는 장면을 극적으로 묘사하고 있다. 집에서 기르는 개가 상배의 작업화만 보면 사족을 못 쓰는 이유(상배는 종일토록 부패한 살냄새가 진동하는 흙을 밟고 다녔다)를 비로소 알게 된 장모는 "해산 예정일이 다가오면 초상집도 안 다니는 법"인데 하물며 "오늘내일하고 몸 풀 날만 기다리는 판에 송장을 떡 주무르듯 한 손으로 어떻게 들어오느냐"며 질겁을 한다.[20면] 장모는 이어서 상배에게 "산후 세이레가 되기 전에는 아예 대문 앞도 얼씬 말라"고 간청한다. 이 대목은 출산과 죽음을 엄격히 분리시키고자 하는 장모의 욕망을 드러내는 것으로, 이러한 욕망은 상배를 매개로 한 접촉에 의해 아직 태어나지도 않은 생명이 죽음에 감염될 수도 있다는 두려움에서 기인하는 것이다. 상배의 일을 "지저분한 일"이라는 말로 비난하고 있는 것에서 드러나듯, 장모에게 있어 죽음의 위협은 귀신들림의 문제라기보다는 오염의 문제이며, 그녀가 격노하는 것은 상배의 일이 그녀의 위생 관념에 어긋나기 때문이다.[23면] 특히 산모와 아이 모두 가장 취약한 상태에서 자궁의 경계를 빠져나와야 하는 고통스러운 과정을 앞두고 있는 이 시점에서, 위험의 근원은 죽은 영혼과 연관된 어떠한 신비한 힘이 아니라, 바로 시체의 물질성 그 자체인 것으로 보인다. 그리고 출산은 물론 험할 정도의 경계 체험이 아닐 수 없다.

한편, 지역 주민들은 시체의 이중적 가능성을 알아본다. 상배가 시신과 접촉하는 것은 임신부와 태아에게 위험을 가져올 수도 있지만, 다른 한편으로는 특별한 힘의 원천이 될 수도 있다. 부엌일을 보는 짱순이는 죽은 자가 지닌 치유의 힘을 입기 위해 상배의 손을 부스럼이 난 자기 목덜미로 가져가고,[22면] 작부인 흘러집은 "내 몸에서 송장 냄새 안 나?"라며 자신과의 잠자리를 거부하려 드는 상배에게, 죽은 것들에 깃들어 있는 힘에 대해 언급하며 신이 나서 "궁합이 맞는구나, 내일이 낙찰곗날인데, 송장

만진 살에 닿으면 재수가 붙는다면서?"라고 응수한다.[150면]

　죽은 자가 지닌 힘에 대한 이러한 믿음은 분명 과학의 불신을 받는, 민간 신앙의 영역에 속한다. 장모 스스로도 인정하고 있듯, 죽음과 출생이 동시에 일어나서는 안 되는 것처럼, 시체와 신생아 또한 서로 접촉해서는 안 된다는 생각은 현대 과학 기술의 세계에서는 더 이상 통용될 수 없다. 예를 들어, 큰 종합병원에는 시체를 만진 직후 탯줄을 끊어야 하는 의사들이 있을 수 있다. 시체실 맞은편에는 신생아실이 배치되어 있을 수도 있다. 장모는 이러한 가능성들에 대해 인정하면서도, 그리고 이들 현대 의료 기관 내의 초위생적인 병실들에서 아무런 이상한 일도 관찰되지 않는다 하더라도, 그녀의 결론은 변하지 않는다고 말한다. "하지만 그럼에도 불구하고 우리가 인습으로 꺼리고 금기해온 것은 피해야 한다"는 것이다.[21면] 장모는 상배의 주머니에 지폐 뭉치를 찔러주며 그를 소설이 끝날 때까지 묵게 될 여관으로 보내버린다.

　따라서 작품의 서두에서 이루어지는 상배의 추방은, 그가 일하게 될 공동묘지가 이중으로 배제된 공간, 즉 일정한 규율에 따라 산 자와 죽은 자 사이에 제의적인 교류가 이루어지는 전통적인 질서로부터도 배제되고, 이 두 영역 사이에는 어떠한 합리적인 관계도 가능하지 않다고 주장하는 현대과학의 질서로부터도 배제된 공간을 열어 놓게 될 것임을 시사한다. 『장한몽』에서 죽은 사람들은 공동묘지에서 일하는 열두 명의 고용인들과 매우 활성화된 종류의 관계를 유지하고 있기는 하지만, 이 교류가 제의적인 것은 아니다. 죽은 자에게 바쳐지는 제의적인 제물들은 모든 실체가 비워진 단순한 제스처에 불과한 허름한 것들이며, 죽은 자가 산 자에게 제공하는 것 또한 서로를 속일 수 있는 기회이지, 과잉된 것을 탕진할 수 있는 기회(전통적인 한국 사회에서는 이 과잉을 관리하는 것이 화합의 유지를 위해 매우 중요했다)가 아니다. 죽은 사람은 어떤 상징적인 중재를 통해서가 아니라, 순수한 물질, 즉 문자 그대로의 의미에서 죽은 고기로 사용될 수 있게 됨으로써 산 자의 삶에 참여하게 된다. 실제로 이 공동묘지에서는 몇 가지 잔인한 재활용이 진행되고 있다. 시체들의 금이빨은 뽑혀서 일꾼들의 주머니 속으로 들어간다. 머리카락은 시체에서 잘려져 해외 수출용 가발로 팔려나간다.[17] "죽은 이의 생년월일과 사망 연월일 좌향 따위를 먹글씨로 써서, 짚재로 메워 엎어" 지석誌石 대신 묻어두었던 사기그릇은 인부들 중 최고령인 박영감이 수거해 간다. 몇 년 동안이나 송장과 닿아있던 그 그릇들을 가지고 뭘 하려냐는 질문에, 박영감은 아껴두었다가 국수 장사나 하겠다고 말한다. "흔 니야까나 한 대 사설라문에 막국수라도 말아 팔아야지."250면

여기에 더해, 살아있는 자들의 육신상의 건강에 대한 욕망은 죽은 자들의 도구성을 더욱 강조하는 효과를 갖는다. 병으로 앓고 있는 자식을 둔 한 어머니는 상필이라는 공동묘지 인부 한 명에게 다가가, 만약 그가 일하다 매우 진귀한 것으로 알려진 두개골 구멍에 고인 물을 보게 되면 이를 구해와 달라고 부탁한다. 죽은 자와의 접촉으로 인해 강력한 힘을 갖는다는 소문이 도는 이 물은, 죽어가는 자들에게 가냘픈 희망의 빛이 되어줄 만병통치약으로 여겨진다. 한편, 상필은 이 간절한 어머니에게 소금으로 간한 쌀뜨물을 병에 담아 넘겨주고는 두둑한 수고비를 받아 챙긴다. 또 다른 에피소드에서는 창백한 얼굴의 젊은 간질 환자 하나가 공동묘지

---

17　1960년대 내내 가발 제조업은 한국 경제의 "효자"이자, 정부의 적극적인 수출 정책의 '꽃'으로 불렸다. 1979년 당시 획기적인 노동시위를 벌인 여성 노동자들을 착취해 악명을 떨친 Y. H. 회사는 1960년대 중반 소형 가발공장으로 시작해 한국인 머리카락으로 만든 가발이 해외에서 인기를 얻음에 따라 주요 기업으로 성장했다. 한국은행산업조사과, 「가발의 현황과 수출전망」, 『주간 경제』 452, 1970, 26~39면.

주변을 맴돌며 근처의 병원에서 실려 나올 갓 죽은 시체의 배달을 기다린다. 의학 지식을 얻기 위해 몸을 가르는 인턴의 불경한 메스가 훑고 지나간 뒤 남은 잔해, 즉 절단된 후 버려진 신체 부위들이 담긴 비닐봉지 안에서 싱싱한 간 하나를 찾아낸 이 젊은이는 이를 개울물에 헹궈 소금을 뿌려 먹는다. 이 젊은이의 육신이 당시의 의학이 이해하고, 따라서 치료할 수 있는 한계 너머에 있다고 할 때, 그는 죽은 육신을 그의 살아 있는 육신 속으로 통합시키는 이 식인적인 행위를 통해, 죽은 자가 지닌 '마법적'인 힘에 기대어 현대 의학의 힘으로는 제공할 수 없는 치료에 대한 희망을 품어보는 것이다. 그러나 이문구의 텍스트가 무대화하고 있는 것은 기록이라기보다는 통합이다. 여기에서는 어떠한 제의도 이 집어삼키는 행위에 수반되고 있지 않으며, 이 행위를 통해 한 번 범해진 신체의 경계는 마지막까지 상징적인 복원이 이루어지지 않는다. 죽은 자를 묻힌 곳에서 파내는 행위로 인해 썩어가는 살냄새가 진동하고, 뼈의 본질적인 익명성이 시야 가득히 드러난 이 공동묘지에서, 상징적인 생각은 모두 '실재의 찌꺼기'라 할 시체에 깔려버리고 만다.[18]

그러한 의미에서 『장한몽』의 공동묘지는 국립묘지와는 정반대이다. 베네딕트 앤더슨이 "무명용사의 무덤"에 대한 그의 유명한 분석에서 주장했듯이, 국립묘지는 "근대 민족주의 문화의 상징" 중 가장 "인상적인" 것 중 하나라고 할 수 있다.[19] 애국열사에 대한 민족국가 차원에서의 관리는

---

18  나는 윌리엄 하버가 원자폭탄 문학의 문화적 작업으로서의 애도에 대한 글에서 이 개념을 빌려왔다. 하버는 시체의 "물질성은 절대적 비초월 속에 존재하며, 이는 본질적으로 사유불가능한 과잉이나 초과이다"라고 주장한다. 이에 대해서는 William Haver, *The Body of This Death : Historicity and Sociality in the Time of AIDS,* Stanford, CA : Stanford University Press, 1996, p.67 참조.
19  베네딕트 앤더슨, 윤형숙 역, 『민족주의의 기원과 전파』, 나남, 1991, 25면.

국가를 죽은 자에 대한 상징적 사유의 수호자로 만든다. 이러한 죽은 자들과의 교류는 그 어떠한 것이라도, 인간관계에 달라붙는 과잉을 파괴하는 것이 아니라, 오히려 국가의 권력과 위신을 집중시킨다. 이러한 의례화가 효과를 거두기 위해서는 시신이 보이지 않아야 하며, 그 정체 또한 익명으로 남아 있어야 한다. 앤더슨은 독자들을 향해 만약 "진짜 유골"로 채워진 묘석이나 기념비 위에 실제 이름들이 새겨져 있다면 얼마나 불경스럽게 느껴질지 상상해보라며, "주인을 알아볼 수 있는 유물이나 불멸의 영혼은 없어도 이 무덤들은 기괴한 민족적 상상물들로 가득 차 있"다고 강조한다.[20] 이와 반대로, 이문구의 작품들에서 우리에게 주어진 것은 뼛조각, 그리고 얼마간의 살점과 머리카락뿐이며, 이 죽음들을 국가적 차원에서 의미 있는 것으로 복원시켜주는 맥락은 따로 주어지지 않는다.

　민족주의적인 상징 사유의 가능성을 압도해버리는 시신의 물질성은 결국 너무나도 많은, 애도되지 못한 죽음들의 사적 역사, 특히 20세기 한국 역사의 폭력성과 밀접한 관련을 갖는 사적 역사에 대한 성찰을 촉발시킨다. 두 개의 에피소드들이 특히 생생하게 이러한 관련성을 폭로한다. 첫째는 김상배 자신의 가족사이다. 상배의 아버지는 자기 일에만 신경 쓰고 높으신 분들이 무엇을 요구하든 "네"라고 하는 것이 인생철학인 순박한 농민이었다. 그리고 이 순박한 농민은 한국전쟁 초기, 너무나도 부조리한 죽음을 맞이하게 된다. 그는 길에서 자신을 향해 오는 북한 군인들을 보고 "인민군 만세!"라고 외친다. 이는 그의 내적 신념이나 이념적 군건함을 표현하는 것과는 거리가 먼 것으로, 한국군이었다면 "국군 만세"라고 외쳤을 것이 분명한, 단순한 생존 전략이었을 따름이다. 그러나 그

---

20　위의 책.

는 접근하는 차량이 실제로는 북한 군인으로 위장한 채 퇴각 중인 한국 경찰을 태우고 있었다는 사실을 알 길이 없었다. 상배 아버지는 그 자리에서 사살되어, 시체는 길가에 버려진 채 썩어갔다. 이 사건은 상배의 형 상부로 하여금 한국 경찰에 반감을 갖게 만든다. 상부는 그 후 '반동분자'들을 고문하는 기술로 이름을 떨치는 완고한 공산주의자가 된다. 그러나 이러한 전향조차도 이념적인 확신에서 비롯된 것이라기보다는, 그의 여성 동지이자 오랜 약혼자 귀대에 대한 사랑 때문이라고 할 수 있다. 아무렴, 오래지 않아 귀대가 자신을 버리고 더 높은 계급의 당원을 선택하자, 공산주의에 대한 상부의 열정은 식어버리고 만다. 이 사적 질투의 드라마는 시간이 지나 유엔군이 마을을 다시 장악함에 따라 변화하는 전쟁의 조류에 휩쓸려버리고 만다. 상부와 귀대 모두 포로가 되어 섬뜩한 방법으로 고문을 당하게 된다. 혀와 성기가 잘려 나간 상부의 시체는 깊은 바닷속 물고기 밥이 되고, 그의 성기 또한 깊은 바닷속, 귀대의 두 다리 사이에 놓여 진다. 고문자가 귀대 또한 죽이기에 앞서, 만면에 웃음을 가득 띠운 채 그곳에 놓아둔 것이다. 상배는 그의 형과, 아마도 더 평화로운 시기에 만났더라면 그의 형수가 되었을지도 모를 여자가 어떻게 되었는지 떠올리며, 오늘날까지도 강화도 이남의 동해에서 난 해산물에는 입도 대지 않는다. 자신도 모르게 형을 먹게 될까 두렵기 때문이다. 이문구의 형 또한 바다에 수장되었으니, 그 역시 강화도 이남에서 난 해산물을 먹는 것에 대해 상배와 같은 마음이었을 지도 모른다.

두 번째 에피소드는 첫 번째 에피소드를 보완하는 것으로, 동일한 역사를 이데올로기적으로 반대되는 입장에서 서술한다. 공동묘지 최고의 인부 중 한 명인 구봉칠은 아버지의 죽음에 책임이 있는 사람을 죽인 트라우마적 기억을 안고 산다. 봉칠의 아버지는 식민지 시대에 일본 경찰로 일하며 황 씨라는 좀도둑을 자주 괴롭혔다. 해방 후, 공산당이 마을을 장악하면서 마을 인민위원회의 지도자가 된 황 씨는, 표면적으로는 반국가 활동을 명목으로 하여 봉칠의 아버지를 잔혹하게 처형하는데, 실제로는 개인적 보복 행위였다. 황 씨는 거기에 그치지 않고, 봉칠의 가족들까지 고문한다. 유엔군이 마을을 수복하자 황 씨는 도망치고, 봉칠은 그를 추적하여 생매장한다. 봉칠은 공동묘지에서 일하던 중 얼굴을 아래로 향한 채 수직으로 매장된 시신 하나를 발굴하게 되는데, 두 발에 운동화 한 켤레가 그대로 신겨진 채인 것을 보며, 그는 자신이 황 씨를 그와 똑같이 묻어버렸던 것을 떠올린다.

마지막으로, 이 공동묘지는 근대화에 대한 미사여구가 부패해가는 공간이다. 이 공간에서 만약 죽은 자들이 상징적인 사유에 매개되지 않은 채 살아 있는 자와 물질적인 교류를 하게 된다면, 그것은 이 공간을 가로지르는 살아있는 자들이 실은 살아있는 시체와 다를 바 없기 때문이다. 이 소설 텍스트 속 시체들의 가시성은, 겨울 공화국이 작성한 "조국 근대화"라는 사회적 텍스트 속 상배와 그 동료들의 비가시성과 맞물려 있다. 『장한몽』에 유신 정권의 '산업역군'이나 '농촌 애국자'라는 호명에 답할 수 있는 사람은 없다. 처형당한 공산주의자의 동생인 상배는, 이문구 자신이 그랬듯이, 전후 한국에서 사회적 가시성과 경제적 기회로부터 자동적으로 배제된다. 그리고 마길식과 같이, 베트남 전쟁에서 복무한 기록이 있는 전직 기술자라는, 언뜻 보기에는 충분히 훌륭해 보이는 이력서를 가진 사람들이 있다. 그러나 우리는 곧 그의 '직무수행'은 한 달에 지나지 않았고, 그가 주류 밀매 혐의로 불명예제대 했다는 것을 알게 된다. 그 후, 그의 삶은 불명예의 연속이었다. 유씨 삼 형제는 사체를 새 부지로 옮기는 과정에서 '하중'을 가볍게 하기 위해 완전히 부패되지 않은 사체 뼈에

붙어있는 살을 깎아내는 일에 고용된 도살업자들이다. 이들은 이북 출신의 피난민이자 조선에서 전통적으로 배척받아온 백정 신분으로, 가축을 도살하는 일로 먹고 산다 하여 천대당해 온 계층에 속한다. 한때 교회의 권사를 지내기도 했던 박영감은 강바닥에서 파낸 모래를 건설회사에 팔아 돈을 번 사기꾼이다. 그는 사기꾼이지만 또한 희생자이기도 한데, 더 나은 연줄을 가진 사기꾼에 의해 모래 사업에서 밀려나게 되기 때문이다. 이들은 한국의 근대화와 경제발전 과정에서 개인적으로 성공을 거두지 못한 인물들이다. 그렇다고 해서 이들이 산업 역군들과 같은 순교자인 것도 아니다. 산업 역군들은 자신들의 희생을 기꺼워하는 국가로부터 더 높은 GNP라는 방식으로밖에 보상받지 못했다. 한국전쟁 전사자들을 파내는 작업에 착수하게 된 이들 사기꾼, 밀주업자, 불가촉천민, 그리고 '빨갱이'의 동생은, 그 과정에서 자신들의 삶의 이야기를 통해 그들을 배제한 채 진행된 개발주의 패러다임에서 종종 드러나는 부조리함과 억압성을 폭로한다.

그렇다면 시체를 파내는 일로 삶을 지탱해가는 이들 인부들은 모두, 어떤 의미에서는 그들 자신이 곧 살아있는 시체라고 할 수 있다. 이들은 한국의 반공주의적인 군사주의 이념을 뒷받침하는 민족주의 서사로부터도 추방되었고, 또한 전후 한국에서 빠른 산업화라는 이름으로 행해진 야만적 행위를 가리는 데 도움을 준 근대화 서사로부터도 추방되었다. 무덤 하나에 음료 한 잔 값으로는, 아무리 뼈 빠지게 일해도, 또 아무리 기발한 방법으로 추가 소득을 올려도, 그들은 한 국가에 소속되어 있는 것만으로 그 권리가 보장되는 시민이자 국민으로서의 가시성, 그리고 이를 얻게 해 주는 경제적 기반을 결코 획득할 수 없을 것이다. 따라서 이러한 살아있는 시체들의 존재는, 포용적인 공동체로서의 국가라는 환상을 깨뜨려버린다.

살아있는 시체라는 이 주제는, 문자 그대로 살아있는 시체라 할, 텍스트 내의 한 여성의 존재에 의해 더욱 강화된다. 그녀는 작업 중인 남자 인부들 사이를 누비며 묘지를 배회하고, 자기 자신을 찾아 분간되지 않는 뼈 더미 속을 뒤적거린다. 상배가 『장한몽』의 첫 페이지에서 "곱고 보드라운 흙덩이"라고 묘사한 바 있는 미실美實은 스물아홉 살의 여성으로, 그녀의 이름은 한자로 '아름다운 과일'이라는 뜻이지만, 또한 아직 실현되지 않았다는 의미의 '미실未實'과 동음이기도 하다. 그녀는, 적어도 기록상으로는, 세상에 없는 사람이다. 그녀의 늙어가는 부모는 아들을 갖기 위한 마지막 시도로서 그녀를 제의적으로 죽여버리는 선택을 한 것이다. 아들 중 어느 하나도 유년을 넘겨서까지 살아남지 못하자, 그들은 미실의 "강한 생명력"이 이 귀한 남자아이들의 수명을 빼앗아 가는 것이라며 그녀를 비난한다. 그녀의 사망 사실은 신고되어 족보와 공공 문서 모두에 기록된다. 미실 대신 인형이 담긴 관을 묻는 장례식도 거행된다. 비록 미실의 물질적 몸은 살아 있지만, 그녀에게는 법적으로, 사회적으로, 그리고 상징적으로 자신의 정체성을 보장해 줄 수 있는 것이 없다. 그녀의 존재적 모호성은 실존하는 유기적 육체와 문서 상으로 삭제된 상징적 정체성 사이의 모순에서 비롯된 것으로, 견뎌내기 힘든 한계적 상황에서 발견해 낸 일종의 거주지라고 할 수 있다. 따라서 그녀가 원하는 것은 자신을 대신하여 묻힌 나무 인형이 가짜라는 것을 입증하여, 자신이 살아 있다는 사실을 인정받는 것이다. 미실은 기이하다고 할 역발상의 장례 의식을 통해 자신을 대신하여 만든 인형을 죽이고, 이 죽음을 제대로 애도함으로써 자신과 그 시체를 완전히 분리시켜야 한다. 미실은 괴로움에 휩싸여, "난 내 유골을 찾아야 해요. 그리고 그 유골은 미실이가 아니라 그냥 밤나무 토막이란 걸 확인할 수 있었어야 했다구요. 그래야만 나는 유령이 아니라고 나를 믿어요."라고 외친다.[433면] 그러나 미실은 밤나무를 잘라 만든 그 나무토막을 끝내 찾지 못한다. 죽은 자들의 물질성이 산자들의 육신을 물리적으로 지탱시켜 주고 있는 이 묘지에는 비참과 혐오의 경계를 설정함으로써 구성될 수 있는 상징적 주체성이란 없으며, 법이 꿈꾸는 불멸의 구조 속에서 똑같이 불멸하는 개인의 정체성에 대한 보장 또한 없다.

『장한몽』은 매혹적이지만 다루기 힘든 작품이다. 상배는 공동묘지 이장 공사를 진행하는 과정에서 수많은 난관에 봉착하지만, 결국은 공사를 끝내고, 소설 또한 결말에 이른다. 그러나 이 소설은 마치 사건의 한 가운데에서 시작하고, 또 끝나는 것처럼, 마지막까지 완전한 종결에 이르지 않는 듯한 분위기를 풍긴다. 플롯은 극히 느슨하며, 본문에 소개된 모든 등장인물들과 모든 일화들은 너무도 충실하게 다루어진다. 건축학적 상상력은 작동하지 않는 것처럼 보이고, 서사는 병렬이라는 유일한 원리하에, 연상작용에 따라 한 에피소드에서 다음 에피소드로 옮겨간다. 상배가 이야기를 묶어내는 중심 의식으로 남아있기는 하지만, 플롯에서 중요도에 따라 등장인물들의 배역을 안배하는 계층구조는 거의 찾아볼 수 없다. 대화는 사건을 진행시키거나 등장인물들의 성격을 제시하는 데에는 별로 이용되지 않으며, 언어적 풍요로움의 순간을 만드는 데 더 많이 이용된다.[21] 『장한몽』의 수많은 에피소드들은 하나의 소설속에 함께 묶여있기는 하지만, 가까스로 그러한 상태를 유지하고 있을 뿐이다.

『장한몽』의 공동묘지가 국가적 사업으로서의 '조국 근대화'라는 논리의 자기 동일성을 보장해 주는 비참함이라는 경계의 안쪽에 우리를 위치시킴으로써 그 논리적 일관성을 끊임없이 탈구축하는 것과 마찬가지로,

---

21    민병인, 「이문구 소설 연구-농경문화 서서와 구술적 문체 분석」, 중앙대 박사논문, 2000.

이 작품의 에피소드적 구성 또한 철저히 형식적인 방식으로 그러한 비판을 수행한다.『장한몽』에 등장하는 에피소드들을 상배를 중심 서사의 '주인공'으로 특권화하는 방식으로 계층화한다고 할 때, 한국전쟁에서 죽은 자들과, 유신시대를 거치며 죽지 못한 자들에 대한 수많은 이야기들은 형식상 이 소설의 플롯에 있어 지엽적인 자리를 차지한다고 할 수 있다. 그리고『장한몽』의 서사는 바로 이러한 이들에 대한 이야기에 많은 분량을 할애한다. 일부 평론가들에게 있어 이러한 '지엽적인' 이야기들의 지체 효과는 이 소설 텍스트를 고르지 못하고, 다루기 어렵게 만드는 결함이며, 우리가 앞서 지적했던 것처럼, 연재소설이라는 표식, 또는 작가적 규율 부족의 표지이다. 그러나 만약 우리가 이 '결함'의 수평성이 무엇을 성취하는지에 대해 생각해 본다면, 우리는 몇 가지 골치 아픈 질문들을 던지게 될지도 모른다. 상부나 황 씨 또는 구 씨의 아버지와 같은 자들을 애도할 사람은 누구인가? 삼팔선의 양쪽에서 만들어진 민족해방이라는 거대서사의 어디에서, 우리는 엉뚱한 구호를 외친 죄로 그 자리에서 총살당한 사람을 위한 자리를 찾을 수 있을 것인가? 국가주의적 역사가 어떻게 이데올로기가 아니라 한 여자에 대한 사랑 때문에 이데올로그가 된 남자도 있다는 사실을 설명할 수 있을 것인가? 결국『장한몽』은 바다에 수장된 채 물고기와 노닐고 있거나, 서울과 평양 사이 어딘가의 이름 없는 나무 밑에 아무런 표시 없이 묻혀 있는 익명의 죽은자들이야말로, 공란으로 남겨진 무명용사를 위한 기념비의 비어있음에 대한 집단적 증인임을 시사한다. 이문구 소설의 뒤틀리고 장황한 형식은 그것이 서술해야 할 이야기의 폭력성과, 공동체의 상처를 봉합하기 위한 분투의 궁극적인 실패를 증명한다. 그리고『장한몽』은 이러한 분투가 바로 20세기 후반, 한국의 역사이기도 하다는 것을 상기시켜준다.

## 구어성과 문어성 – 『관촌수필』

　1977년 출간된 『관촌수필』에는 이문구의 소년시절에 대한 유머러스하고 때로는 달콤쌉싸름한 이야기 여덟 편이 실려있다.[22] 이 작품에 와서야 이문구는 소설이라는 외형적인 형식을 완전히 벗어던지고, 『장한몽』에서는 소설의 전체적인 구조를 불안정하게 만드는 부정적인 요소들로 여겨졌던 서사 기법들의 진가를 긍정적으로 평가할 수 있게 만드는 별개의 문학 장르를 우리에게 선보일 수 있게 된다. 이문구에게 수필은 현대 산문문학 중 소설이 부상함에 따라 자리를 잃게 되었다고 여겼던 글쓰기의 기능들을 유연하게 조합한 장르였다. 그리고 그러한 기능 중 하나가 우리가 앞서 살펴 본 것처럼, 장황하게 이야기를 늘어놓는 이야기꾼의 기능이었고, 또 다른 하나는 바로 고전적 전통의 박식한 산문가의 기능이었다.

　『관촌수필』이라는 제목은 이 작품집의 배경이 되는 충청남도의 작은 시골 마을인 관촌에서 따온 것으로, 이문구가 태어나고 자란 곳이다. 저자의 할아버지에게 바쳐진 이 책의 첫 번째 이야기를 제외한 다른 모든 이야기들은 이문구의 과거와 현재의 다양한 이웃들에 초점을 맞춘다. 한국전쟁 때 군에 징집된 이문구의 어린 시절 친구 대복처럼, 몇몇은 작가의 기억 속에만 살아 있지만, 다른 이들은 여전히 그들의 고향 마을에서, 또는 그 주변에서 농사를 지으며 살아가고 있다. 거의 전적으로 현재를 배경으로 하여 농촌 마을의 윤리와 현대 생활 사이의 충돌을 묘사하고

---

22　이 소설집의 단편들의 최초 발표는 다음과 같다: 「일락서산」, 『현대문학』, 1972.5; 「화무십일」, 『신동아』, 1972.10; 「행운유수」, 『월간 중앙』, 1973.3; 「녹수청산」, 『창작과비평』, 1973 가을; 「공산토월」, 『문학과지성』, 1973 겨울; 「관산추정」, 『창작과비평』, 1976 겨울; 「여요주서」, 『세계의문학』, 1976 겨울; 「월곡후야」, 『월간 중앙』, 1977.1.

있는 이 책의 마지막 두 이야기는, 그 방법에 있어 다음 작품인 『우리 동네』를 예비하고 있다.

　『관촌수필』에서 보여주는 서술상의 자유분방함과 형식상의 일종의 무심함은, 이문구가 지닌 고전 산문가들과의 타고난 친연성과 함께, 루카치가 "소설 주인공의 마성적 심리"라고 한 것과의 거리를 동시적으로 드러낸다.[23] 예를 들어, 『관촌수필』의 다섯 번째 수록작이자 가장 긴 작품인 「공산토월」의 서두 부분을 살펴보도록 하자. 이문구는 「대부」가 한국 극장에서 상영되어야 할지 말아야 할지에 대해 그의 의견을 구하는 기자의 전화를 받는다. 대화 과정에서 기자는 이문구를 선정하여 그 의견을 구하게 된 것은 그가 거칠고 냉담한 성격을 지닌 것으로 보이기 때문이었음을 밝히게 된다. 이러한 평가는 이문구가 스스로를 바라보는 시각과는 크게 달라 그를 깜짝 놀라게 하며, 결과적으로 그가 수년 간 시간을 함께해 온 사람들에 대해 깊이 생각해 보도록 이끈다. 뒤이어 그가 가장 좋아하는 동료들, 시인 박용래, 임강빈, 박재삼1933~1997년 등에 대한 간략한 이야기가 서술되고, 이들 동료 시인들의 특징적인 성격을 드러내는, 술과 관련된 에피소드가 이어진다. 이문구는 다시 신문 기사의 주제로 돌아가서, 먹을 것을 사기 위해 택시 기사를 죽인 한 소년에 대한 기사를 같은 신문에서 읽었던 것을 떠올린다. 그리고 이문구는 전통적인 도덕관념의 해체에 대해 비통한 사색에 잠긴다. 해당 기사는 한국전쟁 당시 그가 친척집에 원치 않는 식객으로 있으면서 겪은 배고픔의 경험을 떠올리게 한다. 이렇듯 이웃답지 않은 불친절함의 사례들에 대한 기억의 포격 앞에서, 그의 마음은 자연스레 인간적 선함의 본보기로 남아 있는 한 사람에게로 옮겨간다. 그 본보

---

23　게오르크 루카치, 앞의 책, 102면.

기와 같았던 사람은 석공이라는 별명을 가진 남자였는데, 스무 페이지가 넘는 서두 부분이 끝나고 석공이 등장하는 이 장면에 와서야 「공산토월」의 이야기는 '본격적으로' 시작된다. 이문구는 본문의 여러 곳에서 이야기를 장황하게 풀어내는 자신의 서술상의 특징을 스스로 분명히 인식하고 있음을 드러내고 있다. 「공산토월」의 첫 문장은 그가 앞으로 풀어낼 이야기가 '객담'이라는 것에 대한 인정이라고 할 수 있다. 동료 시인들과 함께 했던 어느 술 취한 밤에 대해 열정적으로 서술한 후, 작가는 "어쩌다가 이야기가 이에 이르렀는지 알지 못하겠다"고 고백하고 있는 것이다.183면

「공산토월」의 서두를 장식하는 수많은 '여담들'은 중심 이야기와 관련이 없는 것이 아니라, 오히려 중심과 주변 사이의 경계 자체를 무너뜨린다. 에리히 아우어바흐가 호메로스적 서술에 대한 논의에서 오디세우스의 흉터에 대해 이야기하는 부분처럼, 이문구의 여담들은 "완전히 명백하고 윤곽이 또렷하다. (…중략…) 사람들도 사물도 윤곽이 또렷하고 한결같이 밝게 조명이 되어 있고 모든 것이 눈에 선하게 눈길을 끈다".24 이문구의 서사 속, 그의 이야기꾼으로서의 활약을 우리는 바로 여기에서 목격하게 된다. 그의 비법은 이야기를 이야기꾼의 삶 속에 담갔다가, 그로부터 다시 그 이

---

24  "보다 근원적인 원인은 호메로스 문체의 기본적 충동에 놓여있었음에 틀림이 없다. 즉 현상을 충분히 구체화된 형태로 묘사하고, 모든 부분이 뚜렷하게 보이고 감촉할 수 있도록, 또 시간관계나 공간관계를 완전히 고정시켜서 묘사하려는 충동 속에 놓여 있는 것이다. (…중략…) 우리가 유혹되어간 이 '현실'세계는 스스로 존재하며 자신 이외에는 아무것도 포함하고 있지 않다. 호메로스의 시는 아무것도 숨기지 않으며 어떠한 교훈도 또 은밀한 제이의 의미도 가지고 있지 않다. 우리가 여기서 시도했듯이 호메로스를 분석할 수는 있다. 그러나 그를 해석할 수는 없다. 뒷날 알레고리적 해석 경향이 호메로스의 경우에도 그 해석 기술을 시험해 보았으나 아무런 소용이 없었다. 그는 이러한 처리에 저항한다. 해석은 억지스럽고 무연하다. 그리고 통일된 정설로 결정되지 않는다." 에리히 아우얼바하, 김우창·유종호 역, 『미메시스 고대, 중세편─서구문학에 나타난 현실묘사』, 민음사, 1987, 15·24면.

야기를 끄집어내는 것이다.[25] 중심 서사인 석공의 이야기를 제대로 수용하기 위해서는, 독자들이 이러한 겉보기에 무작위적이고 서로 연결되지 않는 것처럼 보이는 일화들을 통해 작가 이문구에 대해 형성하게 되는 이미지가 필수적이다. 이야기가 어떻게 우리에게 전달되는지, 그리고 그것이 전제하게 만드는 이야기꾼과의 관계는, 이야기를 읽는 경험에 있어 핵심적인 요소이기 때문이다. 수필의 느슨한 구조는 작품 속에 분명히 드러나는 작가의 존재를 필요로 하며, 이질적이고 다양한 요소들을 하나로 결합시키는 것은 작가 자신의 목소리이다. 소설이 독자들에게서 얻어내고자 하는 이상적인 반응이 동일시라면, 수필은 글 안에 작가의 위치를 보존함으로써 그의 독자들을 이웃으로 호명하고, 주어진 경험을 함께 나눈다.

『관촌수필』에서 이문구가 이야기꾼과 수필가라는 두 가지 문학적 정체성을 포용하고 있다고 할때, 그의 글은 한문 고전에 대한 지식과 구어체 한국어의 리듬과 풍요로움을 통합시킴으로써 그 풍성한 어우러짐을 만들어낸다. 먼저 고전에 대한 지식으로 말하자면, 우리는 사자성어로 된 여덟 개의 삽화 제목에 주목하는 것에서 시작해 볼 수 있다. 이 제목들은 각 작품이 그려내고 있는 인물의 핵심적인 성격을 포착하고 있는 응축된 표현을 제공한다. 「행운유수行雲流水」는 개방적인 성격과 유창한 말솜씨를 가진 활달한 여종 옹점이의 이야기를 다룬다. 「일락서산日落西山」은 자신의 삶과 그 삶을 지탱해 온 사회 제도 모두에 황혼이 내려앉는 것을 지켜보는 연로한 유학자인 이문구의 할아버지에게 잘 어울리는 이미지를 제공한다. 고전에 대한 언급이 가장 명시적으로 드러나 있는 「관산추정關山芻丁」은 이문구의 어릴 적 친구이자, 훌륭한 농부로 성장한 복산의 이야기

---

25  발터 벤야민, 앞의 책, 430면.

이다. 이문구에게 있어 관촌을 여전히 고향답게 만드는 것은 다름 아닌 복산의 존재이다. 제목 속 관산이란 표현은 사마천의 『사기』에서 가져온 것으로, 고향에 도착하기 위해 넘어야만 하는 산을 의미한다.

각각의 인물들을 자연에 대한 은유를 통해 표현하고 있는 이러한 제목들은 이들 개개인을 이상적인 유형으로 격상시킨다. 그리고 여기에서 우리는 이문구가 동아시아에서 오랜기간 숭앙받아온 전傳의 전통에 빚지고 있음을 엿보게 된다. 피터 리Peter H. Lee에 따르면 전은 "전통적으로 인물에 대해서 기술하기 위한 것이라기보다는, 기념하기 위한 수단이었다. 이러한 형식이 지니는 교훈적인 특징으로 인해 전은 추도문, 찬송문, 송덕문 등, 그 대상이 되는 인물이 상징이나 표상, 또는 문화적 이상으로 그려지게 되는 글이다".[26] 『관촌수필』에서 그려내는 초상들은 등장인물들을 대부분 바로 이러한 방식으로 기리고 있으며, 그들 삶의 단독성과 행동의 특수성 그 자체가 후대를 위한 모범적인 예로서 제시된다. 이 소설집에서 그려내고 있는 성격 유형들은 매우 다양하지만, 이들 등장인물들이 모두 공유하는 한 가지 특성이 있다면 그것은 이 미쳐버린 세상에서조차 자기 존재의 윤리적 일관성에 충실하고자 한다는 점이다. 그러한 좋은 예로, 옹점은 기차를 타고 마을을 지나며 반쯤 먹다 남은 초코바나 가래가 묻은 빵 조각을 던져주는 미군들에 대해 깊은 경멸감을 품는다. 마을 아이들은 반쯤은 배고픔에, 또 반쯤은 호기심에 선로 주위를 어슬렁거리며, 구걸하는 자에게 응당 주어질 몫을 기다린다. 옹점은 그러나 어린 이문구에게 그것들을 절대로 줍지 않겠다는 약속을 하게 만든다. 그러한 군인들은 불운한 아이들을 일부러 비하하는 것을 통해 얻는 조그마한 재미를 위해 자신의 인간으

---

26  Peter H. Lee, *A Korean Storyteller's Miscellany : The P'aegwan chapki of O Sukkwŏn*, Prince ton, NJ : Prince ton University Press, 1989, p.49.

로서의 존엄성을 팔아넘긴 것이고, 우리가 아무리 가난하고 전쟁으로 삶이 다 망가졌더라도, 한국인들이 여전히 존엄성을 지니고 있다는 것을 보여주는 것이 무엇보다 중요하다는 것이다. 이 장면은 비록 그녀의 삶 전체에서 보면 사소하고 별 의미없는 것이었을지도 모르지만, 이문구에게는 이 어린 소녀가 지닌 가장 존경할 만한 자질을 보여주는 일화이다. 이문구는 독자들과 이러한 이야기들을 함께 나누며, 자립이나 자긍심과 같은 단어가 정치적인 구호로 사용되면서 대중적인 용어로 정착되기 훨씬 이전부터, 옹점이가 그 모범적인 실천자였음을 보여준다.

조르조 아감벤에 의하면, 예시는 "보편자와 특수자의 이율배반에 사로잡히지" 않는다.[27] 루카치에게 있어서, 그러한 이율배반은, "개인과 세계의 적대적 이중성"이라 표현되며, 소설이라는 형식이 등장할 때 기본적으로 주어진 조건이었다. 『관촌수필』은 한편으로는 이웃을 호명하는 이야기꾼의 방식을 통해, 그리고 또 다른 한편으로는 모범적인 예를 드는 전기작가의 방식을 통해, 이러한 이중성에 적극적으로 맞서 싸운다.

흥미롭게도, 이문구는 작가로서의 자신의 결함들을 성찰하는 대목에서 이러한 두 문학적 정체성에 대해 명시적으로 이야기한다. 고전 전통에 기반한 지식인 산문가나 전기작가가 잘 선택된 예와 본보기들을 가지고 하나의 도덕적 세계 전체를 만들어낸다면, 이야기꾼은 자신이 보거나 들

---

27  "보편자와 특수자의 이율배반에 사로잡히지 않은 개념 하나가 오래전부터 우리에게 잘 알려져 있다. 그것이 바로 예이다. 예는 어떤 상황에서 자신의 역량을 발휘하든 간에 언제나 같은 유형에 속하는 모든 경우를 대표하면서도 동시에 이 경우들 가운데 하나라는 특징을 보인다. 예는 다른 것들 가운데 하나인 특이성이면서도 다른 것들을 대신하고 전체를 대변한다. 예는 한편으로는 실상 특수 사례로 다루어지지만 다른 한편으로는 자신의 특수자로서의 효력을 잃을 수 있다고 전제된다. 즉 예는 특수하지도 일반적이지도 않으며 그런 것으로서 스스로를 제시하는, 자신의 특이성을 보여주는 특이한 대상이다." 조르조 아감벤, 이경진 역, 『도래하는 공동체』, 꾸리에북스, 2014, 20면.

은 것을 때로는 가르치기 위해, 그러나 기본적으로는 즐거움을 주기 위해 전달한다. "나는 현실에 투생偸生하여 이 오죽잖은 생활이나마도 누릴 수 있기를 도모하였고, 애초부터 사문斯文을 따르지 못하여 나이 넉 질四秩[28] 이 다 되도록 구이지학口耳之學으로 활계活計함에 그쳤으니, 얼굴은 들 수 있어도 뒤통수 부끄러워 못 다닐 지경에 이르지 않았는가."296면 이 구절 은 의도적으로 고풍스러운 문체를 사용한 것으로, 일상어에서 자주 접할 수 없는 투생, 사문, 구이지학, 활계 등의 한자어를 사용하고 있다. 사문과 구이지학은 현대 소설가로서의 지위를 거부한 작가가 택할 수 있는, 서로 반대되는 두 가지 정체성으로 제시되고 있다. 이문구는 자신이 유학자로 서의 숭고한 임무에 있어 비참한 실패를 맛보았다고 주장하지만, 그럼에 도 불구하고 이문구가 자신의 작가적 정체성을 이야기꾼과 결부시키고 있다는 것은 매우 중요한 의미를 갖는다.

자신의 작품들에 대한 이문구의 이러한 언급을 고려하면, 관촌수필 의 마을 생활을 지배하는 구술문화 속에, 고전에 대한 지식이 내장되어있음 은 그리 놀라운 일이 아니다. 조선 왕조의 유교 이데올로기 하에서 정통 성 있는 것으로 공인된 한문과 유교의 문학적 전통은 상류계층의 고급문 화는 고립된 채 남겨지기보다는, 토착어로 이루어진 언어생활 속에 적극 적으로 편입된다. 그 결과는 풍부하고 이질적인 언어가 혼재되어있는 텍 스트로, 이문구의 이 작품은 잘 쓰이지 않는 사자성어, 속담, 격언, 그리고 멸종 위기에 처한 말들의 명실상부한 보고가 되었다. 이문구는 한 평론가 가 썼던 것처럼, "고유어의 마지막 파수꾼"이었을지도 모른다.[29]

두 가지 예가 이를 특히 명확하게 보여준다. 첫째는 문맹이자 무능력한

---

28    이는 '불혹(不惑)'을 암시하고 있다.
29    조남현, 「고유어의 마지막 파수꾼」, 『새국어생활』 11(1), 국립국어원, 2001.

복산의 아버지, 유종만의 경우로, 그는 말할 때 늘상 고사성어를 섞어 말한다. "서당개 삼 년이면 풍월을 읊는다"는 오래된 속담처럼, 유종만은 수년간 양반집에서 일하며 고전 지식을 귀동냥 했으며, 그가 만들어낸 유종만표 혼합어들은 때로는 순진하고, 때로는 풍자적이며, 언제나 배꼽을 쥐게 만든다. 두 번째 예는 한층 더 극적이다. 『관촌수필』을 통틀어, 고전에 대한 지식과 유교적인 생활방식에 있어 흔들림이 없는 유일한 인물은 이문구의 할아버지이다. 사대부 집안 출신으로, 가문에 관직을 지낸 이들이 많다는 것을 자랑스럽게 여기는 그의 할아버지는 아직도 향교와 서원에서 자리를 맡고 있으며, 유교적 의례를 엄격히 준수하고, 자신이 배운 대로 손자를 가르치는 것을 자신의 책무라고 생각한다. 전통적인 교육과정에 따르면, 글을 처음 배우는 아이는 천자문에서 시작하는 것이 정석이고, 동네 아이 두 명이 이문구와 함께 천자문을 배우러 온다. 이 소년들은 그러나 이문구와 달리 진도를 따라가는 데 어려움을 겪는데, 이러한 차이는 그들의 타고난 능력 때문이 아니라 복습 활동 때문에 발생하게 된다. 이웃 소년들은 표준화된 한글 발음을 달아놓은 천자문 교과서로 매일 복습을 하는데, 이는 할아버지의 심한 사투리가 섞인 독특한 발음과는 매우 달랐던 것이다. 표준화된 천자문과 할아버지의 천자문 사이의 차이를 정리한 이문구의 목록은 그 자체로 희극이 아닐 수 없다(그러나 아쉽게도 영어로는 번역이 불가능하다). 다만 이러한 장면을 통해 아이들이 글자를 처음 배우는 상황에서조차, 구두전달의 측면이 강조되고 있음을 확인하는 것만으로도 우리의 목적은 충분히 달성된다. 정부가 발행한 표준화된 교과서와 할아버지가 구술한 것 사이의 차이는 서로 다른 두 종류의 문해력, 즉 인쇄 기술에 의해 매개되는 문해력과, 살아있는 목소리로 매개되는 문해력 사이의 거리를 나타낸다. 물론 『관촌수필』에서 채택된 모델은 후자이다.

「월곡후야月谷後夜」에는 이문구가 인쇄자본주의에 대해 '인쇄매체에 의한 정보오염'이라며 매우 노골적으로 비판한 내용이 담겨 있다. 이 이야기는 도시의 유령 출판사에서 "위조" 작가로 오랜 시간을 보낸 후 고향으로 돌아온 희찬을 중심으로 펼쳐진다. 그는 고향에 돌아온 후에야 무책임한 출판이 끼친 해악과 자신의 기여에 대해 비로소 인식할 수 있게 된다. 저작권법을 무시한채 푼돈을 받고 번역한 일본의 농업 관련 서적들은 시골 박람회에서 배포되고, 정부의 독려 속에 근대화의 이름으로 생산성을 향상시켜야만 하는 힘 없는 농부들은 이 해적판 서적들에 기댈 수밖에 없다. "그들은 다만 1장에 30원이라는 참담한 번역료를 벌고자 식민지 시대의 찌꺼기를 밑천으로, 하루에 백여 장씩 무책임하게 직역해낸 그 서적 속의 모든 실험과 이론이 일본을 기준으로 전개되었다는 것을 알 까닭이 없었다. 기온과 토양부터 근본적으로 다른 일본 풍토의 사정은 현해탄 이쪽 실정과 전혀 맞지 않았던 것이다."356면 우리는 여기에서 익명성과 이와 관련된 대중 사회의 여러 기술들에 대한 이문구의 깊은 불신을 엿볼 수 있는데, 이는 결국 그의 윤리와 정치적 견해에도 영향을 미치게 된다.

이쯤에서 우리는 『관촌수필』의 특징이 고급 문화와 저급 문화, 그리고 문어적인 것과 구어적인 것을 혼합한 것에 있다고 한 김주연의 관찰을 상기해 볼 필요가 있다. 즉 "한학의 박식한 어휘와 국어사전에도 없는 낯설고 상스러운 토속어의 모순에 찬 공존은 소설 『관촌수필』이 지니는 최대의 특징"이라는 것이다.[30] 앞의 논의에 비추어 우리는 이렇듯 서로 다른 요소들을 겹겹이 쌓아 올려 만든 『관촌수필』의 진가를 비로소 알아볼 수

---

30    김주연, 「폐쇄사회, 인정주의, 이데올로기」, 이문구, 『관촌수필』, 문학과지성사, 2001, 387면.

있게 된다. 이 두 요소 사이에 모순은 없다. 이문구 작품의 진정한 강점은 다름 아닌, 고급한 것과 저급한 것, 특히 고전적인 문어성과 구어성을 서로 결합시키는 그만의 방식에 있다. 이상화된 과거의 관촌에서 문어성은 구어성과 반대되는 것이기는커녕, 오히려 구어성 속에서 움직인다. 이러한 '공존'이 '모순에 찬' 것처럼 보인다면, 그것은 문어성과 구어성, 그리고 상층문화와 하층문화에 자동적으로 서로 적대적인 가치를 할당하는 시점에서만 그러할 뿐이다. 게다가 이러한 시점은 정확히 중간자적인 공간, 즉 이문구가 수필이라는 그의 글쓰기 실천을 통해 저항하고자 하는 대상인 부르주아적 민족 주체의 공간에 위치하고 있다.

우리는 이제 이문구가 고집한 이야기꾼의 형상과 그 구연성이 지니는 의의를 충분히 이해할 수 있는 위치에 와 있다. 종종 김유정이나 채만식과 같이, 판소리에까지 그 뿌리를 거슬러 올라갈 수 있는 전통을 확립한 초기 근대소설 작가들의 계승자로 간주되는 이문구는, 의도적으로 구어를 환기시키는 방식으로 글을 쓴다. 가장 명백한 차원에서 관촌수필의 구술성은, 다른 무엇보다도, 직접 인용된 목소리들의 순전한 음량 그 자체의 문제라고 할 수 있다. 이때 음량이란 물론 소리의 크기와 양 모두를 의미한다. 이러한 목소리는 대체로 이문구의 고향 사투리인 충청도 방언이 가장 큰 비중을 차지하고 있는데, 이는 구어 환경의 사실성을 강조하는 효과를 갖는다. 매우 재미있는 이러한 예들은 비록 번역 불가능하기는 하지만, 매우 풍성하게 제시되고 있으며, 그중에서도 한 등장인물의 언술이 특히 두드러진다.

『관촌수필』에서 고전에 대한 지식이 이문구의 할아버지를 통해 구현되고 있다면, 구술성은 이문구를 키워낸 여종 옹점을 통해 인격화되어 나타난다. 옹점에 대한 작가의 기억은 전적으로 구강적인 것, 즉 먹는 것과 말하는 것 모두를 중심으로 한다. 그녀가 집안 살림을 책임지고 있었다는 점과 부엌에서 발휘되는 그녀의 "비할 수 없는" 솜씨를 생각하면, 그녀를 먹는 것과 연결시키는 것은 당연하다고 할 수 있겠지만, 이문구의 마음 속에 옹점과 음식과의 연결고리를 확고하게 만든 것은 음식을 베푸는 데 있어서의 그녀의 남다른 관대함이다. "동냥을 주면 종구라기가 넘치고 개밥을 주어도 구유가 좁게 손이 컸다."92면 (미군들이 음식을 가지고 장난치는 것에 대해 그녀가 특히 격한 반응을 보인 것은 따라서 전혀 놀라운 일이 아니다.) 그러나 옹점을 『관촌수필』에서 가장 호감이 가는 인물 중 한 명으로 만드는 것은 그녀의 능숙한 말솜씨와 언어적 풍성함 때문이다. 옹점은 여느 남자보다도 욕을 잘하고, 이야기도 맛깔스럽게 잘하며, 노래 솜씨까지 좋아, 그녀가 저급한 유행가를 좋아하는 것에 대해 탐탁치 않아 하던 이문구의 완고한 할아버지까지도 결국 그녀의 목소리를 칭찬하기에 이른다. "저것이 소리 한 가지는 말쉬바위曲馬團 굿패들보담 빠지지 않으리라."93면 이러한 옹점의 말솜씨는 「행운유수行雲流水」의 몇몇 유머러스한 에피소드들을 통해 잘 드러난다. 경찰이 이문구의 집을 급습하여, 이문구의 아버지가 자행했을지도 모를 공산주의적 행위에 대해 옹점을 심문하자, 그녀는 끊임없는 말장난으로 경찰관의 질문을 무산시킨다. 예를 들어, 그녀의 나이를 묻자, 옹점은 "멥쌀두 먹구 찹쌀두 먹구, 열두 가지 곡석 다 먹었슈"90면라고 대답한다. 즉, '몇 살 먹었냐?'라는 일반적인 질문에 대해, '살'이 '몇' 뒤에 오면 된소리로 발음되는 것에 착안하여, 무슨 '쌀'을 먹었다고 대답하는 것이다. 젊은 여성의 이러한 재치에 당황하고 곤혹스러워하는 동시에 또한 재미있어하기도 하며, 경찰은 결국 거기에서 심문을 멈추고 가버린다.

『관촌수필』의 묘사적 언어 속에는 주민들 각각의 역동적인 목소리들과, 여기에 더해, 농촌 마을의 구술문화 전체가 보존되어 있다. 이 소설집의 네 번째 단편인 「녹수청산綠水靑山」에는 계절의 변화가 다음과 같이 묘사된다.

> 가을이 완연해졌다. 범바위 찔레덤불 틈에 옻나무 잎새가 불긋거렸고, 너럭바위에 올라앉아 모과와 땡감을 함께 씹으면 물대추 맛으로 감쳤다. 김장밭에 들어가 왜무를 뽑아 먹으면 배 맛이 나고, 논배미마다 메뚜기 잡던 아이들의 두렁콩 서리하는 연기가 뒷목 끝낸 모닥불 마당처럼 피어오르고 있었다.[160면]

위 대목에서 특히 주목을 요하는 것은 시간의 경과를 담아내고 있는 방식, 그리고 경험의 매개가 되는 시각적 감각을 상대적으로 덜 강조하는 그 방식에 있다. 시간성은 추상적인 관념에 머무는 것이 아니라, 사람들이 그때그때 물리적으로 섭취하게 되는 자연의 요소들을 통해 구현된다. 시간은 질적으로 인식되고, 지식은 육체에 이른다. 무가 배처럼 달기 때문에 가을이 깊어졌다는 것을 알게 되는 세계에서, 인간이 자연과 맺고 있는 관계는 자연스럽게 참여적인 성격을 띠게 된다. 보는 주체와 응시된 대상 사이의 거리는, 시각적인 설명 방식이 미각, 촉각, 청각, 후각에 의한 것으로 대체되거나 뒤덮여버리게 되면서, 매번 도전을 받는다. 『관촌수필』에서, 이문구의 묘사적 언어가 장시간, 오직 시각적 영역에만 머물러 있는 경우는 매우 드물다. 시각적으로 파악된 대상은 빠르게 구체적인 경험들, 유용한 것들, 그리고 실용적인 지식의 영역으로 빨려 들어가게 되기 때문이다.

이러한 스타일은 월터 J. 옹이 구술문화 일반의 주요한 특징으로 지목한 바 있는 것이기도 하다. 구술문화는 객관적인 거리를 유지한다기보다, 인간의 생활세계에 밀착되어 있고, 전통적이며, 쉽게 공감할만 하고, 더 참여적이다.[31] 또한 그것은 첨언적이고, 집합적이며, 풍성하다. 「녹수청산綠水靑山」에서 대복이 양반의 딸을 겁탈하려다 들키자, 한 이웃은 그의 행위를 "보리밥풀루 잉어를 낚자는 심뽀"157면라며 비난한다. 이 발언이 의미하는 바가, 자신의 위치를 깨닫지 못하고 넘볼 수 없는 것을 넘본 청년에 대한 비판이라는 것을 이해할 수 있으려면, 독자들은 먼저 잉어가 동아시아의 민간 설화에서 관직과 관련된 함의를 풍부하게 지닌 고급 민물고기이며, 잉어를 잡을 때는 보통 미끼로 쌀밥을 사용하고, 푸실푸실한 보리밥풀은 끈기가 많은 쌀밥에 비해 형편없는 대체물을 의미한다는 것을 알아야 한다. 따라서 이 발언은 해당 공동체의 구성원들이 공통적으로 가지고 있는 전제와 관행을 표현하고 있는 것이라고 할 수 있다. 더 나아가 이러한 발언은 실용적인 지식을 전달하고, 이러한 관행 속에 새겨진 가치를 더욱 강화시켜, 구성원들 사이의 통합을 더욱 촉진시키고 굳건하게 만든다. 『관촌수필』 전반에 걸쳐, "번철 위에서 아주까리기름 녹듯 자지러지게 웃어"132면, "설은 채미 오이만 못허지유"159면, "재수 읎으면 송사리헌티 좆 물린다더니"325면와 같이, 사람들의 대화에 종종 등장하는 이러한 속담들과 구체적인 비유들은 사실적으로, 또 수행적으로, 공동체적인 의식을 자연스럽게 만드는 기능을 한다. 이러한 특정한 사유 방식은 사람과 자연 사이의 친밀한 관계를 반영할 뿐만 아니라, 농촌 공동체를 하나로 엮어내는 공통적인 삶의 기반을 강조하고, 그것에 전통주의적인 지향성을 부여한다.

그렇다면 이문구의 글에서 구전 설화 양식을 활용하는 것은, 가장 기초적인 차원에서는, 적절성과 효과의 문제라고 할 수 있다. 그의 작품에서

---

31  월터 J 옹, 이기우·임명진 역, 『구술문화와 문자문화』, 문예출판사, 1995, 60~92면.

묘사되는 농촌 문화는 구술적인 특성이 두드러지며, 따라서 이문구의 문체는 여기에서 특히 그 진가를 발휘하게 된다.[32] 같은 우물에서 물을 길어다가 계절에 따라 함께 씨를 뿌리고 수확하는, 땅에 뿌리내린 삶을 영위하는 사람들에게 친밀감은 장기간의 접촉과 인접성에서 오는 자연스러운 결과물이다. 관촌에서는 한 동네 사람이 결혼을 하면 마을 전체가 잘 기름칠 된 번철과 삶은 돼지고기의 냄새에 휩싸이고, 지역사회의 누구 하나가 죽으면 온 마을 사람들이 빨래 같은 간단한 집안일을 하는 것조차 삼간다. 『관촌수필』은 그 구성원들이 서로를 완벽히 알고, 서로에게 온전히 있어 주는 한에서, 이상적인 세계를 묘사한다. 그러나 이와 동시에 이문구가 공공연히 이상화하고 있는, 베버식 "세계의 탈주술화" 이전의 장소로서의 시골집의 모습은, 단순히 향수에 젖어 그린 것만은 아니다.[33] 이문구가 서사화시키고 있는 그의 어린 시절은, 한국 역사를 통틀어 어쩌면 가장 폭력적인 시기였을지도 모를, 일제로부터의 광복과 한국전쟁 종전 사이의 혼란기이다. 우리가 앞서 살펴본 바와 같이, 이문구 또한 이 시기에 아버지와 두 형들이 좌익이라는 이유로 살해되는 끔찍한 비극을 겪었다.[34] 이문구가 이러한 개인적 트라우마의 잿더미 속에서도 『관촌수필』을 통해 꽤 살 만한 세상을 만들어내는 데 성공했다면, 이 성공은 소극적인 흠모의 결

---

32  어린 시절의 농촌 마을을 재창조하려는 또 다른 문학적인 시도와 비교하면 이문구의 문체가 이 주제에 얼마나 적합한지 알 수 있다. 『관촌수필』과 거의 동시대인 서정주의 『질마재 신화』를 떠올릴 수 있다. 서정주는 20세기 한국의 가장 뛰어난 시인 중 한 명으로 널리 알려져 있지만, 『질마재 신화』는 궁극적으로 시로써는 성공적이지 못하다. 시인이 선택한 장르는 사람들의 목소리의 구술적 풍요와 그가 재창조하고자 하는 삶의 방식을 제약한다. 바흐친이 분석했듯이 서정적 형식은 근본적으로 단성적이다.

33  이는 황종연에 의해 지적되었다. 「도시화 산업화 시대의 방외인 – 이문구론」, 『작가세계』 4(4), 1992 겨울, 63면.

34  학자들은 가족사의 유사성을 지적하며 『장한몽』의 김상배를 작가 자신을 본뜬 캐릭터로 읽어왔다.

과가 아니라 적극적인 주장의 결과이다. 즉, 삶을 궁핍이 아닌 풍요의 경험으로 만들었던 모든 것을, 그 삶의 생명력에 완벽히 부합할 만한 심미적인 형태를 통해, 현재 속에 도입시켜야 할 필요성에 대한 주장인 것이다. 그 세계가 살기 좋은 것은 그곳의 구술성과 깊은 관련이 있다. 구술문화는 정의와 추상화에 대한 강한 반발로 특징지어진다. 옹은 "하나의 정의로 제시되는 것보다도 실생활의 환경을 통해 제시되는 것이 훨씬 더 충분할 때 어째서 일부러 정의 같은 것을 할 필요가 있겠는가?"라고 묻는다.[35] 이문구는 참여적이고, 맥락적이며, 공감하기 쉽고, 풍성한 그의 어린 시절의 세계를 재창조해내기 위해 고전 지식과 구전 이야기를 결합시켜, 읽는 속도를 늦추는 서사 스타일을 만들어낸다. 이는 우리가 관음증적인 시선의 주체가 아니라, 이야기를 듣고, 경험을 공유하는 사람으로서 그 세계 속으로 끌려 들어가도록 만드는 효과를 발휘한다. 현전의 윤리는 다른 누구보다, 그의 독자들로 하여금 이야기를 자기 것으로 소유하도록 하는 것이 아니라 이야기꾼과 관계를 맺도록 초대하는, 그러한 이야기꾼에게 가장 잘 적용된다. 이는 작가의 이웃이 되어 달라는, 그리고 작가를 매개로 그의 이웃의 이웃이 되어 달라는 초대라고 할 수 있을 것이다.

이문구의 작품들에서 구술성은 문체의 문제이자 세계관의 선택인 것에 더하여, 추상화를 거부하는 특히 효과적인 전략에 해당한다. 20세기 후반의 한국 역사에서, 이러한 거부는 특별히 정치적인 의미를 지닌다. 따라서 『관촌수필』에 대한 논의를 마무리하는 이 지점에서, 「녹수청산綠水靑山」에서 이념적 명명의 대안으로 이웃이 등장하고 있는 것에 대해 이야기하고자 한다.

---

35    월터 J 옹, 앞의 책, 86면.

이 단편에서 대복이의 이야기는 상당히 기이하며, 앞에서 논한 『장한몽』에 등장하는 개인사들과 마찬가지로, 한국전쟁 당시 지방 법률행정의 혼란상을 잘 보여준다. 대복은 관촌이 유엔군의 관할하에 있던 시기에 처음 소도둑으로 체포되어 잠시 수감되지만, 인민군이 마을에 들어오자 적 치하에서 구금된 용감한 정치범 대우를 받아 풀려나게 된다. 석방 후 공산주의 조직의 하위 계급 당원이 된 대복은, 참봉집 손녀딸인 순심이라는 자원봉사자와 자주 마주치게 된다. 대복은 계급 평등과 과거의 봉건적 계급 위계의 타파라는 명분하에, 순심을 겁탈하려 하지만, 이는 명분일 뿐, 그의 행동을 추동시키는 것이 순전한 욕정이라는 단순한 사실을 감추지는 못한다. 그는 이번에는 북한 당국에 의해 붙잡혀 수감된다. 그러나 운좋게도, 한국군이 관촌을 수복하고, 대복은 다시 특권적 지위를 부여받아 풀려나게 된다. 그 사이 순심은 숨어 지내게 되는데, 그녀가 이전, 인민군을 대상으로 베풀었던 봉사활동이 이제는 그녀를 사형에 처할 수도 있는 이유가 되기 때문이다. 대복은 순심을 남한 당국에 넘기려는 의도로 그녀를 열심히 찾는다. "뺄갱이질헌 년늠들은 몽땅 패쥑여버릴 거란 말여"라고 격렬하게 외치던 그는 그러나, 막상 그녀와 대면하게 되자 심경의 변화를 일으킨다. 대복은 순심이 숨어 지내는 것을 돕기 위해 그 집 머슴이 되기를 자청하여 온 마을 사람들을 다 놀라게 한다. 이 이야기는 아이러니한, 가슴 아픈 반전을 보여주며 끝이 난다. 격렬한 전쟁이 계속되면서 대복은 한국군에 징집된다. 조심성을 잠시 접어두고, 순심은 대복이 다시는 돌아오지 못할지도 모를 길을 떠나는 모습을 마지막으로 한번 보기 위해 대낮에 그녀의 은신처를 몰래 빠져나와 별채로 나선다. 대복이의 아이를 임신한 순심은 별채에서 입덧으로 인해 구역질을 하게 되고, 누군가 그 소리를 듣고 그녀를 당국에 고발한다. 강간과 복수라는 잔인한 이야기는 연애감정이 생기기에 가장 부적절한 시공간에서 피어난 젊은 연인들의 사랑 이야기로 변모한다. 그러나 그 결말은 비극이라 하기에 모자람이 없다. 대복은 전쟁에서 돌아오지 못하고, 순심은 남한 당국에 의해 공산주의자로 처형되기 때문이다.

『장한몽』이 그랬듯, 「녹수청산綠水靑山」 또한 모든 행동 뒤에 숨겨진 실질적인 동기를 밝혀내기 위해 이념적 담론을 철저히 해체한다. 이념적 담론이 필연성을 부여할 만한 장면에서, 이 텍스트는 각각의 매우 우발적인 사건들이 우연히 수렴되는 것을 보여준다. 대복은 순전히, 억세게 운이 좋은 덕에 전쟁기 정치의 격랑 속을 성공적으로 헤쳐나갈 수 있었던 것이지만, 남북 양군의 관계자들은 대복의 삶에 대해 정치적인 해석을 내리고, 대복 스스로도 앵무새처럼 그러한 해석에 맞추어 당시로서는 완벽히 진정성 있어 보이는 방식으로 행동한다. 그러나 분명한 것은 대복이 혁명가라기보다는 비열한 인간이며, 반동분자라기보다는 기회주의자라는 것이다. 그리고 이 모든 것에 앞서, 대복은 그저 우리의 이웃일 뿐이다. 이문구의 세계에서 '이웃'은 모든 인간관계의 필수 불가결한 요소로서, 현전과 인접성에 대한 강력한 주장이라고 할 수 있다. 타인을 이웃으로서 마주한다는 것은 당신 앞에 서있는 상대가 그 또는 그녀 자신으로서 그곳에 온전히 현전하고 있다고 상정하는 것이다. 그 만남 속에 결여되었을지 모를 무언가를 설명해줄 수 있는 알리바이가 어딘가에서 기다리고 있지 않으며, 타인을 단순한 증상이나 재현, 또는 기호에 불과한 것으로 보도록 만들 만한 어떠한 높은 명분도, 숨겨진 의미도 존재하지 않는다. 그러므로, 『관촌수필』과 『장한몽』에서 이데올로기를 실용적인 것으로 '축소'시키려는 이문구의 시도는, 20세기 한국인들에게 있어 이데올로기가 무엇을 의미했는지의 맥락 안에서 읽혀져야만 한다. 민족 공동체와 전우들의 드높은 이름들이 이문구의 글에서는 유독 끝없이 퇴색해 버리고 만다면, 그것은 이러한 이름들이 이웃 앞에 온전히 현전하지 않는 것에 대해 온갖 알리바이를 확보할 수 있게 하고, 또한 온갖 이유로 만남의 단독성을 외면한 채 상상의 공동체의 치마폭 뒤에 숨을 수 있게 하기 때문이다.

## 적대Antagonism에서 경합Agonism으로 - 『우리 동네』[36]

이문구의 이상적인 이웃들에 대한 묘사는 정치적 '타자'를 언제나 접촉하고 있고 인접해 있음에 바탕을 둔 조화로운 사회성으로 되살려 낸다. 『우리 동네』는 1977년부터 1981년까지 월간지와 계간지에 발표된 작품들을 모은 연작소설집으로, 여기에서 우리는 이웃들 사이에 호전성이 커져가고 있음을 확인할 수 있다. 구술성은 더 이상 풍성하고 살 만한 세계의 경계를 지켜내지 못하고, 오히려 농촌 공동체를 분열시키는 갈등을 증언한다. 김우창에 따르면 "말에 담긴 공격성은 (…중략…) 역시 난폭한 인간관계의 증표가 되는 것임에 틀림없다". 김우창은 『우리 동네』가 "분노와 좌절"의 축적에 의해 오염되고 병들어버린 한국 농촌 마을의 초상이라고 주장한다.[37] 실제로 『관촌수필』이 때로 잃어버린 유년기에 대한 우화로 읽힌다면, 『우리 동네』는 명백히 유신시대에 대한 기록이라고

---

36  이 단편들은 원래 「우악새 우는 사연」(이후 「우리 동네 황씨」), 『문예중앙』, 1977; 「우리 동네 김씨」, 『한국문학』, 1977; 「우리 동네 리씨」, 『한국문학』, 1978; 「우리 동네 최씨」, 『창작과비평』, 1978; 「우리 동네 정씨」, 『문학과지성』, 1978; 「우리 동네 류씨」, 『대한 YWCA』, 1979; 「우리 동네 강씨」, 『실천문학』, 1980; 「우리 동네 장씨」, 『창작과비평』, 1980; 「우리 동네 조씨」, 『세계의 문학』, 1981로 발표되었다.

37  김우창, 「근대화 속의 농촌」, 이문구, 『우리 동네』, 민음사, 1997, 421면.

할 수 있다. 박정희 정권의 빠른 수출주도형 산업화 프로그램이 농업경제에 미친 영향에 대해서는 이미 잘 알려져 있으며, 소설집을 구성하는 아홉 편의 연작소설들은 농촌이 도시의 값싼 식량과 노동력의 공급자가 되는 동시에, 도시산업 경제 내에서 생산된 소비재의 저장소가 되는 이중적 과정에 대한 세밀한 기록을 제공한다. 이러한 이야기에 등장하는 농민들은 산업화 과정에서의 근본적인 불평등한 관계 외에도, 정부의 여러 새마을 시책들로 인해 시달림을 당한다. 협동조합의 대여 관행, 비료와 살충제 배급, 농업 경영 훈련의 이름으로 농민들을 대단치 않은 일들에 동원하기, 그리고 참담한 결과를 초래한 새로운 벼 품종의 강제 심기 등이 바로 그것이다. 『관촌수필』의 시대 이후, 다양한 사회과학적 지표들을 통해 측정될 수 있는 종류의 빈곤은 그 수가 줄어들었을지 몰라도, 『우리 동네』의 사람들은 그 어느 때보다 더 가난해진 느낌이라고 고백하는데, 이는 도시에 대한 상대적인 결핍감과 박탈감이 만연해 있음을 의미한다. 『우리 동네』에 드리워진 짙은 먹구름과 같은 암울함은 이 시골 마을에 침투해 들어온 자본주의와 소비문화로 인해 더욱 악화되는데, 이 현상은 결국 공동체적 유대관계와 관습을 약화시키는 결과를 초래한다. 한마디로 이문구는 겨울 공화국의 농촌 공동체를 실질적인 어려움과 가치관의 혼돈에 휩싸인 공간으로 그려낸다.

어떻게 보면 이러한 변화의 시작은 『관촌수필』의 마지막 두 작품, 「여요주서與謠註序」와 「월곡후야月谷後夜」에서 이미 엿볼 수 있었다.[38] 「여요주

---

38  이 마지막 두 편은 거의 전적으로 현재를 배경으로 한다는 점에서 나머지 작품들과는 다소 다른 서술적 궤적을 따른다. 이러한 이유로, 이 이야기들은 때때로 『관촌수필』의 나머지 여섯편보다 『우리 동네』 연작소설들과 더 큰 연관성을 가진 것으로 보인다. 한수영은 또한 이 단편들에 사용된 '말'의 이데올로기적 지형이 『우리 동네』의 단편들과 더 가깝다는 데 주목했다. 한수영, 「말을 찾아서」, 『문학동네』 24, 2000 봄, 363면.

서」는 특히 우리를 경찰서와 법정 안으로 데려가, 정부의 정책들이 어느 우둔한 농부의 삶에 가져온 불합리한 결과를 보여준다. 『우리 동네』에서 논쟁적인 어조는 노골적인 적대로 향하고, 그러한 갈등은 대체로 정부의 농촌 정책의 핵심적인 세부사항들을 중심으로 한다. 사실 이 아홉 편의 이야기들을 요약하면, 박정희 정권하에서 자행된 농업 분야에서의 대실패들에 대한 상세한 목록을 얻을 수 있다. 협동조합의 씨앗을 사지 않은 농부의 보리는 구매를 거부하는 등, 농민들에게 손해를 끼치면서까지 자신들의 이익 증대에만 골몰하는 협동조합의 행태「우리 동네 강씨」, "농부에게 근대화를 가르친다"는 표면적인 목적을 위해 농촌에 파견된 학생들의 모임인 "여름 농촌 계몽군"과 관련된 소극「우리 동네 정씨」, 새마을운동의 자금 분배와 관련된 정치적 부패상「우리 동네 조씨」, 노동 진압이 농촌에 미치는 영향「우리 동네 최씨」, 불필요한 비료 강매와 감시문화 조성에 있어 새마을운동 프로파간다가 담당한 역할「우리 동네 이씨」 등이 여기에 포함된다.

「우리 동네 류씨」는 국가가 농촌 공동체의 일상생활에까지 침범해 들어오는 가장 극적인 사례를 보여준다. 정부가 아직 검증되지도 않은 새로운 종류의 쌀을 심으라고 강제한 이후, 류 씨는 병충해로 인해 수확량 전부를 잃고, 농약에의 과다 노출로 병까지 얻게 된다. 정부의 보잘것없는 보상 정책은 없느니만 못하고, 병석에 누운 류 씨는 잘못된 농업 정책을 편 정부에 대한 분노와, 노련한 농부로서 스스로 더 나은 판단을 했음에도 불구하고 결국 정부의 압력에 굴복하고 만 것에 대한 자기혐오로 인해 병이 두 배로 악화될 지경이다. 이러한 상황에서 류 씨는 자신의 논을 배경으로 하여 "잘살게 된 자립마을을 빽스크린으로 드라마를 엮어서 근면자조 협동정신을 고취"223면하는 텔레비전 방송을 촬영하게 될 것이라는 소식을 듣게 된다. 이 소식에 격분한 류 씨는 다리를 절뚝거리며 자신의 논으로 나가 촬영을 중단시키려 한다. 트랙터에 올라탄 젊은 배우는, 태평스럽게도 한 번도 조작해 본 적이 없는 그 기계를 운전할 수 있다고 자신만만해 했지만, 결국 제때 트랙터를 멈추지 못했고, 류 씨는 자신의 논에서, 자신의 트랙터에 치여 죽고 만다.

류 씨의 경우는 "우리 동네"의 핵심에 놓여있는 정부와 농민들 사이의 주요한 대립을 분명하게 보여주고 있다. 정부 정책의 물질적 결과들과는 별도로, 농민들은 자결이라는 이름으로 강요되는 자결의 상실에 깊이 상처 입은 것이다. 잘 알려져 있듯, '자조'는 겨울 공화국 전체에서 가장 자주 사람들의 입에 오르내린 표어 중 하나였으며, '근대화'는 '봉건적인' 전통의 족쇄로부터 한국 국민을 해방시켜, 주체적인 자율성을 갖게 하는 것으로 의미화되었다. 그러나 류 씨가 자기 땅에 무슨 씨를 뿌릴지 결정하지 못하게 만들고, 그의 운명을 점점 더 그가 통제할 수 없는 외교정책에 대한 고려와 세계 시장의 통제 속으로 밀어 넣는 것은, 다름아닌 바로 이 근대화 프로젝트이다. 농촌 경제는 이제 더 이상 농민들의 시각에서는 이해할 수 없는 것이 되었다. 어떻게 백 근이 넘는 돼지의 가격이 작년 이맘때 새끼 값에도 못 미칠 수가 있을까.[265면] 어떻게 장정 팔뚝만한 무가 10원도 안 나갈 수가 있나.[173면] 그리고 류 씨의 이웃인 강 씨는 술에 취해 "생각이 남았걸랑 따져를 봐라 이것들아. 보리쌀 한 되에 커피 한 잔이 되겠네? 보리쌀 한 되에 막담배 한 갑이 옳겄어? 보리쌀 한 되에 시내뻐스 두 번이 뭐여?"라고 외친다.[245면] 점점 더해가는 무력감은 농부들 사이에서 농부로서 실패했다는 수치심으로 이어진다. "자기 가늠을 저버리고 시킨대로 따를 수밖에 없었던, 무능하고 무력한 됨됨이가 짝없이 부끄"러웠던 "우리 동네 리 씨"는 자신의 성을 "이"에서 "리"로 그 발음을 바꾸어 버린다.[71면] 이 작은 저항의 행위는 스스로에게 윤리적 존재로서의 자신을 잃지 않고 버텨내야 한다는 "원리원측"58면을 상기시켜주는 역할을 한다.

농부들과 정부 사이의 비대칭적인 권력관계 속에서, 『우리 동네』의 구술성은 점점 더 논쟁적이 된다. 김지하의 「오적」에서 보았듯이, 농민들의 언어는 긴장이 고조되어 갈수록 조롱에서 패러디로, 패러디에서 풍자로 옮겨가지만, 근본적인 힘의 불균형은 변하지 않는다. 그러한 환경에서 저항은 언어적 공격의 형태로만 가능해진다. 서영채는 힘이 없는 인물일수록 입심은 더 좋아지는 경우가 많다고 설득력 있게 주장한 바 있는데, 『우리 동네』가 그려내는 구술문화 속에서 보통 가장 큰 목소리를 내는 것은 주로 여성들이다.[39] 근대화의 수사에 담긴 생각과 어구들이 이웃들의 일상 대화 속으로 들어와, 다른 맥락 속에서 다른 모습을 한 채 분출되어 나온다. 이웃들이 인용하고 있는 유신의 수사는, 무의미한 반복에서부터 명백한 조작에 이르기까지 매우 다양하지만, 그중 의견 충돌로 얼룩지지 않은 것은 하나도 없다. 따라서 이러한 언설은 급진적인 비판의 가능성을 열어젖힌다.

시골 사람들에게 '근대적인' 농업기술을 교육할 목적으로 소집된 새마을운동 모임 중 하나를 살펴보기로 하자. 무게와 길이라는, 일견 무해할것 같아 보이는 주제로 진행된 이 모임에서, 부면장과 "우리 동네 김 씨" 사이에 전면적인 설전이 벌어진다. 국가 시책을 담은, 반쯤 관적인 언어로 그 사이 사이에 "헥타르"라는 단어를 끼워넣어가며 진행된 부면장의 길고 긴 요구 사항은, 김 씨로 하여금 농민들의 일상적 관행에 더 친숙한 측정 단위를 사용하라고 요구하게 만든다. "평두 있구 마지기두 있구 배미두 있는디, 해필이면 알어듣기 그북허게 헥타르라구 헐 건 뭐냐 이게유."34면 이

---

39  서영채, 『문학의 윤리』, 문학동네, 2005, 307면.

에 대해 부면장은 "국가시책으루, 미터법에 의하야 도량형 명칭 바뀐 지가 원젠디 연태까장 그것두 모르는겨?"[34면]라고 응수한다. 그는 한국 농민들의 완고한 사고방식과 관행을 근대화하기 위해서는 한국 농촌에 과학과 합리주의를 들여와야 한다며, 새마을운동의 전제를 그대로 답습하는 논리로 김 씨를 질타한다. 김 씨의 반격은 간결함 그 자체이다. "저 핵교 교실 벽뙈기 좀 보슈. 뭐라고 써붙였슈? 나랑사랑 국어사랑……. 우리말을 쓰자는 것두 국가시책이래유."[35면] 공식 담론을 인용함으로써, 김 씨는 부면장을 가볍게 누르고 싸움에서 승리하는데, 이는 그 자리에 있던 모든 마을 사람들이 열렬한 박수로서 인정하는 그런 승리였다. 물론 그것은 작은 승리에 불과하다. 게다가 국가의 권한이 그토록 강력하게, 어디에나 편재하는 시기에는 더욱, 농촌의 이웃들이 국가 앞에서 궁극적으로 무력할 수밖에 없다는 것 또한 사실이다. 그럼에도 불구하고, 이 장면은 수다스러운 우리 이웃들의 논쟁적 목소리를 침묵시킴으로써 그들을 어떠한 이념 — 그것이 제도적체제 지지인 것이든 비판적반체제적인 것이든 간에 — 의 단순한 수용자로 만들고자 하는 비판적인 설명은, 그것이 무엇이 되었든, 치명적으로 불충분할 수밖에 없다는 것을 명백하게 보여주고 있다. 한수영은 "그에게 그 '말'들은 곧 세계 그 자체"라고 쓰고 있다. "그는 '말'이 추상이 되는 순간을 견디지 못한다. (…중략…) 그래서 그는 '말'이 추상이 되는 것을 택하느니, 차라리 '말'이 필요없고, '말'이 존재하지 않는 (…중략…) 세계를 선택하는 것이 낫다고 여기는지도 모른다."[40]

말의 물질성을 희생시키는 것에 대한 거부가 이문구의 글에서 어떻게 윤리적 차원을 획득하게 되는지를 보기 위해, 우리는 구조적으로 동질적

---

40  한수영, 「말을 찾아서」, 『문학동네』 24, 2000 봄, 367면.

인 두 장면을 비교해 볼 수 있는데, 하나는 『관촌수필』의 마지막 작품인 「월곡후야」에, 다른 하나는 『우리 동네』의 마지막 작품인 「우리 동네 황씨」에 나오는 장면이다.[41] 이 두 장면에서 모두, 이웃들이 합심하여 특히 문제가 있는 어떤 한 인물의 이웃답지 않은 행동에 대해 판결을 내린다. 「월곡후야」에서 이 이웃들은 마을 청년들이고, 그들의 적은 중년의 성범죄자이다. 「우리 동네 황씨」에서 악독한 이웃은 바로 황 씨 자신으로, 그는 동네에서 가장 부자지만, 또한 가장 인색한 사람이기도 하다.

「월곡후야」는 한 어린 소녀가 개에게 물리면서 드러나게 되는 끔찍한 범죄에 대한 이야기이다. 개에게 물린 상처를 치료해주기 위해 그녀 주위로 모여든 동네 이웃들은 6학년 학생에 불과한 그 소녀가 사실은 임신 상태였으며, 개에게 물린 충격으로 유산이 되었다는 사실을 알고 경악한다. 마을의 총각이나 홀아비 중 누가 그녀의 강간범일지에 대해 수많은 의혹들이 꼬리에 꼬리를 물고 퍼져나가지만, 정작 가해자는 그 소녀의 동급생의 아버지인 것으로 드러난다. 사건은 돈이 오가는 것으로 법정 밖에서 합의에 이르게 되지만, 마을 청년들은 자신들의 손으로 정의를 집행하고자 한다. 이들은 결국 린치를 가하겠다고 위협, 강간범으로부터 마을을 떠나겠다는 약속을 받아낸다.

이 이야기에서 흥미로운 지점은 이 청년들이 자신들보다 나이가 위인 강간범을 질책할 때 사용하는 언어이다. "야, 너 시방이 워느 때냐? 워느 때여?" 한 여드름투성이의 십대 청년이 손위의 남자를 윽박지른다. "그런디 너는 워치케 혔어? 우리가 단당 4백 50키로 수확, 호당 90만 원 소득을 위해서 밤낮으로 뛸 때 넌 워치케 혔어? 국민학교 댕기는 니 딸친구

---

41  「우리 동네 황씨」는 "우리 동네" 연작 중 가장 먼저 출간된 작품이지만, 작품집에는 가장 마지막에 실려있다.

를 외치키 했냐 말여?"[375면] 이때 또 다른 청년이 끼어들며 다음과 같이 말한다. 우리의 갖은 노력 덕분에 "잘 살어보자는 의지와 근면과 협동 정신이 투철한 마을이라구 평판이 났어. (…중략…) 그런데 당신은 어떻게 했는지 말해봐. 반생산적, 반사회적, 반도덕적인 행위만을 일삼었다구 어디네 입으로 직접 읊어봐"[376면]. 세 번째 청년은 "우리의 처지를 약진의 발판으로 삼어 창조의 힘과 개척의 정신을 기르며 공익과 질서를 앞세워 능률과 실질을 숭상허구, 경애와 신의에 뿌리박은 상부상조의 전통을 이어받는다"고 줄줄 읊으면서, 이게 어디에 나오는 말인지 아느냐고 묻는다. 이에 대해 강간범이 모른다고 답하자, 그를 질책하면서 국가가 제정한 헌장에 대한 그의 무지야말로 그의 부도덕한 행동의 근본이라고 주장한다.

위에 인용된 말들은 겨울 공화국의 농촌활성화 운동의 구체적 정책들을 명시적으로 지시하고 있는데, 자조, 근면, 협동은 인구 동원에 이용된 개념이었고, 반생산적, 반사회적, 반도덕적 활동은 일반 시민들의 행동을 감시하고, 정부에 대항하는 정치적 가능성들을 억압하는 데 사용된 개념이었다. 세 번째 청년이 읊은 주문은 국민교육헌장에 나오는 말이다. 서론에서 간단히 언급했듯이, 이 헌장은 1968년 박정희가 직접 기초한 것으로 추정된다. 모든 학교의 학생들은 "우리는 민족중흥의 역사적 사명을 띠고 이 땅에 태어났다"로 시작하는 이 국민교육헌장을 완벽히 외워야만 했다. 청년들이 유신정권의 가장 악명 높은 이 문구들을 마음을 다해 따라하는 모습은 우습지만, 또한 마음 아프게 다가오지 않을 수 없다. 어린 청년들이 손윗사람에게 국민교육헌장을 아느냐고 묻고(물론 이 손위의 남자는 고개를 저을 수밖에 없는 것이, 그는 국민교육헌장을 억지로 외우는 영광 아닌 영광을 누렸기에는 나이가 너무 많기 때문이다), "국민교육헌장도 모르니께 어린애헌테 못된 짓을 헌 거여"[374면]라며 분노에 차 외치는 것은, 매우 우스꽝스러움과 동시에 몹시 전복적이다. 국가의 공식적인 담론을, 그 신성한 척하는 어조를 뒷받침해 줄 수 없는 일상적인 상황으로 끌고 들어오는 것을 통해 수사법과 실천 사이의 간극을 가차없이 탐색하기 때문이다.

여기에서 주목해야 할 것은 이 청년들이 자신들의 목소리로 말하는 것이 아니라, 범죄자에게 판결을 내릴 수 있는 권위와 그 판결을 전달하는 방식 모두에 있어, 국민국가의 담론에 기대어 이를 행한다는 것이다. 어린 청년들의 공허한 말들에 강간범은 침묵한다. 어쩌면 이는 당연하기도 한 것이, 이들 청년들의 질문은 수사학적인 것에 지나지 않기 때문이다. 서로 간에 오가는 대화는 없다. 이 장면에서 정말로 말을 하고 있는 유일한 실체는 국가뿐이다. 그러므로 이 장면은 위로부터의, 국가 담론의 침입으로 인해, 공동체와 이웃의 개념이 급진적으로 바뀌게 되는 것을 보여준다. 간첩일지 모르는 사람이나 공산주의자들을 경계하도록 반복적으로 촉구하는 비상 경계 태세에 돌입한 사회에서 이웃은 거의 정의 상 서로의 감시자가 되고, 국익을 위해 개인을 희생하는 행위에 대한 강조는 서로에 대한 책임이라는 개념을 억압적인 현실로 바꾸어버린다. 겨울 공화국에서 일어난 개인과 공동체 사이의 관계 변화는 문화적이고 물질적인 것이었을 뿐만 아니라, 또한 정신적인 것이 되도록 고안된 것이었다. 새마을운동은 다른 마을이나 군·읍·면과의 경쟁, 그리고 피임약부터 애벌레 죽이기에 이르기까지, 온갖 것에 대한 교육을 위한 수없는 공동체 동원 조치 등을 통해 지역사회의 정체성을 강화하도록 되어 있었지만, 실제로는 지역사회를 국가 전체의 대역으로 만들어버림으로써 오히려 엄밀한 의미에서의 지역사회를 지워버리고 말았다. '국익'은 대인관계의 영역에서도 궁극적인 알리바이가 되었다.

위 장면과 「우리 동네 황씨」의 해당 장면을 함께 놓고 보면, 이 둘 사이의 극명한 대조는 더욱 선명해진다. 황 씨는 강간범과 마찬가지로 철저히 비열한 인간이다. 그는 자신에게 이익이 되는 것이 아니면 그 어떤 것에도, 심지어 그것이 도움이 절실한 삼십 년 지기 이웃을 돕기 위한 것일지라도, 한 푼도 쓰지 않는다. 김장철 직전에 그는 새우젓을 대량으로 사들이고 협동조합에 뇌물을 주어, 질 나쁜 물건을 비싼 값에 팔 수 있도록 한다. 그 전 해에, 마을 사람들은 질 나쁜 새우젓으로 절인 양배추 때문에 대규모 식중독 사태로 고생한 바 있었다. 이 이야기에서, 마을 사람들이 황 씨에 대해 품어왔던 분노는, 돈과 기본적인 물자를 요하는 수재민 구호 문제로 결국 폭발하고 만다. 황 씨는 마을 최고의 부자인데도 불구하고, 절차상의 사소한 문제를 내세워 이미 내기로 한 기부금을 몇 원씩 깎고, 그가 입던 '남대문' 표 속옷을 수재민 구호에 쓰라고 내놓는다. 이에 격분한 마을 주민들은 회관 앞 깃대에 이 속옷을 걸어놓고 황 씨에게 항의를 하기로 결정한다. 이어지는 우스꽝스러운 장면에서, 동네 주민들의 모임은 자연스럽게 황 씨에 대한 규탄 대회로 변한다.

홍 씨는 다음과 같은 말로 대화를 시작한다. "수재민이 남댑문 열어놓구 댕길께미 남댑문표 빤쓰를 부주헌 디두 우리게 하날 텐디."[401면] 남대문은 서울의 주요 지형물인 사대문 중 하나의 이름일 뿐만 아니라, 황 씨가 기증한 속옷 종류를 가리키는 말이자, 남성용 바지의 지퍼로 잠그는 부분을 뜻하는 속어이다.

"이녘은 회관 앞에다 남댑문표를 걸어놓니께 누가 짝 채워주기 바래구 걸어논 중 아는디, 그건 아녀"
김은 홍을 눈으로 집적거리며 말했다.

"그게 아니면 뭐이냐, 뭣 땜이 회관 앞에다 창대미 세워 걸어놨느냐, 그건 냄 새 때미 그런겨"

"짠내가 나담?"

홍은 쉬고 대신 고가 번차례로 나섰다.

"암-새우젓 장수가 입던 게라 그런지 그 근처만 가두 코가 썩는다구 야단들 이여"

"그래, 바람에 바래면 냄새가 좀 가실까 허구 걸어둔겨. 아직 안 가본 분은 가보셔."403~404면

여기서 황 씨를 "새우젓 장수"인 것을 들어 "짜다"고 표현한 것은 물론 그 가 자린고비라는 말이다. 이에 화가 머리끝까지 치밀어 오른 황 씨는 더 이 상 그 모든 말장난과 농담이 자신과는 아무 상관이 없는 척을 할 수가 없게 된다. "구찮어두 내가 얘기를 헐라니 들어들 보라구. 이재민이라는 것은 말 여, 당장 솥단지 끄실리구 몸뚱이 눈가림헐 것만 급헌 게 아니라 이거여. 먹 구 자는 것두 급허지만 때로는 양말 한 짝이 급허기두 허구, 다 젖혀놓구 뒷간 갈 종잇조각이 더 급헌 경우두 있는겨. 안 그렇겠나?"404면

느릿느릿한 속도의 충청도 사투리로 묘사되고 있는, 이어지는 장면은 우스꽝스럽기 그지없다. 말싸움은 계속되고, 긴장은 고조되며, 매번 앞서 의 공격보다 더 날카롭고 더 기발한 공격으로 서로를 찍어 누르며, 판돈 은 점점 더 높아져간다. 황 씨도 결코 말에 있어 경량급 선수라 할 수 없 지만, 마을 사람들이 그를 상대로 일치단결해 있는 이상, 결국에는 부끄 러운 퇴각을 감수할 수밖에 없다. 비록 황 씨는 아무런 약속도 하지 않고, 아무도 대단한 변화를 기대하지는 않지만, 이야기는 다소 유화적인 분위 기 속에서 끝이 난다. 이 말씨름의 이렇듯 만족스러운 결말은, 계급 적대

의 요소들을 모두 갖추고 있는 이 상황이, 실질적인 계급 적대의 상황으로 번지는 것을 방지한다. 그러한 점에서 우리는 이 결말이 「월곡후야」의 결말과 얼마나 다른지 상기해 볼 필요가 있다. 목소리 없는 범죄자는, 똑같이 목소리 없는 '집단적 선'의 수호자들에 쫓겨 공동체를 떠난다. 이와 반대로, 황 씨의 이웃들은 그를 추방하려 하거나, 심지어 그것을 원하지도 않는다. 그들은 황 씨의 온갖 새우젓스러운 행동들에도 불구하고, 이 남자의 이웃으로서 가까이에 인접해 살아가야만 한다는 것을 당연하게 여긴다. 황 씨는, 적어도 식민지 시기 이후, 한국 농촌 소설의 독자들에게는 이미 친숙한 유형의 인물이다. 그는 악독한 지주이고, 탐욕스러운 고리대금업자 또는 상인이며, 그들의 비윤리적이고 비인간적인 행동은 가난한 농민들의 계급의식을 고취시키는 촉매제 역할을 한다. 그러나 『우리 동네』에서는 그러한 그조차 "우리 이웃"으로 인정받고 있으며, 그의 행동은 물리적 폭력이 아니라, 시골 마을의 말싸움을 통해 제재를 받는다. 즉, 이문구는 "우리 동네 황 씨"가 비열하기는 하지만, 대화조차 할 수 없는 괴물이 되도록 놓아두지 않는다. 이웃되기가 항상 이웃사랑으로 이어지는 것은 물론 아니며, 오히려 정반대의 상황으로 이어지는 경우가 더 많을지도 모른다. 그러나 이문구의 세계에서 다툼은, 그것이 논쟁의 차원에 머물러 있고 적대로까지 이행(또는 고양)되지 않는 한, 괜찮다. 이웃들이 서로 접근할 수 없는 어떤 실존적 차원으로 후퇴하지 않고, 서로에게 외부적인 형태로 그 앞에 온전히 현전하는 한, 다툼은 삶의 자연스러운 한 부분으로 받아들여질 수 있다. 레비나스는 "친밀한 사회에서의 폭력은 모욕하지만 결코 상처를 입히지 않는다"고 썼다.[42] 김 씨, 리 씨, 최 씨, 정

---

42  에마누엘 레비나스, 김성호 역, 「자아와 전체성」, 『우리 사이 ─ 레비나스 선집』 5, 그린비, 2019, 40면.

씨, 류 씨, 강 씨, 장 씨, 조 씨, 황 씨, 즉 『우리 동네』의 아홉 편의 이야기 속, 이문구의 아홉 명의 이웃들은, 아마도 어떻게 공격을 주고받아야 하는지 잘 알 것이다. 이 수다스러운 이웃들이 어찌할 바를 모르는 것은, 온갖 상처들, 즉 추상적인 상처, 정신적인 상처, 실존적인 상처, 관계성 이전에 내면성과 보편성을 전제하는 데서 오는 상처, 그리고 현전과 관계하기 이전에 부재를 상상하는 데서 오는 상처 등에 대해서일 것이다.

이문구에게 있어 국가의 주관하에 거행된 근대성과 민족주의의 결혼은, 엄밀한 의미에서의 이웃의 죽음을 알리는 운명적인 결합이다. 사람들이 더 이상 서로의 앞에 온전한 자기 자신으로서 설 수 없는 곳, 사람들의 말이 자기 자신의 것이 아니라 그들의 말을 빌어 상상의 공동체의 유령적 목소리가 말하는 곳, 영혼과 세계의 이중성이 근본적이고 서로 적대적인 곳 ─ 이러한 곳에 더 이상 이웃을 위한 장소는 있을 수 없다.


## 인접성과 정체성

겨울 공화국이 종식된 후, 더 젊고, 더 혁명적인 작가들은 이문구의 소위 이중 충성을 문제 삼기 시작했다. 이문구가 자실의 심장인 동시에 문협의 지도자에게 헌신적이라는 것은 있을 수 없는 일이었다. 이문구가 어느 한순간 어느 한쪽도 배신하지 않은 채, 좌익의 아이콘인 김지하와 우익의 아이콘인 김동리에 대한 신의를 모두 지킨다는 것 또한 있을 수 없는 일이었다. 이문구가 김동리에게 보인 헌신은 의심할 여지가 없었으므로, 의심의 눈초리는 자연히 김지하에 대한 이문구의 충의의 진정성을 향했다. 그리고 이 논란은 2000년 이문구가 우익신문이 수여하는 문학상을 수상하면서 정점으로 치닫게 된다. 황석영을 포함한 진보 성향의 작가들은 그에게 이 수상적은 '명예'를 거절함으로써 자신의 본모습을 입증하라고 공개적으로, 소리 높여 촉구했다. 그가 그렇게 하지 않자, 그들은 더 크게, 더 공개적으로 그를 비난했다. 그러나 이문구에게 있어서는 이러한 논란 자체가 잘못된 이항대립에 기반한 것이었고, 그 자체로 왜곡된 역사의 결과라고 할 수 있었다. 이와 같은 이데올로기적 자세에 대한 그의 반감은, 그것이 그의 개인사에 초래했던 뼈아픈 상실의 공포로 인해 한층 더 극심한 것이었다. 한편으로는 보수 대 진보, 또 한편으로는 좌파 대 우파라는 대결구도와 명칭이 불변의 실체가 되어버린 문학계에서, 이문구는 인접성의 논리를 통해 이러한 정체성에 도전해야 할 윤리적 명령에 대해 고집스럽게 주장했다. 이문구는 겨울 공화국에 맞선 작가들의 저항을 조직한 핵심 인물이었음에도 불구하고, 독재 시대가 끝나고, 독재정권에 의한 박해의 기록이 사회 정치적 자본이 된 이후에도 결코 그러한 기록을 통해 이득을 얻으려 하지 않았다. 우리는 이문구가 자신의 삶과 작품 모두에서 우상화에 저항했다고 말할 수 있을 것이다. 한국의 문학 아이콘 중 가장 상징적인 인물들인 김지하와 김동리조차, 이문구에게는 단순한 아이콘이 아니라 평생의 이웃이었을 따름이다.

이문구의 동시대 인물들 중 지식인 작가로 명성을 떨친 이청준1939~2008년이 쓴 중편소설 『소문의 벽』에는 이념적 명명의 폭력성을 포착해내고 있는 매우 강렬한 장면이 나온다.[43] 한국전쟁 중 칠흑같이 어두운 밤, 한 무리의 남성들이 조그마한 바닷가 마을에 있는 한 여자의 집에 침입한다. 여자와 그녀의 아이들이 절망적인 두려움에 떨며 웅크리고 있을 때, 남자

---

43   이청준, 『소문의 벽』, 민음사, 1972.

들은 여자에게 자신의 정체를 밝히라고 요구한다. 당신은 좌파인가 우파인가? 대답을 잘못하면, 그녀와 아이들은 생명을 잃게 될 것이기 때문에 여자는 쉽게 답하지 못한다. 그들은 그녀의 얼굴에 불빛을 비추어, 아무것도 보이지 않게 만들고, 남자들의 생김새나 옷차림을 볼 수 없는 그녀는 그들이 누구인지 판단을 내릴 수가 없다. "전짓불의 공포"라는 이름으로 불멸화된 이 장면은, 주변을 눈멀게 하는 자신의 권위의 빛 뒤에 숨어, 이항 대립을 설정하고, 주체로 하여금 그 설정에 따라 자신의 정체성을 선택하라고 강요하는 익명의 권력을 보여준다. 자신의 작품과 삶 모두에서 이문구는 이러한 공포에 맞서 고군분투하였다. 이문구의 이러한 분투는 그가 죽자 문학 동네 안, 작가들 사이의 이념적 분열이 그를 위해 잠시 멈추어진 것을 통해 궁극적으로 정당화되었다고 할 수 있을 것이다. 이문구 본인이 이를 직접 목격할 수 있었다면 더 바랄 것이 없었겠지만, 어쨌든 이러한 일이 이문구의 장례식장에서 일어났다는 것은 아마도 시적 정의라 할 수 있을 것이다. 시인 이시영의 말에 따르면, 이문구는 그것이 어느 작가의 장례식장이 되었든, 언제나 마지막에 일어나는 사람이었다.[44]

　이문구는 1977년부터 『우리 동네』를 쓰기 시작했는데, 이때 그는 겨울 공화국의 당국자로부터 '서울을 떠나 시골에서 지내라'는 '조언'을 들었던 터였다. 자실의 탄생을 세계에 알리기 위해 계획했던, 그러나 실패하고 만 거리 시위에서 처음 체포된 이후 삼 년 동안, 이문구는 적어도 열 번 이상 당국의 조사를 받기 위해 구금되었다. 그는 적어도 그중 세 번은 감옥에 갔어야 했지만 매번 풀려났다. 이문구는 자신의 이력이 이렇듯 깨끗하게 남아 있을 수 있었던 것은, 전후 한국문학계에서 가장 강력한 영

---

44　이시영, 「박용근 시인」, 『바다 호수』, 문학동네, 2004, 82면.

향력을 발휘한 김동리의 커다란 우산 아래 있던 덕분이라고 생각했다. "나도 세 번 정도는 감옥살이를 했어야했는데도, 항상 다른 사람은 가고 나는 왜 빠졌을까 궁금해하곤 했습니다. 단지 믿음직하게 이것이 아니었을까 싶은 것은 세상 사람들은 '친여 문인이다. 어용 문인이다'라는 좋지 않은 말로 표현하지만, 김동리 선생의 존재입니다. 권력기관에서 볼 때 이문구는 김동리 선생님의 오른팔 같은 제자였을 것입니다. 이문구를 잡아넣었다가는 맨발로 뛰어다닐 분이고 잘못하면 그분은 반체제 할 분이었겠죠. 나는 김동리 선생님의 그늘 때문에 감옥에 가지 않았다고 생각합니다."[45]

시골에서의 유배 생활 동안, 이제는 그의 이웃이 된 농부들을 단지 종이 위에 재현해 낸다기보다 완벽히 실체화시키고자 했던 이문구는, 그 결과물로 『우리 동네』를 내놓았다. 그러나 고립은 그의 운명이 아니었다. 자실의 동료 작가들은 자주 그를 방문했고, 심지어 그의 동네 마당에서 '문학의 밤' 행사를 열기도 했다. 이는 이문구를 감시하고, 그의 일거수일투족을 보고해야 하는 임무를 맡고 있던 한 수사계 형사의 주의를 끌었다. 문학을 기리는 축하연이자, 독재정권에 대한 규탄의 장, 그리고 모두가 가난한 시기였음에도 불구하고 풍성했던 동네잔치, 이 모두가 한데 어우러진 그 밤, 이문구는 그 형사를 초대하여 그 시간을 함께했다. 그리고 그날 이후, 두 사람 사이에는 의외의 우정 비슷한 것이 싹트게 되었다.

몇 년 후, 이문구의 장례식에 모여든 오백여 명의 조문객들 중, 이문구의 아내는 친숙한 듯하면서도 낯선 얼굴, 즉 그 수사계 형사를 발견한다. 그녀는 처음에는 그를 알아보지 못했는데, 시간의 경과와 슬픔의 무게 때

---

45  이문구, 「'관촌수필'과 나의 문학 역정」, 강은교 외, 『나의 문학 이야기』, 문학동네, 2001.

문만이 아니라, 그가 그들의 시골집에 들러 남편과 이야기를 나누고, 함께 담배를 피우고 술을 마셨던 그 모든 날들 중, 양복을 입고 있는 모습은 한 번도 본 적이 없었기 때문이다. 매우 추웠던 2월의 그 날, 온갖 "이념"적 색채를 지닌 작가들로 붐볐던 병원 장례식장에서, 그 형사의 눈이 그 중에서도 가장 눈물투성이였다고 그녀는 회상했다.[46] 그 또한 이문구의 이웃이었던 것이다.

---

46    저자의 임경애와의 대담에서, 2010.7.15.

# 제3장

# 저지된 발전

## 조세희의 난쟁이

어데다 무릎을 꿇어야 하나?

한 발 재겨 디딜 곳조차 없다

이러매 눈 감아 생각해 볼밖에

겨울은 강철로 된 무지갠가 보다.

— 이육사, 「절정」, 1940[1]

　한국소설사상 최초로 이백 쇄를 찍는 위업을 달성하게 될 책인 『난쟁이가 쏘아올린 작은 공』이하 『난쏘공』은, 실은 세상 빛을 보지 못할 뻔했다.[2] 다른 많은 위대한 문학작품들이 그러하듯, 조세희의 이 책이 세상에 나올 수 있게 된 데에는 우연이라는 요소가 개입했던 것이다. 조세희는 작가에의 꿈을 거의 포기한 채 1970년대 전반기의 대부분을 조그만 출판사에서 화이트 칼라 고용인으로 일하며 보내고 있었다. 탄탄한 작가 양성 프

---

[1]　李陸史, 「絶頂」, 『文章』 2(1), 文章社, 1940.1. (어데다 무릎을 꾸러야하나? / 한발 재겨 디딜 곳조차 없다 // 이러매 눈감아 생각해볼밖에 / 겨울은 강철로된 무지갠가보다.)

[2]　지금까지 한국소설 중 이 작품 외에, 그와 비등한 대기록을 세운 작품으로는 조정래의 대하소설 『태백산맥』(1983~1989) 정도가 있을 뿐이다.

로그램으로 유명한 서라벌 예대(이문구는 그의 동기 중 한 명이었다)를 졸업하고, 상대적으로 이른 나이라고 할 수 있는 스물세 살에 등단까지 하였으나, 어느덧 그는 겨울 공화국에서의 삶에 패배한 채 환멸감에 사로잡힌 삼십대가 되어 있던 것이다.[3] 조세희가 회고하고 있듯, 그를 무기력하게 만든 불확실성과 자기 회의는 개인적인 실패일 뿐만 아니라, 조세희의 또래들에게 공통적인, 세대적인 특징이었다. "천구백사십년을 전후해 태어난 우리 세대가 어느 사이에 서른을 넘어서 '힘없이' 무너지는 것이 평범한 직장인이 된 나의 눈에도 보였다."[4] 이들이 바로 비평가 김현이 자신의 세대에게 붙인 이름이었던 그 유명한 4·19세대, 즉 1960년 4월 혁명의 경험에 의해 그 집단으로서의 본질적 의미를 규정당하게 된 세대이다. "내 나이는 1960년 이후 한 살도 더 먹지 않았다."[5] 집단 행동의 혁명적인 잠재성과 정치적 성공의 기쁨을 모두 경험한 이 세대는, 새로운 정치적 체제를 요구하는 과정 속에서 성인이 되었으며, 이때 그들이 요구한 것은 진정한 "근대성"을 입증할 수 있는, 서구 자유 민주주의의 핵심적 교리에 바탕한 체제였다. 이들의 변화에 대한 열정은 이승만을 권좌에서 끌어내리는 역할을 했으나, 그에 이은 장면 정권의 실패로 혁명의 기쁨은 곧 환멸로 이어지고 마는 결과를 초래하기도 했다. 제2공화국의 짧았던 의회 민주주의에의 실험은 박정희의 군사 정권이 무혈 쿠데타를 통해 권력을 잡으면서 곧 막을 내렸다. 군사 정권은 당초 자신들이 4월 혁명의 혁명 정신을 정당하게 이어 나갈 계승자임을 천명했음에도 불구하고,

---

3    조세희는 1965년 「돛대없는 장선(葬船)」이 『경향신문』 신춘문예에 당선되며 등단했다.
4    조세희, 「작가의 말─파괴와 거짓 희망, 모멸의 시대」, 『난장이가 쏘아올린 작은 공』, 이성과힘, 2000, 8면.
5    김현, 『분석과 해석─보이는 심연과 안 보이는 역사 전망』, 문학과지성사, 1992, 13면.

1970년대에 들어서는, 앞선 장들에서 살펴보았듯이, 겉치레로나마 유지하던 점진적인 민주화조차 거두어버리고 말았다.

유신정권하에서의 삶을 살며, 조세희 세대의 주요 구성원들은 현실화되지 못한, 그러나 여전히 남아있는 당혹스러운 이상理想의 잔여들을 예술적으로 추구해 나가는 것을 통해, 그들이 느낀 환멸을 예술적 소재로 전환시키는 데 성공했다. 조세희는 그러나 이러한 일련의 예술가들에 속하지 못했다. 조세희는 그의 세대가 지닌 정신적 불안감, 그들이 폐기한 전통적 공동체를 대체할 새로운 사회를 이루어내지 못하는 무능함, 개인의 자유에 대한 여러 개념과의, 그리고 언제까지고 환상에 불과할 것만 같은 민주주의와의 애증 관계 속에서 아무런 문학적 영감도 찾을 수 없었다. 그렇다고 그가 반체제적 작가들의 활동에 적극적으로 가담한 것도 아니다. 생활의 문제가 닥쳐왔으며, 조세희는 펜을 놓고 "무력감"에 굴복함으로써 그의 삶이 "허물어져 가도록" 내버려 두었다. 그러던 어느 날 그는 서울의 급격한 팽창 과정에서 도시 곳곳에 생겨난 수많은 판자촌에 사는 한 빈곤한 가족의 집이 철거되는 장면을 우연히 목격하게 되었다. 국가 인구 조사 자료에 따르면, 박정희의 통치기간 중 서울의 인구는 삼백만 명에 약간 못 미치는 수치에서 천만 명 이상으로 크게 증가하였으며, 우리가 이번 장에서 더 자세히 살펴보게 될 것처럼, 겨울 공화국에서 이러한 철거는 결코 드문 일이 아니었다. 그러나 대형 해머를 든 남자들이 앞문을 부수며 피워올리는 먼지구름에 싸인 채 판잣집에서 마지막 식사를 하고 있는 이들 가족의 모습을 바라보던 조세희는, 마비되었던 감각이 "울분"으로 바뀌는 것을 느꼈다. 조세희는 그날 "돌아오다 작은 노트 한 권을 사 주머니에 넣었다"고 회고한다.[6] 그 공책에 끄적여 내려간 이야기가 바로 한국문학 출판사상 하나의 획을 긋게 될 열두 편의 연작소설

중 첫 번째 이야기인 「칼날」이었다. 브루스 플튼은 조세희가 이 작품 이외에 다른 소설을 하나도 쓰지 않았더라도 "그는 여전히 한국 근대문학의 가장 중요한 작가로 남았을 것이다. 한국 근대 문학사에 있어 이 작품이 지니는 중요성이 바로 이러하다"라고 말한 바 있다.[7]

이러한 중요성은 조세희의 작품이 겨울 공화국의 독자 대중에게 불러일으킨 억압된 자의 상징이 지니는 순연한 힘과 깊은 관련이 있다. 키 117cm, 몸무게 32kg의 왜소한 체구가 바로 그의 경제적, 정치적 무력함의 지표이기도 한 난쟁이는, 일거리를 찾고 있는 잡역부이자 아이 셋의 아버지이기도 하다. 그의 두 아들은 노조 활동에 참여해 블랙리스트에 오른 공장노동자이고, 그의 십대 딸은 부동산 투기업자에게 몸을 판다. 도시는 재개발이라는 미명하에 난쟁이가 난쟁이가 아니라 그저 아버지일수 있었던 유일한 공간을 빼앗아 간다. 판잣집에 대한 보상으로 난쟁이로서는 엄두조차 낼 수 없는 금액의 새 아파트 구입권을 내밀면서 말이다. 그리하여 난쟁이는 꿈을 꾼다. 그의 아들들이 노동을 착취당했던 공장 지붕 위에 서서 그는 다른 세상, 또는 달나라에서나 찾을 수 있을 유토피아를 꿈꾼다. 그는 종이비행기를, 그리고는 조그마한 공을, 마지막으로는 자신의 작은 몸을 날린다. 그의 몸은 떠오르지 않고, 아무에게도 가 닿지 않는 둔탁한 쿵 소리와 함께, 공장 굴뚝의 아가리 속으로 추락한다.

난쟁이의 세 아이들의 시선을 통해 서술되어 더욱 사무치는 조세희의 『난쏘공』은, 우리의 시선을 "한강의 기적"을 이루기 위한 겨울 공화국의

---

6    조세희, 「작가의 말」, 9면.

7    Bruce Fulton, "Cho Se-hŭi and *The Dwarf*", *The Columbia Companion to Modern East Asian Literature*, ed., Joshua S. Mostow, New York : Columbia University Press, 2003, p.720.

경제적 추동하에서 한국 사회의 가장 소외된 계층이 처한 고난으로 향하게 했다. 난쟁이와 그의 가족은 이문구의 『장한몽』 속 황금광들처럼, 유신정권이 끝없이 되풀이한 개발주의자적인 '할 수 있다' 정신에 대한 호소가 지닌 공허함을 입증한다. 난쟁이의 아들이 비통함 속에서 깨닫고 있듯이, 아무리 노력하더라도 그들은 "이 구역 안에서 한 걸음도 밖으로 나갈 수 없을" 것이기 때문이다.[8]

『난쏘공』은 겨울 공화국이 지속되던 기간 중 한국 작가들이 재발견한 르포르타주, 즉 보도 문학에의 관심에 동참한, 증언으로서의 문학이다. 르포르타주는 박선영이 분석한 바 있듯이, 문학적 좌파들의 도구로서 1920년대와 1930년대 초에 잠시 등장하였다가, 1940년대에 일본제국주의 전쟁의 선전 기관으로 복무하면서 잊혀져 버린 장르이다.[9] 르포르타주, 혹은 줄여서 르포라 불린 이 장르는 폐결핵을 앓는 십대 소녀공, 정신병동에 격리된 정신병자, 기지촌 성 노동자에게서 태어난 혼혈아 등, 당시 사회에서 가장 비가시적인 존재로 남아있던 이들의 삶을 재현하기 위한 도구로써, 1970년대에 『신동아』, 월간 『중앙』, 월간 『대화』와 같은 월간 잡지들을 통해 재등장했다. 그러나 그중에서도 가장 반복적인 관심을 받은 것은, 거의 비인간적일 정도의 불결함과 결핍 상황, 그리고 자주 당국에 의해 강제 이주를 당하는 과정 속에 있던 도시 빈민들이었다. 예를 들어 "르포 무등산 타잔의 진상"[1977년]에서 김현장은 퇴거 당하는 과정에서 살인에 이른 젊은 판자촌 주민의 절박한 상황을 서술하면서, 이 젊

---

8    조세희, 『난장이가 쏘아올린 작은 공』, 이성과힘, 2000, 97면.
9    박선영은 식민지 시기 르포르타주의 사례들이 이북명과 같은 프롤레타리아 작가들이 쓴 1930년대 노동문학에 영감을 제공했다는 분석을 제시한 바 있다. Sunyoung Park, "A Forgotten Aesthetic : Reportage in Colonial Korea, 1920-30s", *Comparative Korean Studies* 19(2), 2011, pp.35~61.

은 청년에게 관용을 베풀 것을 호소하였다.[10] (이 이야기가 월간 『대화』에 소개된 지 일년 후, 유신 정권은 긴급조치 9호 위반이라는 명목으로 이 잡지를 등록 취소시켰다.) 엄청난 관심을 끈 또 하나의 르포는 1971년의 소위 광주 대단지 사건에 대한 박태순의 구체적인 목격담이었다. 이 대규모 대중봉기 사건은 서울의 판자촌에 사는 오십여만 명의 주민을 아직 척박한 황무지에 불과한 경기도 광주로 이주시키려는, 무모하게 계획되고, 급하게 실행된 프로젝트로 인해 촉발되었다.[11] 이 사건은 윤흥길의 대표작 「아홉 켤레의 구두로 남은 사내」1977년의 배경을 제공하기도 했다. 박태순 또한 그 나름대로 1960년대부터 서울의 외곽으로 이주하게 된 판자촌 주민들의 공동체를 중심으로 한 오촌동 연작을 써 왔다. 실제로 도시 빈민과 관련하여서는 르포타주와 소설 사이에 상당한 연속성을 확인할 수 있으며, 바로 이러한 연속성이 도시 빈민에 대한 허구적인 표상을 1970년대 저항 문학의 특징적이고도 중요한 하위 장르가 되도록 하는 데 기여했다고 할 수 있다. 황석영은 우리가 다음 장에서 보게 될 것과 같이, 이러한 형태의 문학에 있어 단연 경쟁자가 없을 정도였다. 그러나 연작소설은 80년대에도 여전히 도시 하층민의 삶을 그려내는 데 중요한 문학적 수단으로 활용되었는데, 가장 대표적으로 양귀자의 『원미동 사람들』1987년을 꼽을 수 있다.[12]

『난쏘공』이 어떻게 탄생하게 되었는지에 대한 작가 자신의 설명, 그

---

10 김현장, 「르포 무등산 타잔의 진상」, 『월간 대화』, 1977.8, 1~21면.
11 박태순, 「르뽀 광주단지 4박 5일」, 『월간 중앙』, 1971.10, 254~287면. 이 사건에 대한 사회학적 관점에서 본 탁월한 개관으로는 김동춘, 「1971년 8·10 광주대단지 주민항거의 배경과 성격」, 『공간과 사회』 21, no. 4, 2011, 5~33면 참조.
12 이 작품집의 영역본은 2002년에 출간되었다. Soyoung Kim and Julie Pickering, trans., *A Distant and Beautiful Place*, Honolulu : University of Hawai'i Press, 2002. 원미동이라는 이름은 "멀다"와 "아름답다"라는 의미의 한자 조합으로 되어있다.

리고 작가로서의 그의 얼굴이 지워져 있다는 사실 등은, 조세희가 자신을 대단한 미학자나 창조적 천재로 여기기보다는 자신이 본 것을 충실하게 전달하는 관찰자로 생각했다는 것을 시사한다. 르포타주를 그의 예술의 시발점으로, 그리고 대체로는 그의 목적지이기도 한 것으로 인정하면서, 조세희는『난쏘공』이후 점차 글쓰기에서 멀어져 사진 쪽으로 나아갔다.[13] 그럼에도 불구하고 김병익에 따르면, 예술 작품으로서의『난쏘공』은 "긴장어린 자장 가운데에 [던져진] '하나의 폭탄'"이었다.[14] 김윤식에게 있어 이 폭탄은 "70년대 한국문학 전체를 폭파하고 남을 듯한 폭약이 장전되어 있[는]" 것이었다.[15] 어쩌면 이들이 지나치게 과장해서 표현하고 있다고 할 수도 있겠지만, 그럼에도 불구하고, 한국의 가장 예리한 두 비평가로부터 받은 이러한 평가는 역시『난쏘공』이 당시의 판도를 바꿔놓은 작품이었다는 것을 보여준다. 그렇다면『난쏘공』이 바꾸어놓은 것은 무엇이며, 그것은 어떻게 가능했던 것일까? 다른 말로 하면, 어떻게 조세희는 문학적 실천에 관한 책무의 법칙을 다시 쓸 수 있었던 것일까?

본 장에서는 먼저『난쏘공』을 지난 사십 년에 걸친 한국문학 연구에 있어서의 변전 속에, 더 구체적으로는 리얼리즘과 모더니즘 사이의 지속적인 논쟁 속에 위치시키는 것을 통해, 이 문제를 공략하고자 한다. 여기에서의 논쟁은 경쟁 관계에 있는 두 문학 계간지 — 즉 1966년에 처음 발행된『창작과비평』이하 창비과 1970년에 처음 발간된『문학과지성』이하 문지 — 의 등장으로 그 대체적인 윤곽이 형성되었던 바로 그 논쟁을 말한다.『난

---

13  조세희는 사북 지역의 광산노동자나 여성 공장 노동자와 같은 소외된 계층의 초상을 담은『침묵의 뿌리』라는 제목의 사진집을 출간한 바 있다. 조세희,『침묵의 뿌리』, 열화당, 1985.
14  김병익, 「역사에의 분노 혹은 각성의 눈물」,『문예중앙』, 1983 가을, 272면.
15  김윤식, 「난장이론—산업사회의 형식」,『우리 소설과의 만남』, 민음사, 1986, 62면.

쏘공』은 분명 참여문학이라 할 수 있었다. 『난쏘공』을 읽고 감동한 사람들은 아무도 이를 의심치 않을 것이다. 그러나 이 조세희표 증언 문학은, 그 전복적인 스타일과 형식적 실험들로 인해 그와 상충되는 계보의 첫머리에도 그 이름을 올림으로써 문학사가들을 곤란하게 만들었다. 즉 노동문학과 환상문학 모두 『난쏘공』에 대해 나름의 지분을 주장하고 나선 것이다.[16] 최근에는 여기에 환경 문학까지 가세한 상황이다.[17] 나는 이 논쟁이 지나치게 소박하다거나 이데올로기적이라고 치부해버리기보다는, 오히려 이 대립의 조건들에 대해 진지하게 접근해보고자 한다. 왜냐하면 이것이야말로 『난쏘공』의 세계를 근본적으로 구성하고 있는 계급적 적대라는 주제와 관련하여 『난쏘공』 텍스트가 제기하고 있는 또 다른 두 개의 대립쌍들 — 즉, 한편으로는 사랑과 법률 사이의 대립, 그리고 다른 한편으로는 환상과 과학 사이의 대립 — 을 분석하는 데 있어 매우 중요한 자료이기 때문이다.

이 작품집 속, 상호 연결된 이야기들에서는 계급적 적대라는 핵심 주제가 난쟁이라는 핵심인물을 중심으로 하여 각기 다른 사회경제적 계층에 속한 인물들의 관점에서 다양하게 변주되어 펼쳐진다.[18] 운동권 학생의

---

16 김복순, 「노동자의식의 낭만성과 비장미의 '저항의 시학' - 70년대 노동소설론」, 민족문학사연구소 편, 『1970년대 문학연구』, 소명출판, 2000, 109~132면; 김욱동, 『문학을 위한 변명』, 문예출판사, 2002, 169~190면.

17 Karen Thornber, *Ecoambiguity : Environmental Crises and East Asian Literatures*, Ann Arbor : University of Michigan Press, 2012, pp.305~307.

18 12편의 단편들은 원래 다음과 같은 순서로 발표되었다. 「칼날」, 『문학사상』, 1975 겨울; 「뫼비우스의 띠」, 『세대』, 1976.2; 「우주 여행」, 『뿌리 깊은 나무』, 1976.9; 「난장이가 쏘아올린 작은 공」, 『문학과지성』, 1976 겨울; 「육교 위에서」, 『세대』, 1977.2; 「궤도 회전」, 『한국문학』, 1977.6; 「기계 도시」, 『대학신문』, 1977.6; 「은강 노동 가족의 생계비」, 『문학사상』, 1977.10; 「잘못은 신에게도 있다」, 『문예중앙』, 1977 겨울; 「클라인 씨의 병」, 『문학과지성』, 1978 봄; 「내 그물로 오는 가시고기」, 『창작과비평』, 1978 여름; 「에

인생에 있어 난쟁이와의 만남은 이론에서 실천으로의 중요한 전환점을 만들어내고, 중산층 가정주부가 시도한 이웃 사랑은 결국 실패로 끝나며, 특권 속에 태어난 청년은 그의 인생을 지탱하는, 노동하는 신체의 인접성을 부인함으로써 정신 쇠약에 이르게 된다. 이들의 삶은 직간접적으로 난쟁이 가족의 삶과 얽혀 있으며,『난쏘공』의 텍스트는 계급의 문제를 이웃 관계라는 관점에서 끈질기게 탐구한다. 난쟁이와 그 가족의 도시 밖으로의 이전에서 보게 되는 빈민촌 철거 — 난쟁이의 딸에 의하면 "난장이, 난장이의 부인, 난장이의 두 아들, 그리고 난장이의 딸이 살아간 흔적"을 말소하는 과정 — 는 이웃의 경계가 계급을 중심으로 재구축되는 신호라고 할 수 있다. 이 작품집은 따라서 서울시민의 일상적 삶 속 이웃 관계가 결정적인 변화를 겪게 되는 근래 한국 역사의 한 순간, 다시 말해 일찍이 박정희 정권하에서 산업 엔진의 첫 기어를 가동시키기 위해 가난한 농촌에서 서울로 불러올려졌던 노동자들을 도시 '상류층'을 위해 다시 도시 밖으로 강제 추방시킴으로써 시의적절하게 가시권에서 제거해버리는 순간을 포착해낸다.

조세희의 텍스트에서 이웃의 형상을 난쟁이라는 형상 속에 새겨넣은 것은, 타자성의 문제를 제기할 수 있는 윤리적 지평을 열어준다. 난쟁이는 한국 사회에서 억압받는 사람들의 물리적 현현으로서의 역할을 맡는 한편, 유사성, 명료성, 정체성의 논리를 뛰어넘는 타자성을 발산하며, 텍스트의 사실적인 내용과는 배치되는 듯 보이는 신비하고 동화적인 특성 또한 간직하고 있다. 이토록 완벽한 타자를 향한 이웃 사랑이 수반하는 것은 과연 무엇일까? 연민과 평범성을 그 기저에 상정하고 있지 않은 윤리

필로그」,『문학사상』, 1978.3. 이 단편들은 1978년 문학과지성사에서 단행본으로 묶여 출간되었다. 내가 읽고 참조한 것은 이성과힘에서 2000년에 출간한 판본이다.

란, 과연 어떠한 모습을 하고 있는 것일까? 이문구가 불모지도 거주 가능한 곳으로 만들어내는 자신의 문학적 힘을 모두 동원하여서까지 막으려고 한 절대적 적대는, 어떻게 『난쏘공』에 오면 이문구가 그토록 두려워한 정체성 정치를 넘어 윤리적 지평에 도달하게 되는 것일까? 이러한 질문들을 제기하고 또 답변하고자 애쓰는 과정에서 나는 라캉 정신분석학의 몇 가지 주요 용어들을 재고하고자 한 케네스 레이너드와 슬라보예 지젝의 작업에 영향을 받았음을 밝혀둔다. 『난쏘공』의 주요 장면에서 수수께끼로 나타나는 신비한 위상학적 형상들을 가지고 작업하면서, 나는 이러한 대립을 대립으로써 풀어나가는 방법으로 "이웃 사랑"을 제시하고자 한다. 나는 우선 몽타주야말로 사랑에 대한 작품이라 할 『난쏘공』의 근간을 이루고 있는 미적 원리임을 분석해 내고, 현대 한국에서 조세희의 작품이 지닌 지속적인 당대성을 간략히 고찰하는 것으로 끝을 맺고자 한다.


## 계간지 시대의 리얼리즘과 모더니즘

1970년대는 한국문학에 있어 계간지의 시대였다. 상대적으로 신생 잡지인 창비와 문지가 그 흐름을 선도했다. 두 계간지 모두 1950년대 이래 한국문학계에 보수적인 성격을 부과해 온 제도들에 의욕적으로 도전하고자 하는, 이십대 후반에서 삼십대 초반의 젊은 세대가 편집위원을 맡았다.[19] 앞 장들에서 논의되었듯이, 한국전쟁과 민족분단의 트라우마는 반

---

19 백낙청이 『창작과비평』을 창간하고, 김현이 『문학과지성』을 공동 창간했을 때, 둘 모두 스물여덟 살이었다. 김성환, 「1960~70년대 계간지의 형성과정과 특성 연구」, 『한국현대문학연구』 30, 2010, 405~441면 참조.

공 이데올로기가 전후 문단을 지배하게 되는 결과로 이어졌다.[20] 전후의 한국 정부가 의심스러워할 만한 정치적 성향을 가진 유명 작가들은, 한국 전쟁이 끝날 무렵에는 대거 북으로 건너갔기 때문에, 문단 내에서는 이미 일종의 실질적인 의미에서의 좌익 숙청이 이루어졌다고 할 수 있었다. 우익 쪽으로 심하게 편향된 이러한 풍토에서, 한국 정부에 대한 비판적인 시각은 '불순'이나 '불온'이란 낙인이 찍히게 되었다. 이는 문학이 당대의 사회정치적 현실에 대해 갖는 관심은 그것이 무엇이든, 자동적으로까지는 아니더라도 궁극적으로는, 온갖 안 좋은 의미에서, 이데올로기적인 것이라는 믿음에 기초한 것이었다. 이와 반대로, '순수' 문학은 휴머니즘과 전통주의라는 두 기둥에 기대어 시대를 초월한 주제들을 지향하고, 그럼으로써 이념적 논쟁에서 벗어날 수 있게 될 것이었다. 전자의 전형적인 예로는 황순원1915~2000년의 작품들이, 후자의 대표작들로는 김동리1913~1995년의 소설과 서정주1915~2000년의 시가 꼽혔다. 이 작가들은 모두 1910년대 즉, 일제강점하 첫 십 년 사이에 태어난 또래들로, 모두 한창때에 해방과 전쟁의 난기류를 겪었다. 이들에게 있어 반공주의는 자기 마음대로 받아들이거나 거부할 수 있는 이념적 선택이 아니라, 자명한 진리였다. 이러한 입장이 문화 영역에 대한 국가의 반공주의적 명령에 위배되지 않는다는 점 또한 도움이 되었을 것임은 물론이다.

전후의 한국문학 분야에서 이러한 주류로서의 우파의 지위는 몇 가지 제도적 실천에 의해 보호되었다. 그중에서 가장 중요한 것이 추천제로, 이 제도는 기성 작가들로 하여금 문지기의 역할을 하게 함으로써 문단을 하나의 거대한 길드로 만들어버렸다. 신인 작가들이 '등단登壇'할 수 있는

---

20  이경수, 「순수문학의 구축 과정과 배제의 논리」, 문학과비평연구회 편, 『한국문학권력의 계보』, 한국출판마케팅연구소, 2004, 75~97면 참조.

길은 오직 두 가지밖에 없었다. 첫째, 영향력 있는 작가의 추천을 받거나 둘째, 마찬가지로 영향력 있는 작가들이 심사를 맡게 되는 신문이나 잡지가 주관하는 대회에서 수상하는 것 ― 이 두 방법을 통해서만 신진 작가들은 문협의 회원 자격을 얻어, 자신을 공식적으로 작가라 칭할 수 있었다. 이는 제도적으로 '파벌'을 낳았고, 그렇게 만들어진 파벌은 문단 내의 영향력과 권력을 더욱 공고히 하는 기능을 했다. 그중 1973년 문협<sup>한국문인</sup><sup>협회</sup> 이사장 선거에서 일어난 조연현파와 김동리파 사이의 파벌싸움은 특히 한국 문단사의 전설로 남게 되었다. 덧붙이자면, 두 대표 월간 문예지인 『현대문학』과 『월간문학』의 주간 겸 발행인으로서 조연현과 김동리는 독자 대중이 소비할 수 있는 문학 작품의 선별에 지대한 영향력을 행사하고 있었다.

창비와 문지는 그동안 한국에서 문학 출판의 관습이라 할 수 있던 월간 발행 방식에서 벗어나 계간 발행 방식으로 옮아가면서, 1960년대 후반에서 1970년대에 이르는 시기에 몇 가지 주요한 변화들을 이끌어내는 데 성공한다. 첫째, 그들은 어떠한 종합적인 방법으로든 '문단'을 대표하고자 하는 야망을 버리고, 대신 편집위원들이 공유하고 있는 특정 문제를 전경화하는 쪽을 택했다. 둘째, 그들은 신진 작가들의 작품 출판에 있어, 기존의 추천제나 신춘문예 당선이라는 관문을 없앴다. 마지막으로, 두 계간지 모두 '창조'보다는 '비평'의 날카로운 칼날에 특히 중점을 둠으로써 '순수문학' 담론 내의 모호하기만 한 휴머니즘과 전통주의를 물리치고자 했다. 이러한 새로운 경향을 부채질한 것은, 두 계간지의 핵심 편집위원들이 한국문학보다는 유럽과 미국 문학을 전공한 비평가들이라는 사실이었다. 문지의 3K로 불린 김현, 김치수, 김주연 등의 편집위원들은, 서울대학교에서 불문학과 독문학을 전공한 외국 문학 전공자들이었으며, 창비의 백낙청과 염무웅 또한, 각각 서울대학교 영문과와 독문과 출신이었다. 이 두 계간지는 함께 한국문학계의 세대교체를 선도하였으며, 1980년 전두환의 군사 쿠데타 이후 악몽과 같던 몇 달을 지나 결국 강제 폐간되기까지, 겨울 공화국의 암흑기 동안 문학의 역할에 대한 활기차고 자기반성적인 논의의 장을 제공하였다.

한국에서의 문학적 정통성에 대한 공통된 불만과, 문학의 사회적 역할에 대한 의미 있는 논의를 자동적인 이데올로기적 낙인찍기로부터 구출하고자 하는 공동의 염원에도 불구하고, 창비와 문지는 그들의 역할이 무엇이어야 하는지에 대해서는 상당히 다른 견해를 가지고 있었다. 문지의 창립 멤버이자 후에 발행인이었던 김병익은 문지 창간 20주년을 맞이해 하게 된 인터뷰에서 두 계간지 간의 핵심적인 차이를 다음과 같이 요약하여 말한 바 있다.

'창비'가 이념적으론 현실 참여와 평등을, 문학적으론 리얼리즘을 표방했다면 '문지'는 이념적으론 자유를, 문학적으론 모더니즘을 추구했습니다. 한 사회에 대해 비판적 안목을 견지한다는 데는 일치했지만 '창비'가 사회과학적 접근을 주요한 방법으로 봤다면 '문지'는 인문과학적 접근을 주요하게 봤습니다. 이런 '창비'와 '문지'의 일견 상반돼 보이는 태도는 우리 문학계를 비롯한 지식인 사회의 정신을 형성하는 데 보완과 길항의 역할을 했다고 봅니다.[21]

도식적이기는 하지만 앞서 김병익이 말한 차이점은 작가들에게 있어 자기 정체성의 기초를 형성했다. 창비 진영으로서는 적극적이고도 전투

---

21    백승권, 「창립 20돌 맞은 '문학과지성사' 발행인 김병익씨」, 『미디어오늘』, 1995.12.27, 2012.1.5 접속, http://www.mediatoday.co.kr/news/articleView.html?idxno=9011.

적인 저항만이 괴물이 되어 버린 유신 정권에 합당한 문학적 대응이었다. 문지 "에콜"로서는 예술작품으로서의 문학의 자족성을 더욱 강조할 필요가 있었다. 문학은 그 존재만으로 정치 영역에서의 부패를 증언할 수 있는, 절대 미학의 자율적인 영역을 열어 놓아야 했던 것이다. 김현의 유명한 말처럼, "문학은 배고픈 거지를 구하지 못한다. 그러나 문학은 그 배고픈 거지가 있다는 것을 추문으로 만들고, 그래서 인간을 억누르는 억압의 정체를 뚜렷하게 보여준다".[22] 문지의 관점에서 창비는 최악의 경우, 문학을 천박한 선전물로 전락시킬 위험이 있었고, 창비의 관점에서 문지는 유아론적唯我論的인 속물주의의 위험을 자초하고 있을 뿐 아니라, 비난받아 마땅한 "예술을 위한 예술"의 철학과도 거의 구별되지 않았다. 급진주의로 치닫게 된 1980년대, 두 출판물 모두 강제 폐간이 될 즈음에는 두 진영 사이의 이견이 너무나도 커져서 "한쪽에 속한 작가들은 다른 쪽 작가들의 방향으로는 오줌도 누지 않으려 했다".[23]

리얼리즘은 창비와, 그리고 모더니즘은 문지와 묶이게 되면서, 이 두 계간지의 이러한 경향은 문학 담론의 경계를 설정하는 역할을 하였다. 방민호에 따르면, 리얼리즘과 모더니즘은 전후 한국에서 서로 경쟁하는 방법론으로서만이 아니라, 서로 경쟁하는 인식론으로서 발전했다. 두 진영 사이의 논쟁은 문학적 방법의 문제에 국한되지 않고, 문학작품들과 그 작

---

22  김현, 『한국문학의 위상』, 문학과지성사, 1977, 33면. 여기에서 김현은 장 폴 사르트르가 1964년 "죽어가는 아이 앞에서 『구토』는 아무런 힘도 없다"며 『구토』의 출간 이후 문학에 대한 생각의 변화를 토로한 유명한 발언에 대해 장 리카르두(Jean Ricardou)가 제기한 반박을 논급하고 있다. 이 논쟁에 대한 간략한 요약으로는 Jan Baetens, Jean-Jacques Poucel, "Introduction : The Challenge of Constraint", *Poetics Today* 30(4), 2009, p.621 참조.

23  김남일과의 인터뷰, 2010.6.30. 소설가 김남일은 2010부터 2011까지 한국작가회의의 사무총장이었으며 그 전신인 자실의 핵심 멤버였다.

가들, 그리고 그들이 살고 있는 사회 구조까지 포괄하는, 훨씬 더 큰 문제를 다루었다. 그의 표현대로 "우리 문학에서 리얼리즘과 모더니즘은 서로 배타적으로 구분되는 두 개의 영역을 분점하는 양대 사조로 이해되어 왔고, 그 각각의 영역에는 각기 다른 인식론, 즉 객관주의적이고 결정론적이고 변증법적인 인식론과 주관주의적이고 불확정적이고 형이상학적인 인식론이 엄밀히 대응하고 있는 것처럼 이해되어왔다".[24] 한때 당대 사회 현실을 강조하는 문학적 재현의 방법 정도로만 인식되었던 리얼리즘은 1970년대 후반에서 1980년대에 이르면, 독재 정권의 지배에 맞서 대항적인 담론을 확립하고자 노력하는 지식인들에 의해 마르크스주의적인 색채를 보다 강하게 띠게 되었다. 게오르그 루카치의 "건강한 예술 혹은 병든 예술?"과 "모더니즘의 이데올로기" 그리고 루시엔 골드만의 『숨은 신』과 같은 저작들이 정전과 같은 역할을 하게 되면서, 리얼리즘은 '전형적' 개인을 가로지르는 '사회의 전체성'과 '세계사적 힘'에 대한 관점을 제시함으로써, 자본주의적 파편화에 대한 대항이라는 시급한 과제를 감당할 만한 문학적 방법으로 인식되었다.[25] 이는 더 구체적으로는, 리얼리즘이 독재 정권하의 한국 정치 경제에 대한 가장 적절한 문학적 비평의 수단으로서 더 많은 특권을 누리게 되었음을 의미했다.

이렇게 보다 제한적이고 엄격해진 잣대에 비추어보면, 조세희의 『난쏘공』은 점점 더 리얼리즘에 미달하는 작품처럼 보였다. 도시 빈민이라는 중심 주제와 더불어, 노동자 착취, 노동운동 및 학생운동 탄압, 산업화로 인

---

24  방민호, 「리얼리즘론의 새로운 모색 속에서 보는 『난장이』」, 『내일을 여는 작가』 10, 1997, 18~19면.
25  루카치의 개념 중 "사회적 총체성(social totality)"과 "전형(type)" 등은 특히 큰 영향을 미쳤다. 루카치 이론의 한국 내 수용과 관련하여서는 반성완, 「소설형식에 관한 철학적 고찰-루카치의 소설 미학 연구」, 『인문논총』 29, 1999, 167~189면.

한 환경문제의 계급적 차원과 같은 주제들에 대해 보인 지속적인 관심으로 인해,『난쏘공』은 한때 '노동소설'[26]의 주요 계보에서 중요한 위치를 점하였다. 그러나 '지식인에 의한 노동소설'이 의심의 눈초리를 받게 되면서,『난쏘공』이 형식과 기법을 전경화시키고 있다는 점은 많은 민감한 문제들을 건드리게 되었다.『난쏘공』텍스트의 서술상의 혁신에는 복수시점, 시간 이동, 내면 독백, 프레임 장치, 몽타주와 같은 다양한 기법에 대한 의식적인 실험이 포함되었다. 논리적 비약의 도입, 연결사 사용의 전면적인 중단, 영화의 빠른 편집패스트 커팅과 유사한 효과를 내는 짧은 문장의 채택 등을 통해, 조세희의『난쏘공』은 문학의 낯설게 하기 기법의 강력한 예를 제공하였다.[27] 문학비평가들은 당시 한국인들이 처해있던 정치적, 경제적 억압으로부터 벗어나기 위해 문학이 최대한의 역할을 할 것을 주창하고자 했으며, 이는 자연스레 문학 담론 내에서 내용이 형식보다 '도덕적' 우위를 점하도록 하는 입장으로 이어졌는데,『난쏘공』의 기술적 혁신은 이러한 관점에서 모더니즘 작품이라는 비난을 받게 만들었다. 이에 더해,『난쏘공』에서 강하게 드러나는 환상의 요소는 문제를 더욱 복잡하게 만들었다. 황광수는『난쏘공』의 텍스트가 기존의 사회 구조에 대한 과학적 이해를 바탕으로 미래에 대한 구체적인 전망을 제시하기보다는, 궁극적으로는 절망의 표현에 불과한 환상에 취해 있다고 말한다.[28]

---

26 조남현,「노동의 소설화 방법」, 권영민 편,『한국의 문학 비평』2, 민음사, 1995; 홍기삼,「산업시대의 노동운동과 노동문학」,『한국문학 연구』10, 1987.9; 김병걸,「노동문제와 문학-70년대를 중심으로」,『실천 시대의 문학』, 실천문학사 1984.

27 김병익은 이러한 효과를 설명하기 위해 처음으로 "스타카토 문체"라는 표현을 썼다. 김병익,「난장이 혹은 소외 집단의 언어」,『상황과 상상력』, 문학과지성사, 1977, 59~71면 참조.

28 [역자주] 해당 부분의 구체적인 내용은 다음과 같다. "그러나 현실 속에서든 작품 속에서든 — 소설은 객관적 현실의 반영이므로 — 아름다운 인간상이나 진정한 미래적 전

한국의 군사 독재가 막을 내리고, 전세계적으로는 사회주의 실험이 붕괴된 1990년대의 '혁명 이후'의 분위기에 휩싸이게 된 문학계는, 한때 『난쏘공』 텍스트의 철저한 리얼리즘을 훼손시킨다는 비판을 받게 했던 바로 그 요소들이 대부분 다시 복권되어, 오히려 이 작품을 극찬하는 이유가 되는 현상을 목도하게 되었다. 그중 한 가지가 텍스트 속에 등장하는 많은 에피소드의 동화적 성격이라면, 또 다른 하나는 뫼비우스의 띠나 클라인 씨의 병과 같이, 위상학적 관심을 끄는 형상들의 중요성이라고 할 수 있다. '뫼비우스의 띠'와 '클라인 씨의 병'은 각각 첫 번째와 열 번째 연작의 제목이며, 그중에서도 후자에는 클라인 씨의 병을 도상적으로 시각화한 세 개의 도해까지 수록되어 있다. 뫼비우스의 띠와 클라인 씨의 병은 둘 다, 안과 밖의 선명한 경계에 도전하는 물리적인 구조물이다. 특히 뫼비우스의 띠는 조세희의 작품에 대한 보다 최근의 연구들에서 일종의 암호이자 비이중성의 상징, 더 나아가 이 작품의 철학적 전망을 드러내는 표상으로 주목을 끌고 있다. 이러한 연구들을 통해 『난쏘공』은 소위 말하는 이분법적 사고의 근간 자체를 불안정하게 하는 텍스트라는 사실이 드러날 수 있게 되었다. 이러한 접근법의 좋은 예로, 김윤식의 연구를 들 수 있다. 『난쏘공』이 갖는 사회적 유의미함의 불행스러운 지속에 대해 조세희가 한탄했던 것과 반대로, 김윤식은 오늘날 '『난쏘공』 현상'이 지속되고 있는 것은 오히려 이 작품이 언급한 구체적인 외부의 사회 현실이 완화된 결과라고 주장한다.[29] 김윤식은 그 동안 여러 차례 『난쏘공』의 텍스

망은 현재의 고통스러운 현실에 대한 기하학적 대칭 또는 상관물이 아니며, 그것은 오히려 현재의 삶의 구조를 과학적으로 철저하게 인식함으로써 얻어지는, 역사적 연관 속에서의 구체적 인간상 또는 미래상이어야 한다." 황광수, 「노동문제의 소설적 표현」, 백낙청·염무웅 편, 『한국문학의 현단계』 4, 창작과비평사, 1985, 96~97면.

29  김윤식, 「대화성 이론과 소설성 이론」, 『발견으로서의 한국현대문학사』, 서울대 출판부,

트로 되돌아갔으며, 그럴 때마다 작품의 사회역사적인 맥락을 더 많이 걸어냄으로써 작품을 '탈근대적인 형이상학비판'으로 접근할 수 있도록 만들었다. 그의 가장 최근 연구는 특히 연작들 중 첫 번째 이야기인 「뫼비우스의 띠」에 전적으로 초점을 맞추고 있으며, 『난쏘공』이 안과 밖, 주체와 대상, 본질과 현상과 같은 이항 대립의 안정성을 해체한다고 주장한다.

　'안·밖'이 뚜렷하게 구분된다 함은 '상·하', '현상·본질', '선·악', '진·허위', 그리고 '빈·부'를 전제로 한다는 것. 이러한 이분법적 사고를 두고 형이상학(이성 중심주의)이라 부름이 보통이다. (…중략…) 『난장이가 쏘아올린 작은 공』이 지닌 지속성의 근거는 이처럼 이분법적 사고에 대한 의문의 제기에 있다고 나는 생각한다. 20세기 후반기 철학계를 뒤흔들고 있는 형이상학 비판(탈구축론)이 알게 모르게 『난장이가 쏘아올린 작은 공』의 지속성을 가능케 했을 것이다.[30]

이처럼 김윤식은 『난쏘공』이 리얼리즘과 모더니즘 사이의 끝없는 진동 속에 놓여 있는 작품이 아니라, 포스트모던적 상태에 대해 한국 사회가 아직 명명조차 하기 전에 미리 예견하고 있는, 시대를 앞서가는 작품으로 자리매김되어야 한다고 주장한다. 20세기의 마지막 수십 년간, 비평의 영역에서 『난쏘공』이 걸어간 길은, 리얼리즘에서 모더니즘, 그리고 이제 포스트모더니즘에 이르기까지, 한국문학 연구의 온갖 변전을 모두 보여주고 있다고 할 수 있다.

　그러나 만약 우리가 뫼비우스의 띠를 약간 다른 방식으로 상상해 본다면 어떻게 될까. 즉 이중성의 근본적인 부재를 드러내는 형상이 아니라,

---

　　1997, 111~112면.
30　위의 글, 110~111면.

기존의 대립들을 대립으로서 돌파해 나가라는 요구로 받아들이는 것이다. 잘 알려진 바와 같이, 뫼비우스의 띠는 그것을 비튼 후 양 끝을 서로 붙여 만든 연속된 표면을 말한다. 이렇게 만들어진 표면은 존재론적으로 구분 가능한 내부와 외부를 갖지 않으며, 만일 누군가 띠의 한쪽 단면 위의 한 점에서 시작하여 연속적으로 선을 그어나간다면, 그 선은 띠의 길이를 따라 전체 면적을 횡단한 후, 띠의 반대편에 이르게 될 것이다. 김윤식이 뫼비우스의 띠가 『난쏘공』에서 차지하는 중요성을 이 텍스트가 지닌 포스트모던한 철학적 위치선정의 징후로 삼을 때, 그가 띠의 바깥에서, 즉 전체적인 위상학적 배치를 조망할 수 있는 위치에서 이야기하고 있음은 물론이다. 전체적으로 상황을 관찰할 수 있는, 띠의 외부나 띠보다 높은 위치에서 바라보면, 띠의 양면이 지닌 대립적 성격은 오인에 따른 것이라는 인식이 가능해진다. 그러나 우리가 우리 자신을 이 띠 안에 위치시켜놓고 보면, 대립은 모든 지점에서 실재로서 존속하며, 심지어 마지막에 가서 우리가 어느새 반대편에 서 있는 것을 발견하게 된다 하더라도, 우리는 여전히 우리가 살아내고 있는 근본적인 대립으로부터 자유롭지 못할 것이다. 우리의 삶을 구조 짓는 대립들을 단순한 환상이라 일축해 버릴 수 있도록 만드는 고지에서의 시야를 우리는 결코 확보할 수 없으며, '포스트모더니티'에서의 그러한 시야의 손쉬운 상정은 새로운, 가공할 형태의 정치적 무력함을 낳았음을 우리는 이제서야 겨우 인정할 수 있게 되었다. 이는 한국문학담론의 맥락에서, 문학이 스스로를 진실이 아닌 의견의 영역으로 격하시킬 준비가 이미 되어있었음을 의미한다. 지나치게 단순해 보일지 모르지만, 조세희가 『난쏘공』에 대한 사회정치학적 독서를 계속해서 고집해 온 것은 이러한 배경 속에서 이해되어야 한다. 『난쏘공』이 우리에게 제시하고자 하는 것은 대립들로부터 쉽게 빠져

나갈 수 있는 길이 아니라, 뫼비우스의 띠 안에 남아 그것을 따라 움직이는 것과 관련된, 어렵지만 필수적인 작업에 대한 관점이다.


## 위상학과 정신분석학

조세희의 소설에서 뫼비우스의 띠가 이처럼 큰 의미를 지니고 있는 상황에서, 연작 중 첫 번째 이야기인 「뫼비우스의 띠」의 중요성은 아무리 과장한다 해도 지나치지 않을 것이다. 그러나 이 이야기는 상당히 불가사의한 이야기이다. 탈무드와 관련된 유명한 일화를 인상적으로 각색한 이 이야기는 한 고등학교의 교실 장면에서 시작한다.[31] 수업 마지막 날 교실을 가득 채운 졸업생들 앞에 서서 한 수학 교사가 굴뚝 청소부에 대한 이상한 질문을 던진다. "두 아이가 굴뚝 청소를 했다. 한 아이는 얼굴이 새까맣게 되어 내려왔고, 또 한 아이는 그을음을 전혀 묻히지 않은 깨끗한 얼굴로 내려왔다. 제군은 어느 쪽의 아이가 얼굴을 씻을 것이라고 생각하는가?"13면 잠시 동안 학생들은 당황하며 머뭇거리다가 마침내 한 학생이, 얼굴이 더럽혀진 아이가 세수를 할 것이라는 상식적인 답변을 내놓는다. 틀렸다, 교사는 말한다. 한 아이는 깨끗한 얼굴을 하고 있고, 다른 아이는 새까만 얼굴을 하고 있다. 얼굴이 더럽혀진 아이는 깨끗한 친구를 보고 자신의 얼굴도 깨끗하다고 생각하겠지만, 얼굴이 깨끗한 아이는 친구의

---

31  이 각색에서 주목할 만한 것은 노동의 맥락을 끌어들이고 있다는 점에 있다. 원래의 판본에서는 두 명의 남자가 그저 우연히 굴뚝으로 떨어지거나 내려오게 된다. 성인 남자를 어린 아이로 바꾸고, 아이들을 굴뚝 청소부로 만듦으로써 조세희는 특히 사회 개혁가들 사이에 유명한 쟁점이 되었던 빅토리아 시대 영국의 굴뚝 청소부들의 비참했던 노동의 맥락을 환기시킨다.

새까만 얼굴을 보고 자신도 얼굴을 씻어야겠다고 생각할 것이다. 학생들의 입에서 탄성이 터져 나오자, 교사는 똑같은 질문을 다시 한 번 던진다. 아까와는 다른 학생이 이번에는 깨끗한 아이가 얼굴을 씻을 것이라고 대답하자, 교사는 또 다시 반박한다: "두 아이는 함께 똑같은 굴뚝을 청소했다. 따라서 한 아이의 얼굴이 깨끗한데 다른 한 아이의 얼굴은 더럽다는 일은 있을 수가 없다."[15면] 그리고 교사는 분필을 손에 들고 돌아서서 칠판에 "뫼비우스의 띠"라고 적는다.

연작소설집의 첫 장면으로는 수수께끼 같은 시작이라 할 것이다. 게다가 실제 출판 순서로는 「뫼비우스의 띠」가 열두 편의 연작들 중 첫 번째가 아니라 두 번째였음을 생각하면, 이 수수께끼는 더욱 아리송해질 뿐이다. 한 권의 연작소설집으로 모아지기 전, 『난쏘공』에 실리게 될 단편들은 3년이라는 기간에 걸쳐 여러 잡지와 신문에 개별적으로 발표되었으며, 그중 가장 먼저 발표된 작품은 「칼날」이다. 소설집의 다른 단편들은 모두 원래 발표된 순서대로 실린 것을 감안할 때, 「뫼비우스의 띠」가 연작소설집의 맨 앞에 배치된 것은 작가의 의식적인 결정이라는 점을 드러내는 것일 뿐만 아니라, 이 이야기가 소설집 전체의 프롤로그와 같은 기능을 한다는 견해 또한 뒷받침한다. 「뫼비우스의 띠」가 『난쏘공』의 프롤로그와 같은 기능을 한다는 견해는, 이 작품이 연작집 속 나머지 이야기들을 이중으로 감싸고 있는 두 개의 액자 서사를 제공하고 있다는 점에 의해 더욱 확실해진다. 수수께끼와 같은 교실 장면 후, 「뫼비우스의 띠」는 부동산 투기업자를 살해하는 꼽추와 앉은뱅이의 이야기로 넘어간다. 이들의 범죄 행위 이면에는 겨울 공화국의 도시계획 정책의 실패가 자리하고 있다. 꼽추와 앉은뱅이는 난쟁이와 마찬가지로 지금은 철거된 빈민가의 이전 주민들이다. 그리고 두 사람에게 또한 난쟁이에게와 마찬가지로 전혀 보상이라 할 수 없는 보상 즉, 그들이 도저히 감당할 수 없는 가격의 새 아파트 단지 입주권이 주어진다. 그리하여 이들 철거민들은 집 없는 자들의 절망을 먹고 번창하는 부동산 투기업자들에게 자신들의 입주권을 헐값에 넘기게 된다. 「뫼비우스의 띠」에서 꼽추와 앉은뱅이는 결국 부동산 투기업자로부터 응당 받았어야 할 금액을 훔친 후, 이들 투기업자의 차에 불을 지르고 만다. 「뫼비우스의 띠」의 서사는 다시 교실 장면으로 돌아가, 뫼비우스의 띠가 "많은 진실들"을 숨기고 있다는 수학 교사의 말로 끝을 맺는다. 첫 번째 연작에 등장하는 이러한 액자 서사들은 연작소설집의 마지막에 실린 「에필로그」라는 제목의 작품에서 재등장한다. '에필로그'는 꼽추와 앉은뱅이의 절박한 이야기를 재론한 후, 다시 고등학교 교실 장면으로 돌아가 외계인을 가이드 삼아 우주여행을 떠나겠다는 수학 교사의 이상한 선언으로 끝을 맺는다.

이러한 액자 서사의 틀이 발휘하는 효과 중 하나는, 안 그래도 수수께끼와도 같던 교실 장면이 프롤로그에 배치된 덕에 더욱 중요한 의미를 갖게 된다는 것이다. 여기에 더하여, 한편으로는 첫 번째 연작 속 두 개의 액자 서사들 사이에, 그리고 다른 한편으로는 이 두 액자 서사와 연작 소설의 나머지 이야기들 사이에, 유기적인 연결이나 서사적 연속성이 완전히 결여되어 있다는 것은, 『난쏘공』을 하나의 일관성 있는 전체로서 접근하기 위해서는 「뫼비우스의 띠」를 알레고리적으로 읽어내야 한다는 것을 시사한다. 그렇다면 우리는 이미 이야기의 시작에서부터, 다시 말해 『난쏘공』 속 난쟁이의 이야기에 이르기도 전에, 일련의 난해한 질문들을 제기하는 핵심 텍스트와 마주하게 되는 것이다. 굴뚝 청소부 에피소드는 그 자체로서 무엇을 의미하는가? 왜 수학 교사와 그의 학생들 사이의 이 문답은 뫼비우스의 띠에 대한 갑작스런 언급과 함께 끝나게 되는가? 이야기의 시작에 위치한 첫번째 액자서사와, 여기에 바로 이어지는 꼽추와 앉은뱅이 이야기는 연작소설집의 첫 이야기라는 공통의 공간 안에서 어떠한 연관성을 갖는가? 마지막으로, 계급적 적대의 문제가 노골적으로 제기되고 있는 『난쏘공』 이야기의 본 서사와 '프롤로그' 사이의 관계는 무엇인가?

이 퍼즐을 이해할 수 있는 한 가지 방법은 라캉 정신분석학의 위상학에 대한 이론에 기대어 교실 장면을 주체 형성의 알레고리로 분석하는 것이다. 그러한 맥락에서, 우리가 교실 장면에 대해 가장 먼저 주목해야 할 것은, 질문의 순간을 무대화하고 있다는 점이다. 굴뚝 청소부 두 명에 대한 가상의 장면을 연출해 놓은 뒤, 교사는 "어느 쪽의 아이가 얼굴을 씻을 것이라고 생각하는가?"라는 질문을 던진다. 그 질문이 제기된 특정한 방식 자체가 애초에 학생들이 제시할 수 있는 답변의 내용을 제한한다. 물론 두 아이 모두 서로의 상태와 관계없이 세수를 할 가능성이 있지만, 그러한 답변은 교사가 '어느'라는 의문사를 사용하는 순간, 이미 배제되게 된다. 교사는 애초에 이분법을 설정함으로써, 학생들이 주어진 상황을 파악하게 되는 조건에 제한을 가하고 있는 것이다. 그렇다면 이 교사의 당초 역할은, 우리의 존재를 규제하는 비인격적인 법칙으로서의 상징적 "대타자"를 확립하는 것이라고 할 수 있다. 대타자의 영역에 들어서게 된 학생들은 위의 상황을 이분법적인 관점에서만 바라볼 수 있다. 교사의 질문은 다른 가능성들을 모두 제거하고, 해당 교실 환경 내에서 사회적 실존의 지침이 되는 기본 규칙들을 정하는, 새로운 시작을 알리는 행위이다.

다음 단계에서의 분석은 이러한 지식이 지닌 한계를 드러낸다. "둘 중 하나"라는 답변만이 가능할 때, 학생들은 두 소년 중 누가 얼굴을 씻을 것인지 하나를 골라야만 하고, 그들은 우선 상식적인 답변을 선택하게 된다. 교사는 이 지점에서 개입, 학생들이 이러한 지식의 영역을 상정하면서 범하게 된 그들의 실수에 대해 상기시킨다. 상식의 명령에도 불구하고, 실제 현실은 반직관적인 것으로 판명된다. 두 소년은 스스로를 대상화할 수 있도록 해 주는 외부의 관점을 갖추고 있지 않기 때문에, 그들의 판단 근거는 상대방, 즉 타자와의 상상적인 관계일 수밖에 없다. 즉, 그들은 슬라보예 지젝이 "'나와 같은' 다른 사람들, 즉 내가 그들과 함께 경쟁이나 상호 인정 등등의 거울과 같은 관계에 참여하는 나의 동류 인간들"이라고 정의한, 서로의 닮은 꼴semblable인 것이다.[32] 두 굴뚝 청소부가 각자 상대방의 모습을 통해 자기 자신을 인식하려고 하는 한 ― 그리고 그것만이 상상계 안에서 가능한 자기 인식의 유일한 방식이다 ― 그들의 행동은, 외부의 관점에서 전체 상황을 보고 판단을 내렸을 때 합당하다고 여겼을 것과는 완전히 반대되는 결과들로 이어지게 될 것이다.

첫 번째 질문을 통해 상징계를 확립시킨 교사는, 첫 번째 답변을 통해서는 주체를 성립시키는 모든 행위 속에 작동하고 있는 상상계적 차원을 드러낸다. 교사의 두 번째 질문은 게임의 규칙을 재확인시키지만, 두 번째 답변은 그것이 지닌 자의성을 드러냄으로써 상징계적 차원을 산산조각 낸다. 즉, 그는 갑작스럽게 유물론적인 패러다임의 전환을 도입시켜 가상적 상황을 파탄내고, 대립항 설정의 실질적 불가능성을 드러낸다. 두 아이가 같은 굴뚝에 올라갔다. 경험의 물질적 조건이 완전히 동일한데 어떻게 한 아이의 얼굴은 그을음 투성이이고 다른 아이의 얼굴은 깨끗할

---

32   Slavoj Žižek, "Neighbors and Other Monsters : A Plea for Ethical Violence", *The Neighbor — Three Inquiries in Political Theology*, The University of Chicago Press, 2005, p. 143. (슬라보예 지젝, 정혁현 역, 「이웃들과 그 밖의 괴물들―윤리적 폭력을 위한 변명」, 『이웃―정치신학에 관한 세 가지 탐구』, 도서출판b, 2010, 228면.)

수 있을까? 이 마지막 단계는 라캉주의적인 실재 개념으로 읽을 수 있다. 슬라보예 지젝이 공식화했듯이, 실재의 '표준적인' 개념은 그것이 상징계와 '외밀ex-timate'한 관계에 있다는 것이다. 즉 실재란 "접근불가능한 외상적 중핵으로서 그 주위로 상징계적 구성이, 너무 가까이 가면 타게 되는 빛 주위의 파리들과 같이, 순환하고 있는", 상징계 내에 존속하는 내면의 외부성internal externality이다.[33] "시차적 실재parallax real"라고 명명한 두 번째 공식에서 지젝은 실재가 상징계에 "절대적으로 내속"한다고 주장한다. 실재는 "그 자체로는 실체적인 밀도를 가지지 않으며, 단지 하나에서 다른 하나로 이동할 때에만 감지할 수 있는, 두 개의 관점들 사이의 간극일 뿐이다."[34]

외밀한 실재에서 시차적 실재로의 이동에 대한 지젝의 논의는, 방금 전 자신이 연출해낸 시나리오가 현실 세계에서는 성립이 불가능하다는 선언으로 한순간에 모두 기각시켜 버리고 마는 수학 교사의 마지막 언행을 우리가 해독해 내는 데 있어 어떠한 도움을 줄 수 있을까? 어떤 의미에서 이 마지막 선언은 "실재계는 부인된 X이며 이 때문에 현실에 대한 우리의 시각이 왜곡된 형상으로 일그러진다"고 할 수 있는, 접근 불가능한 실재의 장소 즉, 애초에 교사 대 학생의 상황이라는 상징적 공식을 만들어

---

33 Slavoj Žižek, *The Parallax View*, Cambridge, MA : MIT Press, 2006, p.390. (슬라보예 지젝, 김서영 역, 『시차적 관점 – 현대 철학이 처한 교착 상태를 돌파하려는 지젝의 도전』, 마티, 2009, 759면). [역자주] 김서영 번역에서는 '너무'가 '나무'로 되어 있으나 이는 단순한 오기인 것으로 보인다.

34 "처음 보기에 실재계는 우리가 직접 대면할 수 없으며 오직 상징적 허구들과 가상적 구성이라는 렌즈를 통해서만 알아볼 수 있는 불가능한 중핵이다. 다시 보면 이 중핵 자체가 전적으로 가상적이고 사실 존재하지 않는 것이며, 오직 사후적으로만, "실제로 존재하는 모든 것"을 뜻하는 다양한 상징적 구성들로부터 재구성될 수 있는 X이다." 위의 책, 원서 p.26; 번역본 58면.

내기 위해 중단되어야만 하는 불가능성을 가리킨다.[35] 그러나 시차적 실재에 대한 지젝의 설명은 우리들로 하여금 교사의 가르침의 진정한 목표가, 앞서 학생들이 자신들도 모르는 사이에 부인해버린 X를 인정함으로써 최종적인 '유물론적인' 결론을 진실로서 받아들이도록 하는 데 있는 것이 아님을 볼 수 있도록 해준다. 오히려, 교사의 목표는 학생들 사이에 불편한 감정을 조성하고, 엄격하게 "시차적인" 관점들 사이의 간극에 시선을 고정시키도록 하며, 상징계의 회로가 닫히지 않도록 하는 것이다. 긍정적인 지식이 이러한 횡단을 통해 만들어지는 한에서, 이는 상징계 속에서 주체가 어디에 어떻게 위치 지어지는가에 대한 지식이라고 할 수 있다.

이제 우리는 굴뚝 청소부에 대한 질의응답 끝에 교사가 칠판에 쓴 "뫼비우스의 띠"라는 말이 어떤 의미인지 제대로 이해할 수 있는 지점에 와 있다. 지젝에게 있어 뫼비우스의 띠는 시차적 구조의 탁월한 형상이다. 시차적 구조는 그 사이에 어떠한 통합이나 중재도 불가능한 두 관점으로 정의되며, 이 두 관점 모두를 반복적으로 공식화하는 것을 통해서만 파악될 수 있을 뿐이다. 즉, "두 층위 간에는 어떠한 관계도 성립되지 않으며 어떠한 공유된 공간도 존재하지 않는다. 그들이 밀접하게 연결되어 있으며, 심지어 어떤 면에서는 일치한다 할지라도 말하자면 그것들은 뫼비우스의 띠의 상반된 양면에 있는 셈이다."[36] 혁명의 정치와 혁명적 예술 사이, 사진술적 리얼리즘과 추상적 형태 사이, 그리고 신경적 자기-연관 neural self-relating 속의 주체와 대상 사이에서 지젝은 시차적 구조를 상정하고 그때마다 결코 만날 수 없는 관점들 사이의 "불가능한 관계"를 개념화

---

35    위의 책, 원서 p. 26; 번역본 57면.
36    위의 책, 원서 p. 4; 번역본 13면.

하기 위해 뫼비우스의 띠를 그 예로 든다. 언제나 잘못된 결론에 도달할 수밖에 없는, 근본적이고도 축소 불가능한 간극을 이으려고 애쓸 것이 아니라, "간극 그대로를 *형식화*하고 그것을 적절하게 인식하는 것"이 요점이라고 지젝은 주장한다.[37]

케네스 레이너드 또한 뫼비우스의 띠에 대해 대체로 이와 비슷한 접근 방식을 취한다. 즉, 그에게 있어 뫼비우스의 띠는 절대로 공통 분모를 가질 수 없는 두 가지 진실의 절차들이 어떻게 서로 연관될 수 있는지를 개념화할 수 있도록 해주는 도구이다. 알랭 바디우의 작품, 그중에서도 특히 그의 사랑의 개념(특이성과 차이로 특징지어지는)과 정치의 개념(평등과 동일성으로 특징지어지는)을 분석하면서 레이너드는 이 두 가지 진실의 절차들이 뫼비우스의 띠의 양면과도 같다고 말한다. 결코 서로 교차하지 않기 때문에, 이 둘이 공유하는 실질적인 내용은 절대로 없을테지만, "사랑과 정치의 이음매"는 띠가 비틀리면서 한쪽 면이 급작스럽게 그 반대 면이 되어버리고 마는 연속체를 만들어낸다. 레이너드는 이 비틀림의 지점을 "이웃"이라고 명명함으로써 지젝의 논의의 범위를 확장시킨다. 지젝은 한 관점에서 다른 관점으로 반복해서 움직인 결과, 시차적 관점이 나타나는 것이라고 주장하는 반면, 레이너드는 이러한 움직임 자체가 절대적인 타자의 참을 수 없는 가까움에서 비롯된 것으로 파악한다. "그 자신의 어떤 고유한 장소도 없[는]" 이웃은, 절대로 공통분모를 가질 수 없는 존재들이 어떤 불가능한 관계 속으로 진입하게 되는 장소이다.[38]

---

37    위의 책, 원서 p.214; 번역본 429면.

38    Kenneth Reinhard, "Toward a Political Theology of the Neighbor", *The Neighbor — Three Inquiries in Pilitical Theology*, The University of Chicago Press, 2005, p.64. (케네스 레이너드, 정혁현 역, 「이웃의 정치신학을 향하여」, 『이웃—정치 신학에 관한 세 가지 탐구』, 도서출판b, 2010, 103면.)

조세희의 허구적 텍스트와 지젝과 레이너드의 이론적 개입 속에 뫼비우스의 띠가 등장하는 것은 단순한 우연이라기보다는, 진정한 개념적 교착상태를 해결해 나가는 과정에서 이 난국에서 벗어날 수 있는 손쉬운 방법 또는 문제점으로부터의 거짓된 출구를 모색하지 않는 데서 비롯된 필연이라는 것이 나의 생각이다. 레이너드와 지젝, 둘 모두 "극단적인 통약 불가능성"에서 대립의 용법을 파악하는 것의 중요성을 강조한다. 뫼비우스의 띠를 따로 떼어내어 고정 상태에서 바라보면, 대립은 띠의 어떠한 지점에서든 전면적이며 극복 불가능하다는 것을 기억해야 한다. 띠의 비틀림은 고정된 것이 아니라, 연속체를 따라 움직이기 때문이다. 레이너드가 말하는 "가까움에 대한 무한 계산법"에의 추구는 각고의 노력을 요한다.[39] 실재의 지식은 대립을 집요하게 물고 늘어지는 지속적인 노력, 즉 계속해서 움직이는 비틀림의 지점을 뫼비우스의 띠 안이나 밖의 정해진 위치에 고정시키지 않은 채 시야에서 놓치지 않고 계속 뒤쫓는 노력의 결과로서만 얻어질 수 있다. 이 비틀림의 지점을 '이웃'이라 명명한 레이너드에 기대어, 나는 이러한 노력을 "이웃 사랑"이라 부르고자 한다.


## 이웃 사랑과 몽타주

『난쏘공』의 구체적인 서사의 차원에서 내가 이웃사랑이라 명명한 작업을 수행해내는 주된 미적 원리는 바로 몽타주이다. 몽타주는 자기완결적인 단위로서의 각각의 독립된 이야기 안에서뿐만 아니라, 이러한 이야

---

39    위의 글, 원서 p.75; 번역본 103면.

기들을 병치시켜 연작소설 또는 연결된 소설을 만들어내는 방식에 있어서도 매우 중요한 기술이다. 연작 중 한 편의 이야기 속 세부 사항들은, 때로 다른 연작들에서 벌어진 사건을 참조하지 않으면 이해할 수 없다. 앙드레 브르통과 같은 초현실주의자들이 초창기에 공식화한 바에 따르면, 몽타주는 자신들의 일상적인 맥락으로부터 뿌리 뽑혀진 오브제들의 새롭고 충격적인 배치에 의해 만들어진 낯설게 하기의 효과로 인식되었다. 초현실주의자들은 예술가들이 그러한 오브제들을 조화롭지 못한 배열이나 낯선 조합을 통해 새로운 성좌로 구성해내는 것만으로도 현실의 실체화와 맞설 수 있다고 믿었다. 몽타주가 의도하는 효과는 "사실상 모든 아방가르드 미학 학파들의 공동목표이기도 한, 일상을 낯설게 하기뿐만 아니라, 무의식으로부터 봉인되어버린 억압의 장벽을 뚫고 들어가는 것"이었다.[40] 세르게이 에이젠슈타인Sergei Eisenstein의 구조주의 영화이론에서 몽타주는 훨씬 더 명백하게 정치적인 의미를 지니게 되었다. "모든 예술의 근본은 충돌이다"라고 한 에이젠슈타인의 유명한 선언처럼, 몽타주는 "자동차나 트랙터를 전진시키는 내연기관의 폭발"과 같이 영화 전체를 추동시켰다.[41] 그 자체로는 중립적인 묘사적인 쇼트depictive shots들이 서로 결합되어 '개념'이 되면 일정한 맥락을 지니게 되었다. 물론 이러한 맥락들을 발전시켜나가는 작업을 수행하는 것은 관객의 몫이었다. 조화롭지 못한 이미지의 배열과 마주하게 된 관객은 즉각적인 감정적 반응을 통해서든, 보다 의식적인 지적 노력을 통해서든, 그 배열에 의미를 부여

40    Neil Larsen, "Preselective Affinities : Surrealism (and Marxism) in Latin America", *Determinations*, London : Verso, 2001, p. 220.

41    Sergei Eisenstein, "The Cinematographic Principle and the Ideogram", *Film Form : Essays in Film Theory*, San Diego : Harcourt Brace, 1977, pp. 35~36.

함으로써 그것을 이해하려고 할 것이다. 브르통과 초현실주의자들이 현실에 대한 객관적인 인식인 양 행세하는 억압으로부터 무의식의 기능들을 해방시키고자 했다면, 에이젠슈타인은 그의 초기 글들에서 사회에 있어 기본적인 계급적 적대를 현현시킬 수 있는 영화의 역량을 강조했다. 두 이론의 공통점은 몽타주가 "실재에 대한 지식"의 생산에 결정적인 역할을 한다는 인식이다. 라캉의 용어로 말하자면, 이는 기존의 상징계 내에는 존재할 수 없는 지식인데, 왜냐하면 그것의 부정이야말로 애초에 상징계가 출현할 수 있도록 하는 구조적인 조건이기 때문이다.

『난쏘공』에서 몽타주는 어떻게 작동하는가? 먼저 이 연작소설집에서 난쟁이 딸의 목소리로 서술되는 표제작의 마지막 장면을 살펴보도록 하자.

> 그런데 ─ 나는 일어날 수가 없었다. 눈을 감은 채 가만히 누워 있었다. 다친 벌레처럼 모로 누워 있었다. 숨을 쉴 수 없었다. 나는 두 손으로 가슴을 쳤다. 헐린 집 앞에 아버지가 서 있었다. 아버지는 키가 작았다. 어머니가 다친 아버지를 업고 골목을 돌아들어 왔다. 아버지의 몸에서 피가 뚝뚝 흘렀다. 내가 큰 소리로 오빠들을 불렀다. 오빠들이 뛰어나왔다. 우리들은 마당에 서서 하늘을 쳐다보았다. 까만 쇠공이 머리 위 하늘을 일직선으로 가르며 날아갔다. 아버지가 벽돌 공장 굴뚝 위에 서서 손을 들어 보였다. 어머니가 조각마루 끝에 밥상을 올려놓았다. 의사가 대문을 들어서는 소리가 들렸다. 아주머니가 나의 손을 잡았다. 아아아아아아아 하는 울음이 느리게 나의 목을 타고 올라왔다. [143면]

> "울지 마, 영희야."
> 큰오빠가 말했었다.
> "제발 울지 마. 누가 듣겠어."

나는 울음을 그칠 수 없었다.

"큰오빠는 화도 안 나?"

"그치라니까."

"아버지를 난장이라고 부르는 악당은 죽여버려."

"그래. 죽여버릴게."

"꼭 죽여."

"그래. 꼭."

"꼭." 143~144면

　　조세희는 한국 작가 중 호흡이 가장 짧은 작가로 꼽히는데 — 한편 이
문구에게는 그와 정반대의 영예가 주어진다 — 위의 예문은 조세희 산문
의 이러한 스타카토적인 특징을 보여주는 훌륭한 예로, 짧은 능동태 문장
들이 인과관계나 연결사 없이 몰아친다. 인용문이 보여주는 조세희의 또
다른 전매특허는 명백히 "환상적인" 세부사항 — 아이들의 머리 바로 위
로 하늘을 가르며 날아가는 '까만 쇠공'과 같은 — 을 급작스럽게 삽입하
여 의혹의 순간을 만들어내는 것이다. 그러나 이 구절에서 가장 주목해
야 할 측면은 바로 시간적 몽타주이다. 각기 다른 시간대에 일어나는 다
섯 개의 사건들이 하나의 장면 안에 이어 붙여져 있다. 이 장면은 난쟁이
의 딸인 영희가 이웃집에서 깨어나 아버지의 사망 소식을 듣게 되는 데
서 시작한다. 그녀는 몇 주 동안이나 부동산 투기업자의 고층 아파트에서
그의 성 노리개 노릇을 하며 그녀의 가족이 투기업자에게 몇 푼 안 되는
돈을 받고 팔았던 아파트 입주권을 간신히 훔쳐내 돌아온 참이다. 그녀가
집으로 돌아왔을 때, 그녀를 기다리는 것은 아버지의 부고이다. 아버지의
시신은 빈민가와 함께 공장이 철거될 때, 공장의 굴뚝 바닥에서 발견되었

다. 그녀는 또한 어머니와 두 오빠가 그녀를 헛되이 찾아 헤매다가 결국 도시를 떠났음을 알게 된다. 그러면서 그녀의 난쟁이 아버지에 대한 기억 — 집이 철거된 후에 한때는 그들의 집이었던 폐허 앞에 서 있던 아버지, 폭행을 당해 다친 채 집으로 돌아왔던 아버지, 공장 굴뚝 위에 서 있던 아버지, 그들이 끝내 잃게 될 집에서 마지막 식사를 하는 가족들, 그리고 마지막으로 그녀의 오빠가 아버지를 난쟁이라고 부른 이웃집 아이네 집 창문을 깨뜨린 일로 벌을 받던 어린 시절의 일화 등 — 이 뒤죽박죽 떠오른다. 이 모든 기억은 회상 장면이라는 표시 없이 고도로 압축된 방식으로 제시되고 있어, 어디에서 하나의 기억이 끝나고, 다른 기억이 시작되는 것인지에 대해 깊은 불확실성을 발생시킨다. 영희가 "다친 벌레"처럼 모로 누워 있는 것은 현재일까 — 마침 "다친 벌레"는 「칼날」에서 폭행을 당한 후의 난쟁이의 모습을 연상시키는 디테일이다 — 아니면 그녀가 부동산 투기업자와 처음으로 성적인 접촉을 가졌던 과거의 기억을 떠올리고 있는 것일까? "내가 큰 소리로 오빠들을 불렀다"라는 대사는 앞의 장면(피를 흘리며 집으로 돌아오는 아버지)에 붙여서 읽어야 하는 것일까, 아니면 그 뒤의 장면(머리 위로 까만 쇠공이 가로지르는 하늘을 올려다보는 아이들)과 연결시켜 읽어야 하는 것일까? 이웃해 있는 이러한 세부 사항들은 서로를 비추며 전체 서사의 몽환적인 성격을 한층 더 강화시킨다.

이러한 시간적 몽타주의 효과 중 하나는 각 장면들을 시간 순으로 바르게 재배열하는 것이, 때로는 해당 이야기보다 시간상 나중에 쓰여진, 연작소설집 속 다른 이야기들을 참고하지 않고서는 가능하지 않다는 것이다. "어머니가 다친 아버지를 업고 골목을 돌아들어 왔다. 아버지의 몸에서 피가 뚝뚝 흘렀다"고 한 장면은 아마도 배관공이 자신의 일거리를 가로챘다며 난쟁이를 죽지 않을 만큼 패는 「칼날」 속 에피소드와 관련된 것으로 보인다. 동네 아이들에게 난쟁이의 자식들이라고 놀림을 받은 뒤 영희는 오빠에게 "아버지를 난장이라고 부르는 악당은 죽여버[리]"겠노라는 다짐을 받아낸다. 아버지를 난쟁이라고 부르는 사람은 "꼭" 죽이겠다고 약속하는 두 남매 사이의 이 섬뜩한 대화는 연작소설집의 마지막 부분에 이르러 완전히 언캐니한 것이 되고 만다. 실제로 『난쏘공』의 끝에서 두번째 이야기에서 영수는 여동생과 한 약속을 지키기 위해 수천 명 노동자의 고통에 책임이 있는 대기업 은강그룹의 경영주라 오인한 사람을 살해하고 말기 때문이다. 특히 이 경우, "난쟁이"를 경제적 권리 박탈 disempowerment의 상징이라는 비유적인 의미로 받아들인다고 하면, 이는 은강그룹에 의해 난쟁이가 된 모든 노동자들에도 해당된다. 영수는 그들을 "난쟁이"라 부른 사람을, 말 그대로, 죽이려고 한 것이다. 그러나 이러한 시도는 실패로 끝난다. 영수가 그룹 회장이라고 생각한 사람은 실은 회장의 동생으로, 영수는 엉뚱한 사람을 죽이고 결국 사형선고를 받는다.

위 예문은 몽타주, 그리고 비슷한 종류의 이미지를 병치하는 것을 통해 몽타주가 얻게 되는 강력한 효과의 증폭을 보여주는 좋은 예이다. 그러나 『난쏘공』에서 몽타주는 그보다는 아이젠슈타인식 충돌이라 할 정신에 입각한, 이질적인 요소들의 결합에 더 자주 사용된다. 「우주 여행」, 「궤도 회전」과 「기계 도시」에서 상류층의 특권을 드러내는 장면들은 난쟁이 가족의 일상 속 디테일과 뒤섞여 있다. 이 세 이야기의 화자는 대학 입시를 준비하는 고등학생 윤호이다. 부유한 율사의 아들인 윤호는 인생의 엘리트 코스에 올라타기 위해 아버지에게 조련되고 있는데, 이 출세가도의 첫번째 관문은 국가 최고의 대학에 합격하는 것이다. 그러나 윤호의 인생에 새 과외선생 지섭이 등장하면서, 윤호는 그 길에서 영영 이탈하게 된다. 지섭은 윤호가 들어가고자 하는 대학 4학년에 재학 중일 때 퇴학당한 학생 운동가로, 윤호에게 난쟁이가 살고 있는 개울 건너편 판자촌의 삶을 소개한다. 윤호는 이후 자신이 목격한 빈곤의 장면들과, 특히 난쟁이의 모습에 시달리게 된다. 난쟁이와 관련된 기억들이 섬광처럼 그의 일상 속으로 끼어들고, 그럼으로써 그의 일상의 의미를 돌이킬 수 없이 바꾸어버린다. 한 소녀와 잠자리를 함께 하면서도 윤호는 난쟁이의 죽음을 생각한다.181면 같은 반 친구가 그의 시험지를 훔쳐보게 해 달라고 할 때 윤호는 '고장난 라디오를 고치고 있[던]' 난쟁이의 아들을 떠올린다.75면 여기에서 고장 난 라디오라는 디테일은 의미심장한 것이다. 고철처리장으로 보내져 폐기 되기 직전 "최후의 시장"에서 사 온 이 라디오는, 어쩔 수 없이 학교를 중퇴하고 공장에 다니게 된 난쟁이의 아들에게는 방송통신고교의 강의를 들을 수 있게 해준다는 의미에서 교육을 이어갈 수 있는 유일한 수단이다. 라디오가 고장 나면서, 난쟁이의 맏아들이 교육을 통해 사회적 계층 이동을 이루어낼 수 있으리란 희망은 모두 사라지게 된다. 이러한 사실들에 시달리던 윤호는 결국 대학 입시에 실패하고 만다. 텍스트 전반을 통해 윤호는 난쟁이와의 만남으로 인해 병리화되는, 내적으로 분열된 인물로 그려지고 있지만, 그는 이 만남을 적극적인 행동을 위한 발판으로 만들어내지는 못한다.

조세희는 두 개 또는 그 이상의 대화 장면을 끊었다가 이어 붙였다가 하는데, 그중 가장 긴 시퀀스는 「잘못은 신에게도 있다」 편에 나온다. 여기에서는 섬유 공장 노동자들과 관리자들 사이의 만남에 대한 묘사가, 난쟁이 가족 구성원들 사이의 여러 갈래의 대화 장면과 교차 편집되고 있다. 이때 교차 편집은 엄격히 연상의 방식을 따르는데, 다시 말해 두 대화 사이에 공통되는 디테일이 한 대화에서 다른 대화로의 이동을 촉발시키는 것이다.

사용자 2 : "옷핀?"

어머니 : 옷핀을 잊지 마라, 영희야.

영희 : 왜, 엄마.

엄마 : 옷이 뜯어지면 이 옷핀으로 꿰매야 돼.

노동자 3 : "그 옷핀이 저희 노동자들을 울리고 있어요."

영희 : 아빠보고 난장이라는 아인 이걸로 찔러버려야지.

어머니 : 그러면 안 돼. 피가 나.

영희 : 찔러버릴 거야.

노동자 3 : "밤일을 할 때 일어나는 일입니다. 누구나 새벽 두세시가 되면 졸음을 못 이겨 깜빡 조는 수가 있습니다. 반장이 옷핀으로 팔을 찔렀습니다."224면

이 장면에서 서로 다른 두 가치관이 옷핀의 바늘 끝에서 충돌한다. 어머니에게 있어 옷핀은 딸에게 자신의 존재를 둘러싼 물질적인 조건이 아무리 비참할지라도 정숙함과 도덕성을 유지해야 함을 일깨워 줄, 단정함과 자기 존중을 위한 도구이다. 오랫동안 고통받고, 모든 것을 인내한, 전통적인 틀 안의 여성인 어머니는 자신에게 주어진 몫을 자신의 것으로 받아들이고, 그 안에서 최선을 다해 살아남으려고 애쓴다. 세상을 향한 울분은 오직 자신의 가슴을 치는 주먹의 소리 없는 움직임을 통해서만 표현될 뿐이다. 그녀는 아들들이 노동운동에 참여하는 것을 만류하는 한편, 딸에게는 여성에게 있어 정절이 얼마나 중요한지 끊임없이 일깨워 준다. 그녀는 딸 영희에게 여성은 "가족과 집에 대한 전통적인 의무"233면를 항상 유념해야 한다고 말한다. 그러나 영희에게 있어 옷핀은 사회적 불의에 대항하기 위한 무기이다. 비록 옷핀이 작고 사소한 것에 지나지 않을지라도, 그것은 자신의 가족을 평생 난쟁이로 만든 언어폭력과 실질적 압

제에 대한 영희의 격렬한 분노를 표현하는 것이다. 난쟁이를 왜소하다고 한다면 대체 그 난쟁이의 법적 피부양자인 아들딸들은 얼마나 더 왜소하겠는가? "아버지를 난쟁이라고 부르는 [것]"은, 이 가족의 발전을 저지하고 계층 상승을 저해하는 모든 것의 약칭으로서, 텍스트 전반에 걸쳐 계속 반복된다.

손에 들린 무기로서의 옷핀은 섬유 공장에서 일어나고 있는 사태로의 장면 전환을 촉발한다. 반장의 손에서 옷핀은 고문과 노동 착취의 도구로 바뀌고, 노동자들이 유신의 산업정책의 세부적인 측면들에 대해 노골적인 말로 항의하는 긴 대화가 이어진다. 대화가 계속되면서 노동자들과 관리자들 사이의 긴장은 점점 고조되고, 마침내 경영진은 겉치레에 불과하던 호의적인 태도를 버리고 대신 폭력적인 위협을 가하는 쪽으로 돌아선다.

노동자1 : "그렇지 않습니다. 산업 전선에서 일하는 사람들이 바로 저희 노동자들이에요. 다만 그 혜택을 우리에게도 돌려야 된다는 거죠. 건강한 경제를 위해 왜 저희들은 약해져야 됩니까?"

사용자1 : "시간이 지나면 다 해결이 돼요."

노동자1 : "노동자들은 이미 오랫동안 기다려왔습니다."

사용자5 : "감옥에나 가야 될 아이들야."

사용자3 : "제발 가만히 앉아 계세요."

사용자1 : "아뇨. 그 말이 맞습니다. 밤반, 오후반 아이들이 밖에 몰려 있습니다. 애들이 조합원을 선동하여 단체 행동을 하겠다는 게 분명해요. 애들은 이미 법을 어기고 있어요."

노동자1 : "아녜요. 궁금해서 모여 서 있는 거예요. 설혹 무슨 일이 일어난다고 해도 저희들은 하나를 잘못하게 되는 겁니다. 그러나 사용자는 달라요. 저희가 어쩌다 하나인 데 비해 사용자는 날마다 열 조항의 법을 어기고 있습니다."

사용자1 : "문을 닫으세요."

사용자2 : "양쪽 문을 다 닫으십시오. 애들을 내보내면 안 돼요."

아버지 : 영수를 당분간 내보내지 말아요.

어머니 : 네.

영희 : 큰 오빠가 뭘 잘못했어? 잘못한 건 그 집 아이야.

아버지 : 그 아이가 뭘 잘못했니?

영희 : 아버지를 난장이라고 놀려댔어.

아버지 : 그 아이는 돌멩이를 던져 우리 집 창문을 깨뜨리지 않았다. 그 아이에겐 잘못이 없어. 아버지는 난장이야.[231~232면]

위 지문에서 우리는 정의의 문제를 다루는 두 개의 대화가 교차되고 있음을 보게 된다. 부모와 자식 간의 사적인 대화와 노사 간의 분규는 구조적으로 상동적이며, 이 둘 사이의 연결고리는 노동자들의 대다수를 이루는 젊은 여성들을, 관리자들이 고집스럽게 "아이들"이라고 부르는 것을 통해 더욱 강화된다. 가족의 사적인 모습을 담고 있는 장면을 — 이 장면에서 아이들은 생애 최초로 아버지가 자신을 "난쟁이"라 칭하는 것을 듣게 된다 — 노사분규 장면과 교차편집하는 것은, 건조한 법률적인 언어로 진행되고 있는 후자에 매우 사적이고 감정적인 분위기를 부여한다. 반대로, 노사분규는 가족 간의 대화에 일종의 사회적 후광을 부과함으로써 대화 내용이 단순히 그 직접적인 맥락인 자식에 대한 부모의 인성 교육에 국한되지 않고, 이를 넘어서는 의미를 지니도록 만든다. 두 대화 장면은 서로 이웃하고 있는 덕에 서로의 맥락 속으로 너무나도 완벽히 침투하며, 교차편집 시퀀스를 마무리하는 난쟁이의 마지막 대사가 가족 간의 갈등과 사회적 갈등 모두에 최종적인 통찰을 전달하는 효과를 갖도록 한다. 난쟁이는 자기 딸에게 이웃 아이가 자신을 난쟁이라 부른 것은 자신이 실제로 난쟁이이기 때문에 잘못한 것이 아니라고 말한다. 그의 딸은 "잘못했다"를 도덕적으로 비난받을 만한 행동으로 봐야한다고 주장하는 반면, 난쟁이는 "잘못했다"라는 말의 의미를 사실관계의 부정확함으로 정의하고자 하는 것이다. 이러한 긴장은 법과 윤리 사이의 갈등으로 제시되고 있는 공적 대화에도 또한 영향을 미친다. 전체로서의 국익, 경제 발전, 근대 산업 기반 구축에 필요한 자본 축적 등, 대화 속에 흩뿌려진 박정희 독재정권의 수많은 말들이 정부 규제의 초법적인 언어로 제시되고 있다. 노동자들은 이러한 주장들에 대해 다른 권위에 기대어 대항하고자 한다. 실제로 법을 어기고 있는 것은 누구인가? 사랑이 빠져버린 법이 의미하는 것은 무엇인가? 몽타주는 그리하여 계급적 적대의 문제를 법적인 기반이 아니라, 사랑의 기반 위에서 논의될 수 있도록 한다.

## '대립의 미학'—사랑과 법

『난쏘공』에서 '가진 자'와 '못 가진 자'의 차이는 유전적, 생물학적, 심지어는 인종적 결정요인들에 기반하고 있는 만큼, 조건부적이 아니라 절대적이다. 난쟁이의 맏아들인 영수는 자신의 가족의 처지를 "남아프리카의 어느 원주민들"96~97면의 처지에 견주고 영희는 그녀와 부동산 투기업자와의 차이가 본래적인 것이라고 믿는다. "우리는 출생부터 달랐다. (…중략…) 나의 첫 호흡은 상처난 곳에 산을 흘려넣는 아픔이었지만, 그의 첫 호흡은 편안하고 달콤한 것이었다."131면 『난쏘공』에 지극히 전복적인 성격을 부여하는 것은 이렇듯 모든 희망적 전망 — 즉 오늘의 고통을, 사후적으로 미래를 위한 의미 있는 희생으로 전환시켜줄, 번영에 이르는 길로서의 발전 — 을 제거해버리는 것, 그리하여 겨울 공화국의 발전주의적인 패러다임을 저지시키는 데 있다. 계급적 적대는 또한 오랜 역사적 과정의 결과로서 제시된다. 철거반원들이 난쟁이의 집을 파괴하러 오자 학생운동가 지섭 — 그는 후에 노동운동계의 존경받는 카리스마적인 지도자가 된다 — 은 철거반원들에게 그들이 '오백 년'이 걸려 지은 집을 헐어버리는 끔찍한 범죄를 저질렀다고 말한다.[124면] 여기에서 그가 언급하고 있는 것은 수대에 걸쳐 노비였던 난쟁이의 조상들이다. 영수, 영호와 영희는 노비의 증손주들이자, 불우한 소작농의 손주들이고, 난쟁이의 자식들이다. 그리하여 그들은 조상들의 고통의 역사를 물려받았다. 절망적인 현재를 돌아보며 영수는 "과거의 착취와 야만이 오히려 정직하였다"[110면]며, 여러 세대에 걸쳐 진행된 이 역사에 과연 진전이 있었는지에 대한 깊은 비관을 드러낸다. 자본주의 그 자체에 고질적이라고 할 수 있는 경제적 착취는 현대와 함께 사라진 것이 아니라, 보다 은밀하고, 비인간적이며, 체계적이 되었다. 비슷한 맥락에서 영호는 그가 마지막으로 눈을 감는 날, '아버지만도 못할 것'을 직감한다. "아버지와 아버지의 아버지, 아버지의 할아버지, 할아버지의 아버지, 그 아버지의 할아버지들은 그들 시대의 성격을 가졌다. 나의 몸은 아버지보다도 작게 느껴졌다. 나는 작은 어릿광대로 눈을 감을 것이다."[115면] 계급적 적대로 이어져 내려온 이 역사의 연속성은 여성들에게 있어서는 더욱 극적으로 나타난다. 부동산 투기업자의 침대에서 깨어나며, 영희는 꿈에서 어머니와 겪었던 쓰라린 투쟁을 다음과 같이 회상한다.

"너의 증조할머니 동생 한 분이 알몸 시체로 수리조합 봇물에 막혀 있었단다. 왜 그랬는지 아니? 주인 서방과 잠자리를 함께했기 때문야. 주인 여자가 너의 증조할머니 동생을 사매질해 숨지게 했단다."

"엄마, 전 달라요."

"같아."

"달라요."

"같아."

"달라요!"132면

그녀의 남자 형제들이 등장하는 장면들이 그러했듯, 위 구절 역시 역사적 진보에 대한 깊은 비관주의를 드러낸다. 한국에서 노비제도가 공식적으로 폐지된 지 삼대째, 난쟁이의 딸은 과연 얼마나 잘 살고 있나? 영희가 노비였던 그녀의 증조 할머니의 동생과 다를 것이 없다는 어머니의 반복적인 주장을 격렬히 부정하면 부정할수록, 그녀는 봇물 속 알몸의 시체와 궁극적으로 닮았다는 것을 인정하는 저주 속으로 빠져들 뿐이다.

이미 절대적인 계급 간의 분리를 더욱 심화시키는 것은 사랑의 주제와 그에 수반되는 욕망과 성적 도덕성에 관한 문제들이다. 예를 들어, 다음과 같은 두 가지 시나리오 사이의 차이를 살펴보도록 하자. 한강의 전경이 한눈에 들어오는 호화로운 고층빌딩에서, 표면적으로는 대학입시 준비를 위한 값비싼 과외를 받기 위해 모인 부유층 아이들이 본드를 마시고 덴마크제 포르노 슬라이드를 본다. 곧 철거될 인근 도시 빈민가에서, 난쟁이의 아들이 옆집 소녀 명희를 품에 안는다. 젊은 연인들은 쏟아지는 별빛 아래에서 손가락을 짚어가며 먹고 싶은 것들을 꿈꿔 보는데, 아홉 번째 손가락까지 꼽은 후엔 그 이상 아무것도 생각해 내지 못한다. 명희는 커서 다방 종업원이 되고, 다시 고속버스 안내양이 되고, 마지막으로 골프장 캐디가 된다. 그녀는 임신을 하게 되자 자살하는데, 아마도 컨트리 클럽에서 강간 당한 결과로 추정된다. 명희의 이야기는 「칼날」에서 신애의 부유한 이웃의 딸이 임신하게 된 후 자살을 시도하는 장면과 대칭을 이룬다.[37면] 혼전 임신은 그러나, 명희의 경우에는 그녀가 입은 피해의 깊이를 드러내는 것이지만, 상류층 소녀의 경우에는 헤픔과 도덕적 결함을 상징하는 것으로 해석된다. 이 텍스트는 부와 사랑 사이에는 매우 단순한 방정식, 즉 엄격한 반비례 관계가 성립한다고 말한다. 돈이 많을수록, 그 사람이 다른 인간을 사랑할 수 있는 가능성은 그만큼 줄어든다는 것이다. 난쟁이의 세 아이들이 서로를 깊이 사랑하는 것과 달리, 은강 그룹의 상속자인 세 아들들은 "작은 욕망의 저울질"[277면]이라고 표현되는 경쟁관계 속에 갇혀 있다. 세 명의 상속자 중 막내이고, 「내 그물로 오는 가시고기」의 화자인 경훈이 외치는 것처럼, "사랑으로 얻을 것은 하나도 없었다."[303면]

성관계와 사적 관계의 영역에서 사랑이 부자들에게 있어 이처럼 폐제 foreclosed되면서, 유일하게 남는 것은 충족될 수 없는 욕망뿐이다. 난쟁이의 딸은 부동산 투기업자에 대해 "그가 나를 원했다"고 말한다. "그는 원하고 또 원했다."[131~132면] 경훈은 대부분의 자기 또래의 십대들보다 성욕이 더 강하고, 실제의 성적 경험 또한 몇 배나 된다는 것을 인정한다. 경훈의 숙모는 자신의 남편이 급사한 뒤, 변호사와 함께 나타나 자기 몫의 회사 재산을 요구하지만, 경훈의 아버지가 옷을 벗은 채 다양한 포즈로 젊은 남자의 품에 안겨 있는 그녀의 사진을 제시하자 말없이 물러난다. 어떠한 의미에서는 윤호조차 과도한 성욕을 지닌 것으로 특징지을 수 있다. 난쟁이 가족의 삶을 나아지게 하기 위해 자신이 할 수 있는 것은 아무것도 없다는 것을 깨닫게 된 윤호는, 그의 여자친구들과 함께 지배와 복종의 계급적 관계를 성적인 맥락속에서 되풀이하는 일련의 사적인 연극들을 연출한다. 이때 성적 욕망은 명백히 노동자의 노동에 대한 자본가의 착취와 유사한 것으로서 제시된다. 영희는 투기업자가 자신에게 영양가 있는 좋은 음식을 먹였지만, 그것은 그녀에게서 모든 정력을 다시 뽑아내기 위한 것이었을 뿐, 결과적으로 "그는 (…중략…) 더욱 강해졌"고 그녀는 약해졌음을 상기한다.[131면] 경훈의 형이 차로 나무를 들이받아 조수석에 타고 있던 여성이 목구멍에 아직 형의 정액이 남아 있는 상태에서 사고로 죽자, 어머니의 운전기사가 경찰서에 자진출두하여 경훈 대신 주어진 형량만큼 복역한다.[277면]

철거반원들이 그의 집에 다가오는 것을 지켜보던 난쟁이가 "그들 옆엔 법이 있다"고 선언하듯, 부자들의 사랑 없는 세계에서 사람들 사이에 안정적인 관계를 보장해줄 수 있는 것은 오직 법과의 제휴뿐이다.[84면] 그리하여 법은 사랑의 반대편에 자리잡게 된다. 그러나 사랑과 법 사이의 대립 속으로 들어오게 된 욕망이 점유하게 되는 공간은, 뜻밖에도 사랑이 아니라 법과 겹쳐진다. 『난쏘공』에서의 법 집행에는 열정적이고, 비이성적이며, 열떤 특질이 있다. 이는 우리가 앞서 확인한 바와 같은 국가에 의한 경우와, 노동자들과의 적대 관계 속에 갇혀 있는 자본가들에 의한 경우 모두 마찬가지이다. 카프카의 「법 앞에서」와 같이, 이 법은 스스로가 불법적인 욕망임을 인지하고 있으며, 따라서 자신이 창출하고자 하는 것이, 눈먼 정의가 아니라 눈을 멀게 하는 정의라는 지식을 억압해야만 하는 법이다. 이 법은 무기와 폭력을 가지고 자신을 보호하는데, 자신을 딱히 필사적인 대중의 폭발로부터 보호하고자 한다기보다는, 법의 숨겨진 중핵이 자기-지식 안으로 틈입하는 것으로부터 보호하고자 하는 것이다. 우리는 윤호 아버지가 등장하는 「우주 여행」의 결정적인 장면을 이와 같은 방식으로 읽을 수 있을 것이다. 윤호 아버지는 권위주의적 정권을 위해, 눈을 멀게 만드는 정의를 창출해 내고자 숨어서 일하는 사람 중 한 명이다. 법, 세계사 등에 관한 두꺼운 책들이 열을 지어 빽빽히 들어찬 그의 거대한 도서관에는 가운데 부분을 파낸 책이 한 권 있는데, 윤호 아버지는 거기에 권총을 숨겨 보관하고 있다. 총은 그의 창의적인 법 적용의 희생자들로부터 그를 보호하는 것이 아니라, 그를 자기 자신으로부터 효과적으로 보호한다. 여기에서 흥미로운 반전은 윤호가 아버지의 총을 찾아 반라 상태인 그의 여자친구에게 건네고, 그 총구를 자신에게 겨누라고 부탁하는 동안 줄곧 난쟁이의 가족을 생각한다는 것이다.

법의 정념에 대항하게 되면서, 되려 딱딱하고, 차갑고, 이성적이어야만 하게 되는 것은 다름 아닌 사랑이다. 유토피아적 몽상에 빠져드는 순간들에, 난쟁이는 바로 그러한 사랑을 꿈꾼다. 「잘못은 신에게도 있다」에서 난쟁이의 아들은 아버지가 말하던, 사랑을 핵심적 특징으로 하는 이상적인 세계를 떠올리는데, 그곳에서 사랑은 역설적이게도, 사회와 자연 모두에 있어, 법으로 공포되어야만 하는 어떤 것이다.

지나친 부의 축적을 사랑의 상실로 공인하고 사랑을 갖지 않은 사람네 집에 내리는 햇빛을 가려 버리고, 바람도 막아버리고, 전깃줄도 잘라버리고, 수도선도 끊어버린다. 그런 집 뜰에서는 꽃나무가 자라지 못한다. 날아 들어갈 벌도 없다. 나비도 없다. 아버지가 꿈꾼 세상에서 강요되는 것은 사랑이다. 사랑으로 일하고 사랑으로 자식을 키운다. 사랑으로 비를 내리게 하고, 사랑으로 평형을 이루고, 사랑으로 바람을 불러 작은 미나리아재비꽃줄기에까지 머물게 한다. 그러나 아버지가 그린 세상도 이상 사회는 아니었다. 사랑을 갖지 않은 사람을 벌하기 위해 법을 제정해야 한다는 것이 문제였다.[213면]

뫼비우스의 띠의 양면에 새겨진 사랑과 법은, 서로 정반대되는 관계성의 원칙이다. 낯선 이들로 이루어진 사회일지라도, 안정성을 확보하기 위해 반드시 충족되어야 하는 최소한의 것을 유지하고자 하는 것이 법이라면, 사랑은 항상 최대한의 것을 요구하고, 그 과정에서 최소한의 것은 의미 없도록 만든다. 법이 그 범위에 있어 보편적이며, 해당 집단의 모든 구성원들에게 동등하게 적용되어야 한다면, 사랑은 지극히 사적이며, 모든 순간, 개별적이어야 한다. 법은 처벌에 대한 위협을 통해 복종을 강요한다. 한편, 사랑이 무엇을 강제하는 지에 대해서는 따로 말로 설명하려 하지 않겠다.

그렇다면 사랑이 법이 되게 만든다는 것은 어떤 의미일까. 악의적으로 해석하고자 한다면, 우리는 난쟁이의 달 위 유토피아에 대한 꿈을, 지상 위 박정희 정권하의 현재적 디스토피아 즉, 조국에 대한 사랑이란 이름으로 단지 사람들의 행동만 법제화하려는 것이 아니라, 그들의 생각과 감정까지도 규제하려 드는 파시스트적인 국가로 읽어낼 수도 있을 것이다. 이와 달리, 조금 더 직설적인 해석 방식을 택하자면, 우리는 이를 인간 삶의 복잡다단한 개별성들에까지 주의를 기울일 능력이 없는 법과, 다른 한편으로는 눈가린 정의의 도구로서의 자격, 즉 집단 내의 모든 구성원들에게 완벽히 동일한 방식으로 적용된다는 의미를 완전히 박탈당하고 만 겨울 공화국에서의 법의 정념, 이 모두에 대한 비판으로도 읽을 수 있을 것이다. 그러나 한 용어에서 다른 용어로의 최종적인 대체보다 더 중요한 것은 대립opposition 그 자체의 역학이다. 류보선이 지적한 바와 같이, 『난쏘공』의 고유한 특징은 "통상적으로는 만나기 힘든 대상들이 합리적인 매개 없이 하나로 묶여 있을 뿐만 아니라 좀처럼 양립하기 힘든 세계관 혹은 방법이 서로 복잡하게 뒤엉켜 있[다]"는 것이다.[42] 『난쏘공』에 대한 초기 저작 중 아직도 여러 중요한 측면에서 결정적인 연구로 남아 있는 한 연구에서, 김병익 또한 이와 비슷한 주장을 하면서 조세희를 "대립의 미학"의 실천가라 칭한 바 있다. 조세희의 텍스트에서 대립은 내용의 차원과 형식의 차원 모두에서 근본적이고, 화해 불가능하며, 변증법에 대한 어떠한 시도도 결국 실패로 끝날 수밖에 없다는 것을 간파했던 것이다.[43] 이러한 텍스트가 발휘하는 효과는 독자들로 하여금 해결을 모색하기보다는 '승화'로 이끌 것이었다.[44] 실제로 승화를 강제하는 것은, 어떠한 해결에도 도달할 수 없을 것이라는 사실에 대한 깊은 절망감이었다.

김병익의 통찰은 리얼리즘과 모더니즘 사이의 이제는 지겨워진 논쟁을 끝내기 위한 일종의 타협으로서 대두된, 『난쏘공』에 대한 한 지배적인 해석을 문제 삼을 수 있도록 해준다. 우리가 앞서 보았듯이, 이 논쟁의 핵심 요소는 환상의 지위에 대한 것이었다. 우찬제에 의해 가장 설득력 있게 제시된, 상당히 '신중한' 이 주장은 다음과 같은 내용이었다. 『난쏘공』에서 '환상'은 '현실적인' 내용을 위한 형식을 제공한다. 따라서 우리는 리얼리티 그 자체의 문제에서 '리얼리티 효과'의 문제로 나아가야 한다. 해당 텍스트가 모더니즘에 속하는지 리얼리즘에 속하는지에 대한 논쟁은, 좋게 말하면 이론적으로 세련되지 못하고, 나쁘게 말하면 이데올로기적인 동기를 지닌 것이라고 할 수 있다. 우리 모두가 알다시피, 이러한 대립적 사고방식에 의해 특징지어진 거대 서사의 시대는 이미 끝났다.[45]

---

42    류보선, 「사랑의 정치학」, 민족문학사연구소 편, 『1970년대 문학연구』, 소명출판, 2000, 388면.

43    김병익, 「해설-대립적 세계관과 미학」, 조세희, 『난장이가 쏘아올린 작은 공』, 이성과힘, 2000, 319~336면.

44    위의 글, 330면.

45    우찬제, 「조세희의 난장이가 쏘아올린 작은 공의 리얼리티 효과」, 『한국문학이론과 비평』 21, 2003, 162~183면.

그러나 나는 이러한 독법이 거짓된 해결의 예이자, 뫼비우스의 띠 바깥의 관점을 얻기 위한 시도라고 말하고 싶다. "조세희의 『난장이가 쏘아올린 작은 공』은 대립적 세계관에서 출발하되 그것을 혁파하고 넘어서는 새로운 인식 지평을 모색하고자 한 소설이다."[46] 『난쏘공』은 대립의 논리를 무자비할 정도로 전경화시키고 있는 텍스트이며, 이러한 기본적인 서사 전략을 부정하는 것은 우리로 하여금 조세희 텍스트에 있어 가장 급진적인 부분을 놓치게 할 뿐이다. 그러한 점에서 김병익의 논문은 우리에게 『난쏘공』의 독법과 관련하여 유용한 단서를 준다. 그러나 우리는 『난쏘공』이 절망을 통해 승화를 성취해 내는 것으로 특징지어 버리기보다는, 대립을 대립으로서 횡단하고, 비틀림torsion의 지점에 머무는 것이 부과하는 참을 수 없는 긴장감을 견뎌내는 작업, 즉 이웃사랑의 결과로서 어떠한 새로운 지식과 태도가 생산되는지 물어야 할 것이다. 이러한 주장의 가장 강력한 뒷받침은 조세희의 작품 속 환상과 과학의 대립에서 찾을 수 있다.

## 환상과 과학

『난쏘공』의 서사를 시각적으로 방해하는 두 건의 문서들에 대해 생각해 보자. 그 첫 번째는 이야기의 시작 장면에서 난쟁이 가족에게 전달되는 "철거 계고장"이다. 이 공문서는 객관적인 사회 현실의 한 편린으로서 시각 자료로 보존되어 난쟁이의 장남 영수에 의해 서술되는 지극히 주관적인 일인칭 서사에 직접 삽입되고 있다. 두 번째 공문서는 영희의 서사

---

46    위의 글, 167면.

에 등장하는 "무허가 건물 철거 확인원"이다. 영희는 이 문서를 부동산 투기업자의 집에서 나와 집에 돌아온 후 동사무소에 제출한다.

　이 공문서들을 면밀하게 살펴보다 보면 매우 흥미로운 사실이 하나 드러나게 된다. 이 통지서는 "서울특별시 낙원구 행복동 46번지의 1839"에 거주 중인 난쟁이 김불이 앞으로 나온 것이다. 이 난쟁이 가족의 본적 또한 마찬가지로 "경기도 낙원군 행복면 행복리 276번지"로 되어 있다. 여기에서 '낙원구 행복동'이라는 난쟁이 가족의 주소는, 이주를 강제한 정부가 파괴해버린 이 가족의 이상세계에 대한 직접적인 은유로 읽을 수 있을 것이다. 아니면, 이 주소는 낙원과는 거리가 멀었던, 이제는 그마저 파괴되어 버린 판잣집에서 영위된 이 가족의 삶의 물질적 조건에 대한 역설적인 은유로도 볼 수 있을 것이다. 이 단편소설의 인상적인 서두 부분에서 영수가 선언하고 있듯이, "천국에 사는 사람들은 지옥을 생각할 필요가 없다. 그러나 우리 다섯 식구는 지옥에 살면서 천국을 생각했다. 단 하루도 천국을 생각해보지 않은 날이 없다."80면 두 경우에서 모두, 이 공문서들을 통해 환상의 차원이 갑작스럽게 열리게 된다는 것은 분명하다. 우리에게 시각적 형태로 제시된 이 공문서들은 허구적인 텍스트 속에 통합되어 들어온 객관적 사회세계의 편린으로서, 권위와 진본성 모두를 드러내도록 고안된 것이다. 그 결과, 일종의 틀-안의-틀이 만들어지게 된다.

　그러나 이 틀들은 완전히 폐쇄적이지는 않다. 예를 들어, 난쟁이 가족의 거주지는 "피안시Nirvana City 낙원구 행복동 46번지의 1839"가 아니라 "서울특별시 낙원구 행복동 46번지의 1839"이다. 마찬가지로, 두 번째 문서 속 이 가족의 본적, 그 환상적인 장소를 경기도라는 실재하는 지역에 위치 지음으로써, 환상 속의 등기부가 갑자기 현실 속의 등기부로 바

꾼다. '환상'과 '현실'은 오직 상동적 관계 또는 알레고리적인 관계만이 가능한, 서로 뚜렷이 구별되고 상호 독립적인 의미체계를 갖는 두 개의 차원으로 분리되어 있지 않다. 그렇다고 그 요소들이 완전히 뒤섞여, 한 차원이 다른 차원과 궁극적으로 구분되지 않게 되는, 복잡하고 풍부하지만 한편으로는 모호한 하나의 체계<sup>matrix</sup>를 창출해 내는 것 또한 아니다. 환상과 현실의 대립은 동일한 틀 *내에서*, 그러나 어떠한 매개도 *없이* 지속된다. 조세희는 대립항 중 한 편이 다른 한 편의 논리에 따라 '알레고리적으로' 읽히도록 하는 데 걸맞는 틀을 제공하려 하지 않는다. 실제로 조세희가 그의 텍스트 내에서 제시하고 있는 어떠한 요소도, 심지어 난쟁이조차, 알레고리적인 독해를 끝까지, 전적으로 버텨내지는 못한다. 앞서 논의된 리얼리즘과 모더니즘 사이의 논쟁과 관련하여 이러한 역학은 난쟁이의 형상을 놓고 형성된 역설적인 교차 배열법을 통해 증상적으로 나타난다. 난쟁이에 대한 알레고리적 독해, 즉 "난쟁이"를 이를테면 민중의 체현이나 억압받는 자들의 고통으로 읽어내야 한다고 주장하게 되는 것은 다름 아닌 '리얼리즘' 비평가이다. 한편 '모더니즘' 비평가는 늘 그렇듯이, 추상으로서의 "난쟁이"는, 난쟁이로서의 난쟁이의 물질성, 즉 세 아이의 아버지이자, 키 117센티미터에 몸무게 32킬로그램의 김불이라는 실제 인물에 매몰되어 버리고 만다는 점을 지적함으로써 그러한 독법의 한계를 드러내고자 한다.

여기에서 조세희가 제시하고 있는 것은 훨씬 더 급진적인 어떤 것에 대한 각색이다. 어떠한 주어진 대립 속에서 하나의 항은 그 대립항과의 견딜 수 없는 인접성으로 인해 문자 그대로 그 반대가 *되어버린다*. 앞서 분석한 바와 같이, 이것이 바로 우리를 한 편에서 그 반대편으로 데려가는, 뫼비우스의 띠상의 비틀림의 지점이다. 서사 내에서, 시에서 발급한 공문서를 시각적으로 제시하는 것은 과도현실hyperreal의 요소들에 환영적인 성격을 부여하는 효과를 갖는다. 그렇다면 여기에서 인접성의 작동은 가당치 않은 국가 기구의 '비이성적' 성질 또는 그것의 '환상적 중핵phantasmago-ric core'이라고까지 부를 수도 있을 실재에 대한 약간의 지식을 제공한다. 그리고 이는 우리로 하여금 질문하게 한다. 우리는 왜 이 가당치 않은 국가 기구를 '현실'이라 특권화함으로써 거기에 위엄을 부여하고, 합리성의 원칙이 그편에 있다고 상정해야 하는가. 이 동일한 국가가 김씨 일가의 성장을 봉쇄하고, 계층 이동 가능성에 대한 이들의 욕망을 지독하게 억압하고 차단함으로써 이들을 왜소화시켰는데 말이다. 경제적 혜택을 받지 못한 난쟁이의 아이들로부터 단절된 서울이라는 세계는, 그들이 가족으로서 살 수 있는 보잘것없는 조그마한 집, 한 칸의 방조차 허용하지 않는다. 국가는 쇠망치를 든 사람들을 고용하고, 검은 세단을 타고 궁핍한 동네로 몰려 들어올 부동산 투기업자들을 동원해 그 집을 파괴한다. 그러니 영희가 이들 부동산 투기업자 중 한 명과 함께 차를 타고 떠난 후, 동네에 난쟁이의 예쁜 딸이 외계인에게 납치되었다는 소문이 퍼지게 되는 것은 전혀 이상할 것이 없다. 부동산 투기업자는 외계인의 일종이며, 그의 매끈한 검정색 세단은 가장 최신 모델의 UFO인 것이다.

사랑과 법의 대립 속에서 욕망이 뜻밖에도 법의 편에 있는 것을 발견하게 되는 것과 같이, 과학 또한 현실보다는 환상의 편에 위치한다. 『난쏘공』 전반에 걸쳐 과학에 대한 언급은 유토피아적인 상상의 산물로 상정된 우주 여행의 맥락에서 거의 독점적으로 나타난다. 난쟁이가 꿈꾸는 "달나라 여행"은 처음에는 절박해진 궁핍한 집안의 가장이 떠올린 공상의 산물로 제시되지만, 나중에는 과학의 권위를 환기시키는 언어를 통해 그 내용이 구체화된다. 둘째 아들 영호와의 대화에서 난쟁이는 달에서의 새로운 삶에 대한 구체적인 계획을 다음과 같이 펼쳐놓는다.


　　"살기가 너무 힘들다."

　　아버지가 말했었다.

　　"그래서 달에 가 천문대 일을 보기로 했다. 내가 할 일은 망원 렌즈를 지키는
일야. 달에는 먼지가 없기 때문에 렌즈 소재 같은 것도 할 필요가 없지. 그래도
렌즈를 지켜야 할 사람은 필요하다."

　　"아버지, 도대체 그런 일이 가능할 것 같아요?"

　　내가 말했다.

　　"넌 이때까지 뭘 배웠니?"

　　아버지가 말했다.

　　"뉴턴이 그 중요한 법칙을 발표하고 삼 세기가 지났어. 너도 그걸 배웠지? 국
민학교 때부터 배웠어. 그런데 우주에 관한 기본 법칙을 전혀 모르는 사람처럼
말하는구나."

　　"그런데 누가 아버지를 달에 모시고 가겠대요?"

　　"지섭이 미국 휴스턴에 있는 존슨 우주 센터에 편지를 써 보냈다. 그곳 관리
인 로스 씨가 답장을 보내올 거야. 후년에 우주 계획 전문가들과 함께 달에 가
게 될 거다."

　　"그 책을 돌려주세요."

　　내가 말했다.

　　"그리고, 그 사람 말을 믿지 마세요. 그는 미쳤어요."[351~352면]


난쟁이의 동료 몽상가에 대한 영호의 최종적인 논평이 암시하듯, 실
행 가능성의 관점에서 볼 때, 달에 간다는 것은 그야말로 미친 생각이다.

이 장면을 통해 난쟁이는 자신의 환상을 지탱하기 위해 과학에 의존하고 있다는 점에서 더더욱 현실에 대한 감각을 잃은 사람이라는 것이 드러나게 된다. 달에 먼지가 없다는 것 — 공중에 먼지가 떠 있을 수 있으려면 먼저 대기가 존재해야 한다 — 그리고 뉴턴의 법칙 운운하는 것은 '현실적인' 세부 사항들이긴 하지만, 이는 오히려 난쟁이가 가진 꿈의 환상적인 성격을 부각시킬 뿐이다. 또한 휴스턴에 실제로 존재하는 나사의 존슨 우주 센터, 그리고 그곳에서 일하는 로스 씨라고 하는 사람과 연락을 취한다는 난쟁이의 매우 구체적인 계획은, 그가 과학과 환상을 엄밀히 구별할 수 있도록 하는 필수적인 판단 능력을 발휘하는 데 실패하고 있음을 보여준다. 이는 마치 난쟁이의 세계에는 어떤 매개의 차원이 누락되어 있어, 상징이나 알레고리조차 그에게는 문자 그대로의 적나라한 의미로밖에 이해될 수 없는, 노골적인 주장으로만 다가오는 것이라고 할 수 있다. 이러한 결함은 난쟁이를 자신의 아들과 세상 사람들의 눈에 완전히 정상은 아닌 것으로 보이도록 만들기는 하지만, 그럼에도 불구하고, 우리가 중요한 질문 하나를 던질 수 있게 해준다. 우주 여행은 환상인가 과학인가? 과학을 읽는 데 환상의 문법이 사용되고, 환상 속에서 과학의 문법이 작동하게 될 때, 우주 여행은 과학과 환상, 이 두 용어가 능동적으로 각자의 타자가 되는 한도 내에서만, 그 어느 쪽이든 될 수 있다. 난쟁이가 꿈꾸는 이상세계에서 법이 되어야 하는 사랑과 마찬가지로, 달나라 여행은, 실질적으로 실현 불가능하다는 의미에서뿐만 아니라 다른 세계를 감싸 안으려는 시도를 나타낸다는 점에서 진정한 환상이며, 가능한한 가장 정확하고 세밀한 과학의 언어로 수행되어야 한다. 이렇게 과학과 환상을 짝짓는 것은 과학을 환영화시킬 뿐만 아니라, 사랑의 세계인 동시에 정의의 세계인, 난쟁이의 또 다른 세계에 대한 환상에 강한 현실성의 아우라를 부여한다. 그 결과, 난쟁이의 환상은 어떤 윤리적 긴급성을 갖게 된다. 「잘못은 신에게도 있다」의 결말과 함께 읽으면, 난쟁이가 권위의 근거로 내세우는 "우주에 관한 기본 법칙"은 사랑과 법, 과학과 환상 모두를 관통한다. 그리고 달나라로의 여행과 "작은 미나리아재비꽃줄기에까지 머물" 바람의 새로운 장소를 마련하는 것은, 망상적인 상상력의 산물이 아닌, 반드시 이루어져야 할 일이 된다.

조세희의 텍스트에서 과학과 환상의 대립은 본다는 문제와 더 긴밀하게 연결되어 있다. 이 주제는, 매우 적절하게도 "은강에는 장님이 많았다"235면라는 문장으로 시작하고 있는 「클라인 씨의 병」에서 가장 깊이 있게 다루어지고 있다. 이 작품에는 영수가 "과학자"라고 부르는, 나사를 만드는 제조업자가 등장하는데, 그가 만든 나사는 미국으로 수출되어 달 착륙선, 우주선, 다양한 종류의 인공위성, 실험용 로봇과 컴퓨터 등등을 만드는 데 쓰인다.244면 이 세부사항에서 과학은 또다시 우주 여행과 연결되고 있기도 하지만, 그보다 이 과학자가 수행하고 있는 더욱 중요한 기능은 영수에게 클라인 씨의 병이라고 하는 위상학적 형상을 소개하는 것이다. 어떤 의미에서 클라인 씨의 병은 가장 극단적인 상태에서의 과학과 환상의 충돌을 표상한다. 1882년 독일의 수학자 펠릭스 클라인Felix Klein이 뫼비우스의 띠 두 개를 이어 붙였을 때 만들어지게 될 형상을 상상하여 고안해낸 이 클라인 씨의 병은, 폐쇄된 무방향적 표면으로, 4차원의 공간에서만 존재할 수 있다. 이 병은 정확한 수학적 원리들을 시연하며 다양한 매개 방정식을 통해 나타낼 수 있지만, 상상만 할 수 있을 뿐, 물리적으로 구성해낼 수는 없다.[47] 클라인 씨의 병 또한 뫼비우스의 띠와 같이

---

47  Martin Gardner, *Martin Gardner's New Mathematical Diversions from "Scientific American"*, Chicago : University of Chicago Press, 1984, pp.9~18.

무방향적이라는 것은, 그것이 판별 가능한 안이나 밖을 갖지 않는다는 것을 의미한다. 영수는 이 수학적 수수께끼로부터 "[클라인 씨의 병의] 세계에서는 갇혔다는 그 자체가 착각"262면이라는 깨달음을 얻게 된다.

맹목에 대한 언급으로 가득한 이 이야기에서는 눈이 먼다는 것의 의미가 서사의 여러 지점에서 사용역register상의 변화를 겪게 되는데, 이와 같은 깨달음은 이야기의 마지막 부분에 가서야 얻어지게 된다. 작품의 서두는 은강에 장님이 유독 많은 것에 대한 언급이 하나의 사실로서, 다시 말해 급속한 산업화에 의해 야기된 환경 문제에 뿌리를 둔 실제의 현상으로서 받아들여져야 한다는 것을 시사한다. 은강은 3P의 도시이다. 여기에서 3P는 윤호가 대학 입시를 위해 영단어 "Pollution", "Population", "Poverty"를 암기하면서 사용한 연상 기억법으로, 거대하고 육중한 짐승 같은 이곳은 도시 전체가 거의 공장만으로 이루어져있다.181면 은강의 주민들은 공장의 매연 속에서 하루를 보내고, 유해한 오염물질의 먹구름 아래서 잠든다. 「기계 도시」와 「은강 노동 가족의 생계비」는 이러한 산업오염으로 인해 은강 주민들이 직면하게 되는 건강상의 위험에 대해 보다 상세하게 다루고 있다. 이 이야기들과 함께 읽었을 때, 「클라인 씨의 병」에서 영수의 장님에 대한 논의는 우선 환경적인 맥락 속에 위치 지워져야 한다. 영수는 비록 은강에서는 십 분 사이에 장님 다섯 사람을 만나게 되는 것이 예사지만, 세계 어딘가에는 "한 시간 이상을 헤매고도 단 한 명의 장님을 볼 수 없는 도시"235면들도 있을 것이라고 생각하는데, 이는 물론 겨울 공화국 시기 한국의 산업화에 대한 은근한 비판이라고 할 수 있다.

그러나 맹목은, 당연히 심리적이거나 정신적인 상태일 수도 있다. 영수의 어머니가 아들에게 "세상을 보는 눈은 따로 있다"고 말할 때 그녀가 암시하는 것은, 본다는 것에 있어서의 바로 이러한 차원인 것이다.235면 은강에 장님이 많다는 것은 노동자에 대한 지배가 적어도 부분적으로는, 푸코적인 의미에서의 인식론적인 폭력을 통해 이루어지고 있음을 시사한다. 또한 영수는 "장님들이 세상을 볼 수 있는 방법은 한 가지밖에 없다. (…중략…) 그것은 눈을 갖는 일"[235면]이라고 믿고 있지만, 세상 사람들이 알아보지 못하는 것을 보기 위해서는 특별한 형태의 맹목성이 필요한 것인지도 모른다. "노동자 교회"를 이끄는 개신교 목사의 경우가 바로 그러한데, 그는 너무나도 지독한 근시여서 그가 끼고 있는 두꺼운 오목 렌즈 속 그의 눈은 거의 사라져버릴 정도이다. 노동자들의 곤경에 너무나도 "근시안적으로" 자신의 시선을 집중시키고 있는 그는, 그 어떠한 위대한 발전에의 전망을 위해서라도, 그의 실제 이웃들의 고통을 간과할 수는 없어 한다. 은강 그룹의 회장인 경훈의 아버지는 그 정반대이다. 그는 해마다 박정희 정권이 열성적으로 추진하는 "불우 이웃 돕기" 사업에 몇십억씩 기부하지만, 자신의 회사가 그 다음 단계의 성장을 이루기 위해서는 그곳의 노동자들이 끝없는 밤들을 핀으로 찔려가며 노동으로 지새워야 한다는 것을 보지 못한다. 이러한 참을 수 없는 모순들과 직면하여, 영수는 교육을 통해 눈을 뜨고자 한다. 그는 그가 "눈을 갖[기]"만 하면, 충분한 지식만 있으면, 계급적 적대라는 수수께끼의 중핵에 도달할 수 있으리라고 믿는다. 그는 "산업사회의 구조와 인간 사회 조직, 노동운동의 역사, 노사 간의 당면 문제, 노동 관계법", 그리고 "정치, 경제, 역사, 신학과 기술"을 공부한다.[242면] 그는 영국의 산업 혁명에서 도출된 사례 연구들을 익힌다. 어디까지나 학구적인 영수는 ─ 영호는 자신의 형이 난쟁이의 아들로만 태어나지 않았다면 분명 유명한 학자가 되었을 것이라 말한다 ─ 자신의 삶을 제도적인 맥락 속에서 바라볼 수 있게 해 주는, 자본주의 이론에 대한 일반적인 지식을 발전시켜 나간다. 영수는 이러한 교육을 통해 자본주의적 축적의 메커니즘 속에 있는, 자신과 같은 산업 노동자들의 삶의 객관적인 조건들을 이해하게 되었으며, 그러니 이제 자신은 눈을 떴다고 선언한다.

이에 대해 지섭은, 클라인 씨의 병으로부터 영수가 궁극적으로 이끌어내야 할 교훈을 작동시키며, "너는 처음부터 장님이 아니었어!"라고 반박한다.256면 이 단편에는 장님 나라의 애꾸눈 왕에 대한 짧은 우화가 등장한다. 옛날 옛적에 장님 나라를 다스리는 애꾸눈 왕이 있었다. "장님 나라의 애꾸눈 왕은 제가 언제나 제일 잘 본다는 확신을 갖는다. 그러나 애꾸눈 왕이 볼 수 있는 세계는 반쪽 세계에 지나지 않는다. 그가 자신의 눈만 믿고 방향을 바꾸어 보지 않는다면 다른 반쪽 세계에 대해서는 끝내 알 수 없다."236면 지섭이 주장하려는 것은 단순히 영수가 스스로 눈을 뜨기 위해 기댄 추상적인 이론이 그가 공장에서 물리적으로 마주치는 억압의 현실과 맞서 싸우는 데는 무력하리라는 것이 아니다. 영수가, 프롤로그의 "어느 쪽의 아이가 얼굴을 씻을 것[인가]"라는 질문으로 표상되는, 초판의 수를 받아들이는 한, 그가 진실에 접근하는 것은 처음부터 가로막히게 될 것이다. 그가 어느 쪽으로 답하든, 이 시점에서 달라지는 것은 거의 없다. 영수가 클라인 씨의 병으로부터 이끌어내는 지식은, 애꾸눈 왕을 돌려세울 수 있을 정도의 것이어야 한다. 지섭에게 있어 진정한 지식은 생각과 행동 사이의 구분을 이미 무너뜨려버린 것이어야 한다. 교육을 통해 뫼비우스의 띠 바깥의 객관적인 관점을 얻게 되리라는 영수의 믿음은, 궁극적으로는 그가 아무런 행동도 하지 못하게 스스로를 구속하는 행위에 지나지 않는다. 그리하여 난쟁이의 옛 동료 몽상가 지섭은 난쟁이의 장남 영수에게, 그가 새롭게 얻은 모든 지식에도 불구하고, "너의 무지가 너를 묶어버린 거야"라고 말한다.256면 그들의 고뇌에 찬 대화를 마무리하면서 지섭은 영수에게 현장을 지키라고, 이를테면 계급적 적대의 뫼비우스의 띠 안에서 움직이라고 요구한다. "[현장을] 뜨지 말고 지켜", 지섭은 영수에게 말한다. "그곳에서 생각하고, 그곳에서 행동해. 노동자로서 사용자와 부딪치는 그 지점에 네가 있으라구."257면

## 『난쏘공』, 30년 후

1978년, 『난쏘공』이 단행본으로 출간되기 직전, 당시 문지 편집장이었던 김현은 조세희에게, 책이 좋으니 적어도 팔천 부는 나갈 것이라고 말했다.[48] 2005년 12월, 『난쏘공』의 이백 쇄 돌파를 기념하는 자리에서 조세희는 김현의 평을 약간의 아이러니와 함께 회상할 수 있게 되었다. 처음 출간된 후 30년 동안, 『난쏘공』은 김현의 "핑크빛" 예측을 백 배 이상 뛰어넘었다. '우리 시대의 고전'이 된 『난쏘공』은 오늘날 전후 한국문학에서 최인훈의 광장1960년만이 유일하게 진정한 경쟁 상대가 될 수 있을 정도의 위상을 누리게 되었다. 그러나 조세희에게 있어 그 자리는 축하할 만한 일이 아니었다. 그는 『난쏘공』의 이백 쇄 돌파를, 눈부신 성취라기보다는 "부끄러운 기록"으로 보아야 할 것이라고 말했다. "억압의 시대를 기록한 소설이 아직도 읽혀지는 것은 역설적이게도 30여 년 전의 불행이 아직 끝나지 않았음을 증명하기 때문이다."[49] 인터뷰에서 조세희는 "비정규직 노동자"의 문제와 세계화의 압력 속에 놓여있는 농부들의 운명을

---

48    이순녀, 「'난쏘공' 27년째 생명력」, 『서울신문』, 2005.12.2, 26면.

49    이상주, 「'난 · 쏘 · 공' 200쇄 자랑아닌 부끄러운 기록」, 『경향신문』, 2005.12.1.http://
      news.khan.co.kr/kh_news/khan_art_view.html?art_id=200512011815231

언급하며, 이 두 사례를 겨울 공화국 당시 자신이 『난쏘공』을 통해 주제화시켰던 고통과 불의의 21세기형 형태로 꼽았다.

　2009년 1월, 『난쏘공』은 극심한 갈등의 현장에서 훨씬 더 직접적인 동시대적 유관성으로 인해 다시금 주목을 받게 되었다. 미군기지 이전에 따라 상업 및 주거지 재개발 지역으로 지정된 서울의 중심 지역 용산에서는, 상가 강제 퇴거에 저항하는 여남은 명의 영세업자들이 경찰과 대치했다. 뒤따른 화재로 인해 다섯 명의 시위자들과 한 명의 경찰관이 목숨을 잃었다. 이 비극 이후, 『난쏘공』에 대한 관심이 치솟았다. 그 여파로 조세희는 용산을 방문, 자신의 작품에 대한 관심이 다시금 불붙게 된 것을 개탄하였다. 삼십 년 전 『난쏘공』을 쓴 것은 "벼랑 끝에 세워 놓은 '주의' 푯말"이었으나, 아무도 그 경고에 주의를 기울이지 않은 것이 분명했다. "한국 경제가 위기를 극복하는 방법은 하나뿐"이라고 조세희는 말한다. 그것은 바로 "'가난뱅이'에게 고통을 넘겨주는 것"이다.[50]

　해를 거듭하는 동안에도 자신의 작품에 대한 조세희의 견해는 놀랄만큼 일관적이었다. 『난쏘공』은 겨울 공화국의 정점에서 증언의 문학으로서 탄생하였으며, 21세기 신자유주의 하의 한국에서도 계속해서 그렇게 읽혀야 할 것이다. 조세희는 그의 작품에 대해, 에이젠슈타인의 표현을 빌자면, "특정한 맥락에서 독자의 영혼을 쟁기질하여 갈아엎듯", 견뎌내기 힘들 정도의 예리함으로 독자들의 의식 속에 강제했던 현실, 그 이상이나 그 너머로는 그 어떠한 초월적인 가치도 주장하지 않으며, 그의 작품이 발신한 위험 신호 또한 그 자체를 하나의 인공적 산물인 것으로 그

---

50　권우성·이승훈, 「'난쏘공' 조세희 "철거민 진압, 30년 전보다 더 야만적"」, 오마이뉴스, 2009.1.21. http://www.ohmynews.com/nws_web/view/at_pg.aspx?cntn_cd=a0001053772

의미를 제한하였다. 그 신호는 결국에는 그것이 발하는 경고 이상의 그 어떠한 내재적인 가치도 지니고 있지 않다. 르포이자 증언으로서의 『난쏘공』은, 바라건대 책의 갈피 갈피에 표상된 것과 같은 불의가 현실 세계에 더 이상 존재하지 않게 되어, 사람들이 더 이상 자신들의 세계에 대해 분노하지 않게 될 때, 비로소 사라져야 할 것이다. 이 텍스트가 더 이상 증언으로서 기능하지 않게 될 때, 『난쏘공』은 오래전에 되었어야 할 것이 비로소 될 수 있다. 바로 겨울 공화국이라 불린 시간과 장소에 대한 역사적 기록 말이다.

한국문학 애호가들의 생각은 좀 다르다. 내가 일련의 정밀한 독해를 통해 이 장에서 보여주고자 했듯이, 『난쏘공』은 심오한 정치적 책무와 도덕적 전망을 담은 책이다. 『난쏘공』은 겨울 공화국의 핵심에 자리한, 언명되지 않은 계급적 적대의 현실에 대한 지극히 비판적인 이해에 뿌리를 두고 있으며, 특히 철거당한 도시 빈민의 곤경으로부터 터져나온 것이기 때문에, 정권의 개발 담론을 저지함으로써 집단 최면의 포획에서 벗어난, 자유로운 사고를 가능하게 만들어야 하는 긴급한 임무를 스스로 떠안았던 것이다. 우리는 이를 자기 존재의 실질적 조건들을 인식하기 위해 인식 대상과의 거울 관계로부터 빠져나와야만 하는 굴뚝 청소부나, 돌아서서 다른 방향을 바라보게 만들어야만 하는 애꾸눈 왕과 비교할 수 있다. 이 과정에서 조세희는 오래 지속될 아름다움과 드문 철학적 깊이를 가진 작품을 창조해 냈다. 특히 문학 연구자들에게 있어 이 작품은 한국문학계로 하여금 문학의 사명과 방법에 대해 서로 경쟁적인 관계에 있는 견해들을 표현하도록 강제했다는 점에서 추가적인 역사적 중요성을 갖는다.

그러나 이러한 점들이 조세희에게 큰 의미를 가질 것 같지는 않다. 비평가들이 그의 작품을 리얼리즘적이라 생각하든, 모더니즘적이라 생각하든, 혹은 둘 모두이거나, 또는 둘 다 아닌 것으로 생각하든, 무슨 차이가 있겠는가. 뫼비우스의 띠의 표면을 꿋꿋하게 가로지르는 개미처럼, 조세희는 외부의 관점에서 자신의 작품이 격상되는 것을 완강히 거부해 왔다. "[갈등의 현장을] 뜨지 말고 지켜. 그곳에서 생각하고, 그곳에서 행동해." 조세희에게 있어 이 명령은 자신을 향한 것이었는지도 모른다. 한 이웃의 비참한 모습이 작가로서 무기력했던 공백기를 끝내고 펜을 집어들게 한 1975년의 그 운명적인 날 이후, 조세희는 이 명령에 따르기를 멈춘 적이 없다. 자유 무역 협정을 반대하는 농부들의 시위에서, 결속을 위한 노동자 집회에서, 또는 철거민들의 단식 투쟁장에서, 우리는 오늘도, 입에는 담배를 물고 손가락으로는 재빨리 카메라 셔터를 누르고 있는 은회색 머리의 작가를 만나게 될지도 모르는 것이다.

# 제4장

## 행동 요청
### 황석영의 떠돌이들

아아 바람의 시인이여 이제야 우리는 알겠다

그들의 골수 깊은 원한이 사랑을 가지게 한다는 것을

쇠붙이는 불길 속에서 단련되어진다는 것을

바람은 그것을 밤이 오고 눈이 온다고 말하여 주고 있는 것이다

그렇게 겨울의 견고한 사랑을 말하여 주고 있는 것이다

— 최하림, 「겨울의 사랑」, 1974

2004년 출간된 이시영의 산문 시집 『바다 호수』[1]는 가장 참혹한 기억조차 따뜻함과 유머로 보듬을 수 있게 해 주는 시간의 힘을 통해 독재 정권하, 한국 문단의 모습을 흥미롭게 그려낸다. 자실에 처음 가입했을 당시 겨우 스물다섯이었던 이시영은 이 조직이 존속하고 있던 대부분의 기간, 최연소 조직원이었다. 나이 차이가 많이 날 경우에는 선생님, 그 외에는 격의 없이 형이라고 불렀던 자신의 선배들에 대한 애정 어린 기억을 소환하고 있는 이 시집에서, 이시영은 적실한 단 하나의 묘사만으로도 그

---

[1]  이시영, 『바다 호수』, 문학동네, 2004.

들의 본질을 생생하게 포착하여 되살려내는 효과를 발휘한다. 그 좋은 예가 「1974년 11월」이라는 시이다. 이 시는 우리를 자실이 창간되던 날의 광화문으로 데려간다. 그곳에서 우리는 경찰과 다양한 모양으로 서로를 얼싸안은 채 육탄전을 벌이고 있는 작가들을 만나게 된다. 고은이 "자유실천문인협의회 1백 1인 선언"이란 결의문을 읽으려 하자, 한 요원이 달려들어 그의 입을 틀어막으려 하고, 윤흥길과 황석영은 사복 경찰과 몸싸움을 벌이고 있으며, 이시영 자신은 "우리는 중단하지 않는다"는 플래카드를 경찰에게 빼앗기지 않으려고 고군분투하고 있다. 그날, 난투극 끝에 이문구, 박태선 등 일곱 명이 구속되었다. 경찰 호송차에 오르던 이시영은 그러나 "거기에 당연히 있을 줄 알았던" 황석영이 보이지 않자 두리번거리다가, "건너편 보도 위에서 그가 V자를 그려 보이며 유유히 웃고 있[는]" 것을 발견했다고 한다.[2]

물론 훗날 황석영도 결국 법정에 서게 되긴 하지만(그는 북한을 방문했다는 이유로 5년형을 선고받는다), 1974년 11월의 어느 날, 황석영은 경찰을 따돌리고 포획을 피해 승리의 브이를 그려 보일 수 있었다. 황석영의 브이자는 조로의 표식과 마찬가지로, 우왕좌왕하는 당국자들을 조롱하는 반항의 몸짓이었으며, 황석영만큼 발이 재빠르지 못한 굼뜬 동료 작가들을 놀라게, 그리고 기쁘게 했다. 짓궂은 행동과 빠른 발로 무장한 황석영 — 마산 자유무역지대의 신생 노동운동의 최전선이든, 미국 군수품을 암거래하는 베트남 블랙마켓의 심장인 다낭의 뒷골목이든, 겨울 공화국 기간 내내 가장 격렬한 사건이 있는 곳이라면 어디든 그곳엔 그가 있었다.[3] 겨울 공화국이 막을 내린 후에도, 황석영은 매번 당대 정치의

---

2  이시영, 「1974년 11월」, 위의 책, 98면.
3  이문구는 황석영이 수호전의 완가 삼형제를 닮았다는 표현을 썼다. 이문구, 「수호의 사

폭풍의 눈 속으로 걸어 들어갔다. 1980년 잔혹한 5월의 광주에도, 1989년 평양에서는 김일성의 청중으로, 심지어 2009년에는 이명박 대통령의 '신아시아 외교'의 일환으로 우즈베키스탄과 카자흐스탄 방문에 동행한 유일한 작가로, 황석영은 그곳에 있었고, 그때마다 살아남아 특유의 재치와 열정으로 그에 대해 이야기했다.

이문구는 황석영을 개울가에서 여름을 보내는 개구쟁이 꼬마와 같다고 묘사한 바 있다. 그리고 황석영에게 "완소팔"이라는 애정이 듬뿍 담긴 별명을 지어주었다. 황석영이 수호지에서 전설적인 수영 실력으로 유명한 완소이, 완소오, 완소칠 형제의 완벽한 동생 꼴이라는 것이다. 그러나 오늘날 한국 작가들 사이에서 더 널리 알려진 그의 별명은 "황구라"이다. 노골적인 거짓말에서부터 기가 막힌 윤색에 이르기까지의 다양한 의미를 담고 있는 이 '구라'라는 구어적 표현은, 한번 이야기보따리를 풀면 끝도 없이 이어갈 수 있는 작가의 전설적인 이야기 능력을 빗댄 말이다.[4] '완소팔'이 격동의 바다에서도 태연히 살아남을 수 있는 능력을 의미하는 것이라면, '황구라'는 실제의 생생한 경험을 공유할 만한 이야기로 바꾸는 능력을 가리키는 것이다. 나는 황석영이 반세기 가까이 현역 작가로 왕성한 활동을 펼칠 수 있는 것은 바로 이러한 특별한 능력의 조합 덕분이라고 생각한다.

당대의 현역 작가라는 것은 작가에게 어떠한 의미인가? 앞 장에서 살펴보았듯이, 조세희에게 있어 이 질문에 대한 답변은 "갈등의 장소를 떠

---

나이」, 『문학동네 사람들』, 랜덤하우스중앙, 2004, 260~261면. 황석영은 1966년부터 1969년까지 3년 동안 베트남 전쟁에 참전했다.

4    이시영의 시집에는 황석영에 대한 또 다른 작품이 있는데, 시인은 호랑이의 발자국과 관련하여 황석영 구라의 특별한 예를 회상한다. 이시영, 「노변정담」, 앞의 책, 51면.

나지 마라. 거기서 생각하고, 행동하라"는 것이었다. 황석영의 삶을 놓고 보면, 황석영도 이에 동의하고 있으리라고 짐작할 수 있다. 광화문, 마산, 다낭, 광주, 평양 그리고 타슈켄트 외에도, 황석영은 20세기 한국사에서 근본적인 모순을 드러내는 심각한 사회-정치-경제적 갈등이 일어났던 수많은 장소들을 탐구한 바 있다. 예를 들어, 황석영은 토지 개간 사업의 일용직 노동자로서 "사회 밑바닥"에서 수개월을 보냈고, 그 경험을 토대로 중편 「객지」 1971년를 썼다.[5] 그는 메탄가스 폭발로 광부 17명이 사망했던 동고탄광의 광부들과 함께 살았고, 고무신 한 켤레 가격이 300원일 때 일당 130원을 받으면서 구로공단에서 일했다. 이 두 가지 경험은 당대의 사회 현실을 폭로하고 고발하는 황석영의 70년대 르포 소설들로 이어졌다.[6] 마찬가지로 황석영의 북한 방문은 400페이지가 넘는 장문의 책 『사람이 살고 있었네』 1993년를 낳았다.[7]

이렇게 황석영에게 글쓰기는, 조세희에게서와 마찬가지로, 증언하기에서 시작되었다. 그러나 황석영이 선택한 방식은 조세희와 달리, 깊이 천착하기보다는 훑고 지나가는 것이었다. 조세희에게 있어 모든 갈등의 핵심에는 언제나 계급적 적대가 있었고, 그러한 의미에서 가장 근본적인 갈등은 언제나 단 하나뿐이었다. 조세희는 그러한 계급적 적대가 뫼비우스의 띠처럼 비틀리는 지점에 언제나 흔들림 없이 자신을 위치시킨 채, 내가 앞서 이웃 사랑이라 불렀던 순간마다 발생하는 견디기 힘든 긴장을

---

5  이문구, 앞의 글, 263면. 자실의 발기인인 염무웅은 「객지」를 1970년대 저항 소설의 계보의 첫머리에 놓는다. "이런 점에서 전태일 사건이 70년대 사회사의 시발점이었듯이 작품 「객지」의 발표는 70년대 소설사의 출발점이 된다." 염무웅, 『민중시대의 문학』, 창작과비평사, 1979, 338면.

6  황석영, 「벽지의 하늘, 무엇이 문제인가」, 『한국문학』, 1974.2, 28~46면. 황석영, 「잃어버린 선희」, 『한국문학』, 1974.5, 298~309면.

7  황석영, 『사람이 살고 있었네』, 시와사회, 1993.

견뎌냄으로써, 해결을 강제하기보다는 지식을 생산해내고자 했다. 이러한 긴장감을 견뎌내고 써낸 그의 '르포'는 아이러니하게도 한국현대소설중 미학적으로나 철학적으로나 가장 중요한 작품 중 하나로 평가받게 되었다는 것으로서 보상받았다. 그러나 갈등의 현장이 끊임없이 이동한다면, 작가의 과제는 무엇이 되어야 할까. 이러한 상황에서 "현장을 떠나지 말라"는, 갈등의 장소가 바뀔 때마다 쫓아갈 수 있도록 발 빠르게 움직이라는 명령이 된다. 들뢰즈의 표현을 빌리자면, 작가는 '수목형'으로 변하는 것을 단호히 거부하고, 언제나 시대와 함께 호흡해야 한다. 그를 뿌리내리게 하여 묶어두려는 당국의 노력을 좌절시키면서, 작가는 그 자신, "밤이 오고 눈이 온다고" 말해주는 바람이 된다.

최하림에 따르면, 이 바람은 또한 "겨울의 견고한 사랑을" 전해주기도 한다. 바람의 시인으로서의 작가는 동아시아적 의미에서 가장 유구한 문학의 기능을 되살려 낸다. 이는 시민들의 노래를 전하는 '바람風'으로서의 문학을 의미하며, 유교 경전 중 최고로 치는 『시경』에 정리된 세 종류의 시 중 하나를 가리킨다. 바로 이러한 의미에서, 사람들의 이야기를 모아 전달될 수 있는 모양으로 만든 다음, 이를 바람에 실어 저 멀리에까지 전해지도록 한 황석영은, 겨울 공화국의 저항작가로 충분히 인정받을 만하다. 그러한 움직임을 차단하고자 하는 것이 권위주의 정권의 본질이기 때문에, 겨울 공화국의 작가는 이야기를 수집하기 위해서뿐만 아니라, 이야기-수집가로서의 자기 자신을 위해서라도, 결코 승인받을 수 없는 기동성을 유지해야만 했다.

이러한 기동성의 문제는 1970년대 황석영 문학의 핵심에 자리하고 있는데, 이 시기 문학에서 가장 빈번하게 등장하는 것이 떠돌이의 형상이다. 어떤 의미에서, 황석영의 떠돌이에 대한 우호적인 태도는 체질적인 것이었다. 중학교와 야간 검정고시 수업 외에 정규 교육 과정을 마치지 못한 '중퇴 전문가' 황석영은 한국전쟁 탓에 초등교육마저 끝마치지 못했으며, 잠시나마 발을 들여놓았던 승려 생활도 어머니를 보자마자 "불갈비"가 먹고 싶어 그만두었다.[8] 황석영에게는 일찍부터 세상이 곧 학교였다. 황석영 선집에 실린 작가 연보에 따르면 그는 남쪽을 "방랑"하기 위해 1962년 서울의 명문인 경복고등학교를 중퇴한다.[9] 그는 서울에 돌아오자마자 일본과의 국교정상화 반대 시위에 참가한 혐의로 체포되었는데(제1장에서 논의된 김지하의 「곡哭 민족적 민주주의」의 배경이 되었던 바로 그 사건이다), 이때 감옥에서 만난 교량 건설 노동자와 함께 다시 남쪽으로 가 공사장과 공장을 떠돌기도 했다. 심지어 군복무도 낯선 곳에서 했다. 해병대에 들어갔던 그는 베트남에 배치된 것이다. 황석영은 자신의 고질적인 방랑벽을 작가적 자원으로 삼았으며, 그리하여 곪아가는 "시대의 상처들"의 한가운데로 자신을 데려다 놓았다.

떠돌이의 형상에 대한 황석영의 매혹은 전략적인 것이자, 정치적인 판단에 따른 것이기도 했다. 이는 황석영의 생애와 글쓰기에 나타난 기동성의 문제를, 겨울 공화국의 동원기술과의 관계 속에서 맥락화할 때 더욱 분명해진다. '동원'의 가장 기본적인 정의는 하나의 방향으로 집단의 이동을 유도하는 기술이다. 이는 박정희 정권의 본질적인 특징으로, 사회학자 조희연은 이를 '개발동원체제'로 개념화하기도 했다. 조희연에 따르면 여기에서 동원이란 "경제체제의 '정치사회적' 작동양식"으로 작용했다.[10] 그는 이것이 더 나아가 '결손 인식' 즉, 한국이란 국가는 전쟁과 분단

---

8    이문구, 앞의 글, 259면.
9    황석영, 『몰개월의 새―황석영 중단편전집』 3, 창비, 2000, 317~318면.
10   조희연, 『동원된 근대화』, 후마니타스, 2010, 34면.

으로 인해 발전이 지체되는 바람에 근대화에 있어 절망적으로 뒤처져 있으며, 따라서 한국인들의 문명화의 수준 또한 절망적일 정도로 뒤처져 있다는 인식에서 배태된 운동이라고 주장했다. 이러한 결손을 극복하기 위해 정부는 국민에 대한 도덕적 리더십을 발휘, 서론에서 다루었던 것처럼 단숨에 산업의 생산목표를 정하고 고전을 의무적으로 읽히는, '훈육국가'가 되어야 했다는 것이다.[11] 그에 따라 국가 주도의 '개발'과 근대화는 경제적, 정치적 재건을 아우르는 종합적 프로그램이 되어야 할 것이며, 이는 생명 정치적인 재건이자 영적인 재건이 될 것이었다. 국가는 전쟁으로 갈라진 땅에 사는 민족에게 특히 강력한 울림을 가지고 있던 '통합'을 강조하면서, 살아남기 위해, 한편으로는 적인 북한과 경쟁하고, 다른 한편으로는 선진 자본주의 국가들을 따라잡기 위해 온갖 노력을 경주하며, 온 나라가 하나의 유기체가 되어 나아가야만 할 방향을 지시하였다. 테오도르 휴즈에 따르면, "개발주의 자체가 유기체주의에 기반하고 있으며, '노동'을 국가의 몸으로 대체하고, 이를 세계 자본주의의 무대 위에서의 다른 민족국가적 주체들과의 생사 투쟁 속으로 밀어 넣는다".[12]

황석영은 동원에 대항하는 기동성의 획득이라는 임무를 스스로에게 부여한 채, 벽을 넘고, 길이 없는 지대를 횡단하며, 그 자신 떠돌이가 되어, 겨울 공화국에서 동원에 실패한 현장이 되어버린 사람들의 삶의 이야기를 들려주었다. 이 장의 목적은 그러한 움직임의 정치적 의미를 총체적으로 설명하는 것이다.

그러나 가야트리 스피박Gayatri Spivak이 주장했듯, 정치가 "경향성이 위기

---

11  위의 책, 37면.
12  Theodore Hughes, "Return to the Colonial Present : Ch'oe In-hun's Cold War Pan-Asianism", *Positions : East Asia Cultures Critique* 19(1), 2011, p.126.

로 전환되는 것"과 관련된 것이라면, 1970년대 황석영의 소설 또한, 우리를 혁명 전야, 즉 사람들이 반反헤게모니적 행위주체성agency의 장소로 전환될 준비가 되어 있는 지점으로 데려간다는 점에서 정치적이라 할 수 있다.[13] "동원 해제"라는 철저히 해체적인 움직임은 또 다른 종류의 동원, 즉 이번에는 국민으로서가 아니라, 억압된 민중의 호명에 의해 진행되는 동원의 기반을 마련한다. 국민이라는 말과 민중이라는 말은 '민民' 즉 '사람'이라는 의미를 공유하지만, 국민은 이를 '국國', 즉 국가에 종속시키는 반면, 민중은 이를 '중衆', 즉 순전히 다수라는 의미와 결합시킨다. 두 명칭의 차이는 반反헤게모니적 동원의 메커니즘을 시사한다. 한국 근대화의 과정에서 민중이 경제적으로나 정치적으로나 감수해야 했던 권력의 박탈은, 정부의 도덕적 지도력에 맞서 싸울 수 있는 특별한 도덕적 특권을 부여한다. 반독재 저항은, 개발주의 국가의 유기체주의적인 상상력에 필적할 만한 마찬가지의 열정적인 상상력으로, 국가에 의해 억압된 한국 현대사의 적절한 주체를 바로 민중에게서 발견해낸다. 재현의 장의 중심에 이처럼 민중이 대두하게 된 것을 이남희는 "종속된 주체"라는 응축된 표현으로 간결하고도 강력하게 포착해냈다.[14]

비록 민중의 이름으로 이루어지는 재동원이 본격적으로 전개되려면 1980년대까지 기다려야 하겠지만, 겨울 공화국 시기에 출간된 황석영의 소설은 서로 얽힌 두 개의 궤적을 횡단하는 것을 통해 우리를 이 재동원으로 이어지게 될 위기의 정점으로 데려간다. 그 첫 번째가 연속적인 삘

---

13  Gayatri Spivak, "Ethics and Politics in Tagore, Coetzee, and Certain Scenes of Teaching", *Diacritics* 32, nos. 3–4, 2002, p. 22.

14  이남희, 이경희 · 유리 역, 『민중 만들기 – 한국의 민주화운동과 재현의 정치학』, 후마니타스, 2015, 457~460면.

셈의 궤적이다. 개인이 속해 있는 복잡한 일련의 공고한 사회적 관계들은 그에게 아무런 사회적으로 형성된 정체성도 남아있지 않을 때까지, 하나하나 가차 없이 제거된다. 황석영 소설 속 등장인물들은 성, 가정, 공동체 등의 영역들에서 이러한 과정을 겪으며 떠돌게 된다. 그러나 이러한 개인이 민중이라는 새로운 정체성을 얻어 정치적 장 속으로 진출할 수 있게 되는 것은 정확히, 그가 "알몸뚱이"로 남겨지게 되는 바로 그 순간이다.[15] 두 번째 궤적은, 그리하여 남성들을 가장 자연스러운 상태, 즉 강한 남성 육체와 관련된, 건강과 생명력의 차원에서 상상되는 그러한 상태의 남성들로 통합해내는 것으로 이루어진다. 이 장에서는 『삼포가는 길』1973년, 『줄자』1971년, 『이웃사람』1972년, 『돼지꿈』1973년, 「장사의 꿈」1974년, 『객지』 등 황석영의 초기 작품 6편에서 이 두 궤적이 어떻게 서로를 넘나들며 얽혀져 나가는지를 분석하고자 한다.[16]

지금까지의 간략한 서론적인 논의에서 이미 여성들은 이러한 연대의 영역으로부터 구조적으로 배제되고 있다는 것이 명백해졌을 것이다. 독재시기 황석영의 불편한 젠더 정치는, 그러나 탈-권위주의 시대에 이르면 그의 초기 작품에서 여성들을 계속 소외시켰던 것과 똑같은 천연덕스러움으로, 이번에는 여성들을 중심 무대에 세우면서 흥미로운 전기를 맞이하게 된다. 따라서 젠더는 겨울 공화국 이후 황석영 소설의 기동성의 문제와, 이와 관련된 작가의 당대성의 문제를 다시 재고할 수 있는 매혹적인 진입점을 제공한다. 바람의 시인, 떠돌이로서의 이야기꾼은, 겨울의 돌과 같이 견고했던 사랑이 이제는 부드러운 사랑에 자리를 내어주고, 바

---

15　황석영의 초기 소설에 대한 적어도 네 편의 비평들은, 비록 그 자체가 분석의 범주가 되지는 않았지만, "알몸뚱이"라는 표현을 그의 등장인물들을 묘사하기 위해 사용했다.
16　여기서는 모두 황석영, 『황석영 중단편전집』 1-3, 창비, 2000에서 인용한다.

람이 더 이상 밤이 오고 눈이 올 것을 속삭여 줄 필요가 없을 때에도, 계속해서 정치적으로 의미가 있을 수 있을까?[17] 어떠한 의미에서는 한국 문단 전체를 뒤덮었다고 할 수 있을 이 딜레마는, 문학 비평가들로부터 "어느 시기에나 가장 선진적인 이념 지향성을 보여"준다는 평가를 받곤 했던 작가 황석영에게 특히 강력한 영향을 미쳤다.[18] 따라서 이 장은 문학적 방법으로서의 리얼리즘을 놀랄 만한 방식으로 개혁하는 등, 황석영이 이 딜레마로부터 벗어나기 위해 모색한 방법에 대한 탐구로 마무리 하고자 한다.

## 정지整地 작업—「삼포가는 길」[19]

1970년대 황석영의 작품세계는 이문구의 세계가 끝나는 곳, 즉 전통적인 농촌 사회의 경계선, 그 끝자락에서부터 시작된다. 그의 소설 속 등장인물들의 명단을 간략히 살펴만 보아도, 그가 시골 사람들이 경제적 압박으로 인해 거리로 나와 도시로 가도록 내몰렸을 때 어떠한 일이 벌어지는지에 대해 깊이 우려하고 있음을 알 수 있다. 이는 순진한 젊은이가 서울에 상경하여 마주치는 일련의 불운한 사건들의 연속을 1인칭 서

---

17    여기에서 나는 장정일이 1987년 발표한 「햄버거에 대한 명상」이라는 시를 떠올렸는데, 장정일은 이때 이미 "단단함"이라는 가치를 포기하게 될 새로운 시학을 예견한 바 있다. "옛날에 나는 금이나 꿈에 대하여 명상했다 / 아주 단단하거나 투명한 무엇들에 대하여 / 그러나 나는 이제 물렁물렁한 것들에 대하여도 명상하련다". 장정일, 「햄버거에 대한 명상」, 『햄버거에 대한 명상』, 민음사, 1987, 137면.
18    하정일, 「저항의 서사와 대안적 근대의 모색」, 민족문학사연구소 편, 『1970년대 문학 연구』, 소명출판, 2000, 26면.
19    황석영, 『황석영 중단편전집』 2, 창비, 2000, 200~225면.

술자 시점으로 담아낸 두 소설, 『이웃사람』과 「장사의 꿈」에서 가장 분명하게 드러난다. 『객지』에서도 토지 매립 사업에서 관리자에게 착취당하는 건설 노동자들은 전부 "타관 사람"들로 이루어져 있다. 그리고 표면상 농촌 빈곤층의 이주 문제와 별 관련이 없어 보이는 작품들에서도, 뿌리없음이라는 주제는 결코 시야에서 멀리 벗어나 있지 않다. 이 주제는 「섬섬옥수」1973년에서처럼 상류층에 속하는 서술자를 히스테리화 하는 시골 출신의 가난한 대학생이나, 「낙타누깔」1972년과 「돌아온 사람」1970년 등의 작품들에서 반복적으로 등장하는, 베트남에서 귀환한 후 일상으로부터 영구히 소외되어버리고 만 자신을 발견하게 되는 젊은 병사들과 같은 보조 인물들의 삶의 이야기에서 재차 등장하고 있기 때문이다. 실제로 황석영의 글에는 뜨내기나 떠돌이라는 말이 자주 등장하는데, 이를 "뿌리뽑힘"[20], "실향"[21], "뜨내기 삶"[22] 중 어느 쪽으로 이해하든, 결국 황석영 소설의 시작에는 친숙한 사회로부터 떠나는 행위가 자리하고 있다는 시각을 뒷받침하는 것이라고 할 수 있다.

황석영의 소설 세계는 비록 평등한 관계는 아닐지라도 친밀하고 조화로웠던 전통적인 농경 공동체가 이미 회복할 수 없는 지경에 이르렀다는 인식에 바탕을 두고 있다. 박정희 정권하의 산업화 과정은 전 세계적으로도 유례가 없는 대대적인 농촌 이탈로 이어졌고, 문화 현상으로서의 근대화는 시골마을을 도시의 퇴보판으로 만드는 한편, 도시와 시골, 두 공간 사이의 위계적 차이를 더욱 공고히 하였다. 황석영은 그러나, 이문구와

---

20  조남현, 「1970년대 소설의 실상과 의미」, 『조남현 평론 문학선』, 문학사상사, 1997, 192~206면.

21  이보영, 「실향문학의 양상」, 『문학과지성』 23, 문학과지성사, 1976, 208~219면.

22  백문임, 「뜨내기 삶의 성실한 복원」, 한국문학연구회 편, 『현역중진작가연구』, 국학자료원, 1997, 359~383면.

같은 작가와 달리, 관촌과 같은 고향의 상실을 애도하지 않는다. 심지어 황석영에게 있어 이 목가적인 공동체는 새롭게 상실된 것이 아니라, 이미 상실되었던 것이라고 주장할 수도 있을 것이다. 황석영에게 이러한 공동체는 가까이 다가가면 녹아 없어지는 신기루, 또는 악몽이 되어버리고 마는 신화로만 존재한다. 따라서 황석영의 작가로서의 관심은 현지인이 아니라 어디에서도 현지인이 될 수 없는 남자들에 있으며, 비록 그의 등장인물들이 자신들의 뿌리 없음을 한탄할지라도, 이들이 떠도는 것은 단순히 상황 때문이 아니라 체질상 그런 것이다. 사실 뿌리가 없다는 것은 정치적인 것에 필수 요건이 된다. 뿌리 없음은 떠도는 주체들로 하여금 낡아버린 정체성을 버리고 민중이라는 새로운 정치적 배치 속으로 들어갈 수 있게 해주기 때문이다. 집이 없다는 결핍의 상태가 어떻게 주체성의 출현을 위해 필요한 긍정적인 조건으로 변모하게 되는가를 가장 잘 보여주는 작품이 바로 「삼포가는 길」이다.

「삼포가는 길」은 한 여성에 대한 순수한 선의에서 나온 행동을 통해 의외의 우정을 쌓게 되는 두 남자에 대한 소설로, 일반적으로 황석영의 떠돌이 이야기들 가운데 가장 가슴 따뜻한 이야기로 통한다. 주인공들은 더 나은 경제적 조건을 찾아 집을 멀리 떠나온 떠돌이들이다. 영달은 한 공사장에서 다른 공사장으로 옮겨 다니며 전국을 떠돈다. 영달보다 좀 더 나이가 많은 정 씨는 평생 모은 전 재산을 배낭에 메고 다닌다. 백화는 포주를 피해 도망 중인 마음씨 좋은 작부다. 우연히 여행길의 동반자가 된 세 사람은 철도역으로 향하면서 눈으로 뒤덮인 시골 풍경을 가로질러 간다. 영달과 백화 사이에 잠시 연애감정이 피어나지만, 이야기는 결국 두 남자가 돈을 모아 백화에게 집으로 가는 기차표를 사주는 것으로 끝난다.

「삼포가는 길」은 처음 '절름발이'의 아내인 하숙집 여자와 바람을 피우다 걸려 도망치게 된 영달의 이야기에서 시작한다. 그는 갈 곳도, 돌아갈 집도, 어떠한 지역과의 결속이나 유대도 없다. 길에서 정 씨를 만나게 된 영달은 서로의 사정이 비슷할 것이라 믿고 다음 마을까지 함께 걸어가기로 한다. 그러나 그는 정 씨가 자신의 고향인 삼포 섬으로 향하고 있다는 사실을 알고 자신의 잘못을 깨닫는다. "그는 집으로 가는 중이었고, 영달이는 또 다른 곳으로 달아나는 길 위에 서 있었기 때문이다."203면 이처럼 삼포는 애초에 고향의 기표로서 등장한다. 이곳이야말로 사물과 관계의 덧없음이 흩뿌려져 있는 여로의 끝에서 빛을 발하는 목가적인 목적지인 것이다. 떠돌아다니는 남자들의 삶의 현실과 대비되는, "비옥한 땅은 남아돌아 가구, 고기두 얼마든지 잡을 수" 있는 섬 삼포는, 안정된 가치와 풍요로운 삶의 장소로서 이들을 향해 손짓한다.207면 그러나 삼포는 둘 중 한 명만의 고향이다. 영달이 삼포에서 살고 싶다는 소망을 표명하자, 정 씨는 영달이 다른 지역에서 온 이방인이기 때문에 결코 주민의 한 사람으로 받아들여지지 않을 것임을 상기시킨다. 삼포는 우리가 앞서 2장에서 살펴본 이문구의 관촌과 같은 시골마을로, 여러 세대에 걸쳐 생겨난 유기적 유대가 그 구성원들에게 친밀한 안정감과 소속감을 준다. 하지만 이 동일한 유대관계가 낯선 사람들에게는 장벽 역할을 해, 그 공동체에 접근할 수 없게 만든다. 즉, 삼포는 애초에 두 사람을 나누어놓는 기능을 하는 것이다.

텍스트 내에서 삼포를 고향으로서 가치화하는 것은, 집 없음을 도덕적 실패의 표징으로 삼아 비난하는 것과 함께 이루어지고 있다. 영달이나 정 씨는 특별히 존경할 만한 도덕적 청렴함의 표본이 되는 인물들은 아니다. 영달은 어쨌든 '절름발이'의 아내와 바람을 피우고 성난 남편이 "마누라를 개패듯 때려잡"[201면]는 동안 혼자 방아실에 숨어 있었고, 정 씨는 "큰 집" 즉 교도소에 수감되었던 적이 있음이 암시되기도 한다. 공동체적 맥락에서, 두 남자 모두 사회적, 법적 규범을 위반한 사람들이고, 특히 영달은 비열한 데다 겁쟁이인 것으로 그려진다. 심지어 이들 스스로도 자신들의 떠돌이 신분을 빈곤한 사람들이 직면하게 되는 단순한 물질적 조건이라기보다 일반적으로 믿을만하지 않다는 표지로 여긴다. 정 씨는 하숙집 여자에 대한 자신의 모욕적인 발언에 분개하는 듯한 반응을 보이는 영달에게 오다가다 만난 여자에게 "일심"을 품는 것은 낭비라고 말하고, 영달도 "우리 같은 떠돌이가 언약 따위를 지킬 수 있나요"[210면]라며, 떠돌아 다니는 뜨내기가 관계를 지속하는 것은 불가능하다는 것을 인정한다.

이야기는 백화가 등장하면서 하나의 전기를 맞이하게 된다. 이들은 "서울식당"이라는 상징적인 이름을 가진 소도시 술집 겸 사창가에서 처음 그녀에 대한 이야기를 듣게 되는데, 주인은 도망간 그녀를 붙잡아 데려오면 훌륭한 보상을 하겠다고 약속한다. 두 남자는 반쯤은 농담으로 제안에 동의하지만, 실제로 후에 백화를 길에서 우연히 만나게 되면서 무력을 써서 그녀를 술집으로 데려가는 것 또한 분명 하나의 가능성으로서 떠오르게 된다. 이러한 가능성을 언급하자, 백화는 화를 내며, "제 따위들이 뭐라구 잡아가구 말구야? 뜨내기 주제에"라고 반응한다. 그러자 영달도 "그래 우리두 너 같은 뜨내기 신세다. 참샘에 잡아다 주고 여비라두 뜯어 써야 겠어"[214-215면]라고 답하는 것이다. 백화와 영달 사이의 이러한 대화는 이 소설에서 집 없이 떠도는 것이 사람 사이의 선의에 기반한 관계의 가능성을 근본적으로 훼손하는 조건으로 이해되고 있음이 다시 한번 강조된다. 그러나 일변 갑작스럽고 설명할 수 없는 영달의 태도 변화로 인해 윤리적인 만남의 가능성이 열리게 된다. 이러한 변화는 의리의 선언과 함께 일어나게 된다. "우리두 의리가 있는 사람들이다." 영달은 말한다. "치사 하다면, 그런 짓 안해."215면

　여기에서 의리는 이득을 위한 행위가 아니라, 그 자체가 목적인 것으로서 제시된다.[23] 성문법과 같은 식의 외부 권위나 그 법을 지키는 사람들 사이의 유대를 공고히 해주는 사회적 의례가 없는 상황에서, 의리는 가장 근본적인 윤리적 규범으로 떠오르게 된다. 소설의 끝에 가서 백화가 영달에게 그녀와 같이 그녀의 고향에 가서 함께 새로운 삶을 시작하는 매력적인 청사진을 제시하였을 때, 영달의 최종적인 선택이 의리의 이러한 차원을 더욱 부각시킨다. 영달과 백화 사이에는 이미 연애의 가능성이 피어나고 있었고, 정 씨도 영달에게 백화의 제안을 받아들이라고 부추긴다. "또 알우? 인연이 닿아서 말뚝 박구 살게 될지. 이런 때 아주 뜨내기 신셀 청산해야지."223면 함께한 이들의 짧았던 여행이 끝나갈 무렵, 시골 기차역의 허름한 대기실에서 영달은 머리 위 스피커에서 흘러나오는 웅얼대는 안내 소리 속에서, 가정을 이룬 행복을 꿈꿔보지만, 결국 여자를 혼자 집으로 보내기로 결심한다. 영달은 의리를 행함으로써 얻을 수 있는 개인적인 이득의 가능성을 전적으로 차단함으로써, 의리를 의리 그 자체로서 행하게 된다. 이야기의 결말에서 영달과 정 씨, 이 두 떠돌이는 자신들의 처지로는 빠듯하고 보상받을 가망도 없는 선물을 함으로써, 즉 백화에게 집으로 가는 기차표를 사줌으로써, 대가 없이 주는 그 행동을 통해 스스로의 품격을 높이게 된다.

　공인된 건달과 전과자를 이야기의 끝에 가서는 윤리적인 사람으로 변모시켜 놓는 이 소설의 궤적을 연이은 떠남의 궤적이라 할 수 있을 것이

---

23　김낙진, 『의리의 윤리와 한국의 유교문화』, 집문당, 2004.

다.[24] 첫째로는 탄생 장소로부터, 이어서 친족 네트워크로부터, 나아가 마을이 대표하는 더 큰 사회로부터, 그리고 마지막으로는 사회적인 것이 모든 것 속에 짜여 들어가 있는 가치체계들로부터조차 떠나는 것이다. 이야기 전반에 걸쳐, 이러한 떠남의 트라우마를 누그러뜨리는 것은 궁극적인 귀환의 가능성, 즉 마음만 먹으면 돌아갈 수 있는 '아름다운 섬'의 존재에 대한 지식이다. 그러나 「삼포가는 길」의 마지막 장면에서 황석영은 이 두 남자를 묶어 두었던 마지막 끈마저 풀어버리고 만다. 백화를 제 갈 길로 떠나보낸 뒤 정 씨와 영달이 기차역에서 만난 노인은 정 씨가 떠난 지 십년 사이에 삼포가 어떻게 되었는지 알려준다. 이제는 인공 제방이 섬과 본토를 연결시키고 있고, 삼포를 관광지로 만들기 위한 여러 건설 공사가 진행 중이다. 이에 경악한 정 씨의 나룻배에 대한 질문에 노인은 "바다 위로 신작로가 났는데, 나룻배는 뭐에 쓰오"[225면]라고 답한다. 정 씨에게 이 말의 뼈아픈 의미는 너무나도 명확하다. 삼포가 고향의 기표로서 효과적으로 작동할 수 있었던 가장 큰 이유는 그곳이 작은 섬이라는 사실, 그리하여 근대성과 자본주의 그리고 그 병폐들과 같이, 나룻배로 실어나를 수 없는 모든 것들이 절대로 가닿지 못할 곳이라는 점 때문이었다. "잘 됐군, 우리 거기서 공사판 일이나 잡읍시다"라는 영달의 반응은, 정 씨나 자신과 같은 사람들은 그들이 어디에 있든, 심지어 삼포에서마저 계속 떠돌이로 남게 될 것임을 예견하게 해준다. 이야기의 시작 부분에서 삼포는 아직도 지구 어딘가에 존재하고 있는 고향의 이름이자 소외가 시작되기 이전의 풍요로움의 상징으로서 두 남자를 갈라놓는 표지로 작동했었다. 그러나 마지막에 가면 삼포는 영원히 회복될 수 없는 고향의 이름으로서

---

24    떠남의 모티브는 김주연이 황석영 문학에 접근하는 중요한 원리이다. 김주연, 「떠남과 외지인 의식」, 『현대문학』 53, 1979, 294~304면.

두 남자를 다시 결합시킨다. "어느 결에 정 씨는 영달이와 똑같은 입장이 되어버렸다."225면

　이 때문에 「삼포가는 길」이 눈 오는 계절을 배경으로 하고 있음은 그 의미가 크다. 이 소설의 서사가 달성하는 것은 일종의 평준화, 즉 모든 장애물과 모든 참조점을 삭제해서 벌거벗은 주체 외에는 아무것도 남지 않게 하는 것이라고 볼 수 있다. 완전한 실향민이라는 점에서 이들은 완벽히 자유로우며, 자유로운 급진주의자로서, 급진적인 행동도 할 수 있게 된다. 그 어디도 아닌 곳에 선, 잃을 것이 하나도 남지 않은 자로서 정 씨와 영달은 동등하며, 이제 그들 사이에 생겨날 수도 있을 연대의식은 자신들의 외부로부터 부과되는 어떠한 의무에도 그들의 결정이 구애받는 일은 없을 것임을 아는 사람들의 것이다. 비평가 천이두에 따르면 이러한 개인은 "작은 사람들 사이[의] 거인들"로, 거인들 사이에서 의리란 인간 행동을 강요할 수 있는 모든 타율적 요소가 모두 씻겨나간 윤리적 감각이다. 이러한 윤리적 감각을 천이두는 "반윤리의 윤리"라 명명했다.[25]

　이와 같은 논의는 이 사람들이 처한 현재의 상황이 개인이 자신의 의지에 따라 자신을 실현시킬 수 있는, 억제되지 않은 자유의 상태라는 점에서 축하할 만한 일이라는 의미로 읽힐 수도 있다. 이러한 인상은 그러나 이 이야기가 우리에게 이들의 경제적 궁핍을 계속해서 보게 만들고 이들이 애초에 산업화에 의해 촉발된, 이들의 통제를 벗어난 크나큰 힘에 노출되어 있다는 것을 상기시켜 준다는 사실로 인해 곧 교정된다. 이들 등장인물이 친숙한 형태의 조직으로부터 풀려나게 되는 것은 프레드릭 제임슨이 유럽 사실주의 소설에서 '중심화된 주체'의 출현으로 묘사한

---

25　천이두, 「반윤리의 윤리」, 『문학과지성』 14, 1973 겨울, 135면.

것과 완전히 상동적이다. "유기적 또는 위계적인 이전 사회 집단들의 해체, 개인 노동력이 상품화되는 현상이 보편화되고 그들이 시장 구조 내에서 등가의 단위들로서 배치되는 것, 자신을 보호하기 위해 단자의 갑옷을 덧입음으로써만 모종의 보상을 얻는 이들 '자유롭고' 고립된 개인 주체의 아노미라는 상황이 바로 그것이다."[26] 중요한 차이점은 그러나, 극적인 상황을 극한으로 몰아붙이고, 구체적인 경험으로서뿐만 아니라 보상적인 환상으로서의 삼포마저 제거해버림으로써, 황석영이 이 사내들로 하여금 행동할 준비를 시키고 있다는 것이다. 우리에게 물질적 생활에 있어 극도의 부자유를 겪는 인물들을 제시하고 있음에도, 이 작품이 특유의 해방감을 주는 것은 바로 이러한 임박한 행동에의 예감 때문이다.

### 도시로 - 「줄자」와 「이웃사람」[27]

'이웃 사촌'이라는 한국적 표현 속에, 산업화 이전의 한국사회에서 대인관계를 지배했던 농경적 윤리가 압축적으로 담겨있다고 한다면, 황석영의 도시에서의 이웃 관계에 대한 이야기들은 바로 이러한 '이웃 사촌'의 완벽한 부재, 혹 더 나쁘게는 자신의 이득을 위해 '이웃 사촌'을 이용하는 것을 보여준다. 예를 들어 15센티미터의 땅을 두고 교외의 이웃들 사이에 일어난 다툼을 세밀하게 다루고 있는 「줄자」에서 주인공의 구두쇠 이웃은 주인공에게서 돈을 갈취하기 위해 이웃사촌이라는 말을 환기

---

26  프레드릭 제임슨, 이경덕 · 서강목 역, 『정치적 무의식』, 민음사, 2015, 196면.
27  황석영, 『황석영 중단편전집』 2, 창비, 2000, 161~181면.

시킨다.[28] 고소 위협에까지 이른 오랜 다툼 끝에 나온, 이웃은 서로에게 호의로 대해야 한다는 이 말은 지금까지의 상처에 모욕을 더할 뿐이다. 결국 그 이웃이 경범죄로 신고하자, 줄자를 가지고 조사하러 나온 경관은 겨우 두 평의 땅 때문에 이웃사촌을 감옥에 보내려 할 정도로 이웃사랑이 희박해진 것을 통탄한다.

「줄자」는 매우 악랄한 이웃으로 인해 고통받는 한 개인의 초상을 그린 작품이지만, 이 작품은 이러한 개인의 고통을 여러 측면에서 현대 한국 사회의 구조와 연결시킨다. 첫째, 법의 문제가 있다. 맹목이어야 한다는 법적 정의의 개념은 매번 지나치게 맹목적이거나, 충분히 맹목적이지 못하기 때문에, 언제나 불충분한 것으로 드러난다. 법률은 당면한 구체적인 상황에 고유한 세부사항들을 제대로 다루지 못할 뿐만 아니라, 선별적인 법 집행을 통해 부유하고 힘 있는 사람들을 위해서라면 더 심각한 범죄도 간과해 버리고 만다. 자기 잇속만 차리고, 주인공 교사를 상대로 걸핏하면 '법' 운운하는 이웃은, 들리는 말에 의하면 법을 어기고 빈 외제 갑에 담은 가짜 화장품을 팔아 부를 축적했다고 한다. 그러나 교사를 대할 때에는, 자신의 집이 합법적으로 그의 회사의 자산이며, 따라서 교사의 '개인 집'은 도저히 따라올 수 없는 '법률적' 지위를 갖고 있다고 주장한다. 이 이웃은 다른 사람들에게서 이득을 얻되, 이웃답지 않은 행동을 하는 것에 대한 책임은 면하기 위해 법을 이용한다.

그러나 더욱 근본적인 것은 교사가 소부르주아로서의 자신의 지위와 이웃성의 결여를 스스로 연결시키고 있는 지점이다. 「섬섬옥수」에 나오는 스토커처럼, 교사는 소작농의 아들이며 가족 중에서 대학 교육을 받을

---

28  황석영, 『황석영 중단편전집』1, 창비, 2000, 211~241면.

수 있었던 유일한 사람이다. 보다 높은 사회경제적 지위에 도달함으로써 자신의 형제들과 아버지가 처한 운명으로부터 벗어나고자 하는 그의 노력은 상상하기 어려울 정도의 절약의 형태를 취한다. 6년 동안 그와 그의 아내는 "침울한 저녁식사, 별수 없이 라디오나 들으면서 소일했던 일요일들"279면을 견디면서 형편없는 교사 월급의 마지막 일원까지도 저축한다. 주택 마련의 꿈이라는 구체적인 형태를 취한 행복에의 추구는 동료들과 교제하고, 옛 친구들과 시간을 보내는 등의 사치를 허용하지 않는다. 친척들, 더 나아가 형제들에게서조차 인색하다는 평판을 듣게 되면서, 그는 이들과의 교류를 최소한도로 유지하는 한편, 그의 이웃들에 대해서는 누가 누구인지조차 알지 못할 정도이다. 따라서 그가 마침내 한 조각의 땅을 사서 꿈꿔왔던 집을 지을 수 있게 되었을 때, "아무도 참견하거나 침범하지"279면 못하는 공간의 법적 소유자가 된 행복보다, 이를 위해 그의 삶이 얼마나 황량하고 무미건조했는지에 대한 깨달음의 충격이 훨씬 더 크다. 악랄한 그의 이웃은 그에게 다른 사람들과 함께 산다는 것이 무엇을 의미하는지에 대해 상기시켜 주는데, 그러한 가치에 대해 전혀 무관심한 사람에게서 나온 말이기 때문에 극도로 위선적이기는 하지만, 그럼에도 불구하고 텍스트의 더 깊은 차원에서 주인공 교사의 삶의 방식에 대한 타당한 비판을 드러내는 것이라고 할 수 있다. 불쾌했던 이웃과의 첫 만남 이후, 교사는 "행복하고 싶었던 것이었으나 남에게 피해를 주지도 말고 받지도 않으면 그뿐이라는 극히 무관심한 태도는 어딘가 외롭고 미흡한 느낌을 주는 생활방식인 것 같았다"284면라며 우울한 마음으로 자신을 되돌아본다. 교사가 자신의 젊음과 동료애를 희생해서 얻어낸 그의 "행복의 보금자리"는, 이 개인의 행복이라는 원칙을 터무니없는 극단으로까지 밀어붙이는 적대적인 이웃의 모습을 하고 그를 괴롭히기 위해 되돌아온다.

그가 겪게 되는 극심한 고통에도 불구하고, 황석영의 초기 작품들 전반을 살펴본다면, 이 교사는 여전히 그중 운이 좋은 편에 속한다. 그의 다른 인물들의 경우에는 대도시에서의 이웃 관계가, 도둑질, 사기, 또는 그 보다 더한 일까지, 훨씬 더 치명적인 결과로 이어지게 되는 것으로 그려지기 때문이다. 이러한 이야기들을 통해 황석영은 이웃이라는 개념 자체를 문제 삼는다. 이웃이란 누구인가? 익명의 사회에서 우리는 어떻게 이웃 사랑을 실천할 수 있을까? 모든 것을 잠식하는 자본의 논리 앞에서, 사람들 사이의 윤리적 관계의 토대가 될 수 있는 것이 남아있기는 할까? 이러한 질문은 황석영의 「이웃사람」이라는 작품에서 능숙하게, 그리고 깊은 연민을 담아 탐색된다.

「이웃사람」속 주인공의 인생사에는 시골 출신의 가난한 청년이라는 익숙한 삶의 궤적 위에 또 다른 차원이 더해져 있다. 즉 그는 한국군으로 외국에 파병되어 싸운, 베트남 참전 용사인 것이다. 찰스 암스트롱이 지적한 바와 같이, 한국의 베트남전 참전은 다른 무엇보다도 경제의 문제였으며, 박정희 정권이 추진한 급속한 경제 개발 계획을 진행하기 위해서는 미국의 원조가 절대적으로 필요하다는 것이 중요한 이유가 되었다.[29] 그러한 의미에서 「이웃사람」의 첫 시작에서부터, 화자는 이미 한국 정부에 의해 돈을 받고 몸이 팔린 사람이다. 군복무를 마치고 제대한 화자는 노모와 소작농 형님, 그리고 어린 조카들이 있는 집으로 돌아오지만 반년도 채 못 되어 다시 집을 나선다. "농사일은 하기 싫었구요. 나 같은 놈이 뭣 땜에 시골구석에서 썩으려구 하겠어요. 세상의 쓴맛 단맛을 안다는 놈이 말요."[164면] 그러나 그 이후의 서사는 그가 "세상"에 대해 잘 안다고 한 것

---

29  Charles Armstrong, "America's Korea, Korea's Vietnam", *Critical Asian Studies* 33, no. 4, pp. 527~540.

이 얼마나 잘못된 생각이었는지를 보여준다. 실제로 수십 명의 목숨을 빼앗게 되기도 했던, 베트남의 정글에서 맞닥뜨렸던 모든 생사를 건 투쟁들조차 서울에서 그를 기다리고 있는 것들에 대해 그를 충분히 준비시켜주지는 못했다.

　서울에 온 지 단 하루 만에 집에서 가지고 온 얼마 안 되는 돈을 도둑맞은 그는, 그 후 일용직 노동자로 일하면서 건설현장을 돌 수밖에 없게 된다. 하지만 이곳에서조차 경쟁은 너무나도 치열하다. 결국 일을 구하지 못해 구걸까지 해보지만, "다시는 못 할 짓"이자 "사람 타락"[166면]시키는 일이라는 생각에 결국 병원에서 피를 파는 일을 하게 된다. 그가 매혈이라는 방법이 있음을 처음 듣게 되었을 때, 그 행위에 내재된 아이러니를 그 또한 놓치지 않는다. "나를 팔아 내가 먹는다! 살자구 서울 올라와 구걸까지 하고 한뎃잠이나 자는 판에 어쩌자구 제 목숨을 갉아먹는담."[168면] 내부자들 사이에서는 "쪼록 잡기"라 불리는 매혈 행위는 밑지는 장사로 판명된다. 380cc의 혈액을 팔아 천 원을 받는 것으로는 결코 그가 잃은 것을 보충할 수 없다.[30] 부자 노인의 거대한 저택에서 치루어진 특히 진빠지는 매혈 행위 후, 한 조각의 인간적 친절함이 간절해진 젊은이는 매춘부의 품에서 위안을 얻고자 하지만, 배신당할 뿐이다. 그는 분노에 차서, 낯선 사람을 죽이고 마는데, 이야기는 결국 그 젊은이가 사형집행을 기다리는 것으로 끝이 난다.

　「이웃사람」에 나오는 화자의 삶의 비극은 그가 육체적 인접성이 적극적인 호의까지는 아니더라도 상대방에 대한 윤리적 책임감은 갖게 할 것이라고 끊임없이 기대하는 데서 기인한다. 그는 "이웃답지 않은 이웃"과

---

30　천 원은 1973년에 대략 3달러 정도의 가치였다.

같은 것이 있을 수 있다는 것, 심지어 서울과 같은 도시에서는 그것이야 말로 기본적인 생활양식이라는 것을 인정하지 않는다. 가지고 있던 모든 돈을 도둑맞게 되는 노숙자 쉼터에서의 첫날밤 이후에도, 이 젊은이는 계속해서 노숙자 이웃들에게서 어떤 동지애를 찾으려고 한다. 그는 그들의 조언을 간청하고, 그들의 말을 듣고, 결국에는 피를 파는 일에 중독된다. 수줍어 보이는 젊은 창녀의 품에 안겨 자신의 고충을 말하고, 그녀의 비인간적인 가난과의 사투에 대해 귀를 기울인다. "밤새도록 얘기를 했죠. 그렇게 통할 수가 없었어요."[179면] 그러나 그가 다음 날 밤, 빈털터리가 되어 그녀를 다시 찾아오자, 그녀는 그를 처음 보는 사람이라고 말한다. 이 젊은이는 또한 도시의 공간적 (비)논리에 대해 곤혹스러움을 표시하기도 하는데, 예를 들어 개 사육장과 다를 바 없는 노숙자 쉼터가 번잡한 거리 한가운데에 위치해 있는 상황이 바로 그것이다. "바깥 길거리가 헐벗은 들판이거나 야산이라면 또 모르되 아침마다 신사, 숙녀들이 꽃 같은 차림으로 지나가는 바로 열 걸음 안쪽이 그 모양이니 말씀이지요."[165면] 이 젊은이의 눈에는 이러한 가난과 부의 병치 그 자체야말로 가장 이웃스럽지 않은 상황으로 비추어지는 것이다.

이러한 인접성의 문제를 그 극단까지 밀고 나가며, 이야기는 우리를 매혈의 현장으로 데려간다. 이번을 끝으로, 더 이상은 아는 척하지 말라는 '넙치'에 의해 중개된 이 불법 매매 행위는, 가난한 젊은이와 돈 많은 노인을 인접한 침대에 나란히 눕혀 놓은채 한쪽에서 혈액을 빼내어 곧장 다른 쪽으로 공급될 수 있도록, 이 둘을 튜브로 연결시켜 놓는다. 어떤 의미에서 이는 가장 이웃다운 행동으로 보여질 수도 있을 것이다. 타인의 피가 나의 몸속을 순환하고 있는 것보다 더 친밀한 관계를 보여주는 장면은 상상할 수 없으며, 실제로 적십자에 헌혈하는 것은 한국에서 항상 좋은 이웃이 되는 행위로 이야기되어 왔다. 그럼에도 불구하고 돈이 그 매개가 되자 수혈은 거래로, 혈액은 상품으로, 젊은이는 장사꾼으로 변질되며, 판매된 물건의 가치와 지불된 금액의 완벽한 등가성으로 인해 이 교환은 어떠한 부채감이나 감사의 마음도 남기지 않은 채 종료된다. 돈과 혈액 사이의 이러한 등가성이, 실은 이러한 교환의 근본적인 불평등을 숨기는 차단막에 불과하다는 것을 누가 모를 수 있겠는가? 이 부잣집 노인은 불쌍한 청년의 피를 마르도록 빨아, "회충약을 많이 먹었을 때처럼 세상이 온통 샛노랗게 보였죠"[173면]라고 토로할 정도로 휘청이게 만드는, 흡혈귀의 일족이다. 신체의 일부인 장기나 혈액 등을 파는 것은 한 사람의 생산력을 파는 것의 극단화된 형태일 뿐이며, 이 장면이 분명히 보여주는 불평등한 교환에 대한 비판은 더 일반적으로는 생산수단의 자본주의적 전용에 대한 것이기도 하다.

화자의 거듭되는 전략을 통해, 「이웃사람」은 처음에는 전혀 다른 영역에 속하는 것처럼 보였던 베트남에서의 군복무, 육체노동, 혈액 판매 등의 활동들 사이에 일련의 등가 관계들을 확립시켜 놓는다. 베트남에서의 군복무는 국가의 이름으로 희생한 것으로 높이 평가할 수 있고, 육체노동은 정직하고 존경할 만한 일이자 특정한 맥락에서는 신성한 것으로 여겨지기도 한다. 그러나 황석영의 이 소설은, 이 두 가지 모두가 본질적으로 돈을 위해 젊은이의 몸을 전유하는 수단이며, 몸에서 피가 잘 흘러나오도록 하기 위해 주먹을 폈다 쥐었다 하는 일과 다를 바 없음을 지적하고 있다. 더 나아가 매혈 행위는 매춘의 한 형태로 묘사된다. 화자의 노숙자 친구는 "쪼록은 원래 오입질하는 거나 마찬가질세. 궁하면 하구 싶구, 저지른 뒤엔 후회되지. 노동하는 놈이 쪼록 맛을 들이면 볼 장 다 보는 거네"[169면]라며 몸을 파는 이 두 가지 방식 사이의 유사성을 지적한다. 화자가 서울에 도착한 후 수행하는 다양한 활동 중, 구걸만이 이 교환 체계에 참여하지 않고 선물의 논리에 따라 작동한다는 점에서 여타의 다른 행위들과 구별된다. 그러한 의미에서 구걸이 처음부터 선택지가 될 수 없는 것으로 치부되는 것은 별로 놀라운 일이 아니다.

이웃에 대한 그의 기대가 모두 산산조각나면서, 화자는 이야기의 마지막 장면에서 무분별한 폭력을 저지르고 만다. 이 살인 행각은 화자가 하루 종일 버스를 갈아 타가며 서울 거리를 헤매는 긴 장면 직후에 벌어진다. 버스에서 창밖으로 스쳐가는 풍경들을 바라보며 그는 동질감과 소외감을 동시적으로 느끼는 이상한 경험을 한다:"젠장할······ 이상하든데요. 수많은 사람 속에서 나를 봤다 그겁니다. 그 녀석은 호주머니에다 두 손을 찌르고 넝마 같은 차림으루 비틀대며 걸어갑디다. 나는 분명히 버스에 타구 있었는데, 내가 여전히 거기서 걸어가구 있더란 말입니다. 나는 그날에야 어렴풋이 서울을 알았다구나 할 수 있을 겁니다. 내 처지를 이해했다 그거죠."176면 한 단락 뒤에, 그는 또 비슷한 경험을 하게 되는데,이번에 그것은 도시와 관련된 것이다:"서울은 분명히 그 수많은 사람들하구 함께 있었지요. 그런데두 한편으론 서울은 상상 속에만 있었습니다."177면 그는 자신이 처한 곤경이 어떠한 의미에서는 모든 사람이 처한 곤경이기도 하다는 것을 깨닫는다. 왜냐하면 소외는, 자본주의 논리에 지배되는 서울이란 도시에서의 삶의 본질이기 때문이다."사람이 아닌 것들로 들끓고 있는"170면 도시에서, 그의 혈액에는 한 씨씨 당 시장 가격이 매겨져 있다. 노인의 저택에서 화자는 도살용으로 살찌워지는 짐승과 다르지 않게, 수혈 직전, 훌륭한 만찬을 대접받는다.

그렇다면 이 화자의 살인 행위를 우리는 자신의 주체로서의 지위를 되찾으려는 시도로 이해할 수 있을까? 상품화와 도구화의 극치를 보여주는 현장인 노인의 저택을 나온 화자는 술에 취해 거의 10인치나 되는 커다란 식칼을 사는데, 이 칼이 남근 상징으로 기능한다는 것은 너무나도 분명하다. 자켓 안에 그 칼을 집어넣는 순간, 그는 온몸에 활기가 도는 것을 느낀다. 그는 "그제서야 이 거리의 사람들 틈에 끼여진 듯이 여겨지데요"175면라고 말한다. 여자를 품어야겠다는 생각이 그의 마음을 스치게 되는 것도 물론 이때이다. 서울에 온 이후, 배고픔과 매혈로 인해 그의 남근은 "사타구니 끝에 솔방울처럼 말라붙어 버렸"175면지만, 이제 두 뼘쯤 되는 외부화된 남근을 갖추게 되면서, 그는 다시 여자를 생각할 수 있게 되는 것이다. 갈비뼈에 와닿는 식칼을 감각하며 도시를 달리는 버스에 올라탄 그는, 가슴에 쌓인 질식감을 떨쳐버리기 위해서는 과연 어디를 겨눠야 할지 모르기에 그의 칼끝은 아직 그의 발치를 향해 있다.176면 그리고 마침내 칼을 휘두를 수 있는 누군가와 마주치게 되자, 그는 "짜릿하도록 반가"움을 느끼며 그의 배를 찌르고, "넘어진 놈을 타구 앉아서 쑤시고 또 쑤"180면신다. 자신이 접촉한 사람들과 이웃다운 친밀한 관계를 맺는 데 실패한 후, 그는 결국에 가서는 다른 인간과 문자 그대로 '연결'될 수 있게 되는데, 이때 이루어지는 '연결'의 밀접함이란, 나의 손에 들린 칼날이 다른 존재의 신체상의 경계를 뚫고 들어가는 순간에야 비로소 달성될 수 있는 종류의 것이다. 칼과 화자의 남근 사이의 연관성은 이 장면의 마지막에 가서 살해 행위가 실은 '애정의 표현'이었을 수도 있다는 해석이 제시되면서 더욱 분명해진다. 다른 방식의 유혈을 보여준 이 행위를 통해 화자는 사고 파는 주된 상품이 바로 자신의 몸이었던 교환의 고리를 비로소 끊어낼 수 있게 되는 것이다. 그는 서울이라는 '큰 그림'으로부터 자신을 빼내는 데 성공한다. 그리하여 그가 맞이하게 되는 것이 결국 자신의 죽음일지라도 말이다. 이야기의 마지막 문장, "참, 재판 전에 내 어머니에게 연락 좀 해주시겠습니까"[181면]에서 등장하는 어머니에 대한 언급은 화자가 도시의 포획으로부터 풀려났음을 알리는 신호이다.

여기에서 남자 주인공이 주체화를 이루는 행위가 성적 회복의 언어로 표현되고 있음을 놓치지 않는 것이 특히 중요하다. 화자의 매혈과 매춘 사이에는 확실한 유사성이 있다. 그리고 우리가 앞서 살펴보았듯이, 베트남 참전과 육체노동 또한 그 연장선상에 있다. 그가 노인의 저택을 비틀거리며 떠날 때, 빈혈(게다가 이토록 여성적인 증상이라니)로 인해 제대로 걷지도 못한다는 것은 화자가 여성화된 위치로 '전락'하였음을 보여주는 것이다. 화자는 남근/칼을 구입하고 이를 폭력적인 방식으로 사용하는 것을 통해 잃어버린 남성성을 다시 드러냄으로써 주체의 지위를 회복한다.

그렇다면 이 세계를 거주할 만한 곳으로 만들어주었던 이문구의 소설 속 이웃과는 전혀 다른, 물리적으로 이웃하고 있을 뿐인 이 「이웃사람」 속 이웃은 과연 누구인가? 어떤 의미에서 「이웃사람」에 이웃은 없다. 적어도 안정적인 사회규범과 고정된 지리적 좌표를 바탕으로 한 그런 종류의 이웃은 없다. '동물 우리'보다 별로 나을 바 없는 노숙자 쉼터에서 서로의 몸을 거의 포갤 듯이 붙어 있게 하거나, 도시의 바쁜 거리에서 어깨를 서로 스치게 만들거나, 직접 수혈을 위해 바로 옆에 나란히 눕게 하는 등, 이 소설에서 인간의 몸을 한데로 모으기 위해 사용하는 온갖 방법들에도 불구하고 말이다. 그렇다고 이 작품에서 우리가 레비나스적인 의미에서의 이웃을 만나게 될 일말의 가능성이라도 엿볼 수 있는 것도 아니다. 에마누엘 레비나스에게 있어 이웃은 타자로서의 타자, "모든 본질, 모든 종, 모든 유사성으로부터 면제"[31]된 절대적 단독자이다. "현장에 가장

31  임마누엘 레비나스, 김연숙·박한표 역, 「존재와 다르게―본질의 저편」, 인간사랑, 2010, 164면.

먼저 도착한 자"로서의 이웃은, 이미 알려진 방식을 통해 그 단독성을 인식하고자 하는 모든 방식, 즉 주제화나 분류, 식별, 또는 그 외 그 어떠한 시도도 거부한다. 이웃의 급진적인 타자성과 비환원성은 주체와의 관계 가능성을 차단하는 것이 아니라, 오히려 상호주관적인 인식과 소통의 모델을 넘어서는 관계를 강제한다. 그리하여 주체는 이웃에 의해 "지배"되고, "사로잡히게" 된다. 이웃의 얼굴, 기존의 직함을 모두 탈각한 채, 모든 의미의 전적인 "결핍" 속에서 나타나는 이웃의 맨얼굴은, 호혜성의 관념에 기초한 모든 사회적 의무보다 앞서는, 원초적인 윤리적 의무의 차원을 열어준다. 이 맨얼굴 앞에 선 사람은 상대에 대해 무한한 책임을 지도록 요구받는다. 즉, "이웃은 동의하거나 거절한 모든 개입과 모든 수임에 앞서 나와 관련"되며, 자신의 존재에 대해 "문제제기"가 되었다는 것을 알게 되면서 주체로서 거듭나게 된다."[32] 황석영의 「이웃사람」에서 화자가 이야기의 전개 속에서 만나는 그 많은 사람들 중, 그 '얼굴'이 자세하게 묘사되는 것은 화자가 죽인 사람이 유일하다.

그렇다면 「이웃사람」에서 이웃은 과연 누구인가? 이 질문에 대한 답은 이 이야기가 독자를 직접 "당신"으로 지칭하고 있음을 고려해야 할 것이다. 「이웃사람」의 첫 장면에서 우리는 화자와 함께 경찰서에 있다. 살인은 이미 저질러졌고, 화자는 변호사나 기자일지도 모를 어떤 사람과 이야기를 나누고 있다. 그 사람은 이 비협조적인 젊은이로부터 범죄 이면의 "인간적"인 이야기를 캐내기 위해 열심히 설득 중이다. 외견상, 화자가 "당신"이라 지칭하는 이는 물론 이 사람이지만, 그는 일하러 갈 때 넥타이를 매는 사람으로만 묘사될 뿐, 얼굴도 목소리도 부여되고 있지 않으며,

---

32  위의 책, 164~165면.

그가 서사 구조 내에서 차지하는 위치가 중요할 뿐, 그의 실제 정체는 부차적이다. 즉 이 사람은 화자의 대화 상대자라는 빈자리를 차지하게 되면서, 1인칭 화자가 독자에게 직접 말을 걸 수 있도록 하는 장치로서 기능할 뿐인 것이다. 이렇게 하여 화자의 대화 상대자의 자리에 서게 된 독자는, 이 젊은이가 겪는 억압의 조건을 영속화시키는 제도 속 특권층의 지위를 차지하게 된다. 이후 화자는 명시적으로 독자와 자신 사이의 메울 수 없는 격차를 강조한다. "이해한다구요? 이해 좋아하시는군. 쳇, 그게 당신네들 상투수작입니다. 댁은 나하구 아예 인종이 틀려요."162면 그는 심지어 "당신"을 비꼬는 어조로 "나으리"라 부르고, 자신을 "당신네가 싸지른 똥"이라고 언급하기도 한다.162면 이러한 말은 독자들이 서술자의 곤경과 동일시할 가능성을 미연에 차단하고, 이야기가 제대로 시작되기도 전에 독자들에게 위선적인 동정심에 대한 죄책감을 부과한다. 독자는 이러한 죄의식 속에서만 이웃으로서 소환되는 것이다.

레비나스적 인접성의 윤리는 이 소설 '속' 등장인물들 사이의 실패한 만남들에는 적용될 수 있는 여지가 없었지만, 독자와 화자 '사이'의 관계에는 제대로 적용된다. 여기 '당신'의 이웃이 있다고, 텍스트는 말한다. 당신과 같은 지구에 거해온 이 이웃은 목에 넥타이 대신 밧줄을 감아 이십 몇 년간 이어온 자신의 비참했던 삶을 끝내려고 하고 있다.[33] 그는 배를 곯았고, 혼자였으며, 심지어 밥 한 그릇을 위해 피를 팔기도 했다. 이제 그는 살인자가 되어 재판을 기다리고 있다. 당신은 그동안 어디에 있었나? 당신은 무엇을 했나? 독자는 「줄자」에 나오는 교사처럼 무지에 근거하여 결백을 호소하거나, 상호주의에 근거하여 무관심을 주장할지도 모른다.

---

33  화자는 사형 집행장소를 완곡하게는 "넥타이 공장"이라 부른다는 것을 독자들에게 상기시킨다. 한국에서 사형은 교수형 방식으로 집행되기 때문이다.

그럼에도 불구하고 레비나스가 주장했듯이, 타자를 이웃으로 마주한다는 것은 자신이 "무관심할 수 없다"는 것, 심지어 타자에 대한 근본적이고 거부할 수 없는 책임 속에 붙들려 있음을 깨닫게 되는 것이다.[34] 황석영의 소설은 독자/지식인과 화자/피억압자 사이의 연대 가능성을 부정하고 있음에도 불구하고, 그 안에 타자에 대한 무한한 죄책감과 무제한적인 책임이라는 윤리적인 지평을 열어놓는다. 독자들을 화자의 이웃으로 소환함으로써, 그리하여 그들 자신의 존재를 문제 삼게 만들 '집착' 속에 던져놓음으로써, 이 작품은 레비나스 철학의 핵심적 통찰과 강렬하게 공명한다. 이 통찰은 도스토옙스키의 『카라마조프가의 형제들』에 나오는 "우리 각자는 모든 사람 앞에서 모든 사람에 대하여 유죄이며 나는 다른 이보다 더욱 그러하다"라는 문장 속에 완벽하게 담겨 있으며, 너무 완벽한 나머지 레비나스는 실제로 이 인용문을 그의 여러 글들에서 거의 십수 차례나 언급하고 있을 정도이다.[35]


## 잔치 – 「돼지꿈」[36]

「이웃사람」의 끝부분에서, 화자가 목적 없는 방랑 끝에 서울 변두리의 가난한 동네에 이르게 되는 짧막한 장면이 나온다. 그가 그곳에서 목격하게 되는 것은 불결함과 폭력이다.

---

34  레비나스, 「존재와 다르게 – 본질의 저편」, 앞의 책, 309면.

35  Jill Robbins, *Altered Readings : Levinas and Literature*, Chicago : University of Chicago Press, 1999, p.147.

36  황석영, 『황석영 중단편전집』 2, 창비, 2000, 226~270면.

취해서 길가에 늘어진 놈이 없나, 대가리가 깨져라구 싸우는 놈들이 없나, 길은 똥오줌으로 범벅된 질척한 진탕입디다. 애새끼들이 아랫도리를 벗은 채로 맥없이 집 앞 양지쪽에 서 있구요. 부인네가 봉지쌀을 사 들구 골목 한옆에 조그맣게 오그라들어가지구 지나갑디다. 천막 안에서 주정뱅이가 마누라를 패는지 죽여라, 살려라, 악쓰는 소리가 들리데요. 그래두 이게 동네려니 생각하니까 다정한 느낌이 들었어요. 서울이 보이질 않아요. 갑자기 세상에서 없어져 버린 것 같더군요.177면

빈곤은 위와 같은 장면 속에 세밀하게 새겨져 있다. 쌀을 포대로 들여놓을 수 없이 가난한 한 여자는 쌀가게에서 봉지쌀을 사서 집으로의 발걸음을 재촉한다. 영양상태도 나쁘고 아무것도 하고 싶지 않을 만큼 무기력한 아이들은 헐벗은 채 그저 집 앞 양지에 서서 주변의 불결함을 호흡하고 있다. 여자들을 움츠리게 만들고 어린아이들은 절뚝거리게 만드는 억압적인 가난의 무게는, 남자들을 술주정뱅이로 만들어 놓는다. 만취 상태에서 남자들은 서로 싸우거나 여자에게 폭력을 행사하는 것을 통해 그들 자신의 무력함과 맞서 싸운다. 이는 매우 익숙한 이야기지만, 이 장면을 흥미롭게 만드는 것은 화자가 인간의 비참함이 전시되고 있는 것에서 역설적으로 자신이 '진짜 동네'에 왔다는 느낌을 받는다는 점이다. 산업사회에서 개인이 겪는 소외감의 기표로서의 서울은 시야에서 사라지고, 그는 가난한 사람들 속에서 자본에 의해 매개되지 않는 인간적인 접촉의 가능성을 다시금 엿보게 된다. 물론 이곳은 작품의 시작에서 그가 떠나온 시골마을은 아니다. 그러나 "똥오줌으로 범벅된 질척한 진탕"보다 나을 것이 없는 거리가 여전히 그를 일종의 향수병 속으로 밀어 넣게 된다면, 그것은 이곳이 우리가 앞 절에서 살펴보았듯이, 가장 극단적인 '이웃

답지 않음'의 장소인 도시 속 부자 노인의 저택으로부터 떠나온 거리를 의미하기 때문이다. 이러한 매개되지 않은 접촉이 폭력의 형식을 취하며, 또한 이때의 폭력이 젠더화되어 나타난다는 점에 대해서는 더 많은 비판적 성찰이 필요할 것으로 보인다. 일단 여기에서는 산업화에 의해 해체된 공동체의 풍요로움을 상상하는 방식을 드러내고 있는 이 장면이, 이 철저하게 비감상적인 작품에서 보기 드문 서정적인 순간들 중 하나라는 점만 간단히 지적하고 넘어가도록 하자.

다만, 이러한 서술이 드러내는 맹점 중 하나는, 빈민가의 주민들이 거하는 이러한 장소에는 그들의 입장에서 서정성이나 시적인 것들이 깃들 여지가 거의 없다는 점이다. 소설 전반에 걸쳐, 화자는 짓밟힌 사람들 중에서도 가장 짓밟힌 사람으로 남아있으며, 그의 삶은 계층을 넘어서는 연대라는 그럴듯한 표현이 거짓임을 드러낸다. 그러나 위에 인용된 장면에서 그는 형세를 역전시켜, 불행한 서울 시민의 자리를 차지할 수 있게 되는데, 그것은 바로 "진짜 이웃"에 대한 자신의 욕망을 서울의 변두리에 사는 사람들에게 투영하는 것을 통해 이루어진다. 일련의 사건들의 매우 흥미로운 반전 속에서, 화자는 최정무가 지식인들의 민중에 대한 전유에 가한 바 있는 것과 같은 비판, 즉 지식인들이 가치를 부여하고자 하는 사람들인 민중을 오히려 종속시키고 있다는 비판에 노출되게 된다.[37] 그러나 겨울 공화국 기간 동안 떠돌이의 형상에 특히 사로잡혀 있던 황석영은, 특정한 공동체의 경계 안에 길게 머무르려 하지 않았다.

유일한 예외가 「돼지꿈」이다. 한여름 밤 술 취한 판자촌 주민들의 흥청

---

37 Chungmoo Choi, "The Discourse of Decolonization and Popular Memory : South Korea", in *Formations of Colonial Modernity in East Asia*, ed. Tani E. Barlow, Durham, NC : Duke University Press, 1997, pp. 349~372.

거림에 관한 이야기인 「돼지꿈」은 처음에는 도시와 변두리 지역의 분리, 그리고 그에 뒤따르는 도심의 도덕적 파산과 주변부의 물질적 궁핍 사이의 연관성을 보여주고 있어, 위에서 서술한 도식에 부합하는 것처럼 보인다. 인근 공장 단지에서 배출되어 나온 쓰레기와 산업 폐기물 더미 속에 돼지우리 같은 집을 짓고 사는 넝마주이, 행상인, 공장 노동자인 「돼지꿈」 속 판자촌 주민들은, 가난이 어떤 얼굴을 하고 있는지 너무나도 잘 안다. 이야기는 애초에 도시의 보다 점잖은 동네에서 버려진 잡동사니를 되팔아 생계를 이어가는 중년 남자 강 씨를 소개하는 것을 통해, 이러한 인물들의 신체 위에 가로 새겨진 삶의 가혹함을 강조하면서 시작한다. "그는 낡은 골덴 당꼬바지에 러닝샤쓰만 입고 뚫어진 밀집모를 눌러썼다. 옷차림이야 넝마에서 골라 입은 탓이겠지만, 표정마저 가뭄에 탄 시냇가의 돌꼬락서니로 낡게 퇴색된 것 같았다."226면 옷장만 한 크기의 방에 네 명이 모여 사는 공장의 여성 노동자들에게도 삶은 가혹하다. 이들이 국수나 떡이라도 사 먹기 위해서는 이런저런 성적 요구들을 들어주는 수밖에 없다. 그러나 가장 절망적인 것은 일본 텔레비전과 라디오의 케이스를 제조하는 공장에서 사고로 손가락 세 개가 잘린 청년 근호의 경우이다. 그는 노동자 보상금으로 손가락 하나에 만 원씩을 받지만, 그 돈은 임신한 여동생의 결혼 비용으로 쓰일 것이다.[38] 사고 이후, 술에 취한 상태에서 그가 부르는 노래의 후렴구, "악, 악, 악, 뷰티풀 썬데이"259면는 극도로 아이러니하다.

이러한 괴로움에 대한 생생한 묘사에도 불구하고, 비평가들은 「돼지꿈」을 도시 거주자들 사이에서는 더 이상 불가능해진 종류의 공동체를 기리고 있는 것으로 읽어냈다. 이러한 해석은 이 소설에서 그려지고 있는

---

38  당시 만 원은 1973년에 30불 정도의 가치였다.

가장 중심적인 사건이 잔치라는 사실에서 기인한다. 이웃들은 강 씨가 도시에서 주어온 잘생긴 독일 셰퍼드를 구워 먹기 위해 빈터에 모인다. 부잣집 애완견인 이 개는 차에 치여 죽었고, 주인 가족은 강 씨에게 잘 묻어 달라며 시체를 건넨 것이다. 강 씨는 죽은 개와 함께 수고비까지 받지만, 그는 자신의 행운을 동네 이웃들에게 절실히 필요한 영양 공급의 기회로 삼는다. 남자들은 불을 피워 개 구이를 시작한다.

하천 건너편 빈터에서 모닥불이 타고 있었다. 마을 사람들이 사과 상자를 패어 살려놓은 불이었다. 이미 캄캄해진 공장 부지의 들판 가운데서 불길이 기세 좋게 타올랐다. 쓰레기더미와 이곳저곳에 어른 키만큼 자란 잡초가 불빛에 드러났고, 불 주위에 모인 마을 남자들의 법석대는 소리와 낄낄거리는 웃음, 콧노래들이 들려왔다. 연기가 그치고 고운 화염이 솟아오르자 그들은 개를 불 위에 얹고 그슬리기 시작했다. 불이 있고, 술과 고기가 있으니, 그 주변은 자연히 싱싱한 활기가 돌게 마련이었다. 모여선 어른들은 서리를 끝내고 돌아온 짓궂은 시골 소년들처럼 킬킬대며 농지거리를 주고받았다. 아낙네들도 이런 저녁마다 시큰둥해서 풀이 죽어 있던 동네 남자들 사이에 쾌활한 모임이 벌어지고 있는 광경을 대견스레 구경했다. 241~242면

이 잔치에 대한 묘사는 시골 마을의 축제를 연상시킨다. 죽은 개로 인해, 도시경제의 가장 밑바닥에 있는 이 남자들은 다시 장난꾸러기였던 시골 소년으로 되돌아가고, 타오르는 불은 이 현장에 공동체의 감각을 부여하는 유쾌한 구심점 역할을 한다. 평론가 오생근에 따르면, 이 잔치는 주민들에게 하룻밤만이라도 음울한 일상생활의 구속으로부터 벗어날 수 있게 해주며, "공동체적인 삶의 기쁨과 즐거움을 느끼며 따뜻한 인간적

관계의 자연스러움을 표현"할 수 있게 해준다. 이러한 맥락에서, 이 마을 공동체의 불은 "이 소설에서 드러난 인간성의 잡다한 부정적 요소들을 제거하는 상징의 기능을 수행한다".[39]

나는 이러한 해석이 이 이야기의 정치적 잠재력을 제거시키는 오독이라고 생각한다. 서로 술잔을 나누고 개고기를 실컷 먹으면서 이들 남성들이 나누는 이야기가 결국에는 이 동네를 조만간 떠나야만 하는 자신들의 신세에 대한 한탄이라는 사실을 잊어서는 안될 것이다. 지난 장에서 살펴보았듯이, 조세희의 후기 작품들에서 매우 생생하게 그려지고 있는 과정을 통해 여기에서도 인접한 판자촌은 서울의 팽창하는 중산층을 위한 공간을 마련하기 위해 이미 철거된 상황이다. 「돼지꿈」에 나오는 이웃주민들은 당분간은 이와 같은 운명을 면할 수 있을지 모르지만, 그렇게 오래도록 행운이 지속되지는 않을 사실을 이들도 알고 있다. 높이 솟아오른 공장 굴뚝의 "흉측한" 실루엣을 배경으로 펼쳐지는 민중의 술 취한 흥청거림이 지닌 마을 공동체의 잔치로서의 향토적인 이미지는, 기껏해야 빌려온 것일 뿐이다.

그러한 의미에서 「돼지꿈」은 잔치 장면에서 내세우고 있는 듯한 바로 그 공동체를 거부한다. 이 판자촌은 조세희의 난쟁이들이 거주하는 낙원구와는 다르다. 낙원구의 도시의 빈민들은 이웃사촌으로서 형편이 어려운 중에도 여전히 가진 것을 서로 나누고 서로의 희로애락을 함께 하며, 그럼으로써 그들보다 부유하고 물질주의적인 이들보다 도덕적 우위를 점할 수 있었다. 그러나 「돼지꿈」에 나오는 이웃들은 처음부터 끝까지 자신들의 이익만을 좇는다. 도시로 도망쳤다가 임신한 채 돌아온 근호의 여

---

39 　오생근, 「민중적 세계관과 일상성의 문학」, 황석영, 『열애』, 나남, 1988, 433면.

동생이자 강 씨의 의붓딸인 미순을 이웃 중 한 사람과 결혼시키기 위해서는 반드시 돈이 건네져야만 한다. 여공들은 노점에서 음식값을 내지 않고 몰래 빠져나가려 하고, 또 노점 주인은 여공들의 기숙사로까지 쫓아가 그 값으로 성적 서비스를 받는다. 개고기조차 공짜가 아니다. 죽은 독일산 셰퍼드를 보고 침을 흘리는 이웃을 보고, 강 씨는 "빈손은 안 붙이네"229면라고 상기시킨다. 어차피 처음부터 사랑이 없었기에, 이 이웃들 사이에는 잃어버릴 사랑도 없다. 비록 이 잔치가 음식과 노동이 상호 간에 대가 없이 제공되는 시골 마을의 축제에 가까워 보일지라도, 결국 이 개고기 잔치는 이 도시 변두리 동네에서 쉴 새 없이 작동하고 있는 계산들을 폭로한다. 외부자의 시점에서 이야기하고 있는 「이웃사람」의 화자는 가난한 동네의 비참함을 목도하면서도 오히려 궁핍함 속에서도 번성하는 진정한 인간관계를 상상했었다. 그러나 「돼지꿈」은 우리를 판자촌 속으로 데리고 들어가는 것을 통해, 윤리적으로 순결하며 고통 속에 있는 가난한 사람들이라는, 우리가 갖고 있을지 모를 낭만적인 생각을 지워버리도록 만든다.[40]

유기적 공동체 관계의 파토스는 텍스트 내에서 가차 없는 탈신비화의 대상이 되고 있으며, 가족의 파토스 또한 마찬가지이다. 이러한 측면에서 특히 시사하는 바가 큰 것은 근호의 어머니와 누이가 어떻게 묘사되고 있는가 하는 점이다. 언제까지나 고통받고 있으며 그 모든 것을 견뎌내는 이러한 여성 인물들의 순수성이, 고통받는 조국이 고군분투하는 대중들

---

40  바디우의 개념을 빌자면, 우리는 그러한 입장이 '인간의 희생적 개념'에 근거한다고 주장할 수 있다. 이러한 입장에 대한 정치적 반박은 잘 알려져 있다. 피해자를 도덕적 우월자로 추켜세우는 것은 고통스러운 죄책감을 덜려는 시도일 수도 있고, 더 나쁘게는, 가부장적인 동정의 표현일 수도 있다. 그 어느 것도 희생자의 고통을 영속화시키는 실제적인 조건과 싸우는 데 효과적이지 않다.

을 다룬 한국 남성 작가들의 거대 서사에서 매우 소중한 자원이었다.[41] 그러나 황석영은 「돼지꿈」에서 이상화의 대상이 되기에 적합하지 않은, 성적으로 "순결하지 못한" 여성들을 그림으로써, 이러한 이미지를 불식시켜버리고 만다. 두 아이를 둔 과부이자, 아직 "교태가 남아 있던"237면 근호 어머니는 강 씨를 유혹하는 데 성공한다. 그녀는 부부싸움 중 강 씨에게 욕설을 퍼붓다가, 강 씨의 나이에 어울리지 않게 과한 성욕으로 인해 "몇을 지웠"다고 폭로하기도 한다.234면 딸 미순이 남자와 도망쳤다가 임신 육 개월이 되어 돌아왔을 때, 그녀가 내린 처방도 다름 아닌 낙태이다. 근호가 도덕적 이유로 반대하자 그녀는 "넌 참견 마라. 그것두 나오면 입이라구……"238면라며 일축해버린다. 감정적으로도, 근호의 어머니는 다정한 생각을 할 여지를 거의 남겨놓지 않는다. 근호가 붕대 감은 손으로 삼만 원을 들고 집에 돌아오자, 그녀는 돈만 반가워하며 아들의 손에 대해서는 관심조차 보이지 않는다.

가족 간의 유대를 유기적인 것으로, 그리하여 신성하며 오래 지속되는 것으로 보는 견해는, 다양한 의붓아버지의 형상을 통해 더욱 약화된다. 강 씨는 자신의 씨가 아닌 두 아이들 근호와 미순의 아버지이다. 미순과 결혼하려고 애쓰는 노총각 왕 씨는 그녀가 다른 남자의 아이를 임신하고 있다는 사실을 가볍게 여기며, "아기야 아무 사람의 애면 어떻습니까?"268면라고 말한다. 손가락 세 개가 잘려 나간 근호 역시 이 사고로 인해 일자리에서 물러나도록 강요당했으므로, 상징적으로뿐만 아니라 실제적으로도 무력화되었다고 할 수 있다. 가난하고, 장애인이 된 그는

---

41 1980년대 민족주의적 서사 구축에 있어 여성의 이미지가 어떻게 배치되는지에 대한 논의는 안숙원의 「『태백산맥』에 나타난 민족주의 여성상」, 『여성문학연구』 9, 2003, 39~79면 참조.

결혼은 말할 것도 없고, 애인을 찾기도 힘들 것이다. 따라서 강 씨, 왕 씨, 그리고 근호는 뻐꾸기의 탁란에 당한 새와 같은 처지이다. 즉, 둥지를 틀기 위해서는 남의 알을 자기 둥지로 받아들여야만 하는 것이다. 황석영의 소설에 나오는 사회경제적 계층의 가장 밑바닥에 있는 이 남성들에게, 가족은 신성한 권리이자 성스러운 의무라는 관념은 훼손되고 복잡하게 뒤엉키게 된다. 자신의 가족을 만들고 유지할 "타고난" 권리가 당연한 것이 아니게 될 때, 개인을 가족에게 묶어주는 여러 가지 의무들 또한 당연하지 않게 된다. 어머니와 누이를 성적 존재로, 아버지들과 오라비들을 남의 아이를 품는 오쟁이진 남편들로 폭로하는 것에서 보여지는 것과 같이, 가족 구성원들과 관련된 문제들로부터 정서적인 차원을 삭제하는 것은 그와 같은 잔혹한 진실이 더욱 명료하게 드러나도록 만든다.

가족과 공동체의 이름으로 제공되는 이중의 위로에 대한 거부는 우리의 시선을 인간 억압의 실체에 집중시키는 효과를 갖는다. 황석영의 작품에서 포착되는 민중의 '순수한 생명력'과 '건강한 에너지'와 관련하여서는 많은 이차문헌들이 매우 중요하게 다룬 바 있으며, 실제로 판자촌에서의 일상생활은, 보다 점잖은 사회에서 인간관계를 구조 짓게 되는 법과 사회 예절의 중단에서 비롯되는, 원초적 자질을 지니고 있는 것이 사실이다. 아버지를 "개새끼"233면라고 부르는 어린 소년부터, "뭣 좀 잡았나?"라는 일상적인 질문에 "잡기는 젠장… 앗씨 가운뎃다리나 잡으까"227면로 답하는 나이든 넝마주이까지, 동네 남자들이 일상적으로 사용하는 성적 표현이 난무하는 거친 언어야말로 이러한 원초성의 예라고 할 수 있다. 그러나 중요한 것은, 이러한 과도한 남성성의 행사가 일상생활에서의 남성들의 심각한 무력화를 배경으로 하여 이루어지고 있다는 점에서, 어떤 타고난 자질의 표시라기보다는 오히려 어떤 결핍의 표현이라는 것이다. 이러한 결핍으로서의 남성성은 황석영의 세계에서 연대의 근간이 될 수 없다.

여기에서 제시되고 있는 주장은 내가 고향 없는 자로서의 주체의 출현으로 주목한 「삼포가는 길」의 해석과 일견 모순되는 것처럼 보일지도 모른다. 이 작품에서 두 떠돌이 노동자들 사이에 움트게 되는 연대감은, 둘 모두 실존적으로 고향이 없기 때문에 이제 스스로가 자신들의 행동의 유일한 입안자가 되어야 한다는 인식에서 비롯된 것이다. 이 이야기는 오직 길 위에, 그것도 눈이 내리는 계절의 길 위에 계속 머물러 있는 것을 통해, 이러한 결속을 달성해낸다. 눈이 녹고, 이 남자들이 다시 사회로 복귀하게 되면, 억압받고 있는 그들의 현실이 다시금 드러나게 될 것이다. 그러나 서사 내에 만들어진 매우 정제된 순간 속에서는 억압의 조건들이 모두 말끔히 제거되어 있다. 이러한 맥락에서 정치적인 것은, 서사 공간이라는 영토를 횡단하기 전에는 우리에게 보이지 않았던, 행동의 가능성을 엿볼 수 있게 해준다는 데 있다.

「돼지꿈」은 이와 같은 궤적을 따르지 않는다. 판자촌의 남자들은 발이 눈이 아니라 산업용 폐기물과 쓰레기 더미에 파묻혀 있으며, 삼포로 가는 여정의 끝에서 주체로 거듭나게 되는 「삼포가는 길」의 두 여행자와 달리, 이들은 아직 그러한 주체가 되지 못했다. 즉, 「돼지꿈」은 기본적인 생존의 문제와 직결되지 않는 한 어떠한 행동도 할 여지가 없는, 불가피함의 영역에 전적으로 머물러 있다. 예를 들어, 강 씨가 좀도둑들에게서 산장물을 내릴 때 그는 확실히 법을 어기고 있지만, 어떠한 위반의 아우라도 이 행위에 부가되지 않는다. 즉 낭만적인 반항이나 위험한 범죄 행위로 묘사되고 있지 않은 것이다. 여기에는 주체성에 대한 주장도 없고, 다양한 종류의 욕망 사이에서 고투하는 의식의 딜레마도 없다. 이는 단순히 한 개인이 굶지 않기 위해 하는 일이고, 따라서 그것은 주체성, 판단, 양심에 대한 고려로 삼각화된 영역과도 관계가 없다. 만약 「돼지꿈」의 등장인 물들이 일종의 '생명력'과 '건강함'을 발산한다면, 그것은 그들보다 운 좋은(혹은 나쁜) 사람들에게서 보고되는 자아의 파편화나 다른 형태의 불안을 겪는 사치를 누릴 수 없을 정도로 벌거벗겨진 삶의 문턱 가까이에 사는 사람들의 자기 정체성에서 비롯되는 것이다.

그렇다면 이 잔치가 달성하는 것은 무엇일까? 우리는 그것이 달성하지 못한 것, 즉 공동체 복원에의 실패를 분석하는 것에서부터 시작해야 한다. 잔치의 불길은, 오생근이 바랬던 것과 달리, 이웃들이 보다 '자연적인' 상태에서의 인간적인 유대를 회복할 수 있도록, 이들 사이의 사리사욕과 사소한 갈등의 찌꺼기들을 소각시키지 못한다. 또한 그것은 권위의 전복을 통해 억압된 사람들의 원초적 에너지를 일시적으로 방출할 수 있게 하는 축제적 기능을 수행하지도 않는다.[42] 이 두 가지 중 어느 것이든, 판자촌 거주자들의 삶을 조금 더 견딜만한 것으로 만들고, 그렇게 함으로써 위태로운 사태가 발생하는 것을 방지할 수도 있을 테지만 말이다. 또는 개를 먹는 행위 자체가 어떤 의미에서는 전복적이라고 주장할 수도 있다. 이 행위가 상류층의 예의범절이나 중산층의 비위 약함이라는 틀을 깨부수는 폭력적일 정도의 패러다임 전환이라고 말이다. 도시 거주자들에게는 쓰레기일 뿐인 것들을 판자촌 주민들이 끊임없이 재활용하며 비로소 자신들의 생활을 유지해나가는 것도 이러한 맥락에서 이해될 수 있다. 그러나 만약 이러한 활동을 전복적이라고 한다면, 이는 도시가 자신의 과잉생산의 쓰레기에 빠져 질식하는 것을 막기 위한 일종의 폐기물 관리 차원에서의 전복일 뿐이다.

---

42  이 고전적 정식화는 Stephen Greenblatt, "Invisible Bullets : Renaissance Authority and Its Subversion", *Glyph* 8, 1981, pp. 40~61에서 나타난다.

결국, 잔치는 통합도 카타르시스도 이루어내지 못하며, 그 정치적 추진력은 바로 실제로는 아무 일도 일어나지 않는다는 사실에서 나온다. 이 이야기는 제대로 된 클라이맥스라고 할 만한 어떠한 것에도 이르지 못한 채 잔치가 흐지부지되면서 기이할 정도로 허망하게 끝나버리고 만다. 가족과 공동체의 위로가 거부된 것처럼, 거부된 승화나 거부된 에너지의 방출은 판자촌 주민들을 그들의 억압 상태 속에 철저히 현전하도록 만든다. 예를 들어 근호는 불길할 정도로 심하게 부은 손을 하고 인사불성으로 취해 들판에 대자로 누워있다. 내일이 오고, 근호가 술에서 깨어나면 어떤 일이 벌어질까? 사건이 일어날 수 있는 기회를 어쩐지 놓쳐버리고 말았다는 느낌은 독자들을 막연히 불안하게 만든다. 그렇다면 이것이야말로 「돼지꿈」의 마지막 페이지 속 빈자리에 스며있는 "묘한 활기"의 원천이라고 할 수 있다. 활기는 스러지도록 내버려 두면 이상해지고, 불안은 어떤 미래의 사건에 대한 기대 속에 방출될 기회를 찾게 된다. 「돼지꿈」은 우리를 잔치에 초대하지만, 그 잔치를 축제로 끝맺지 않으며(또는 이전 세대의 프롤레타리아 작가들처럼 방화나 살인으로 끝맺지도 않으며), 독자들이 기대하는 어떠한 종류의 해결책도 주지 않는다. 「이웃사람」에서 인접성의 레비나스적 윤리가 텍스트 내에서 부정됨으로써, 오히려 이러한 윤리가 텍스트와 독자 사이의 관계에서 한층 더 강력하게 적용되도록 만들었던 것처럼, 「돼지꿈」은 근호와 같은 사람을 중앙무대로 불러들인 후, 희망 하나 없이 좌초시켜버림으로써, 독자들의 욕망이 억압받는 사람의 역경 해소에 집중되도록 만든다. 1980년대의 급진화된 분위기 속에서 이러한 욕망은 민중의 이름으로 분출할 것이다. 그러한 측면에서 「돼지꿈」은 집단행동 전야의 잔치로 우리를 초대한다고 말할 수도 있을 것이다.

# 힘에서 연대로−「장사의 꿈」[43]

황석영의 1970년대 소설 작품들에 대해 분석한 앞 장에서, 나는 주로 정치의 부정적인 차원들, 즉 거부의 전략이나 뺄셈의 과정으로서의 정치에 초점을 맞추었다. 이번 장에서 나는 황석영의 일부 작품들에서 긍정적 사례로 제시되는 연대의 가능성에 초점을 맞추고자 한다. 이 논의는 또한 그 과정에서 여성의 지위에 초점을 맞추게 될 것이다. 이는 앞서 분석한 세 작품과 관련하여 암시한 바 있듯이, 잠재적으로 문제의 소지가 있는 지점이기도 하다. 남자 매춘부에 대한 이야기인 황석영의 「장사의 꿈」에서 우리는 이러한 논의의 쟁점이 무엇인지 가장 명료하게 엿볼 수 있다.

앞 장들에서 살펴보았듯이, 겨울 공화국은 국가의 광범위한 생명정치학적 통제하에서 개인의 자유가 제한된 시대였다. 머리를 기르는 남성들은 연행되거나, 이문구의 「여요주서」에서 익살스럽게 그려진 바 있듯이, 거리 한 옆에서 곧바로 머리가 잘리기도 했다. 또 전체적으로 야간 통행금지령이 있어, 자정까지 집에 들어가지 못하면 경찰서에서 밤을 보내야 할 수도 있었다. 대중가요의 노래 가사조차 정치적 내용뿐만 아니라 일반적인 '퇴폐'를 이유로 검열당할 수 있었다. 이러한 제약들의 심각성을 고려할 때, 문학에서는, 적어도 성적 재현에 있어서는, 1970년대가 보다 관용적인 시대였다는 것은 놀랍게 여겨질지도 모른다. 김현주에 따르면 성행위가 인쇄물에 명시적으로 묘사되기 시작한 것이 바로 이 시대이며, 실제로 성담론이 새로운 문화 현상으로 대두되었다.[44] 이를 우리는 이 시대의 베스트셀러 소설들에서 여성 매춘부의 형상이 얼마나 자주 등장하

---

43    황석영, 『황석영 중단편전집』 3, 창비, 2000, 9~30면.
44    김현주, 「1970년대 대중소설연구」, 『1970년대문학연구』, 소명출판, 2000, 198면.

고 있는지, 그 빈도를 통해 분명하게 확인할 수 있으며, 최인호의 『별들의 고향』1973년이 그 좋은 예라고 할 수 있다. 김춘식은 1970년대 대중소설의 두드러진 특징들을 '호스티스 문학'이라는 명명 속에 압축적으로 담아낸 바 있다. 성매매 여성의 형상 속에는 정치적 거세로 인한 시대적 우울감에 사로잡힌 남성들의 위안과 보상에 대한 욕망이 새겨져 있다.[45] 김춘식은 따라서, 문학적 주제로서의 성적 해방은 정치적 억압의 현실과 상충하는 것이 아니라 오히려 깊이 연루되어 있었으며, 유신 체제 내의 많은 한국 남성들이 느꼈던 억눌린 불만들에 대한 일종의 배출구를 제공했다고 주장한다. 그 시대의 대중 문화 텍스트에서 성적 만남의 재현은 경제적, 정치적 영역에서의 가차 없는 굴종을 가까스로 견뎌낼 수 있게 하는, 지엽적인 위반의 순간들을 만들어냈다.

피해자 또는 요부妖婦로서의, 혹은 종종 둘 다로서의 여성 매춘부는 1970년대 황석영의 소설 작품들에서 또한 매우 익숙한 형상이다. 한국 근대화의 예측 불가능한 변화들은 「삼포가는 길」의 백화나 「몰개월의 새」1976년에서 베트남을 향해 떠나는 젊은 병사들에게 향락과 위안을 제공하는 성노동자들과 같은 여성 인물들의 파란만장한 삶에 각인되어 있다. 궁핍한 시골집에서 쫓겨나와 노동을 착취하는 작업장이나 사창가로 내몰린 이 여성들은, 더 이상 육체적으로 착취당할 것이 하나도 남아있지 않을 때까지, 나쁜 곳에서 더 나쁜 곳으로 전락을 거듭할 뿐이다. 「삼포가는 길」에서 지난 사 년간 성노동을 해 온 백화는 자신을 속옷에 비유하여 자신의 곤궁한 처지를 간 단명료하게 표현해낸다: "하두 빨아서 빛이 바래구 재봉실이 나들나들하게 닳아 끊어졌어요."216면 백화와 같은 인물은

---

45    김춘식, 「대중소설과 통속소설의 사이-60년대 후반~70년대 대중소설에 대해서」, 『한국문학연구』 20, 1998, 147~167면.

우리에게 익숙한 유형이긴 하지만, 황석영의 소설에서 결코 중앙무대를 차지하지는 않는다. '호스티스 소설'과는 대조적으로, 황석영의 이야기 속에 등장하는 이 여성 매춘부들의 형상은 단지 또 다른 사연, 또 다른 착취를 증언하는 조연들 중의 한 명으로 후경화된다. 그리고 이러한 또 다른 이야기 중 하나가 바로 남자 매춘부에 대한 것이다. 황석영의 서사에서, 여성에 대한 착취는 무미건조하게 서술되는 반면, 남성 인물에 대한 착취는 큰 충격과 슬픔 속에 기록된다.

그러한 점에서 전형적인 텍스트라 할 「장사의 꿈」은 원래 키가 180센티가 넘고 "삼두박근이 고릴라"[9면] 같은 건장한 젊은이가, 처음에는 상품화되었다가, 나중에는 결국 불능자가 되는 과정을 상세히 다루고 있다. 「이웃사람」의 화자처럼 「장사의 꿈」의 주인공 일봉도 더 나은 미래를 찾아 서울로 이주해온 꿈 많은 시골 소년이다. 그러나 「이웃사람」과 달리 「장사의 꿈」은 우화 또는 전설과 같은 요소를 지니고 있다. 이야기는 일봉이 때밀이로 생계를 유지하고 있는 '낙원탕'이라는 의미심장한 이름의 목욕탕에서 시작한다. 그러나 곧 일봉이 한때 고향 지역에서 최고 장사로 등극했던 마을 축제를 회상하는 것으로 장면이 전환된다. 마을 사람들이 모두 지켜보는 가운데 모래밭 위에 서서, 그와 걸맞은 상대와 힘겨루기를 하고 있는 일봉은 세상을 본질적 조화와 풍요로움으로 인식한다 ―"가을 하늘은 차갑도록 푸르고, 곡식은 누렇게 익었는데, 확성기에서는 우리가 늘 사모해왔던 열아홉 애송이 여선생님께서 치는 풍금소리가 들려오지. (…중략…) 논에서는 참새들도 잔치 덕을 입어서 날아가지도 못할 정도로 이삭을 배가 터지도록 포식하는 거야."[12면] 이 목가적인 시골 풍경은 정확한 기억이라기보다는 일봉의 육체적인 기량이 더욱 찬란하게 돋보이도록 설계된 태고의 신화적 풍경이라고 할 수 있다. 일봉의 힘이 실로 놀랄 만한 것이기는 하지만, 힘에 있어 진정한 전설이 된 선대 뱃사람들의 전체 계보에서 보면 약한 편이라고 설명된다. 그의 할아버지는 절 기둥을 뿌리째 뽑았다고 하고, 그 아버지는 한 손으로 철도 레일을 비틀 수 있었다고 한다. 이 이야기는 특히 씨름 시합의 묘사에서 김동리의 「황토기」1939년를 연상시키며, 이를 통해 한국의 "아기장수" 설화까지 환기시킨다.[46] 부모에게 죽임을 당한 아기장수에 대한 이 민간 전설에서와 같이, 일봉은 어머니의 금지로 인해 궁극적으로 자신의 파멸로 이어지게 될 길로 들어서게 된다. 즉, 일봉의 어머니는 임종의 순간 아들에게 뱃사람이 되는 것을 금하면서, 일봉이 자연스럽게 속해 있는 유일한 삶으로부터 그를 배제시켜버리고 만다.

일봉의 육지에서의 삶은 때밀이에서 포르노 배우로, 거기에서 다시 성매매 남성으로의 전락에 이르는 실책의 연속들 속에서 전개된다. 작품의 시작에서부터 이러한 조화로운 자연 속의 신화적 공간과, 일봉이 "기계로서"9면 일하고 있는 '낙원탕'의 수증기 가득한 욕탕을 병치시키고 있는 것은 매우 강력한 대비를 만들어내며, 이는 서사 전반에 걸쳐 계속 이어지게 된다. 이야기가 진행되면서 일봉의 상품화는 더욱 심화되고, 그는 도시 공간의 그늘진 곳에서 또 다른 그늘진 곳으로 몸을 옮길 뿐이다. 즉 "야술" 촬영의 도구로 전락하게 되는 빛이 들지 않는 어두운 스튜디오로, 오마담이 관리하는 콜보이 중 한 명으로 계약하게 되는 다방으로, 그리고

---

46  한국에 널리 퍼져있는 민담인 아기장수 설화는 놀라운 힘의 상징인 날개를 달고 태어난 아기의 모티브를 특징으로 한다. 그가 혁명가로 성장할 것을 두려워한 아기의 부모는 그를 죽인다. 연구자들은 이 전설의 사회적 의미를 조선 후기에 빈번했던 대중적 저항운동과 이의 궁극적인 패배와 연결시켰다. 이 전설을 대중의 의식에서 권력에 대한 저항을 상징하는 서사로 해석하는 논의는 임철호, 『설화와 민중 ─ 구비 설화와 민중의식과 민족의식』, 전주대 출판부, 1996, 11~32면 참조.

다시 "빨간 물통"을 든 연상의 여자의 눈에 들게 되는 삼청공원의 그늘진 숲으로 옮겨갈 뿐인 것이다. 도시의 공간논리에 가로 새겨진 자연과 인공의 이분법은 등장인물들의 신체 위에 더욱 극적으로 새겨져 있다. 일봉을 포르노 배우로 탈바꿈시키는 영화감독 따루마와의 첫 만남에서, 일봉과 따루마는 문자 그대로 검정과 흰색으로 대비된다. 당당한 체격의 일봉은 미국의 흑인 복싱선수 클레이(「장사의 꿈」은 카시우스 클레이가 전설적인 무하마드 알리가 되기 전 발표되었다)와 닮은 것으로 묘사되는데, 여기서 클레이는 인종적 스테레오타입의 하나인 정력적인 남성성을 체현하고 있다. 반면 타루마는 분명하게 모호한 섹슈얼리티로 특징지어진다.

> 어느 날, 묘한 손님이 왔지. 알록달록한 홈스펀 저고리를 입고 빨간 구두를 신었는데, 푸른빛이 날 정도로 흰 얼굴이며 흐릿한 눈깔이 아주 불쾌했어. 머리가 길었는데 손가락으로 꿈틀꿈틀 쓰다듬어 올리는 모양이 흉물스럽더군. 작달막한 키에 살집이 통통해서 손목과 발목, 무릎의, 관절마다 주름이 잡혀 있었지. 기분 나쁜 자식은 벗은 아랫도리를 수건으로 가리고 높다란 목소리로 말하데.15면

수건은 물론 타루마가 거세되었다는 비밀을 숨기기 위한 것이다. 하얀 피부, 긴 머리, 빨간 구두, 높은 목소리:황석영은 타루마가 완전한 남성이 아니라는 숨겨진 진실을 드러내는 표징을 제공하는 데 있어 더 적나라할 수 없을 정도이다. 수건이 떨어지고 비밀이 드러나자, 일봉은 강렬한 혐오감에 타루마를 비누칠 해주고 있던 비누를 떨어뜨린다. 파악하기 힘들고, 어둡고, 분명치 않은 형체의 타루마는 순진하게 개방적이고, 정직한 일봉과는 정반대이다. 이러한 차이가 도덕적인 것으로 표현되고 있다는

것은 황석영 작품에서 '정력의 윤리'라고 부를 수 있을 만한 것이 생겨나고 있다는 증거이다. 이진경은 이 이야기에 대한 독해를 제시하며, 매춘과 같은 성적 프롤레타리아화의 과정은 "섹슈얼리티의 박탈로 인해 매력을 잃은 신체와 생기 없는 좀비를 생산"하지만, 황석영에게 있어 섹슈얼리티는 또한 "근본적으로 성적-활력적 주체인 프롤레타리아적 주체성의 진정성 있는 매혹적인 위치가 된다"고 주장한다.[47]

만약 타루마가 거세된 남성으로서 성별의 경계를 허문다면, 오마담은 남성들에게 권력을 행사하는 여성으로서 성별의 경계를 불안정하게 만든다. 남성 매춘부들을 둔 여성 포주인 오마담은 신문에 구인 광고를 낸다. 일봉과 인터뷰를 하면서 자신이 찾는 남성의 유형을 묘사하는 그녀의 방식, 즉 "신체 건강하고, 용모 단정하며, 성격이 온순한 젊은 남자"[24]라는 표현은 전통적으로 여성 직원들의 바람직한 자격요건이라 불리는 것들에 대한 언술과 적지 않게 닮아있다. 따라서 일봉과 오마담과의 관계는 익숙한 권력의 성역학을 전도시키고 있으며, 그 첫 만남에서부터 이미 일봉이 몇 년간의 그러한 생활 끝에 겪게 될 육체적 불능을 암시하고 있다. 우리는 여기에서 타루마의 신체적 특성이 오마담에게서 반복되고 있음을 보게 된다. 형체를 무화시키는 부풀어오름의 일종이라 할 살집 있는 몸, 붉은 피부 등이 특히 그러하다. 타루마와 오마담이 젠더적 모호성을 구현하거나 실행하는 방식은 황석영의 작품세계에서 괴물스럽게 그려진다. 황석영에게 있어 권력의 위치에 있는 여성화된 타자야말로 가장 혐오감을 갖게 하는 형상이다.

그러므로 「장사의 꿈」에 특유의 통렬함을 부여하는 것은, 더 이상 정직

---

47    이진경, 앞의 책, 112~113면.

한 힘겨루기가 불가능한 세계에 거주해야 하는 거세된 헤라클레스의 파토스라고 할 수 있다. 뱃사람으로서의 일봉에게는 일말의 기회가 있었을지 모르지만, 육지에서, 그것도 대도시 서울에서 일봉은 자신의 육체적 힘이 자본가들에 의해 전유되는 것을 막을 수 없다. 그가 처음 도시에 도착했을 때, 일봉은 프로레슬러가 되기를 꿈꾼다. 그는 고향에서 한국의 전통 레슬링이라 할 수 있는 씨름판에서 천하장사로 등극한 바 있기 때문이다. 그러나 그는 레슬링 시합들이 이미 결과가 정해져 있는 순수한 구경거리일 뿐이라는 것을 알게 된 후, 그 꿈을 떨쳐버린다. 소설 텍스트 전체에 걸쳐 '사기'라는 단어가 계속 반복되는데, 이는 일봉이 세계를 인식하는 방식과, 도시적 배경의 막후에서 쉴 새 없이 펼쳐지는 사회경제적 메커니즘 사이의 간극을 드러내기 위한 말이다. 이야기의 몇몇 중요한 국면에서 일봉이 듣거나 들은 것으로 착각하는 카메라 셔터 소리는, 이 숨겨진 메커니즘을 암시한다. 정직과 신뢰에 바탕을 둔 대인관계의 역학은, '신용'이라는 소비주의적 개념으로 재정립된다. 타루마는 카메라 너머에서 "비록 관중은 적지만 최고급의 손님들이야. 거기선 따루마의 작품이라면 적어두 신용을 한다구"[20]면라고 외치며, 일봉에게 섹스를 더 멋지게, 더 진짜 같아 보이게 만들라고 주문한다. 이러한 경제 구조 속의 노동자로서 일봉은, 태생적으로 그에게 부여된 이점이 결국에는 자신을 억압하는 수단이 될 때까지, 자신의 생산 능력으로부터 철저히 소외되어 있다. 그리고 그러한 태생적인 이점이, 「삼포가는 길」속 백화의 헤진 속옷의 제유처럼, 과다한 사용으로 인해 탄성을 잃게 되는 순간, 일봉은 도시로부터 수치스러운 퇴장을 할 수밖에 없게 되는 것이다.

「장사의 꿈」은 주인공인 장사의 거세가 문자적인 의미에서나 비유적인 의미에서나 완수되는 순간, 즉 일봉 자신이 줄곧 "몇 근의 살덩이에 지나지 않았"[28면]다는 깨달음을 얻게 되는 순간, 실질적으로 끝이 난다. 그는 마지막으로 강력한 힘을 꿈꾼다. 그 꿈은 그를 자신의 고향으로, 그리고 한때 그의 타고난 권리였던 힘의 영광스러운 전시 속으로 데려간다. "내 살이여 되살아나라. 그래서 적을 모조리 쓰러뜨리고 늠름한 황소의 뿔마저도 잡아 꺾고, 가을날의 잔치 속에 자랑스럽게 서보고 싶다. 햇말의 돌담과 묘심사의 새 기둥을 쓿어 만져보고 싶다. 무엇보다도 성나서 뒤집혀진 바다 가운데 서 있고 싶었지."[28~29면] 일봉이 어머니의 명령으로 인해 금지당했던 바다는 절망의 순간에 인간이 자신의 힘을 제외하고는 아무것도 가진게 없는 맨몸으로 폭풍우와 씨름할 수 있는 곳으로서 그의 앞에 나타난다. 그리고 바로 이 기도의 순간에 '기적'이 일어난다. 일봉의 남근이 "호랑이 앞발"처럼 당당하게 고개를 세우는 것이다. 이 부분은 황석영의 상상계 안에서 도시 공간과 탈인간화의 메커니즘이 깊이 연루되어 있음을 다시 한번 분명히 드러낸다.

마지막에 일봉의 정력이 일시적으로 회복되는 장면은 기쁨이나 희망이 아니라 진부함을 수반한다. "나는 다리를 건너서 철둑을 가로지르고 걸어갔지. 동네의 집집마다 불이 하나둘씩 켜지데. 걷기가 불편해진 나는 조금씩 절뚝이면서 눈물을 철철 흘리면서 이 도시를 떠나가기 시작했지."[29면] 일봉의 남근(한때 그의 남성적 힘의 원천이기도 했던)은 너무나도 철저하게 상품화된 나머지 더 이상 그의 몸의 유기적인 한 부분이 아니라, 제멋대로 행동하여 그의 걸음을 부자유스럽게 하는 불편한 물체를 상징하게 된다. 황석영의 텍스트가 우리에게 남겨준 마지막 이미지, 즉 괴물 같은 발기와 함께 눈물을 비오듯 흘리며 절뚝거리는 한국의 카시우스 클레이는 서로 대립되는 수많은 요소들을 한데 모아 놓고 있어 우리는 경악과 슬픔, 그리고 어쩌면 해학까지도 모두 한꺼번에 느끼게 된다.

그러나 우리가 이 이미지와 관련하여 연대감을 느끼는 것만은 금지되어 있다. 황석영의 세계에서 그러한 관계는 장사와 장사 사이에서만 가능하며, 둘 모두 정직하고 남성미 넘치는 인물이어야 함은 물론이다. 우리는 황석영의 등단작인 「입석부근」1962년에서 이러한 시각의 결정체를 발견할 수 있는데, 이 작품은 한 암벽 등반가가 다른 등반가에 밧줄 하나로만 연결된 채 절벽에 위험하게 매달려 있는 모습을 그린다. 이곳에 겁쟁이나 피해자, 얼어붙어 버린 소심한 성격의 사람들을 위한 공간은 없다. 「장사의 꿈」에서 연대는 이야기의 첫 페이지에서 그려지고 있듯, 힘을 겨루어볼 만한 두 명의 장사가 대회에서 만나 서로 살을 맞대었을 때 발생한다. 일봉은 "앞에 떠억 버티고 선 놈이 어떻게나 정다워지는지 몰라"라며 모래밭의 상대에 대한 추억에 잠긴다. "샅바를 잡고 어깨를 비빌 때엔 피차가 상대의 가려운 곳, 아픈 곳, 근지러운 데, 쑤시는 데를 먼저 알아내는 게 중요하단 말이지. 제 몸이 되어야 하지."12면 이러한 관계는 그러나 거의 즉각적으로 사라진다. 일봉이 원초적 고향의 풍경으로부터 점점 멀어질수록, 이 관계를 회복하려는 욕망은 더욱 거세지고, 이는 서사의 중심적인 원동력으로 나타난다. 이것은 사랑으로 이루어진 세계이기는 하지만, 용기가 전제될 수 있는 한에서만 그러하다. 실제로 사랑은 용기 있는 행위를 통해 자신을 드러낸다.

이는 또한 남성들의 세계이기도 하다. 「이웃사람」에서 우리는 주체로서 자리매김하려는 남성 화자의 시도가, 적어도 은유적으로는, 그의 성적 능력의 회복으로 나타나는 것을 보았다. 이러한 움직임의 중요한 결과는 화자가 탈출하고자 하는 여성화된 위치가 기본적으로 비주체의 입장으로 상정되고 있다는 것이다. 「장사의 꿈」은 더 나아가 이 위치를 혐오스러운 것으로 만든다. 「삼포가는 길」은 이와는 약간 다른 방식으로 여성을 행동의 장으로부터 철수시킨다. 남성들을 주체로 변모시키고 그들의 품위를 회복시키는 결정은 여성에 대한 관대한 행동의 형태로 이루어지며, 한때는 이 남성들의 여행의 온전한 동반자였던 백화는 소설의 끝에 이르면 남성들의 주체성이 천명될 수 있도록 해 주는 불행한 자로 전락하고 만다. 그렇다면 혁명의 전야에 여자들은 어디에 있는가? 적극적으로 철수 당하거나 구조적으로 차단당한 이들은, 황석영의 서사에서 억압된 사람들이 집단행동을 하려는 순간에 이르러서는 어느새 우리의 시야에서 사라져 있게 된다. 그러한 의미에서 성정치는 황석영의 정치적 우주의 중핵에 있는 공백을 표상한다.

## 경향성에서 위기로 - 「객지」

황석영의 초기 작품 중 하나에서는 주인공이 내린 온전히 정치적인 결정이 우리를 윤리적 딜레마에 빠지게 하는 순간이 등장한다. 「객지」의 절정 부분 바로 직전에 등장하는 이 장면에서, 뜨내기 노동자들의 지도자인 동혁은 운동이 임박한 시점에 발생한 어떤 우연한 계기를, 집단행동의 기초를 공고히 하는 데 이용하는 것이다. 귀가 먹은 데다 벙어리이기까지 하다는 점에서 특히 더 약자인 것으로 그려지는 한 조직원이 사측의 깡패들에게 폭행을 당하게 되자, 이 지도자는 운이 나쁜 그 동료를 돕는 것이 아니라, 오히려 그 폭력이 더욱 극심해질 때까지 방조한다. 심지어 그는 반주검이 된 그의 동료를 진흙탕 속에 남겨놓은 채, "가능한 한 많은 노동자들이 그를 만날 수 있도록 천천히 데리고 다니자"[225면]며 계속해서 전략 짜기에 골몰한다. 남은 사람들 사이에 위기감을 촉발시키기 위해 한 명의 노동자를 희생시키기로 한 이 지도자의 결정은, 스피박이 사용하는 의미에서, 지극히 '정치'적인 행위로 볼 수 있다.

쑨거Sun Ge 또한 「객지」의 위 장면을 황석영의 '정치 감각'이 도달한 최고의 경지를 보여주는 사례로 꼽는다.[48] 이는 단지 「객지」의 소재가 정치적 투쟁이거나, 그 장면이 개인의 안위보다 공익을 더 중요한 것으로 제시하고 있기 때문이 아니라, 이 텍스트가 현재 작동 중인 "현실 정치"의 모습을 그리고 있기 때문이다. 쑨거에 따르면 현실 정치는 끊임없이 변화하는 구체적인 상황 속에서의 결단, 그것도 종종 불가능한 결단을 요구한다. 주어진 선택지 중 그 어떤 행위나 선택도 수용 가능하지 않은 난국에 처했을 때조차, 주체는 순조로운 결과에 대한 보증 없이, 심지어는 자신의 행동이 여러 사회적 규범에 의해 궁극적으로 정당화될 수 있다는 믿음에서 오는 보장조차 없이, 결국 행동하기로 결정한다. 「객지」에서 귀먹은 벙어리 노동자를 제물로 바치기로 한 이 지도자의 결정은 전략적으로 올바른 것이 아니었을지도 모른다. 투쟁은 결국 실패로 끝나기 때문이다. 또한 이 행동은 정치적으로도 올바른 결정으로는 보이지 않을 것이다. 더욱이 정치적 올바름의 의미가 암묵적인 사회적 합의에 의해 이미 '약자'로 규정된 사람들을 향한 위선적 배려 정도로 그 의미가 축소되어버린 작금의 상황에서는 말이다. 그러나 이 결정은 노동자들의 일상적 욕망, 즉 현 상황 안에서는 요구로 번역될 수조차 없는 욕망을 조직해 내기 위해 선택한 위험이다. 이러한 관점에서 볼 때 정치란, 주어진 현실에 개입하되, 주체가 그 개입에 대한 단독적인 책임을 면제받을 수 있도록 해주는, 미리 정해진 규약들을 따르지 않은 채 개입하는 방식을 말한다.

---

48    쑨거, 「극한상황에서의 정치감각」, 최원식·임홍배 편, 『황석영 문학의 세계』, 창작과비평사, 2003, 214~233면.

그러나 김우창과 같은 비평가에게 있어 문제가 되는 것은 바로 이러한 개입의 방식이다. 김우창은 이 지도자의 행동을 재평가하기 위해 윤리의 차원에서 몇 가지 의문들을 제기한다. 첫째, 공익이라는 개념이 개인의 희생을 정당화할 수 있는가? 둘째, 더 큰 명분을 위한 작은 희생까지는, 유감스럽지만 어쩔 수 없는 필요악으로 용납한다 하더라도, 주어진 상황을 조작하거나 거짓에 기대면서까지 고의적인 희생을 강요하는 것을 과연 옳다고 할 수 있는가?[49] 김우창을 따라 우리는 몇 가지 윤리적인 우려들, 즉 누가 어떤 악이 필요악인지 결정하는가, 희생을 치러야 할 사람에게 그 희생은 과연 작은 것인가, 왜 이러한 희생을 치르는 사람은 벙어리에 귀머거리여야 하는가, 등의 질문을 추가적으로 던질 수도 있을 것이다. 김우창에게 있어 「객지」의 지도자의 행동은 궁극적으로 '유감스러운' 것이다. 이 지도자는 선견지명이 있는 영웅이나 사람들의 대변자가 아니라, "계획적 희생이 필요하다는 병적인 망집과 속임수와 조종"을 일삼는 외로운 투사로 부각되고 있다. 김우창은 따라서 이 지도자가 파업이 실패한 뒤에 빈 언덕에 홀로 남아 입에 문 다이너마이트에 불을 붙이는 소설의 결말이 "실효 없는 영웅주의"의 쓸쓸하지만 당연한 결과라고 주장한다. 쑨거에게 있어 그 행위는 절대적 난국 속에서 전개된 정치적 개입을 재현한 것이지만, 김우창에게 그러한 행위는 정치적인 것의 내부에 존재하는 윤리적 아포리아를 열어젖히게 되는 것이다.

황석영 텍스트의 동일한 장면에 대한 이렇듯 상이한 두 가지 평가는 대체로 두 비평가의 교육과 세계관의 차이에서 비롯된 것으로서, 행동의 철학자와 심미적 이성의 철학자 사이의, 어쩌면 좁혀질 수 없는 거리라고

---

49  김우창, 「밑바닥의 삶과 장사의 꿈」, 『시인의 보석』, 민음사, 1993, 384~387면.

할 수 있을 것이다.[50] 이러한 차이는 또한 1970년대 황석영 소설의 성과와 한계 모두를 엿볼 수 있게 한다. 만약 우리가 그 시기 황석영의 작품들을 혁명 전야의 문학으로서 접근한다면, 그러한 문학의 정치적 과제는 무엇보다도 이미 모든 것이 정해진 것처럼 보이는 상황에 개입해서 새로운 가능성들을 창출해내는 것이라고 할 수 있을 것이다. 이 과제는 알랭 바디우가 '촉성forçage; 促成이라 명명한, "아직 완성되지 못한 진리가, 그 진리가 완성되었으면 가능했을 그러한 지식들을 미리 예기하여 앞질러 생산하도록 허용하는 것"의 일종이다.[51] 사진에서 촉성은 현상할 때의 두 가지 기법을 말한다. 첫째, 흑화도를 더 높이거나 특정한 디테일이 더욱 생생하게 부각되도록 하기 위해서는 음화, 또는 네거티브 필름을 평소보다 더 오랜 시간을 들여 처리한다. 둘째, 노출이 부족한 부분까지 보이게 하기 위해서는 현상액에 알칼리를 첨가한다. 두 가지 모두 현상황에서는 우리가 인식할 수 없을 진실을 엿볼 수 있도록 해주는 심화의 기술이다.

그렇다면 우리는 이러한 두 가지 현상 기법의 작동을 황석영의 소설들에서 보게 되는 것은 아닐까? 「돼지꿈」과 같은 작품들은 만족스러운 성적 만남의, 가족 관계의, 공동체적 네트워크의 단락短絡을 차례차례 거부하면서, 우리를 오랫동안 견디기 힘든 긴장 상태 속에 머물게 만든다. 그리고 이것이야말로 김한식이 황석영 소설의 두드러진 특징은 "주어진 상황을 극단까지 밀고 간다"는 것이라고 지적했을 때 그가 염두에 두었던

---

50    김우창의 문학과 철학에 관한 다양한 글에서 일관된 주제 중 하나는 심미적 이성의 개념이다. 그의 접근방식의 복잡성을 단순화시킬 위험을 무릅쓰고, 나는 김우창이 동서양의 최고의 휴머니스트 전통에 기대어, 보편성에 이르는 길로서의 심미적 이성을 탐구하고 있다고 주장하고자 한다. 반면 쑨거는 루쉰과 타케우치 요시미의 글에서 문학과 정치의 관계를 추적했으며, 이 작가들에게서 나타나는 이론화를 넘어서는 행위의 우선성을 강조했다.

51    알랭 바디우, 이종영 역,『윤리학―악에 대한 의식에 관한 에세이』, 동문선, 2001, 111면.

효과임에 틀림 없다.[52] 즉, 모든 출구를 폐쇄하고 긴장이 임계점에 이르도록 만든다는 것이다. 그러나 때로 경향성을 위기로 전환시키는 것은 단순히 어떤 상황의 숨겨진 진실을 볼 수 있을 때까지, 견디기 힘든 것을 충분히 오랫동안 버텨내는 것과 같은 문제가 아닐 수도 있다. 저속한 리얼리스트들에게는 "부당한 개입"으로 보일지라도, 이 문제를 "촉성"시키기 위해서는 알칼리의 추가가 필요할 수도 있다. (「객지」는 이러한 경우의 탁월한 예를 보여준다.) 그리고 "촉성"이라는 용어가 암시하듯, 이는 필수적으로 폭력이 수반되는 과정이다. 그러한 점에서 황석영 작품의 흔히 말하는 정치성은, 김우창이 그토록 우아하게 표현했던 것과 같은 윤리적 비판으로부터 결코 면책될 수 없다.

사후적인 관점에서 봤을 때, 우리는 정치 그 자체가 윤리가 될 때, 그리하여 윤리적 비평의 가능성을 원천 봉쇄하게 될 때, 정치가 폭압적인 것으로 변하기 시작한다고 할 수 있다. 그러나 겨울 공화국 시기 황석영의 작품들은 혁명 전야에 머무르며, 바디우가 기존의 "지식체계"라고 부르는 것에 개입하여, 이전에는 억압받는 사람들의 소리 없는 고통만이 있었던 곳에서 집단행동의 가능성을 엿볼 수 있게 한다. 순수문학과 참여문학의 모든 현학적인 대립을 넘어서, 예술처럼 진귀한 것을 사회 변화의 도구로 만드는 것에 대한 온갖 결벽증적인 반대들을 넘어서, 여전히 남아 있는 것은 억압과 고통이 존재한다는 잔인한 사실과, 이에 대해 무엇을 할 수 있을 것인가라는 점이다. 이러한 맥락 속에서 글을 쓴다는 것은 어떠한 방식으로든 그러한 현실에 필연적으로 참여한다는 것이며, 황석영 소설에서 정치는 민

---

52　김한식은 황석영 소설의 줄거리 구성의 특징은 주어진 상황을 극한까지 밀어붙여 상황적 난국을 조성하는 방식이라고 논의했다. 김한식, 「산업화의 그늘, 또는 뿌리 뽑힌 자들의 삶」, 민족문학사연구소 편, 『1970년대 문학연구』, 소명출판, 2000, 369면 참조.

중이 독재 정권에 대항하는 역사의 주체로 등장할 수 있도록 하는 개입을
조직하는 것으로 구성되어 있다.


## 광대로서의 작가

나는 이 장에서 겨울 공화국 시절 황석영의 소설 작품들을 분석하면서,
창비가 2000년에 펴낸 『황석영 중단편 전집』에 수록된 판본을 사용했다.
황석영이 서문에서 밝혔듯이, 4권짜리 전집의 출판은 그 자체로 하나의
획기적인 사건이었다. 황석영은 여기에서 30여 년간의 문학활동의 결과
들에 작별을 고하고, 새로운 여정의 출발을 알렸다. "잘 가거라, 반생이여.
그리고 당시의 너처럼 숨 가쁘게 세상을 돌아칠 모든 젊은것들의 짝이
되어라. 오늘은 어제 죽은 자들의 내일이려니. 나는 다시 출발한다."[53] 새
천년의 첫 십여 년간 했던 수많은 인터뷰에서 황석영은 자신이 이제 '사
회적 복무'의 세월을 모두 마쳤으며, 앞으로는 '형식 실험'에 전념할 것이
라고 선언하면서, 그로써 새로운 스타일의 서사를 창안하여 그가 앞서 제
공했던 '복무'와는 다른 방식으로 문학에 기여한 것으로 기억되고자 소망
한다고 말했다.[54]

'새로운 시작'을 선언했던 2000년 이후, 황석영 소설에서 두드러진 면
모는 여성적 경험에 대한 상상이 서사의 중심에 놓여지게 되었다는 것이
다. 『심청―연꽃의 길』[2003년]에서 황석영은 오랜 시간 사랑받아온 전통 설

---

53    황석영, 「작가의 말」, 『객지―황석영 중단편전집』 1, 창비, 2000, 5면.
54    이러한 인터뷰 중 가장 포괄적인 내용은 최원식·임홍배 편, 『황석영 문학의 세계』,
       13~62면 참조.

화 속의 효성스러운 딸 심청을 부활시켜 19세기 동아시아 세계질서의 급변기 속으로 표류해 들어가게 했다. 황석영은 심청을 여성 오디세우스에 비유하며, 자신의 작품을 "성매매의 오디세이"[55]라고 묘사했다. 2007년 소설 『바리데기』에서 황석영은 무속신화 속 바리공주를 놀랄만한 문화 충돌과 뒤섞임이 일어나고 있는 동런던의 탈북자로 부활시킨다. 이 소설은 바리의 눈을 통해 국경선을 넘나들며 동시적으로 진행되고 있는 탈영토화와 재영토화의 당대적 현실을 탐색한다.[56] 재동원되거나 행동할 태세를 갖춘 정력적인 남성 주체들의 세계를 그린 1970년대 황석영의 소설들에서 여성들이 구조적으로 배제되었던 것을 감안하면, 이들 소설들에서 여성들이 주인공으로 설정되어 두각을 나타내는 것은 많은 질문거리를 남긴다. 초기 작품들에서 여성적 행위 주체성의 가능성조차 폐제시켰던 작가가 여성에 관심을 돌리게 되었다는 것은 무엇을 의미하는가? 왜 여성의 경험이 황석영이 세계를(처음에는 동아시아를, 그 다음에는 유럽을) 그의 소설 속에 품는 매개가 되는가? 이러한 여성 영웅들을 한국의 민속적, 무속적 과거로부터 끌어왔다는 것은 무엇을 의미하는가?

최근 황석영 소설에서의 젠더적 전환은 저자의 "형식 실험"에의 의식적인 전향과도 궤를 같이한다. 황석영은 이 새로운 접근법을 "서도동기"라 부르며, 19세기 후반에서 20세기 초 동아시아 근대화의 익숙한 구호인 동도서기를 뒤집었다.[57] 이러한 전도가 실질적인 차원에서 정확히 무엇을 의미하는지는 분명하지 않다. 그러나 분명한 것은 황석영이 새로운

---

55    안철흥, 「환갑맞아 새장편소설 『심청』 펴낸 황석영 인터뷰」, 『시사저널』 737, 2003.12.3. http://www.sisapress.com/news/quickViewArticleView.html?idxno=11525

56    황석영, 『바리데기』, 창작과비평, 2007.

57    최원식, 임홍배, 앞의 책, 59~61면.

세기를 맞이하여 과거와 결별하고자 하는 시도는 또한 "리얼리즘"의 이름으로 한국문학을 정치에 봉합시켜 놓는 것으로 인식되어 왔던 모든 것들, 그리하여 독재 시대의 한국에서 황석영을 뛰어난 창비 작가로 만들었던 모든 것들, 다시 말해 형식보다 내용에 대한 강조, 억압받는 한국의 하층민들을('만약 '지금−여기'에서가 아니라면, 적어도 근미래의) 혁명의 주체로 서술해야 하는 부담 등과의 결별을 의미한다는 것이다. 나는 오늘날 겨울 공화국 시기의 황석영 소설을 다시 읽는 것이 향수를 불러일으키는 중요한 이유는 바로 이 때문이라고 주장하고 싶다. 이러한 향수는 단지 그의 서사의 갈피들을 채우는 등장인물들, 즉 이주 노동자, 베트남에서 돌아온 군인, 기회를 찾아 대도시로 와서 끝내는 몸과 품을 팔게 되는 시골 소녀들과 소년들 등이야말로 1970년대 한국의 정치적, 경제적, 그리고 사회적 현실 특유의 산물이기 때문에, 그리하여 이제 돌이킬 수 없는 과거의 아우라를 가지게 되었기 때문만이 아니다. 이러한 향수는 또한 작가가 그동안 자신의 문학적 방법으로 삼아왔던 리얼리즘이라는 방식을 스스로 포기하는 데서 연유하는 것이기도 하다. 새로운 문학의 시작에 대한 작가의 야망은 급진적으로 변화된 세계와 동시대적으로 호흡하고자 하는 욕망을 담고 있다. 형식적 복잡성에 대한 이러한 새삼스러운 강조 이면에는, 겨울 공화국의 작가가 신자유주의 이후의 한국에서 마주하게 될 운명이, 대의를 쟁취한 이후 선동가들에게 닥쳐오는 운명과 다르지 않을지도 모른다는 불안이 놓여있다.

그럼에도 불구하고, 사회 현실에 대한 황석영의 헌신은 그의 예술의 형식적인 복잡성을 진전시키지 못하게 만든 "사회적 복무"를 의미한다기보다는, 황석영이 애초에 예술가로 등장할 수 있게 해준 바로 그 기반이었다. 서영채는 오랜 시간에 걸쳐 황석영의 소설들을 분석하면서, 그에게 판소리의 이야기꾼을 뜻하는 광대라는 이름을 붙여주었다. 북을 잡는 고수와 함께 단둘이 공연하는 광대는 노래와 사설을 오가며 자신의 목소리와 자신의 목소리를 빌어 존재를 드러내는 등장인물들의 목소리를 유려하게 넘나든다. 서영채에 따르면, 광대로서의 작가는 "세상을 흉내 내고, 단순히 흉내낼 뿐 아니라 흉내냄으로써 동화되는, 시대의 심연을 향해 자맥질해가고 우리 삶의 가장 어두운 부분을 향해 다가가는 몸의 주인공"이다.[58] 여기에 등장하는 잠수부의 이미지는 황석영의 별명들 중 이문구가 가장 좋아하는 별명인 "완소팔"을 떠올리게 한다. 격랑의 물결을 가르며 수영하여, 자신의 움직임을 제약하는 경계들을 뛰어넘어버리는 저자는 자신에게 마음을 열어준 사람들의 이야기를 사로잡고, 그 대가로 그들에게 사로잡힌다. 황석영의 예술은 이러한 이중의 사로잡힘에 의한 예술이었다고 할 수 있다. 이러한 예술은 자유롭고 제한되지 않는 품격을 지녔는데, 그것은 이 예술이 포착한 드라마가 인간의 고통이었을 때조차, 사로잡은 자와 사로잡힌 자 사이에 어떠한 장벽도 인식하지 않는 데서 오는 일종의 쾌활함이었다. 조세희의 상상력을 위상학적인 것으로 바꾸게 만든 것과 같은 끊임없는 실존적 불안은, 이 투명한 세계에서는 자신의 자리를 찾을 수 없을 것이었다.

서영채에 따르면, 황석영은 1970년대와 80년대에 "지사로서의 삶"을 살았다.[59] 지사는 문자 그대로 뜻이 높은 선비를 일컫는 말로, 관습적으로 공동체의 더 큰 이익을 고민하는 것을 자신의 사명으로 알고, 이를 위해 자신의 개인적 이득을 희생하기로 선택하는 위대한 애국자를 말한다. 황석영이 2000년, '사회적 복무'에 바쳐졌던 자신의 작가적 삶의 절반에 작

---

58    서영채, 「한 유령 광대의 초상」, 『미메시스의 힘』, 문학동네, 2012, 192면.
59    위의 책, 192면.

별을 고했을 때 시사했던 바도 바로 이것이다. 전통적으로 사회적 지위가 낮은 광대가 지사가 될 수 있었다는 것이야말로 황석영이 살아내야 했던 시간의 시대적 특성이었다. 이청준이 「소문의 벽」[1973년]이라는 표현으로 알레고리화시킨 장소인 겨울 공화국에서, 황석영은 벽 위를 걷거나 뛰어넘으며 벽에다 자신의 표식인 "V"자를 남겨놓고, 당국(및 독재 정권)을 향해 잡을 테면 잡아보라고 도발하는 작가였다. 결국, 황석영은 가장 두껍고 높은 벽인 38선을 넘었고, 이 특히 용납되기 어려운 행동으로 인해 그는 해외에서 사 년 동안이나 망명 생활을 해야 했으며, 귀국 후에는 다시 오 년을 감옥에 갇혀 있어야 했다.

2000년, 자신의 반평생과 작별을 고하면서 황석영은 독재 이후, 신자유주의 시대의 한국에서 광대와 지사의 공존을 유지하는 것이 점점 더 어려워지고 있음을 증언했다. 더 이상 벽이 없는 것처럼 보이는 시대, 대신 들뢰즈적인 홈 패인 공간으로 특징 지워진 세상에서, 작가는 "시대의 비전을 담은 목소리"라는 소명에 충실하기 위해 무엇과 맞서 싸워야 하는가? 이렇듯 변해버린 세상에서 황석영과 같은 작가의 운명은 지사를 포기하고 단지 광대가 되는 것밖에 없는 것일까? 황석영이 21세기로 접어들면서 형식의 문제에 대해 숙고한 것은 작가의 예술가로서의 정체성을 공고히 하려는 욕망을 함축하고 있으며, 그가 이 질문에 대해 아니라고 대답하고 싶어할 것임을 시사한다. 그럼에도 불구하고, "서도동기"에 해당하는, 황석영의 가장 의식적인 형식 실험의 두 대표적 사례는, 한국의 전통 구전 문학을 통틀어 가장 역동적인 두 여성 인물을 전 지구를 아우르는 이야기 속으로 불러들였음에도 불구하고, 기묘할 정도로 평면적인 인물들로 바꾸어놓고 말았다. 이들 작품들에서 여성은 거대서사 — 즉, 심청의 경우, 난징에서 나가사키에 이르는, 서양에 의한 동아시아 지역의 강제 개항이나, 바리데기의 경우, 북한 여성과 파키스탄 남성을 동 런던의 거리에서 조우하도록 이끈, 전 지구적 테러의 시대에 이루어지는 난민들의 초국가적인 움직임 등과 같은 ─ 를 이야기하기 위한 줄거리 장치로서 철저히 도구화된다. 예를 들어, 약간의 과장을 섞어 말하자면, 2005년 런던 폭탄 테러 당일, 임신한 바리데기가 아이의 아버지인 파키스탄인 알리와 러셀 광장에서 눈물겨운 재회를 하게 되는 장면보다, 「삼포 가는 길」에서 백화의 닳아빠진 속옷에 대한 묘사가 더 생생하다고 해도 과언이 아닐 정도이다.

광대와 지사 사이의 연결고리가 약화된 것처럼 보이는 시기에 의식적으로 자신을 형식적 혁신의 예술가로 꾸며 내고자 하면서 황석영은 애초에 자신이 바람의 시인이 될 수 있도록 해준 광대성의 본질을 잃을 위험을 무릅쓰게 되었던 것은 아닌가? 황석영은 이 문제를 다시 생각해 보려는 듯, 『개밥바라기별』2008년에서 다시 작가 자신의 형상으로 회귀하였다. 느슨한 자전적 이야기인 이 소설은 그가 명문 고등학교를 중퇴하고 해병대에 입대해서 베트남에 파병되기 전까지의 떠돌이로서의 삶을 담고 있다. 이 자전적 소설은 그의 작가로서의 출발을 기록하고 있기도 하다. 이러한 출발의 문턱에는 하나의 통과의례로서, 주인공이 자살을 기도하여 오 일간의 혼수상태에 빠지게 되는 장면이 등장한다. 서영채는 이 일시적인 죽음을, 문학이 "숨겨진 패"라고 생각했던 소년의 죽음으로 분석한다. 이 숨겨진 패로서의 문학 덕분에 소년은 자신을 둘러싼 상상력이라고는 티끌만큼도 없는 물질주의 세계보다 자신이 우월하다고 믿을 수 있었다. 이 소년의 죽음은 글쓴이를 광대로 다시 태어나게 만드는데, 여기에서 광대란 "제 팔자를 남에게 다 내주는 일"을 끊임없이 되풀이하는 사람을 말

한다.[60]

이는 또한 서영채의 관찰처럼, "마음을 죽임으로써 새로운 몸을 얻는 일"이기도 하다.[61] 이러한 관점에서 겨울 공화국의 작가로서의 황석영을 되돌아보면, 우리는 문학을 비장의 무기 삼아 저속한 난투극에서 자신을 구분 짓고 돋보이게 하는, 그러한 종류의 예술가가 되고자 하는 욕망을 죽임으로써, 황석영이 어떻게 그 대신 몸과, 발과, 입을 얻게 되었는지 보게 된다. 그리고 그 입은 얼마나 멋졌던지!

---

60   황석영, 『개밥바라기별』, 문학동네, 2008, 194면.
61   서영채, 앞의 글, 186면.

# 결론

기다리지 않아도 오고

기다림마저 잃었을 때에도 너는 온다.

어디 뻘밭 구석이거나

썩은 물 웅덩이 같은 데를 기웃거리다가

한눈 좀 팔고, 싸움도 한 판 하고,

지쳐 나자빠져 있다가

다급한 사연을 들고 달려간 바람이

흔들어 깨우면

눈 부비며 너는 더디게 온다.

더디게 더디게 마침내 올 것이 온다.


너를 보면 눈부셔

일어나 맞이할 수가 없다.

입을 열어 외치지만 소리는 굳어

나는 아무 것도 미리 알릴 수가 없다.

가까스로 두 팔 벌려 껴안아 보는

너, 먼 데서 이기고 돌아온 사람아.

—이성부, 「봄」[1]

---

1    이성부, 『우리들의 양식』, 민음사, 1974.

"닭의 모가지를 비틀어도 새벽은 온다." 겨울 공화국의 주요 야당 정치인이었던 김영삼이 자신의 대중적 인기의 절정에서 했던 이 유명한 말처럼, 비록 "더디게 더디게"이긴 했지만, 결국 한국에도 민주주의는 왔다. 유신 체제가 아직 세력을 떨치고 있을 때 쓴 위의 시에서 이성부가 앞서 예견했던 것처럼, 한국의 민주주의에의 여정에 지름길은 없을 것이었다. 유신은 이승만 정권이 그랬던 것처럼, 변화를 요구하는 격분한 민중의 손에 의해서가 아니라, 국가 권력의 최고위층에서 벌어진 정치적 음모의 결과인 총 끝에서 그 마지막을 맞이했다. 경호실장, 비서실장, 그리고 술을 따르고 노래와 춤으로 연회를 즐겁게 만들기 위한 두 명의 여성만이 함께한 사적인 연회에서, 독재자는 다름아닌 18년 동안 권력을 만들고 유지하는 데 도움을 준 기관인 중앙정보부의 부장에게 치명상을 입고 쓰러졌다. 뒤이어 온 서울의 봄은 그러나, 딱 그 한 계절밖에 머무르지 않았다. 박정희 암살 사건이 일어난 지 불과 몇 달 만에 한국 국민은, 민주주의가 "어디 뻘밭 구석이거나 / 썩은 물 웅덩이 같은 데를 기웃"거리면서 꾸물거리는 동안, "소리는 굳어" 벙어리가 된 채 또 다른 군부 독재자가 권좌에 오르는 것을 지켜보아야 했다.

겨울 공화국이 끝난 후 한국의 "썩은 물 웅덩이"의 옆에, 봄은 과연 얼마 동안이나 머물렀던 것일까? 전두환 군사독재는 1987년이 되어서야 민주주의를 요구하는 수백만 한국 시민들의 압박에 눌려 무너지게 된다. 체육관에서 대통령을 선출하는 유신헌법에 의해 시작된 관행은 그렇게 막을 내렸다. 이승만이 축출된 이후 처음으로 문민 정부가 들어서게 되는 것은 여기서 또 5년이 더 지난 후의 일이다. 이토록 많은 어려움 끝에 얻어낸 민주주의는, 그러나 그 모든 것에도 불구하고, 충분히 민주적이지는 못했던 것으로 판명되었다. 정치학자 최장집이 주장한 바 있듯이, 진정한 민주주의가 만약 "사회의 다양한 갈등과 이익을 정치적으로 표출하고 대표해 대안을 조직함으로써, 한편으로 대중 참여의 기반을 넓히고 다른 한편으로 정치체제의 안정에 기여하는" 과정을 의미하는 것이라면, 그러한 진정한 의미의 민주주의가 절차적 민주주의에 수반되어오지는 않았던 것이다.[2] 1987년 절차적 민주주의를 쟁취한 쾌거에 이은 일련의 정치적 흐름 — 노태우 정권 때의 고속 성장 모델의 지속과 옹호, 김영삼 대통령 시절 세계화에의 압력으로 인한 국가 경제와 금융의 조기 개방과 그에 따른 1997~1998년의 IMF위기, 그리고 상대적으로 더 진보적인 김대중과 노무현 정부하에서 신자유주의가 심화되어간 10년 — 은 극히 소수의 집단적 이익에만 복무하는, 매우 보수적인 정당체제와 정치적 구도를 공고히 하는 효과를 가져왔다. 그리고 만약 민주주의를 범박하게 그 구성적 가치가 평등인 제도로 받아들인다면, 진정한 민주주의는 역설적으로, 민주주의와 투명성을 글로벌 기준으로 삼고 있는 "신자유주의의 새로운 패권적 질서"에 의해 훼손되었다고 할 수 있다.[3] 군사독재 종식 이후, 부의 불평등, 노동시장의 유연화, 그리고 계층 이동성의 전반적인 부족은 한국 사회의 뚜렷한 특징이 되었다.

이는 사회학자 조희연 또한 공유하고 있는 통찰이기도 하다. 조희연은 2004년에 쓴 글에서 한국이 "개발독재적 예외국가"에서 "자본주의적 정상국가"로 전환하는 데 성공했다고 평가했다. 겨울 공화국 시절과 그 후 십여 년간, 민주주의는 비상령, 위수령, 계엄령 등을 통해 권력을 행사한 '비정상적' 국가권력에 맞선 위대한 저항의 외침이었다. 이에 대해서는 박

---

2    최장집, 『민주화 이후의 민주주의—한국 민주주의의 보수적 기원과 위기』 개정2판, 후마니타스, 2010, 19면.
3    조희연, 『비정상성에 대한 저항에서 정상성에 대한 저항으로』, 아르케, 2004, 11면.

정희 스스로도 유신시대의 개막을 알리는 악명 높은 대통령연설을 통해 다음과 같이 인정한 바 있다. 즉, "이제 일대 개혁의 불가피성을 염두에 두고 우리의 정치 현실을 직시할 때, 나는 정상적인 방법으로는 도저히 이 같은 개혁이 이루어질 수 없다는 판단을 내리게 되었습니다"라고 시인한 것이다.[4] 민주화는 정치와 사회 영역, 특히 직접 선거와 시민의 권리와 자유에 관련된 영역들에서 독재자에 의해 중단되었던 정상적인 방법들의 복원을 통해 이루어졌다. 조희연에 따르면, 독재 이후의 시대인 지금, 긴요한 것은 '정상적인' 민주적, 자본주의적 질서 속에 새겨진 불평등, 차별, 그리고 적대의 방식들에 어떻게 저항할 것인가를 생각하는 것이다. 이러한 문제들은 그것들의 제도화된 '정상성'이 인지적 장벽의 기능을 하는 탓에 맞서 싸우기가 더 어려우며, 만약 민주주의가 절차적 민주주의라는 협소한 개념에 머물러 있게 된다면, 문제는 더욱 심각해질 뿐만 아니라, '인간적인 삶'을 더욱 어렵게 만들 것이다. 조희연은 새로운 저항의 구호로 '급진적 민주주의'의 개념을 제시했다. 사회 정의를 위한 투쟁은 더 이상 개발독재의 비정상적인 국가권력을 향한 것이 아니라, 자본주의적 민주주의의 '정상적인' 국가권력을 향한 것이 되어야 할 것이었다.

2014년의 우리는 십 년 전 조희연의 경고를 돌이켜 보며, 그것을 무시하고 지나쳐버렸다는 사실에 후회를 금할 수 없다. 오늘날 한국은 지난 십 년 사이에 자살자의 수가 두 배 이상, 1982년과 비교하면 세 배 이상 증가하여, OECD 국가들 중 자살률이 가장 높은 국가라는 불명예를 안게 되었다. 이와 반대로, 출산율은 OECD 국가들 중 가장 낮다.[5] 삶을 끝

---

4    박정희, 「1972.10.17 대통령 특별 선언」, 대통령비서실 편, 『박정희대통령 연설문집』 9, 대통령비서실, 1973, 324면.

5    OECD, *Society at a Glance 2014: OECD Social Indicators*, OECD, 2014(EPUB

내고자 하는 한국인들의 수적 증가와, 이에 버금하여 새로운 삶을 탄생시키기를 꺼려하는 현상을 바탕으로 판단컨대, "인간적인 삶"이 채 되지 못한 삶이야말로 민주주의가 빠진 민주화의 결과라고 할 수 있다. 조희연의 표현을 빌리자면, 충분히 급진적이지 못한 민주주의의 성공적인 제도화와 정상화의 결과인 것이다. 이러한 진정한 민주주의 또는 급진적 민주주의의 약화에 대한 국민들의 반응은, 정치적으로는, 절차적 민주주의에 의해 보장된 자신들의 투표권을 자신의 계급적 이익에 반하여 행사하는 것으로 나타났다. 희망의 죽음, 오늘의 비참함을 견딜 수 있게 만들었던 더 나은 내일에 대한 확신의 죽음은, 급속한 고도성장의 시대에 대한 강력한 향수를 불러일으키게 하는 역할을 했다. 절차적 민주주의에 배신당한 많은 한국인들은 민주주의로부터 등을 돌리고, 겨울 공화국의 성장 제일주의를 다시금 절대적인 가치로서 재수용하였다. 학계에서부터 온라인 커뮤니티에 이르기까지, 다양한 공간에서 민주화를 산업화와 대적시키고, 한국의 근대화 과정을 평가하는 데 있어 후자에 중요한 위치를 부여하고자 하는 최근의 수정주의적 시도는, 독재 시대 이후의 정권들이 급진적 민주주의의 의제들을 진전시키는 데 실패한 것에 대한 대중적 실망감의 깊이를 엿볼 수 있게 해준다고 할 수 있다.[6]

---

e-book), pp. 316 · 497.

6    2013년, 20대의 젊은 '아이돌'이 주인공인 한 사소한 일화가 한국의 현대사를 어떻게 평가할 것인가에 대한 주요 논쟁으로 빠르게 발전했다. 현재 한국 대중음악계를 주름 잡고 있는 수많은 걸그룹 중 한 명인 이 아이돌은 한 라디오 방송에 출연해 논란을 일으키는 발언을 했다. 그룹 멤버들이 서로 어떻게 소통하느냐는 질문에, "저희는 개성을 존중하는 팀이거든요. 민주화시키지 않아요"라고 쾌활하게 대답했다. '민주화'라는 단어를 개성을 상실시키는 강압적인 과정을 의미하는 것으로 사용하면서, 이 아이돌은 특히 10대와 20대들이 많이 찾는 온라인 커뮤니티인 '일베'에서 이 단어를 사용하는 방식을 따라 했다. 이 커뮤니티의 구성원들은 '민주화'라는 표현을 더 큰 집단에 대해 다른 의견을 가진 소수 집단을 언어적으로 모욕하고, 그 소수 집단을 순응하도록 강요한다

민주화는 한국에서 군사독재 시대를 종식시키긴 했지만, 성장 패러다임을 종결시키지는 못했다. 실제로 2012년 대통령 선거에서 강력한 힘을 발휘하며 돌아온 개발주의적 향수는 박근혜가 상대 후보를 간신히나마 제치고, 겨울 공화국 시절 피살된 어머니를 대신해서 영부인 역할을 하던 청와대로 돌아올 수 있게 했다. 한국에서 대통령을 조롱했다는 이유로 작가가 사형선고를 받을 수도 있던 날들 이후로, 한국사회가 이룬 진전을 과소평가할 필요는 없지만, 2012년 선거에서 드러난 겨울 공화국에 대한 향수 속에 숨겨져 있는 것이 정확히 무엇인지 묻는 것 또한 우리의 의무이다. 다르게 말하면, 이러한 향수 속에서 독재 시대 이후 한국에서 민주주의의 정의를 두고 일어난 중대한 변화에 대한 깊은 배신감을 알아차리는 것이 중요하다. 독재 시대에 민주주의는 인간의 억압으로부터의 자유를 요구하는 것으로, 국가 권력의 '비정상적' 사용에 반대하여 시작되었다. 그러나 그 이후 민주주의는 지역적, 국가적 이익에 대한 보호주의에 대항해서 세계 신자유주의의 '정상적' 활동들을 위한 자본의 자유를 요구하는 목소리가 되었다.

이러한 맥락에서, 한때 정치적 저항의 가장 특권적인 장소였던 문학은 한국의 민주주의로의 이행 이후, 어떠한 성과가 있었는가? 한국문학에서

---

는 부정적인 의미로 반복적으로 사용해 왔다. 이와는 대조적으로, 이 공동체 안에서 민주화의 반대말을 의미하는 단어는 전체주의가 아니라 '산업화'였다. 누군가를 '산업화'한다는 말은 그 사람이 자기 안의 오류를 깨닫고, 이데올로기 대신 이성을 받아들이도록 한다는 의미로 사용되었다. 한마디로 민주화는 개인의 자유를 상실하는 것을 의미했고, 산업화는 그러한 억압 상태에서 해방되는 것을 의미했다. '민주화'와 '산업화'라는 단어의 이러한 사용은 다른 사이트에도 파급되었다. 이 아이돌은 팬들의 글을 읽다가 이 표현을 접했고, 결국 그 의미를 익혀서 자신의 일상생활에서도 이 표현을 사용하기 시작했다고 주장했다. 그녀는 자신이 이 단어를 원래의 의미와 달리 사용하고 있다는 것을 깨닫지 못하고, 한국의 민주화 운동의 역사에 무지했던 것에 대해 사과했다.

지난 사십여 년에 걸친 이러한 '비정상성'에서 '정상성'으로의 전환은 위기의 연속으로 경험되었다. 독재 시대의 한국문학은, 우리가 함께 살펴보았듯이, 그 자체로 정치의 한 형태였다. 겨울 공화국의 작가들에게 있어 문학과 정치 사이의 거리의 붕괴는, 처음에는 문학이 예술의 자율적인 영역에 속한다는 것을 파시스트 정부가 부정한 것에 따른 원치 않는, 직접적인 결과였다. 그러나 바로 이 억압과, 그러한 억압에 대한 작가들의 저항은 문학의 실천을 고양시키고 또 확장시켰다. 진실을 말하는 일이 감시받는 활동이 되자, 글쓰기는 생사의 문제가 되었다. 진실을 말하기 위해 죽음을 무릅쓰고 자신의 삶을 바쳐야 한다는 것이 문학을 예술인 동시에, 예술 이상의 것으로 만들었다. 문학은 증언이고, 혁명을 위한 예행연습이자, 구원의 복음이었으며, 궁극적으로는 '제2의 정부'가 되었다. 박태순이 겨울 공화국을 그의 생애 중 "가장 저주받은 동시에 가장 영광스러운 시기"라고 한 것은 바로 이러한 점, 즉 극단적인 검열이라는 조건 속에서 문학이 이루어낸 이러한 확장에 대한 인정에서 비롯된 것이다.[7]

민주화는 문학장에 극적인 변화를 가져왔다. 한국의 문학평론가 서영채는 이러한 변화를 "포연이 자욱한 전쟁터"에서 "시장의 냉소주의"로의 이행, 즉 문학이 이상주의에서 벗어나 자신의 상품성에 대한 공개적인 수용이라는 부끄러운 퇴각을 한 것으로 특징 지은 바 있다.[8] 전 세계 사회주의 실험의 극적인 붕괴는 한국의 군사독재 정권의 종식과 맞물리면서, 한때 해방에 대한 거대 서사들이 넘실대던 곳에, 이념적 공백의 공간을 만들어냈다. 싸워야 할 뚜렷한 적이 없어진 문학은, 전장에서 퇴각했다. "내면성"으로의 선회가 이전의 집단적 전망에 대한 강조를 대체하게 되고,

---

7    박태순과 저자의 인터뷰 중, 2011.5.20.
8    서영채, 『문학의 윤리』, 문학동네, 2005, 85~103면.

'유희충동'이 독재 시대, 특히 1980년대의 "작가 전사들"이 취한 엄숙한 어조와 순교자적 태도에 대한 자연스런 반응이 되었다. 전장에서 퇴각하여 상처받은 영혼의 내부로 침잠했던 1990년대를 지나, 작가들이 각자의 외딴 방에서 다시 나왔을 때, 스스로를 발견하게 된 곳은 광장이 아닌 시장이었다. 대립하는 세계관들의 서로 화해 불가능한 요구들이나, 리테로크라시literocracy와 미학주의aestheticism의 경쟁적인 주장들 — 이러한 것들 사이의 참을 수 없는 갈등으로 인해 문학적 위기가 발생하는 일은 더 이상 없게 되었다. 그 대신 위기는 오히려 엄밀한 의미에서의 갈등의 부재, 즉 태양 아래 어떤 것에 대해서라도 쓸 수 있지만, 특별히 그러한 수고를 감수해야 할 만한 것은 아무것도 없다는 무언의 깨달음에서 오는 기이한 무기력 상태로 체험되었다. 전통적인 왕조의 종식과 함께 시작되었던 지난 세기가 신자유주의적 세계화의 시작과 더불어 저물어갈 무렵, 한국문학은 필연성이 창조적 행위의 지평선에서 사라지게 되면서 야기된 진정한 포스트 이데올로기적 병폐를 겪고 있음을 알아차리게 된 것이다.

서영채는 최근의 매우 흥미로운 논의에서 절차적 민주주의가 승리한 1987년과 신자유주의적 세계화가 승리한 2004년 사이의 시간을 한국문학의 "두 죽음 사이의 공간"이라는 말로 지칭한 바 있다.[9] 1987년, 군사독재라고 불리는 정치 대형과의 전투가 공식적으로 끝난 이후, 작가-전사는 육신상의 죽음을 맞이했다. 그러한 점에서 독재 시기 십 년을 감옥에서 보낸 1980년대의 대표적인 작가이자 전사였던 김남주1946~1994년의 죽음은 특히 상징적이다. 시인보다 전사라는 호칭을 더 좋아했던 김

9    Seo Young Chae, "Korean Literature between Two Deaths : From the Cold War to the IMF Crisis", presentation, Association of Asian Studies Annual Meeting, Philadelphia, March 23, 2013.

남주는 시인들을 향해, "누구보다 먼저 그대 자신이/압제자의 가슴에 꽂히는/창"[10]이 될 것을 요구했었다. 1988년 감옥에서 풀려난 김남주는, 1994년 암으로 세상을 떠났다. 독재 시대에 정치적, 이념적 투쟁의 무기였던 한국문학은, 민주화 이후 더 이상 폭군의 심장을 꿰뚫는 피 묻은 창일 필요가 없게 되었다. 그러나 문학이 이 엄숙한 의무로부터 해방된 것은, 한편으로는 문학이 더 이상 "성스러운 가치의 영역에의 거주권"을 당연시할 수 없게 되었다는 것을 의미하기도 했다. "성스러운 가치의 영역을 떠나게 된 한때의 전사는 이제 창녀의 삶과 수녀의 삶 사이에서 선택해야 하는 상황에 직면하게 되었다." 한국문학이 죽었다는 사실도, 문학의 죽음 후 그 앞에 제시된 두 개의 선택지 중 어느 쪽도 받아들일 수 없었던 한국문학은 1990년대에도 여전히 "전사의 영혼"으로, 그러나 전사의 육신은 잃은 채, 살아왔다. 이러한 육신과 분리된 채 이어온 존재의 필요마저 종식시킨 것은, 한국에서는 보통 "IMF"라 통칭되는, 1997~1998 아시아 금융 위기였다. IMF는 한국을 신자유주의에 개방시킴으로써, 그리하여 과거 독재 정권에 맞서 싸운 집단 투쟁의 시기 내내, 신자유주의적 핵심 가치인 자유 시장 경쟁과 민영화 등에 새겨져 있던 낙인을 제거함으로써, 그렇게 했다. 그리고 2004년, 전사의 죽음은 상징적으로 확정되었다. 2004년은 1980년대 반체제 학생운동에 참여했던 386세대 정치인들이 대거 국회에 진입한 해이자, IMF 이후 차근차근 세력을 키워온 신자유주의가 전면적으로, 그리고 제도적으로, 독재 종식 이후 한국의 새로운 성장 패러다임으로 채택된 해이기도 했다. 문학에 있어서도 2004년은 이제는 유명해진 "가라타니 테제"의 해로, 그에 따르면 일본과 프랑스에서 '근

---

10  김남주, 「시인이여」, 『나의 칼 나의 피』, 인동, 1987, 18면.

대 문학'이 이미 수십 년 전에 죽었던 것처럼, 이제 한국에서 역시 '근대문학'은 죽었다고 선언했다.[11] 이 영향력 있는 일본인 평론가가 발표한 종말 선언은, 문학의 위기에 대한 마지막 토론의 계기가 되어, 최원식과 황종연을 비롯한 저명한 모더니스트와 리얼리스트 비평가들 사이의 논쟁을 이끌어냈다. 이 논쟁 이후, 전사-작가들은 그들이 정말로 죽었다는 것을 공공연하게 인정했다. 사실 그들은 죽은 지 오래였다. 소설가 박민규는 「용용용용龍龍龍龍」2008년에서 "영웅의 시대는 끝이 났다"고 썼다. "바야흐로, 소녀들의 시대였다."[12] 소녀들의 시대, 혹은 '소녀시대'는 전 세계적으로 인기가 있는 한국 여자 아이돌 그룹의 이름이기도 하다.

'근대문학'의 종언을 선언하면서 가라타니는 근대문학을 집단적 에토스를 담아내고 또 주조해낼 수 있으며, 바로 그러한 능력 덕분에 특권적인 지위를 부여받아온 글쓰기 형식이자 제도라고 정의한다.[13] 만약 이러한 의미의 문학은 한국에서 이미 한 번이 아니라 두 번 죽었다는 서영채의 말이 맞다면, 자연스럽게 제기되는 것은, 그렇다면 이 두 죽음 후에는 과연 무엇이 오는가라는 질문이다. 겨울 공화국으로의 복귀가 당초 생각했던 것처럼 상징적인 것에 머무는 것이 아닐 수도 있다는 불안한 조짐들이 엿보이는 상황에서 이러한 질문은 더욱 시급한 것이 될 수밖에 없다. 2013년 8월, 국가정보원의 2012년 대통령 선거 개입에 대한 집회가 한창일 때, 박근혜는 자신의 비서실장으로 유신헌법의 초고를 썼으며, 이미 여든 가까운 나이에 접어든 김기춘을 임명했다. 전사-작가의 두 번의 죽음은 저항문학을 영영 과거의 것으로 만들어버린 것일까?

---

11   가라타니 고진, 조영일 역, 『근대문학의 종언』, 도서출판b, 2006, 43~86면.
12   박민규, 「용용용용(龍龍龍龍)」, 『창작과비평』 139, 2008 봄, 179면.
13   가라타니 고진, 앞의 책, 43면.

나는 이 책의 마지막 지면을 이 질문에 답하는 것에 할애하고자 한다. 특히 박민규의 문학적 실천을 간략히 검토하는 것을 통해, 이 책이 문학의 정치성에 대해 줄곧 주장해 온 것의 동시대적 관련성을 고찰할 것이다. 내가 보기에 새천년에 등장한 가장 중요한 한국 작가인 박민규는 위에서 제기된 질문에 대해 자신만의 답을 제공한 바 있다. 두 죽음 이후 무엇이 오냐고? 그것은 바로 '싸움'이라고 박민규는 답한다.

2004년, 문학의 위기 논쟁의 절정에서 박민규는 '젊은 작가의 변'을 들려달라는 요청을 받았다. 그가 제출한 답변은 불손하고 격렬한 것으로, 이러한 논쟁을 둘러싼 소란스러움 자체를 "문학의 위기를 떠드는 놈들의, 위기일 따름"이라고 일축했다.[14] 박민규는 "문학"이라는 말 한마디에 사람들이 경건한 기대감 속에 숨을 죽이던 때가 있었다고 인정한다. 당시 문학은 마치, 무하마드 알리에 의해 불멸성을 얻게 된 기술의 조합, 즉 나비처럼 날아서 벌처럼 쏘는 능력을 갖춘, 아름다운 '풋웍'을 밟는 권투 선수와 같았다. 애초에 박민규는 그러한 문학에 대한 동경 때문에 작가가 되었고, 그 시절에 대한 그리움이 여전히 그로 하여금 눈물 흘리게 하지만, 문학은, 권투와 마찬가지로, 이미 오래전에 "시시"한 것이 되어버렸다. 마치 이종격투기 선수의 기습적인 발차기로 KO를 당해버린 권투선수처럼, 문학은 이제 링이 아니라 옥타곤 위에 서 있다. 문학의 나비와 같은 풋워크와 벌과 같은 펀치는 여전히 멋지고 아름답지만, 새로운 교전규칙 하에서는 더 이상 이것만으로 승리를 얻어낼 수 없다. 변경되어버린 '세계의 룰'은 문학에도 적용된다. 결국, 우루과이 라운드는 단순히 "농업만의 문제"가 아니었던 것이다. 박민규는 이 모든 것을 감안할 때, 이제 작

---

14    박민규, 「조까라 마이싱이다!」, 『대산문화』, 2004 여름.
      http://daesan.or.kr/webzine/sub.html?uid=1381&ho=9.

가는 왜 문학이 더 이상 우주의 중심을 차지하지 않는지에 대한 '근친상간'적인 고민을 할 시간도, 또는 실제 싸움인 것처럼 가장한 "약속대련"을 위한 시간도 없다고 주장했다. 실제 싸움은 "더욱 실질적이고(비록 폼은 없어도), 냉정한 것"이 되었으며, 그가 미처 개발하지 못한 능력까지를 포함한, 그의 모든 힘을 요구한다.

이 변화된 세상에서 만약 단 하나 변하지 않은 것이 있다면, 그것은 바로 문학의 본질이 저항이라는 것, 이것이 박민규의 언급이 암시하는 바이다. 겨울 공화국이라는 예외적인 기간 동안, 시인은 독재자와 직접 맞서 싸웠다. 일례로, 박정희 정권은 김지하의 「오적」이 가한 일격으로부터 끝내 완전히 회복하지 못했으며, 김지하가 연이은 대결에서 독재자에 대항하여 나비처럼 날아 벌처럼 쏘는 것을 지켜보기 위해 전 세계 사람들이 모여들었다. 냉전적 권위주의에서 탄생한 파시스트 정권하에서 역설적으로 문학이 확장되었음을 증명하고 있는 이 책에서, 하나로 엮어내고자 한 문학적, 전기적, 그리고 역사적 이야기들은 실제로, 매 순간, 박민규가 말한 '아름다운 싸움'의 사례를 보여준다. 그러나 박민규의 이 같은 언급은 또한, 우리의 예상과는 달리, 한국에서 독재가 종식된 이후, 명확한 적이 사라지고, 정치적 절차가 정상화되었다고 해서 인간다운 삶을 위한 싸움까지 종식된 것은 아님을 알 수 있게 해준다. 단지 싸움이 "더욱 실질적"이고 "폼"나지 않으며, 더 "냉정한" 것이 되었을 따름이다. 이제 싸움은 더 이상 계급이나 국가의 이름으로 스스로를 "대의"로 고양시킬 수 없는, 일상의 생존을 위한 "시시"한 투쟁이라는 점에서 '더욱 실질적'이 되었다. 그리고 이제 문학은 더 이상 '제2의 정부'로서의 권한을 갖지 못하며, 인쇄 매체 또한 과거에 지녔던 이점을 모두 상실했기 때문에 "폼"이 나지 않게 되었다. 또한 선진 자본주의에서 마주치게 되는 억압은 더욱 비인간적이고,

체계적이며, 만연되어 있고, 국경조차 없는, 그러한 종류의 것이기 때문에 더 "냉정"해졌다. 박민규는 "그 아름다웠던 싸움들을 가슴 속 깊이 저장하고 있다. (…중략…) 경건하게, 나도 싸워나갈 것이다"라고 선언한다. 다만, "그 외의 문제라면, 몰라, 조까라 마이싱이 아닐 수 없다"는 것이다.[15]

실제로, 박민규의 싸움은 이러한 바뀌어버린 교전의 규칙을 온몸으로 증언하는 일련의 인상 깊은 인물들에 생생한 숨결을 불어넣었다. 2005년 출간된 박민규의 소설집 『카스테라』에는 '존경받는' 사회의 일원이 되기 위해, 즉 안정된 정규직을 얻기 위해, 또는 그로부터 밀려나 뒤쳐지지 않기 위해, 자신의 전존재를 걸고 싸워야 하는 남성들이 자주 등장한다. 이러한 인물들 중에는 통신회사의 정식사원이 될 기회를 놓치지 않기 위해 상사의 성추행을 견뎌내고 있는 인턴사원이 있다. 한 "푸쉬맨" 알바는 러시아워 통근자들이 계속해서 근근이 생계를 유지해나갈 수 있도록, 그들을 이미 만원인 지하철 속으로 밀어넣는 일을 하며 역시나 비참한 생활을 근근이 이어나간다. 일흔세 곳의 일자리에 지원했으나 단 한 군데서도 합격 연락을 받지 못한 한 전문대 졸업생은, 아마도 절대 합격할 리 없는 하급 공무원시험 준비를 하면서 유원지에서 오리배를 관리하는 것으로 생계를 꾸리는 임시직 노동자가 된다. 1970년대 황석영의 등장인물들이 급속한 산업화 과정에서 도시에서 쫓겨난 인생들의 파토스를 점강법적으로 드러냈다면, 2000년대 박민규의 소설은 아르바이트생, 인턴, 강제 퇴직자, 노숙자 그리고 "취업 준비"라는 영구적인 과정 속에 있는 실업자 등, 모든 '비정규직들'을 그 속으로 빨아들여 사라지게 만드는, 선진 자본주의 도시의 갈라진 틈새들을 탐구한다. 이 보이지 않는 틈새 속에 빠

---

15  위의 글.

진 이들은, 앞으로 굴러나가는 거대한 사회경제적 힘의 바퀴 아래 깔려 뭉개지지 않고 빠져나올 수 있으리라는 희망도 없이, 단지 그렇게 해야만 하기 때문에, 그것이 계속 굴러나갈 수 있도록 전력을 다한다. 이들 단편 들에서 탈출구는, 그것의 실질적인 불가능성 때문에, 환상적인 것의 갑작 스러운 분출을 통해서만 마련된다. 완벽한 무력화와 전락의 순간, 성추행 을 당하던 인턴사원은 인간보다 더 인간적인 너구리에게 위로를 받는다. 푸쉬맨은 실종되었다가 기린이 되어 돌아온 아버지와 대화를 나눈다. 호 수 위의 오리배들은 하늘로 날아올라 비행기 표값이 없는 이주 노동자들 의 교통수단이 된다. 사회비판적 인식이라는 충격을 강제하는 이러한 환 상적인 순간들은 조세희의 연작소설 속 난쟁이의 허황된 상상들을 떠올 리게 한다.

박민규는 김지하의 「오적」을 연상시키는 정치적 알레고리를 통해 워싱 턴 컨센서스와 우루과이 라운드가 지배하는 새로운 세계에서 미국의 패권 에 대한 한국의 순응을 풍자한 바 있다. 오적은 이제 DC 코믹스의 슈퍼히 어로들인 슈퍼맨, 배트맨, 로빈, 원더우먼, 그리고 아쿠아맨의 유니폼을 입 고 있다. 박민규의 데뷔작인 『지구영웅전설』 2003년에서 자살하려던 불행한 한국 소년은 슈퍼맨에게 구해져 미국 내 '정의의 본부'로 급히 옮겨진다. 그리고 그곳에서 그는 미국의 세계 지배를 위해 힘을 합해 노력하는 다섯 명의 슈퍼히어로들의 심부름꾼으로 일하게 된다. 예를 들어 원더우먼의 생리대를 사다준다든지 하는 식으로 말이다. 잠시 잠깐 "겉은 노랗고 속은 하얀" 바나나맨이라는 슈퍼히어로 칭호를 누리기도 하지만, 결국 한국으 로 귀국, 별다른 특징 없는 삼십대 영어 강사가 된다. "정의의 본부"에서 보 낸, 구색 맞추기를 위한 유일한 동양인으로서의 영광의 날들을 그리워하 며, 바나나맨은 슈퍼맨에게 편지를 보낸다. 소설은 슈퍼맨이 바나나맨에게 '제3세계 민족주의'에 대항하는 싸움에 동참해 달라는 초청장을 보내면서 막을 내린다. 선견지명이 있는 소설이라 할『지구영웅전설』은 동아시아에서의 팍스 아메리카나 이회차의 현실을 풍자하고 있다. 김지하는 이러한 권력 구성 일회차에 대해 신랄하게 풍자한 바 있는데, 그때 전라도 출신의 불운한 농민으로 상징화되었던 힘없는 희생자가 이제는 바나나맨이 된 것이다. 이 세계의 주인들의 식탁, 그 말석에나마 온갖 업신여김을 감수해가며 겨우 앉게 된 그는, 그들의 준準-준準-파트너가 되기를 거부하는 자들을 상대로 하는 전 세계적인 음모에 함께 가담하게 된 것이다.

이러한 유사점들은 우연과는 거리가 멀다. 이 책에서 다룬 겨울 공화국의 작가들과 박민규는 문학은 지극히 당대적인 기획이며, 그 시대의 가장 중요한 진실들을 밝히기 위한 "싸움"이 일어나야 하는 궁극적인 현장이라는, 문학에 대한 근본적 이해를 공유하고 있다. 독재시대에 싸움은 김지하와 같은 작가들을 파시스트 독재라고 불리는 무시무시한 예외 상태에 저항하는 전사로 만들었다. 한편, 선진 자본주의와 자유 민주주의의 규범적 가치가 스스로 괴물처럼 변해버린 새천년에, 싸움은 작가를 돌연변이로 만들어야 할 것이었다. "무규칙 이종소설가"라는 박민규의 별칭은 — 마침 이종이란 말은 이종격투기에서와 같이 서로 다른 종이 섞였다는 뜻이다 — 이 돌연변이-작가의 존재 자체가 규범적 서사의 자폐적인 전체성을 방해하며, 그 외양은 평상의 상태에서는 예상할 수 없는 유기체임을 시사한다. 규칙에 대한 그의 반감과 혼합에 대한 개방성은 또한 고급 문학과 대중 문학 사이에서와 같은 문학적 위계를 손쉽게 해체해버린다.

박민규는 "정답은 늘, 짧고 간략한 것이기 마련이라고" 한다.[16] 붉은색 가재만 보아온 세상에서 청색 바닷가재인 이 돌연변이 작가의 실천은, 난해한 답을 찾는 질문에 짧고 단순한 답을 제시한다. 문학의 정치란 무엇인가? 1970년대에서와 마찬가지로 2010년대에도, 문학의 정치는 인간적인 삶을 살기 어렵게 만드는 힘들의 결합을 파악하고, 그것을 가시화시키고, 그에 저항하기 위해 맞서 싸우는 것이다. 비록 지금 이 싸움에는 어떠한 영광도 없고, 또 문학은 다른 매체에게 자신의 왕좌를 빼앗겼을지 모르지만, 이 싸움은 명백한 독재자의 죽음 이후 더 복잡해졌다는 의미에서, 더 쉬워진 것이 아니라 오히려 더 어려워졌다. 그리고 이제 이 싸움이 만약 아름다운 풋워크의 대결이 아니라 추한 육탄전을 요하는 것이라면, 좋다. 문학에게 남은 것이라고는 수녀원(자폐적인 미적 경건주의)으로 도망치거나 시장에서의 매춘('진지한' 작가들이 경시하면서 동시에 은밀히 부러워하는 상업문학)을 받아들이는 것뿐인 지금, 문학이 과연 무엇을 할 수 있는지 물어보는 사람들에게 박민규는 짧고 간단한 답변을 제시한다. "싸워라." 그 외 다른 모든 것에 대해서는, "조까라 마이싱!"이다.

---

16   위의 글.

# 참고문헌

## 국외 논저

가라타니 고진, 조영일 역, 『근대문학의 종언』, 도서출판b, 2006.

Agamben, Giorgio, *The Coming Community*, Translated by Michael Hardt, Minneapolis : University of Minnesota Press, 1993(조르조 아감벤, 이경진 역, 『도래하는 공동체』, 꾸리에북스, 2014).

Anderson, Benedict, *Imagined Communities*, London : Verso, 1991(베네딕트 앤더슨, 윤형숙 역, 『민족주의의 기원과 전파』, 나남, 1991).

Arendt, Hannah, *The Human Condition*, Chicago : University of Chicago Press, 1998.

Armstrong, Charles, "America's Korea, Korea's Vietnam", *Critical Asian Studies* 33, no.4, 2001.

Auerbach, Erich, *Mimesis : The Representation of Reality in Western Literature*, Translated by Williard R. Trask, Princeton, NJ : Princeton University Press, 1963(에리히 아우얼바하, 김우창·유종호 역, 『미메시스 고대, 중세편―서구문학에 나타난 현실묘사』, 민음사, 1987).

Badiou, Alain, *Ethics : An Essay on the Understanding of Evil*, London : Verso, 2001(알랭 바디우, 이종영 역, 『윤리학―악에 대한 의식에 관한 에세이』, 동문선, 2001).

Baetens, Jan, and Jean-Jacques Poucel, "Introduction : The Challenge of Constraint", *Poetics Today* 30, no.4, 2009.

Bakhtin, Mikhail, *Rabelais and His World*, Translated by Helene Iswolsky, Bloomington : Indiana University Press, 1984(미하일 바흐친, 이덕형·최건영 역, 『프랑수아 라블레의 작품과 중세 및 르네상스의 민중문화』, 아카넷, 2001).

Benjamin, Walter, *Illuminations*, Translated by Harry Zohn, New York : Schocken, 1978(발터 벤야민, 최성만 역, 『서사, 기억, 비평의 자리―발터 벤야민 선집』 9, 길, 2012).

Bourdieu, Pierre, *Rules of Art*, Stanford, CA : Stanford University Press, 1996(피에르 부르디외, 하태환 역, 『예술의 규칙』, 동문선, 1999).

Brecht, Bertolt, *Life of Galileo*, New York : Penguin, 2008.

Chang, Kyung-Sup, "Compressed Modernity and Its Discontents : South Korean Society in Transition", *Economy and Society* 28, no.1, 1999.

Ch'oe, Yŏng-ho, Peter H. Lee, and Wm. de Bary, eds., *Sources of Korean Tradition*, vol.2, New York : Columbia University Press, 2000.

Choi, Chungmoo, "The Discourse of Decolonization and Popular Memory : South Korea", In *Formations of Colonial Modernity in East Asia*, edited by Tani E. Barlow, Durham, NC : Duke University Press, 1997.

Chun, Kyung-ja, trans, "Dwarf Launches a Little Ball", In *Modern Korean Literature : An Anthology*, edited by Peter H. Lee, Honolulu : University of Hawai'i Press, 1990.

Cumings, Bruce, "The Kim Chi Ha Case", *The New York Review of Books* 22, no.16, October 16, 1975.

_____, *Korea's Place in the Sun : A Modern History*, New York : W. W. Norton, 2005(브루스 커밍스, 김동노·이교선·이진준·한기욱 역, 『브루스 커밍스의 한국현대사』, 창비, 2001).

Dower, John, "Peace and Democracy in Two Systems : External Policy and Internal Conflict", In *Postwar Japan as History*, edited by Andrew Gordon, Berkeley : University of California Press, 1993.

Duara, Prasenjit, *Sovereignty and Authenticity : Manchukuo and the East Asian Modern*, Lanham, MD : Rowman & Littlefield, 2004(프라센지트 두아라, 한석정 역, 『주권과 순수성 - 만주국과 동아시아적 근대』, 나남, 2008).

Eisenstein, Sergei, *Film Form : Essays in Film Theory*, San Diego : Harcourt Brace, 1977.

Fulton, Bruce, "Cho Se-hŭi and *The Dwarf*", In *The Columbia Companion to Modern East Asian Literature*, edited by Joshua S. Mostow, New York : Columbia University Press, 2003.

Fulton, Bruce, and Ju-chan Fulton, trans, *The Dwarf*, Honolulu : University of Hawai'i Press, 2006.

Gardner, Martin, *Martin Gardner's New Mathematical Diversions from "Scientific American"*, Chicago : University of Chicago Press, 1984.

Greenblatt, Stephen, "Invisible Bullets : Renaissance Authority and Its Subversion", *Glyph* 8, 1981.

Hart-Landsberg, Martin, *The Rush to Development : Economic Change and Political Struggle in South Korea*, New York : Monthly Review Press, 1993.

Haver, William, *The Body of This Death : Historicity and Sociality in the Time of AIDS*, Stanford, CA : Stanford University Press, 1996.

Hughes, Theodore, "Development as Devolution : Nam Chŏng-hyŏn and the 'Land of Excrement' Incident", *Journal of Korean Studies* 10, no.1, 2005.

Hughes, Theodore, "Return to the Colonial Present : Ch'oe In-hun's Cold War Pan-Asianism", *positions : east asia cultures critique* 19, no.1, 2011.

_____, *Literature and Film in Cold War South Korea : Freedom's Frontier*, New York : Columbia University Press, 2012(테드 휴즈, 나병철 역, 『냉전시대 한국의 문학과 영화』, 소명출판, 2013).

Jakobson, Roman, "Closing Statement : Linguistics and Poetics", In *Style in Language*, edited by Thomas A. Sebeok, Cambridge, MA : MIT Press, 1960(로만 야콥슨, 신문수 편역, 「언어학과 시학」, 『문학 속의 언어학』, 문학과지성사, 1989).

Jameson, Fredric, *The Political Unconscious*, Ithaca, NY : Cornell University Press, 1981(프레드릭 제임슨, 이경덕·서강목 역, 『정치적 무의식』, 민음사, 2015).

Jung, Keun-Sik, "Colonial Modernity and the Social History of Chemical Seasoning in Korea", *Korea Journal*, Summer 2005.

Kim, Charles R., "Moral Imperatives : South Korean Studenthood and April 19th", *Journal of Asian Studies* 71, no.2, May 2012.

Kim Chi-ha, *Cry of the People and Other Poems*, Hayama, Japan : Autumn Press, 1974.

_____, *The Gold-Crowned Jesus and Other Writings*, Maryknoll, NY : Orbis Books, 1978.

Kim, Hyung-A, *Korea's Development Under Park Chung Hee*, New York : Routledge, 2003.

Kim, So-young, and Julie Pickering, trans, *A Distant and Beautiful Place*, Honolulu : University of Hawai'i Press, 2002.

Kim, Yong-Jick, "The Security, Po liti cal, and Human Rights Conundrum", In *The Park Chung Hee Era : The Transformation of South Korea*, edited by Byung Kook Kim and Ezra F. Vogel, Cambridge, MA : Harvard University Press, 2011.

Larsen, Neil, *Determinations*, London : Verso, 2001.

Lee, Jin-kyung, *Service Economies : Militarism, Sex Work, and Migrant Labor in South Korea.* Minneapolis : University of Minnesota Press, 2010(이진경, 나병철 역, 『서비스 이코노미―한국의 군사주의, 성 노동, 이주 노동』, 소명출판, 2015).

Lee, Jung-Hoon, "Normalization of Relations with Japan : Toward a New Partnership", In *The Park Chung Hee Era : The Transformation of South Korea*, edited by Byung Kook Kim and Ezra F. Vogel, Cambridge, MA : Harvard University Press, 2011.

Lee, Namhee, *The Making of Minjung : Democracy and the Politics of Representation in South Korea*, Ithaca, NY : Cornell University Press, 2007(이남희, 이경희 · 유리 역, 『민중 만들기-한국의 민주화운동과 재현의 정치학』, 후마니타스, 2015).

Lee, Namho et al., *Twentieth Century Korean Literature*, Norwalk, CT : Eastbridge, 2005.

Lee, Peter H., *A Korean Storyteller's Miscellany : The P'aegwan chapki of O Sukkwŏn*, Princeton, NJ : Prince ton University Press, 1989.

_____, *Modern Korean Literature : An Anthology*, Honolulu : University of Hawai'i Press, 1990.

Lee Song-bu, "Spring", Translated by Brother Anthony of Taizé, *Korean Literature Today* 3, no.3, 1998

Lee, Young Jo, "The Countryside", In *The Park Chung Hee Era : The Transformation of South Korea*, edited by Byung Kook Kim and Ezra F. Vogel, Cambridge, MA : Harvard University Press, 2011.

Levertov, Denise, *Light Up the Cave*, New York : New Directions Publishing, 1981.

Levinas, Emmanuel, *Entre Nous : Thinking-of-the-Other*, Translated by Michael B. Smith and Barbara Harshav, New York : Columbia University Press, 1998(에마누엘 레비나스, 김성호 역, 「자아와 전체성」, 『우리 사이-레비나스 선집』 5, 그린비, 2019).

_____, *Otherwise than Being, Or Beyond Essence*, Translated by Alphonso Lingis, Pittsburgh : Duquesne University Press, 1998(임마누엘 레비나스, 김연숙 · 박한표 역, 「존재와 다르게-본질의 저편」, 인간사랑, 2010).

_____, *Totality and Infinity : An Essay on Exteriority*, Translated by Alphonso Lingis, Pittsburgh : Duquesne University Press, 2003.

Lukàcs, Georg, *The Theory of the Novel*, Translated by Anna Bostock, London : Merlin Press, 1971(게오르크 루카치, 김경식 역, 『소설의 이론』, 문예출판사, 2007).

Lummis, Charles Douglas, "Korea : The Trial of a Revolutionary Prophet", *New York Review of Books* 24, no.7, April 28, 1977.

McCann, David R., ed., *The Columbia Anthology of Modern Korean Poetry*, New York : Columbia University Press, 2004.

OECD, *Society at a Glance 2014 : OECD Social Indicators*, OECD, 2014, EPUB e-book.

Ong, Walter J., *Orality and Literacy*, London : Routledge, 1989(월터 J 옹, 이기우 · 임명진 역, 『구술문화와 문자문화』, 문예출판사, 1995).

Park, Sunyoung, "A Forgotten Aesthetic : Reportage in Colonial Korea, 1920-30s", *Comparative Korean Studies* 19, no.2, 2011.

Parthé, Kathleen, *Russia's Dangerous Texts : Politics Between the Lines*, New Haven, CT : Yale University Press, 2004.

Pihl, Marshall, Bruce Fulton, and Ju-Chan Fulton, eds., *Land of Exile : Contemporary Korean Fiction*, Armonk, NY : M. E. Sharpe, 1993.

Reinhard, Kenneth, "Toward a Political Theology of the Neighbor", In *The Neighbor : Three Inquiries in Political Theology*, edited by Slavoj Žižek, Eric L. Santner, and Kenneth Reinhard, Chicago : University of Chicago Press, 2005(케네스 레이너드, 정혁현 역, 「이웃의 정치신학을 위하여」, 『이웃』, 도서출판비, 2010).

Robbins, Jill, *Altered Readings : Levinas and Literature*, Chicago : University of Chicago Press, 1999.

Sakai, Naoki, *Translation and Subjectivity*, Minneapolis : University of Minnesota Press, 1997(사카이 나오키, 후지이 다케시 역, 『번역과 주체-'일본'과 문화적 국민주의』, 이산, 2005).

Seo, Young Chae, "Korean Literature between Two Deaths : From the Cold War to the IMF Crisis", Presentation at the Annual Meeting of the Association of Asian Studies, Philadelphia, March 23, 2013.

Shorrock, Tim, "Reading the Egyptian Revolution Through the Lens of US Policy in South Korea Circa 1980 : Revelations in US Declassified Documents", *The Asia-Pacific Journal* 9, issue 28, no.3, July 11, 2011.

Solzhenitsyn, Alexandr, *In the First Circle*, Translated by Harry Willets, New York : Harper Perennial, 2009.

Soyinka, Wole, "The Writer in a Modern African State, " *Transition* 31, 1967.

Spivak, Gayatri, "Ethics and Politics in Tagore, Coetzee, and Certain Scenes of Teaching", *Diacritics* 32, nos. 3-4, 2002.

T. K. *Letters from South Korea by T. K.* Translated by David L. Swain, Tokyo : Iwanami Shoten, 1976.

Thornber, Karen, *Ecoambiguity : Environmental Crises and East Asian Literatures*, Ann Arbor : University of Michigan Press, 2012.

Woo, Meredith Jung-En, *Race to the Swift : State and Finance in Korean Industrialization*, New York : Columbia University Press, 1991.

Yamanouchi, Yasushi, "Total War and Social Integration : A Methodological Introduction", In *Total War and Modernization*, edited by Yasushi Yamanouchi, Victor Koschmann, and Ryuichi Narita, Ithaca, NY : Cornell University Press, 1998.

Žižek, Slavoj, *The Parallax View*, Cambridge, MA : MIT Press, 2006(슬라보예 지젝, 김서영 역, 『시차적 관점-현대 철학이 처한 교착 상태를 돌파하려는 지젝의 도전』, 마티, 2009).

_____, "Neighbors and Other Monsters : A Plea for Ethical Violence", In *The Neighbor : Three Inquiries in Political Theology*, edited by Slavoj Žižek, Eric L. Santner, and Kenneth Reinhard, Chicago : University of Chicago Press, 2005(슬라보예 지젝, 정혁현 역, 「이웃들과 그 밖의 괴물들-윤리적 폭력을 위한 변명」, 『이웃-정치신학에 관한 세 가지 탐구』, 도서출판b, 2010).


**국내 논저**

강정인, 「박정희 대통령의 민주주의 담론 분석」, 『철학논집』 27, 서강대 철학연구소, 2011.

고은, 「지하를 부른다」, 김지하구출위원회 주최, 『김지하 문학의 밤』 팸플렛, 1978.12.21.

권보드래·천정환, 『1960년을 묻다-박정희 시대의 문화 정치와 지성』, 천년의상상, 2012.

권우성·이승훈, 「'난쏘공' 조세희 "철거민 진압, 30년 전보다 더 야만적"」, 오마이뉴스, 2009.1.21.

김낙진, 『의리의 윤리와 한국의 유교문화』, 집문당, 2004.

김남주, 『나의 칼, 나의 피』, 인동, 1987.

김동춘, 「1971년 8.10 광주대단지 주민항거의 배경과 성격」, 『공간과 사회』 21, no.4, 2011.

김명인, 「지식인 문학의 위기와 새로운 민족문학의 구상」, 황석영 외, 『전환기의 민족문학』 1, 풀빛, 1987.

김문, 「김문기자가 만난사람-다시 교단에 서는 양성우 시인 7시간 격정 토로」, 『서울신문』, 2005.2.21.

김병걸, 『실천 시대의 문학』, 실천문학사, 1984.

김병익, 『상황과 상상력』, 문학과지성사, 1977.

_____, 「역사에의 분노 혹은 각성의 눈물」, 『문예중앙』 가을, 1983.

_____, 「한에서 비극으로-이문구의 『장한몽』」, 이문구, 『장한몽』, 책세상, 1987.

_____, 「대립적 세계관과 미학」, 조세희, 『난장이가 쏘아올린 작은 공』, 이성과 힘, 2000.

김복순, 「노동자의식의 낭만성과 비장미의 '저항의 시학'-70년대 노동소설론」, 민족문학사연구소 편, 『1970년대 문학연구』, 소명출판, 2000.

김봉구, 「작가와 사회 재론」, 『아세아』, 1969.2.

김서중, 「유신체제 권력과 언론」, 안병욱 외, 『유신과 반유신』, 민주화운동기념사업회, 2005.

김성환, 「1960~70년대 계간지의 형성과정과 특성 연구」, 『한국현대문학연구』 30, 2010.

김승옥, 『김승옥 소설전집』 1, 문학동네, 1995.

김우창, 「근대화 속의 농촌」, 이문구, 『우리 동네』, 민음사, 1997.

_____, 『시인의 보석』, 민음사, 1993.

김욱동, 『문학을 위한 변명』, 문예출판사, 2002.

김윤식, 『우리 소설과의 만남』, 민음사, 1986.

_____, 『발견으로서의 한국현대문학사』, 서울대 출판부, 1997.

_____, 『우리 소설과의 대화』, 문학동네, 2001.

김종철, 「작가의 진실성과 문학적 감동」, 신경림 외, 『농민문학론』, 온누리, 1983.

김주연, 「떠남과 외지인 의식」, 『현대문학』 53, 1979.

_____, 「폐쇄 사회, 인정주의, 이데올로기」, 이문구, 『관촌수필』, 문학과지성사, 2008.

김지하 외, 『한국문화필화작품집』, 황토, 1989.

_____, 『김지하 담시 모음집 – 오적』, 동광출판사, 1987.

_____, 「풍자냐 자살이냐」, 『작가세계』 1(3), 1989.

_____, 『김지하 시전집』 1~3, 솔, 1993.

_____, 『흰 그늘의 길』 1~3, 학고재, 2003.

김춘식, 「대중소설과 통속소설의 사이 – 60년대 후반~70년대 대중소설에 대해서」, 『한국문
        학연구』 20, 1998.

김태훈, 「이문구씨 빈소에 각계인사 조문 줄이어」, 『조선일보』, 2003.2.27.

김한식, 「산업화의 그늘, 또는 뿌리 뽑힌 자들의 삶」, 민족문학사연구소 편, 『1970년대 문학
        연구』, 소명출판, 2000.

김현, 『분석과 해석 – 보이는 심연과 안 보이는 역사 전망』, 문학과지성사, 1992.

_____, 『한국문학의 위상』, 문학과지성사, 1977.

김현장, 「르포 무등산 타잔의 진상」, 『월간 대화』, 1977.8.

김현주, 「1970년대 대중소설연구」, 민족문학사연구소 편, 『1970년대문학연구』, 소명출판,
        2000.

류보선, 「사랑의 정치학」, 『1970년대 문학연구』, 민족문학사연구회, 소명출판, 2000.

목순옥, 「세상 소풍을 끝낸 당신께」, 『경향잡지』, 1996.5.

문옥배, 『한국 금지곡의 사회사』, 예솔, 2004.

민병인, 「이문구 소설 연구 – 농경문화 서서와 구술적 문체 분석」, 중앙대 박사논문, 2000.

박민규, 「조까라 마이싱이다!」, 『대산문화』, 2004 여름. http : //daesan.or.kr/webzine/sub.
    html?uid=1381&ho=9.

_____, 「용용용용(龍龍龍龍)」, 『창작과비평』 139, 2008 봄.

박정희, 『국가와 혁명과 나』, 향문사, 1963.

_____, 『박정희대통령 연설문집』 1~9, 대통령비서실, 1973.

박태균, 「와우아파트, 경부고속도로, 그리고 주한미군 감축」, 『역사비평』 93, 역사비평사,
    2010 겨울.

박태순, 「르뽀 광주단지 4박 5일」, 『월간 중앙』, 1971.10.

_____, 『민족문학작가회의 문예운동30년사』 1~3, 작가회의 출판부, 2004.

반성완, 「소설형식에 관한 철학적 고찰−루카치의 소설 미학 연구」, 『인문논총』 29, 1999.

방민호, 「리얼리즘론의 새로운 모색 속에서 보는 『난장이』」, 『내일을 여는 작가』 10, 1997.

백문임, 「뜨내기 삶의 성실한 복원」, 한국문학연구회 편, 『현역중진작가연구』, 국학자료원,
    1997.

백승권, 「창립 20돌 맞은 '문학과지성사' 발행인 김병익 씨」, 『미디어오늘』, 1995.12.27,
    2012.1.5 접속, http : //www.mediatoday.co.kr/news/articleView.html?idxno=9011.

서영채, 『문학의 윤리』, 문학동네, 2005.

_____, 『미메시스의 힘』, 문학동네, 2012.

송철원, 「YTP(청사회)」, 『기억과 전망』 26, 2012.6.

심융택 편저, 『자립에의 의지−박정희 대통령 어록』, 한림출판사, 1972.

쑨거, 「극한상황에서의 정치감각」, 최원식·임홍배 편, 『황석영 문학의 세계』, 창작과비평사,
    2003.

안숙원, 「『태백산맥』에 나타난 민족주의 여성상」, 『여성문학연구』 9, 2003.

안철홍, 「환갑맞아 새장편소설 〈심청〉 펴낸 황석영 인터뷰」, 『시사저널』 737, 2003.12.3.

양성우, 『겨울 공화국−양성우 시집』, 실천문학사, 1977.

_____, 『꽃꺾어 그대 앞에−양성우 문학선』, 지문사, 1985.

염무웅, 『민중시대의 문학』, 창작과비평사, 1979.

오생근, 「민중적 세계관과 일상성의 문학」, 황석영, 『열애』, 나남, 1988.

우찬제, 「조세희의 난장이가 쏘아올린 작은 공의 리얼리티 효과」, 『한국문학이론과 비평』
    21, 2003.

유영대, 「20세기 창작판소리의 존재양상과 의미」, 『한국민속학』 39, 한국민속학회, 2004.

유재천, 「한국어론의 생성과 발전과정」, 유재천 외, 『한국의 언론』 1, 한국언론연구원, 1991.

이경수, 「순수문학의 구축 과정과 배제의 논리」, 문학과비평연구회 편, 『한국문학권력의 계보』, 한국출판마케팅연구소, 2004.

이문구, 『장한몽』, 책세상, 1989.

_____, 『우리동네』, 민음사, 1997.

_____, 『관촌수필』, 문학과지성사, 2002.

_____, 『문학동네 사람들』, 랜덤하우스중앙, 2004.

_____, 「'관촌수필'과 나의 문학 역정」, 박경리 외, 『나의 문학 이야기』, 문학동네, 2001.

_____, 『이문구의 문인기행-글로써 벗을 모으다』, 에르디아, 2011.

이보영, 「실향문학의 양상」, 『문학과지성』 23, 문학과지성사, 1976.

이봉범, 「반공주의와 검열 그리고 문학」, 『상허학보』 15, 2005.8.

이상주, 「'난·쏘·공' 200쇄 자랑아닌 부끄러운 기록」, 『경향신문』, 2005.12.1.

이상화, 『이상화 시선』, 앱북, 2011.

이서정, 「우리나라 문화정책과정에 대한 평가」, 이화여대 석사논문, 1998.

이성부, 『우리들의 양식』, 민음사, 1974.

이순녀, 「'난쏘공' 27년째 생명력」, 『서울신문』, 2005.12.2.

이시영, 『바다 호수』, 문학동네, 2004.

이청준, 『소문의 벽』, 민음사, 1972.

임철호, 『설화와 민중-구비설화와 민중의식과 민족의식』, 전주대 출판부, 1996.

장정일, 『햄버거에 대한 명상』, 『햄버거에 대한 명상』, 민음사, 1987.

정규웅, 『글 속 풍경, 풍경 속 사람들』, 이가서, 2010.

정정순, 『때가 오면 그대여』, 풀빛, 1985.

조남현, 「1970년대 소설의 실상과 의미」, 『조남현 평론 문학선』, 문학사상사, 1997.

_____, 「노동의 소설화 방법」, 권영민 편, 『한국의 문학 비평』 2, 민음사, 1995.

_____, 「고유어의 마지막 파수꾼」, 『새국어생활』 11권 1호, 국립국어원, 2001.

조세희, 『난장이가 쏘아올린 작은 공』, 이성과 힘, 2000.

_____, 『침묵의 뿌리』, 열화당, 1985.

조희연, 『동원된 근대화』, 후마니타스, 2010.

_____, 『비정상성에 대한 저항에서 정상성에 대한 저항으로』, 아르케, 2004.

주강현, 「반유신과 문화예술운동」, 안병욱 외, 『유신과 반유신』, 민주화운동기념사업회, 2005.

진정석, 「이야기체 소설의 가능성-이문구론」, 문학사와 비평 연구회 편, 『1970년대 문학연구』, 예하, 1994.

천상병,『새』, 답게, 1992.

천이두,「반윤리의 윤리」,『문학과지성』14, 1973 겨울.

천주교인권위원회 편,『사법살인-1975년 4월의 학살』, 학민사, 2001.

최규장,『언론인의 사계』, 을유문화사, 1999.

최원식·임홍배 편,『황석영 문학의 세계』, 창비, 2003.

최용석,「이문구 소설 문체의 형성 요인 및 그 특징 고찰」,『현대소설연구』21, 2004.3.

최장집,『민주화 이후의 민주주의-한국 민주주의의 보수적 기원과 위기』, 후마니타스, 2002.

최장집,『한국민주주의의 조건과 전망』, 나남, 1996.

하정일,「저항의 서사와 대안적 근대의 모색」, 민족문학사연구소 편,『1970년대 문학연구』,
    소명출판, 2000.

한국은행산업조사과,「가발의 현황과 수출전망」,『주간 경제』452, 1970.

한수영,「말을 찾아서」,『문학동네』24, 2000 봄.

한승헌,『한 변호사의 고백과 증언』, 한겨레출판, 2009.

한홍구,『유신-오직 한 사람을 위한 시대』, 한겨레출판, 2014.

허문명,『김지하와 그의 시대-4·19부터 10·26까지 '삶의 관점'에서 기록한 통합의 한국
    현대사』, 동아일보, 2013.

허은,『미국의 헤게모니와 한국 민족주의』, 고려대민족문화연구원, 2008.

현무환 편,『김병곤 약전』, 푸른나무, 2010.

홍기삼,「산업시대의 노동운동과 노동문학」,『한국문학 연구』10, 1987.9.

황광수,「노동문제의 소설적 표현」, 백낙청·염무웅 편,『한국문학의 현단계』4, 창작과비평
    사, 1985.

황석영,「벽지의 하늘, 무엇이 문제인가」,『한국문학』, 1974.2.

_____,「잃어버린 순이」,『한국문학』, 1974.5.

_____,『사람이 살고 있었네』, 시와사회, 1993.

_____,『객지-황석영 중단편전집』1, 창비, 2000.

_____,『삼포 가는 길-황석영 중단편전집』2, 창비, 2000.

_____,『몰개월의 새-황석영 중단편전집』3, 창비, 2000.

_____,「우리동네 촌장 이문구」,『창작과비평』31(2), 2003.

_____,『바리데기』, 창비, 2007.

_____,『개밥바라기별』, 문학동네, 2008.

황종연,「도시화 산업화 시대의 방외인-이문구론」,『작가세계』4(4), 1992 겨울.

_____,「문제적 개인의 행방」,『창작과비평』101, 1998 가을.

# 찾아보기